SANDSTÜRME

AF186828

VON

TANJA KORF

Teil 7 der Sand-Strand-Sommer-Reihe

Bisher in dieser Reihe erschienen:

Sandspiele – Mein Leben im Beachvolleyball-Sportinternat (Teil 1)
ISBN-10: 3848200392 - ISBN-13: 978-3848200399

Strandjungs – Zwei Beachvolleyballer auf dem Weg nach oben (Teil 2)
ISBN-10: 3848216027 - ISBN-13: 978-3848216024

Sommerträume – Zwei Beacher – ein Ziel (Teil 3)
ISBN-10. 3732253287 - ISBN-13: 978-3732253289

Sandhaus: Teil 4 der Sand-Strand-Sommer-Reihe
ISBN-10: 373229417X - ISBN-13: 978-3732294176

Strandgut: Teil 5 der Sand-Strand-Sommer-Reihe
17. April 2015
ISBN-10: 3734784778 - ISBN-13: 978-3734784774

Sommerziele: Teil 6 der Sand-Strand-Sommer-Reihe
21. September 2016
ISBN-10: 3741227129 - ISBN-13: 978-3741227127

INHALTSVERZEICHNIS

Herstellung und Verlag:
BoD- Books on Demand, Norderstedt
ISBN: 9783746076881

Was bisher geschah

SANDSPIELE

Als der 14-jährige Dominik sich den Forderungen des Stiefvaters widersetzt, wird das Leben zu Hause unerträglich. Halt gibt dem Jungen nur der Gedanke an seinen Vater, einem schwedischen Volleyballer namens Jonas. Viel Unterstützung erfährt er durch die Familie seines besten Freundes. Nach dem Rauswurf aus der Volleyballmannschaft bilden Ben und Dominik ein starkes Duo. Schon bald wechseln beide nach Kiel in ein Sportinternat.

Im Internat stellen sich schnell die ersten Erfolge ein. Privat ist es dagegen schwer für Dominik: Zur Mutter besteht kaum noch Kontakt und dann gibt es auch noch Stress mit seiner Freundin Kerstin. Sportlich geht es aber immer weiter voran, bald wird der Bundestrainer auf das talentierte Duo aufmerksam. Bei einem internationalen Jugendturnier in Frankreich trifft Dominik zum ersten Mal seinen Vater Jonas, seine Halbschwester Linda und seine Stiefmutter Ida. Nach anfänglichen Problemen rauft sich die Familie zusammen.

STRANDJUNGS

Sportlich läuft alles nach Plan, doch privat steht die Stimmung auf Sturm: Als sein Stiefvater Dominik absichtlich die Treppe herunterstößt, bricht Domi den Kontakt zu seiner Mutter ab. Die Herbstferien verbringt er bei seinem Vater und die Stimmung ist wieder auf dem Höhepunkt: Jonas bekommt einen Trainerposten in Hamburg. Als Vater und Sohn aber endlich mehr Zeit miteinander verbringen können, wird ihr Verhältnis immer schlechter.

Leider verunglücken Ben und Laura bei einem Autounfall; Laura stirbt und Ben verletzt sich so schwer, dass die gesamte Beachsaison für ihn gestrichen wird. Dominiks Saison verläuft nicht sonderlich erfolgreich und seine Freundin beendet die Beziehung.

Bens Vater und Jonas übernehmen das Training und sofort läuft alles deutlich besser. Auch privat ändert sich eine Menge: Domi kommt mit Kerstin zusammen und Ben mit Domis Schwester Linda.

Mit dem Volleyballteam gelingt der Aufstieg in die zweite Bundesliga und als endlich die eigene Beachhalle eingeweiht wird und es wieder ins Sandtraining geht, ist allen klar: Das wird ein Superjahr! Leider gibt es privat schon wieder Turbulenzen: Jonas ist krank.

SOMMERTRÄUME

Jeden Tag nervt Kerstin mit Eifersuchtsanfällen und in Domis Träumen taucht regelmäßig ein schwarzer Hund auf. Ablenkung bietet neben dem Training für die Zweitligasaison auch der Beginn der Bauarbeiten für die Halle und die Gästewohnungen. Linda und Ben verloben sich, Domis Mutter und Johannes heiraten. Bens Vater erleidet einen Schlaganfall, Domi und Kerstin trennen sich und es passiert ein schrecklicher Unfall, bei dem Maja stirbt. Aufgrund eines Missverständnisses schlägt Jonas seinen Sohn, der unglücklich stürzt und sich schwer verletzt.

SANDHAUS

Im Sandhaus bereiten sich alle auf Martins Rückkehr vor, Domi kann wieder ins Training einsteigen und die Hallen-Mannschaft will den Sprung in die erste Bundesliga schaffen. Während eines Aufenthalts auf Mallorca trifft Domi Ella, mit der er als 15-Jähriger kurz zusammen war. Die eifersüchtige Kerstin reagiert heftig und nimmt sich das Leben. Nach einer langen Zeit der Trauer versucht Domi sein privates Glück mit Ella.

STRANDGUT

Nach dem Gewinn der Jugendweltmeisterschaften ist das Interesse der Medien am Beachvolleyball geweckt. Es wird sogar noch größer, als sie die Jungs während einer Inlinertour stürzen und Ben wieder einmal für längere Zeit ausfällt. Mit wem wird Dominik spielen und kann er sich überhaupt mit einem neuen Spielpartner arrangieren? Ein alter Rivale zündet in seinem Hass Dominiks Trainingshalle und die Scheune mit den Gästewohnungen an. Das Sandhaus bleibt vom Feuer verschont, aber Dominik verliert allen Mut: Wie geht es jetzt weiter?

SOMMERZIELE

Nach dem Brand auf dem Sandhausgrundstück steht Dominik vor dem finanziellen Ruin, aber das ist nicht Domis einziges Problem. Robin möchte seinen Vater finden, Joni spielt mit seiner Gesundheit und der sportlichen Zukunft, Ella und Mimo fliegen nach Mallorca zu einer Hochzeit und das Schicksal schlägt auch hier wieder zu.

Während die Jungs bei den Deutschen Meisterschaften um eine gute Platzierung kämpfen, kämpft Martin um sein Leben. Doch es gibt auch schöne Momente: Domi und Ella heiraten ein zweites Mal.

Kapitel 1

Strandpiraten

Unsere Hochzeitsreise geht in die Karibik und unser Gepäck besteht aus nicht viel mehr als Badezeug, ein paar schicken Klamotten für den Abend und Mimo samt Piratenschiff. Das Schiff musste natürlich mit, denn als Mimo erfuhr, wohin die Reise geht, hat er es als Erstes in unseren großen Koffer gepackt. Die anschließende Diskussion haben Ella und ich in einem Satz verloren, aber Mimo war hartnäckig fordernd und wir hatten keine Chance. Woher er diesen Dickkopf hat, ist wohl jedem klar ... von mir jedenfalls nicht.

Den ersten Tag verbringen wir mit der Erkundung der Umgebung, einer Döse-Einheit auf dem Himmelbett im mega-coolen Schlafzimmer und mit der Prüfung der Karibiktauglichkeit des Piratenschiffs, dann stürzen wir uns in die seichten Wellen. Mimo ist überrascht, dass das Wasser so warm ist. Er taucht immer wieder unter und ruft beim Auftauchen jedes Mal staunend: „Badewanne!"

Unser Sohn will unbedingt Schaum schlagen, wie es sich in einer Badewanne gehört, sieht aber bald ein, dass da nichts zu machen ist. Das Schiff ankert an einer langen Leine, aber es kann sowieso nicht wegschwimmen, da es bereits auf Grund gelaufen ist. Für Mimo ist dieser Aufenthalt unvergleichlich, er darf den ganzen Tag ein Pirat sein und hat seine Eltern ständig um sich. Das kommt zu Hause selten vor, weil ich wegen der Uni und der vielen Trainingseinheiten von früh morgens bis spät am Abend aus dem Haus bin. Deshalb hängen Mimo-Baby und Mimo-Boss wie die Kletten aneinander, zumindest am ersten Tag. Denn bereits am zweiten Tag hat unser Sohn sich verliebt. In Elin. Elin Sjörgren, bald zwei Jahre alt und ein zuckersüßes Schwedenmädchen, das genau weiß, was es will. Sie ist die perfekte Piratenbraut und hat schon allein deshalb bei Mimo einen dicken Stein im Brett. Die Sjörgrens, die zwei Tage vor uns angereist sind, sind froh, mit mir sozusagen einen Landsmann unter den Gästen gefunden zu haben, aber wir klären sie schnell auf, dass wir Deutsche sind. Warum wir uns so gut mit ihnen verständigen können, ist ebenfalls schnell erklärt und die Freundschaft ist bereits geschlossen. Mimos zukünftige Schwiegereltern sind Studenten und genau wie wir auf Hochzeitsreise. Tilda wird Grundschullehrerin, Linus soll später einmal die Firma seines Vaters in Göteborg übernehmen.

Göteborg ist ein gutes Stichwort: Farmor und Farfar, meine Großeltern, wohnen nämlich dort und deshalb ist schnell die Idee geboren, dass wir die Sjörgrens bei unserem nächsten Schwedenbesuch treffen. Das bringt uns gleich auf die Idee, Mimos schwedischen Urgroßeltern eine Postkarte zu schicken.

Unser Sohn nimmt die Sache mit der Postkarte sehr ernst, er sucht eine mit einem Schiff. Aber die achtzehntausend Stück, die wir finden, mag er nicht, deshalb suchen wir weiter.

Schließlich finden wir eine Karte, die Mimos hohen Ansprüchen genügt, schreiben ein paar nette Worte, lassen dem Piraten noch ein wenig Platz für eine Krakelzeichnung und ab geht die Post.

Jede freie Sekunde verbringen wir mit den Sjörgrens, was vor allem auch daran liegt, dass Elin und Mimo unzertrennlich sind. Die Tage verbringen wir gemeinsam am Strand und die Nächte auf unserer Terrasse. Wir haben hier nämlich das größte Zimmer gebucht, die Honeymoon-Suite versteht sich.

Nicht nur Mimo und seine zukünftige Braut weinen heiße Tränen, als wir uns schließlich von unseren neuen Freunden verabschieden müssen, auch Ella und Tilda lassen ganze Gebirgsströme fließen. Natürlich tauschen wir E-Mailadressen und Telefonnummern aus und ich würde mich nicht wundern, wenn unser nächster Besuch in Schweden schneller kommt als gedacht. Wäre cool!

Der Rückflug ist ziemlich anstrengend, das liegt vor allem daran, dass Mimo sich einfach nicht beruhigen will. Er vermisst seine neue Freundin, aber vielleicht kann ihn der Besuch bei Oma Angelika in Hamburg ablenken. Ella plant während der Heimreise schon unseren nächsten Winterurlaub. Mich macht das nervös, denn sie schlägt mir völlig selbstbewusst vor, von nun an jedes Jahr an einem warmen Ort zu überwintern. Auf meine Frage hin, wie wir das Ganze denn finanzieren sollen, zuckt sie nur die Schultern, deshalb nehme ich ihre Pläne leichtsinnigerweise nicht richtig ernst. Aber natürlich kann es sein, dass sich das eines Tages noch rächen wird.

Es ist der Donnerstag vor Ostern, als wir in Hamburg landen und von Johannes am Flughafen abgeholt werden. Auf direktem Weg geht es zur Wohnung, wo der Mittagstisch gedeckt ist. Nach dem Essen geht Mimo ins Bett, wir setzen uns in den Wintergarten und erzählen von unserer Reise. Mama erkundigt sich interessiert nach unseren Plänen für Ostern und hofft, dass wir die Tage hier bei ihr verbringen, aber das geht natürlich nicht. Schließlich geht die Beachsaison bald wieder los und es wird Zeit, dass wir endlich vernünftig in die Hufe kommen. Ben ist mir immerhin schon um drei Wochen voraus und ich will nicht, dass er mich als alten Opa beschimpft, weil ich seiner Meinung nach keine Kondition habe und ich nicht die richtige Leistung bringe. Außerdem bin ich neugierig, was im Sandhaus so los ist und deshalb fahren wir am Karfreitag nach dem Frühstück nach Schilksee. Ella überredet mich allerdings, die Hamburger am Ostersonntag einzuladen und zumindest Mama wird dafür sorgen, dass ich nicht die ganze Zeit in der Halle verbringe. Was das Training angeht, ist Mama nämlich eine richtige Spaßbremse. Sie macht sich immerzu Sorgen, dass ich es sportlich übertreibe und merkt überhaupt nicht, dass genau das Gegenteil der Fall ist.

Weil Osterferien sind, wurde unser Gästehaus hauptsächlich von Schülergruppen gebucht, die diesmal größtenteils aus den südlichen Bundesländern angereist sind. Das weiß ich von Linda, mit der ich gerade telefoniere, als Ella unsere Familienkutsche in die Einfahrt lenkt. Wir haben nicht viel Gepäck, deshalb geht das Ausräumen ganz schnell und weil Ella mit Lisa verabredet ist und Mimo sie unbedingt begleiten will, habe ich den Rücken frei und verziehe mich zu Ben in die Halle. Er trainiert allein mit Jonas, aber jetzt bin ich wieder da und es kann endlich richtig losgehen. „Hey, Urlauber", begrüßt mich Ben und wirft mir den Ball zu. „Gut erholt?"

„Klar", erwidere ich grinsend.

„Erzähl mal", fordert mein Kumpel mich auf, aber Jonas sagt: „Später."

Ich umarme meinen Dad und frage: „Wo sind denn die Kleinen?"

„In der großen Halle. Sie trainieren mit ein paar Teams aus Bayern."

„Und wie sieht's aus?"

„Super. Am letzten Wochenende haben wir ein kleines Turnier ausgespielt. Sie stecken alle in die Tasche."

„Lasst uns anfangen", schlage ich vor, aber Jonas achtet natürlich darauf, dass ich mich vernünftig aufwärme. Ich soll mich nämlich nicht gleich verletzen und deshalb steht erst mal Athletik auf dem Plan. Mein Vater schickt uns durch den Sand und mich danach aufs Sofa. Ich habe es auch nötig, denn ich bin total erledigt. Trotzdem fühle ich mich richtig gut. Endlich wieder Beachtraining! Jawollo!

Auch am Samstag trainieren wir, aber am Ostersonntag sprechen unsere Frauen ein Machtwort. Sowohl Ida und Frauke als auch Ella und Linda verordnen uns heute einen freien Tag und wenn wir nicht spuren, ist morgen am Ostermontag ebenfalls Langeweile angesagt.

Langweilig ist es aber nur bis zu dem Moment, als Mamas Auto am Horizont auftaucht. Sie kämpft mit Greta, die einfach nicht aussteigen will, sondern schmollend im Auto sitzen bleibt. Ich lehne mich gespannt ans Treppengeländer und bin schon ganz neugierig, wie meine Mutter dieses Problem lösen wird, aber als selbst Bestechung nicht hilft, nehme ich die Sache selbst in die Hand. Ich gehe auf meine Mutter zu, begrüße sie, schlage die Autotür mit einem Knall zu und sage: „Komm mit, Mama."

„Aber Greta …"

„Sie hat keine Lust, das siehst du doch."

„Aber wir können sie doch nicht einfach im Auto lassen."

„Und wieso nicht? Sie will es doch so!"

„Aber …"

„Nun komm schon. Ich wette, wenn sie merkt, dass sie dich nicht mehr herumkommandieren kann, läuft sie dir hinterher. Wo ist übrigens Johannes?"

„Er musste heute für einen kranken Kollegen einspringen. Morgen leider auch, deshalb bleibt er in Hamburg."

„Oh", sage ich enttäuscht. „Das ist aber schade."

„Ja, er hat sich sehr auf das Osterfrühstück gefreut."

Wie im letzten Jahr haben Ida und Linda eine schwedische Festtafel im Garten aufgebaut und fordern uns jetzt auf, uns endlich hinzusetzen, bevor der Käse schmilzt und die Milch sauer wird. Mir scheint, es gerät gerade ein ominöser Zeitplan durcheinander und ich frage mich, ob hier irgendjemand irgendetwas plant, von dem ich nichts weiß und von dem zumindest Ben und ich nichts wissen sollen, denn alle anderen grinsen nur wissend und weiden sich an unserer Neugier. Auch Robin und Timm scheinen nicht eingeweiht zu sein, denn sie sind genauso ratlos wie Ben und ich. „Ella?", frage ich mit meinem besten Ich-bin-ein-kleiner-Junge-Blick, aber Ella lacht nur: „Sei nicht so neugierig."

Ich reiße mich wirklich zusammen und nehme mir felsenfest vor, jetzt einfach abzuwarten, denn eines ist sicher: Es gibt heute noch eine Überraschung und es ist eine gute, sonst würde sich mindestens einer der Michaufdiefolterspanner als ziemlich nervös outen, aber alle sind ruhig und grinsen.

Nach dem Frühstück beginnen die Damen des Hauses mit dem Tischabräumen, während Mama noch einmal nach Greta sieht. Greta ist inzwischen im Auto eingeschlafen und Mama trägt sie in den Garten. Langsam wacht die kleine Kröte auf und fängt sofort wieder an zu zetern.

„Wenn Greta weiterhin so ein Theater macht, nehmen wir sie nicht mit nach Kiel", plappert Linda in ihrer typischen Art.

„Ah! Wir fahren nach Kiel?", fragt Ben.

„Ja, und dreimal darfst du raten, was wir dort machen", stichelt sie.

„Mittagessen?"

„Bist du noch nicht satt, Dicker?", grinse ich.

„Muss ja nicht sofort sein", lacht Ben.

„Mittagessen ist sowieso ganz kalt", erklärt Ella und gibt uns einen Tipp: „Wir besuchen einen interessanten Ort."

„Wir gehen in die Kirche?", frage ich dümmlich.

„Quatsch", lacht Linda. „Ganz, ganz kalt."

„Nun sagt schon", quengele ich und Ella gibt uns noch einen Tipp: „Wir treffen jemanden, den ihr schon ganz lange kennt."

„Hm!", überlegt Ben.

„Es ist jemand, der euch seit Jahren verrückt macht", hilft Frauke weiter.

„Linda ist doch schon hier!", grinst Robin.

„Hey", antwortet sie entrüstet.

„Also?", frage ich.

„Rate!", nervt Linda.

„Mir fällt nur Christopher ein."

Das stimmt nicht ganz. Mir fällt auch noch meine Mutter ein, aber sie ist ja schließlich schon hier, deshalb kann es eigentlich nur Christopher sein. Ich frage mich nur, warum mich das freuen sollte. „Christopher ist es jedenfalls nicht", sagt Ella und gibt mir noch einen Tipp: „Sie gehören zu euren besten Freunden."

Ben und ich sehen uns ratlos an, aber dann macht es sowohl bei ihm als auch bei mir auf einmal Klick und wir rufen gleichzeitig: „Hayden und Taylor?"

„Bingo!", freut sich Linda.

„Cool!", ruft Ben, aber ich überlege: „Die nerven uns doch nicht?"

„Klar tun sie das", lacht Linda. „Schließlich besiegen sie euch andauernd."

„Mieser Trick!", grinse ich und kitzele meine kleine Schwester. Ihr Kreischen schmerzt in meinen Ohren. „Wie lange bleiben sie?"

„Zwei Wochen."

„Wird ja immer besser!"

„Wie müssen los!", mahnt mein Vater und winkt mit den Autoschlüsseln. „Wer kommt mit?"

Wir machen uns zu viert auf den Weg: Jonas, Linda, Ben und ich. Unser Ziel ist der Bahnhof.

„Wir klinken uns lieber aus", sagt Mama bedauernd. „Mit Greta kann man sich heute nirgendwo sehen lassen."

„Schade", heuchle ich, aber meine Mutter habe ich schließlich erst vor ein paar Tagen gesehen, bei Hayden und Taylor ist es ein paar Wochen her. Sie waren Gäste auf meiner Hochzeit. Robin und Timm bleiben auch im Sandhaus und es würde mich nicht wundern, wenn wir sie nach unserer Rückkehr in der Halle treffen. Diese gerissenen kleinen Luder!

Während Mama und Greta nach Hamburg zurückreisen, fahren wir zum Kieler Bahnhof und holen unsere Londoner Freunde ab. Natürlich sind wir überrascht, dass Johannes bei ihnen ist, denn Mama sprach doch von einer Vertretung im Krankenhaus, aber das sollte wohl ein Trick sein. Jedenfalls erfahren wir, dass Johannes die Jungs am Hamburger Flughafen abgeholt und sich mit ihnen in den Zug nach Kiel gesetzt hat.

„Warum so umständlich?", frage ich irritiert und Johannes erklärt: „Wieso umständlich? Wir wären sonst mit zwei Autos hier und …"

„Aber Mama ist doch längst nach Hamburg zurückgefahren."

„Was? Wieso das denn?"

„Greta hat herumgezickt und Mama dachte, da wäre es wohl besser, wenn …"

„Aber sie wusste doch, dass ich mit den Jungs herkomme."

„Hm, sie ist wohl nicht ganz sortiert im Moment, was?"

„Ja, in letzter Zeit ist sie ziemlich zerstreut. Ich rufe sie mal an."

Während Johannes mit Mama telefoniert, warten wir auf einer Bank und tauschen die letzten Neuigkeiten aus. Hayden und Taylor nutzen den Rest der Semesterferien, um mit uns zu trainieren, dann geht's für sie zurück nach London, wo sie in der höchsten englischen Turnierserie mitspielen. Genau das haben wir dieses Jahr in Deutschland vor, deshalb kommen die Jungs wie gerufen; sie sind im Moment die perfekten Trainingspartner für uns. Was für ein Glück, dass die Londoner zwei Wochen länger Ferien haben als wir, wir selbst müssen nämlich schon am Dienstag zurück in die Tretmühle.

Johannes ist ratlos, als er das Telefonat beendet: „Angelika will nicht zurückkommen, deshalb setze ich mich jetzt in den Zug. Macht's gut, Leute. Wir sehen uns."

„Komm mal vorbei, ja?", bitte ich ihn. Es ist wirklich schade. Wir sehen uns so selten und ich habe mich riesig gefreut, als er vorhin aus dem Zug gestiegen ist. Aber Greta ist die Chefin im Hause Lessing und deshalb fährt mein Stiefvater zurück nach Hamburg. Wir umarmen uns lange, dann verabschieden wir uns.

Als wir ins Sandhaus zurückkehren, haben Benni-Two und Mimo draußen den Sandkasten geentert. Das steckt ihnen in den Genen, schließlich sind sie Strandjungs wie ihre Papas. Mimo hat natürlich sein Schiff dabei und Benni-Two einen Ball. Zuerst spielen sie mit dem Schiff im Sandkasten, später werfen sie sich den Ball hin und her. Mit dem Fangen klappt es noch nicht so gut, aber es ist ein Schaumstoffball und deshalb machen wir uns um blaue Flecke, Beulen oder gar Blut keine Sorgen.

Die Londoner Jungs kommen im Internat unter, die Internatsschüler haben Ferien und Lisa hat genug Platz. Gegessen wird natürlich im Sandhaus und trainiert auch … allerdings erst am Dienstag. Der Montag steht hier nämlich ganz unter dem Motto „Wer sich rührt, der hat verloren!", so jedenfalls bestimmt es Linda und ein Vetorecht hat hier niemand, schließlich ist sie schwanger und somit die Chefin in allen Bereichen. Als Chefin schlägt sie sofort einen Entspannungstag vor.

Entspannen ist ätzend. Vor allem, wenn man die besten Trainingspartner der Welt bei sich und einen langen Urlaub hinter sich hat. Außerdem stößt das, was Linda entspannend findet, bei uns schnell auf Langeweile. Zum Glück ist Ella ebenfalls schwanger und als Chefin Nummer zwei hat sie irgendwann ein Einsehen: „Pause, Jungs."

„Wir haben schon den ganzen Tag Pause", mault Ben.

„Und jetzt habt ihr Pause von der Pause. Ihr dürft zwei Stunden in die Halle."

„Wieso?", schmollt Linda.

„Weil sie ganz besonders brav waren", grinst Ella und damit hat sie sich einen dicken Kuss verdient. Bevor Linda Amok läuft, springen wir in unsere Klamotten und stehen augenblicklich in der Halle. Kurz aufgewärmt und los geht's.

Völlig ausgepowert kommen wir nach genau einer Stunde und neunundfünfzig Minuten zurück ins Sandhaus, um uns bloß keine Standpauke von Linda abzuholen. Allerdings müssen wir jetzt duschen und anschließend gibt es auch schon Abendessen. Der Tag ist bald um und die Semesterferien leider auch. Morgen beginnt in Kiel das Sommersemester, während die Londoner noch zwei freie Wochen haben. Die Welt ist wirklich ungerecht.

An der Uni hat sich nichts verändert und obwohl mir das Lernen bisher meistens Spaß gemacht hat, erwische ich mich jetzt zum ersten Mal dabei, dass ich überhaupt keine Lust habe, dort heute aufzutauchen. Das Gute an diesem Tag ist allerdings, dass wir zwei Trainingseinheiten haben und zwar einmal direkt vor der Uni und einmal danach. Während meiner Abwesenheit hat Jonas nämlich eigenmächtig unseren Terminplan umgebastelt und dabei nicht nur unsere Joggingzeiten halbiert, sondern auch noch angeordnet, dass wir morgens vor der Uni in Kiel trainieren. Da Kiel aber immer noch keine Trainingshalle hat, ist morgens Krafttraining angesagt. Aber das ist nicht die einzige Katastrophe. Er hat uns nämlich nicht nur das Joggen versaut, sondern lässt uns nur noch dreimal wöchentlich in die Sandhalle. Das Schwimmen am Donnerstagabend hat er uns komplett gestrichen, aber jetzt gehen wir auf die Barrikaden. Nach einer hitzigen Diskussion gibt er nach und ich korrigiere unseren Trainingsplan. Montags haben wir jetzt komplett frei, das freut zwar die Mädchen, aber ich ahne Schlimmes. Ella und ich sind es nämlich nicht gewöhnt, ständig aufeinanderzuhocken. Was ist, wenn wir uns irgendwann gegenseitig auf den Keks gehen? Oder was ist, wenn Mama merkt, dass ich einmal in der Woche frei habe? Taucht sie dann etwa jeden Montag hier auf und geht mir auf die Nerven? Darauf kann ich wirklich verzichten.

Was den Trainingsplan angeht, duldet Jonas übrigens keinen Widerspruch, so sehr wir auch meckern und maulen … er bleibt hart. Ich bin richtig sauer, dass ich nur noch eine halbe Stunde täglich joggen darf und für montags hat er es uns sogar komplett gestrichen. Als ich deswegen eine neue Diskussion starten will, wird er laut: „Verdammt noch mal, was ist denn los mit euch? Ist euch vielleicht schon mal zu Ohren gekommen, dass ich als Trainer die Verantwortung für eure Fitness habe? Könnt ihr mir mal erklären, warum ihr hier so einen Wind macht?"

„Das ist so ätzend!", maule ich. Ich hasse es, wenn mein Vater den starken Macker markiert und vor allem hasse ich, wenn er hier den Chef spielt. Das ist schließlich mein Haus, mein Grundstück, meine Halle und ich bin hier der Boss … Mimo-Boss! Wird Zeit, dass das hier mal alle kapieren!

Weil wir uns die letzten Tage des Aufenthalts unserer Londoner Freunde aber nicht vermiesen lassen wollen, verschieben wir die Diskussion auf später, obwohl wir eigentlich ganz genau wissen, dass wir sowieso schon verloren haben.

Die zwei Wochen mit Hayden und Taylor vergehen wie im Flug und als wir sie am Bahnhof verabschieden, überreichen sie uns die Einladung zu ihrer Hochzeit. Die Jungs planen eine Doppelhochzeit und zumindest die Einladungskarten lassen auf ein Mega-Event schließen. Termin ist der 19. Mai. Das ist ein Samstag und der Tag ist perfekt, an diesem Wochenende haben wir nämlich kein Turnier.

Ben und ich stecken während der nächsten Wochen ziemlich im Uni-Stress. Weil wir montags Zeit haben, hängen wir nachmittags über unseren Büchern und kümmern uns danach um unsere Zwerge. Wir hatten spontan denselben Einfall, mit den Kindern Schwimmkurse zu besuchen, aber die Mamas haben gleich Lunte gerochen und uns diesen Spaß gestrichen. Montag ist Ausruhen angesagt! Blablabla!

Aber nicht alles ist Trott im Moment, denn am 16. April, als Benni-Two zwei Jahre alt wird, ist hier richtig was los. Das liegt nicht nur daran, dass Ella und Linda die halbe Nacht damit verbracht haben, hunderte von Luftballons aufzupusten und das ganze Haus damit zu schmücken, nein, es liegt vor allem daran, dass es zum Frühstück bereits Torte gibt. Das ist auch der Grund, warum wir einfach unsere Joggingrunde auf die gewohnte Zeit von einer Stunde ausdehnen und die eineinhalb Stunden Krafttraining in Kiel schwänzen. Jonas ist überhaupt nicht begeistert, aber es kann ja schließlich nicht immer nach seiner Nase gehen, oder? Benni-Two jedenfalls genießt seinen Ehrentag und Mimo-Baby freut sich mit seinem besten Kumpel über die Geschenke. Dieses Jahr können wir draußen feiern; es ist sogar warm genug für einen kleinen Pool, in dem bereits Mimos Piratenschiff schwimmt. Leider müssen wir nach dem Frühstück zur Uni und am Nachmittag haben wir Training. Aber die Kleinen dürfen zur Feier des Tages so lange aufbleiben, bis wir zurück sind, sodass wir am Abend noch einmal gemeinsam Torte essen können. Benni-Two plappert die ganze Zeit, das hat er eindeutig von seiner Mutter, aber Mimo schläft erschöpft beim Essen ein, sodass ich ihn ins Bett tragen muss. Ich wasche ihm nur Hände, Gesicht und Füße, decke ihn warm zu und lösche das Licht. „Gute Nacht, Pirat!", sage ich leise, bevor ich die Tür schließe.

Weil es noch immer warm ist, setzen wir uns noch ein wenig mit einem Glas Wein in den Garten. Frauke stellt Knabbersachen bereit und erzählt uns, was wir den Tag über so verpasst haben. Benni-Two hatte nämlich eine kleine Party mit Freunden aus dem Kindergarten, den er und Mimo seit ein paar Wochen besuchen. Insgesamt haben sechs Kinder das Sandhaus unsicher gemacht und von den Ballons sind kaum noch welche heil. Es ist schade, dass wir den ganzen Spaß verpasst haben!

Nach und nach verschwinden alle, nur Ben und ich sitzen noch hier draußen und starren ins Leere, dann geht auch Ben ins Haus. „Mir wird langsam kalt", sagt er „Ich gehe rein."

„Ich komme bald nach", antworte ich. Ich will einen Gedanken verfolgen, der mir heute ganz früh kam, als wir die Torte angeschnitten haben. Ich habe an Maja gedacht, die bald ihren achten Geburtstag feiern würde. Nun ist sie schon so viele Jahre nicht mehr bei uns, aber es gibt Tage, da geht sie mir einfach nicht aus dem Kopf. Vielleicht liegt es daran, dass bald ihr eigener Geburtstag ist. Wie wir diesen Tag wohl verbringen?

Ich friere und sollte wirklich langsam ins Haus gehen, aber der Gedanke an Maja lässt mich nicht los. Im Stillen halte ich Zwiesprache mit ihr und deshalb merke ich nicht, dass es immer kälter und kälter wird. „Du wirst noch krank!", ruft Ida vom Küchenfenster aus und holt mich aus meiner gedanklichen Tiefe. Ich gehe ins Haus, trinke den Tee, den Ida mir anbietet und wache am nächsten Tag mit Halsschmerzen auf. Herzlichen Glückwunsch! Während mir aber alle im Sandhaus eine gute Besserung wünschen, dreht Jonas gleich wieder am Rad: „Was musstest du gestern auch so lange im T-Shirt in der Kälte sitzen?"

Als Antwort niese ich ihn an und überlasse Linda die Erklärung: „Er wird schon seine Gründe gehabt haben, Papa."

„Ach ja?", mosert mein Vater, aber Linda ist nahe an der Wahrheit: „Ich bin sicher, mein Bruderherz hatte etwas zu klären, stimmt's?"

„Hmmm", nuschele ich und will das Thema eigentlich schon beenden, aber Linda sieht mir mal wieder mitten ins Herz: „Oma, ganz kleine Schwester, Quasi-Papa oder – wollen wir es mal nicht hoffen – Ex-Freundin?"

„Maja", sage ich leise.

„Ja!", schnieft Linda. „Das habe ich mir beinahe gedacht."

„Sie hat bald Geburtstag."

„Ja, ich weiß."

„Du warst wegen Maja draußen?", fragt mein Vater entschuldigend.

„Hmmm."

„Tut mir leid, Großer", entschuldigt sich mein Vater und will mich umarmen, aber ein neuer Niesanfall trennt uns sofort wieder.

„Bleib heute im Bett", bestimmt er deshalb schon deutlich ruhiger.

„Tja, Hannover sagen wir dann wohl ab, oder?", fragt Ben, aber Jonas zieht gleich ein Ass aus dem Ärmel: „Du spielst mit Timm."

Ben wirft mir einen fragenden Blick zu und ich zucke die Schultern: „Ja, macht das!"

„Und Robin?"

„Robin und Timm sind gar nicht für Hannover gemeldet."

„Ich melde euch an", macht Jonas gleich wieder einen auf Supertrainer.

„Vielleicht solltest du sie erst mal fragen, Papa", mischt sich Linda ein, aber Jonas winkt nur ab. Typisch! Als Jonas verschwunden ist, kuschelt sich meine kleine Schwester an mich: „Ich wusste, dass du mit Maja sprichst."

„Ich habe nur an sie gedacht", stelle ich gleich richtig.

„Weiß ich doch. Gehen wir wieder zusammen zum Friedhof?"

„Natürlich."

„Ich lasse dich jetzt schlafen, Bruderherz."

„Hmmm."

Ich bin wirklich müde, aber kaum hat Linda mein Bett verlassen, kuschelt sich Ella an mich. „Ich schmuse dich jetzt gesund", flüstert sie mir ins Ohr.

„Hmmm."

„Pass mal auf, du Held, du wirst jetzt ganz schnell gesund und wir fahren einfach als Touristen nach Hannover. Dann kannst du mal schön von der Tribüne aus verfolgen, wie die anderen so schwitzen."

„Zusehen ist ätzend."

„Ich weiß, Kleiner, aber diesmal hast du keine andere Wahl, also mach das Beste daraus."

„Bleibt mir ja auch nichts anderes übrig."

„Oh, der Patient kann schon wieder meckern. Es geht also aufwärts."

„Du bist eine schlechte Trösterin."

„Aber ich bin diesmal eine gute Schwangere, oder?"

„Was?"

„Sagt dir der Name Cinderella etwas?"

„Bitte nicht, ich bin kurz vor dem Sterben."

„An einer Erkältung stirbt man nicht, du Lusche. Außerdem halte ich dich jetzt schön warm und am Freitagmorgen fahren wir alle nach Hannover. Wie hört sich das an?"

„Wie ein Wunder", maule ich, aber Ella ignoriert meine Laune: „Siehst du? Und jetzt schlaf schön und träume süß."

Ich kann allerdings nicht einschlafen, denn dafür bin ich viel zu hungrig, das ist doch ein gutes Zeichen, oder? Während Ben und unsere Kleinen noch joggen, setze ich mich also zum Rest der Sandhausbewohner an den großen Küchentisch und widme mich meinem Müsli. Ich schiebe mir gerade den letzten Löffel in den Mund, als die Jungs zurückkehren. Sie haben den Doc mitgebracht. „Wo ist der Patient?", fragt er mit seiner lauten Stimme.

„Hier", krächze ich und winke ihn in die Küche.

„Fieber?"

„Nein."

„Symptome?"

„Hals kratzt, Nase ist zuzementiert, Laune geht so."

„Hmmm, komm mal mit in dein Zimmer."

Ich folge dem Halbgott und lasse mich untersuchen, dann hole ich mir die Diagnose ab, die sich mit meiner eigenen deckt: Kein Fieber, also keine Grippe, sondern nur eine harmlose Erkältung. Mit so was kann man noch nicht einmal angeben und schon gar nicht lässt man mit so was ein Turnier aus, aber Jonas sieht das Ganze natürlich anders: „Du spielst am Wochenende nicht."

Mein genervtes Stöhnen ignoriert er.

Meine Quasi-Großeltern empfangen uns am Freitagmittag mit der besten Laune und einer ziemlich schrägen Idee. Maria hat nämlich alte Betttücher bemalt und glaubt allen Ernstes, dass wir darüber jubeln. Zum Glück haben wir sie aber noch nicht über meine tödliche Krankheit aufgeklärt und jetzt ist sie natürlich etwas enttäuscht, denn Timms Name steht nicht auf den Bannern und er heißt nun mal nicht Dominik. Wir tun eine Weile lang so, als hätten wir großes Mitleid mit ihr, aber dann sind wir doch erleichtert, als sie die Tücher zusammenrollt und in die Mülltonne stopft – glücklicherweise kommt sie nicht auf die Idee, die Laken bis zum nächsten Jahr aufzubewahren.

Da Ben ursprünglich mit mir als Teampartner gemeldet war und Timm gar nicht auf der Liste stand, muss das Team durch die Qualifikation und ist deshalb schon am Freitag am Start. Wir fahren allerdings nur mit einer kleinen Gruppe zum Steintor: Ben und Timm, Jonas, Klaus, Robin und ich. Ida und Ella bleiben bei Maria, Frauke und Linda sind im Sandhaus geblieben.

Freitags ist üblicherweise am Court noch nicht allzu viel los, so auch in Hannover. Die Zuschauer verlieren sich auf den Tribünen und von den Spielern sind nur die da, die durch die Qualifikation müssen. Wäre dies jetzt ein Fußballturnier, wären die Ränge mit Sicherheit überfüllt; nicht nur von Zuschauern, sondern auch mit den Mannschaften, die erst morgen ins Turnier einsteigen. Beachvolleyballer sehen aber nicht gern anderen Beachern beim Spielen zu; sie wollen selber spielen, weil es so unendlich geil ist. Zusehen ist ätzend, aber ich glaube, ich wiederhole mich.

Ben als ehemaliger und Timm als aktueller Jugendnationalspieler sind hier als Team natürlich hoch gesetzt und gewinnen die Qualifikation ohne große Mühe. Als das Turnier aber am Samstag so richtig losgeht, sind ganz andere Kaliber am Start und die Siege nicht mehr selbstverständlich. Selbst auf Platz zehn gesetzt, schlagen sie in der ersten Runde das auf Rang fünfzehn eingruppierte Team, haben in der nächsten Runde Losglück und in der dritten Runde mehr Glück als Verstand. Ben ist nämlich überhaupt nicht auf der Höhe, was daran liegt, dass er kurz vor Spielanpfiff unbedingt noch einmal bei Linda in Schilksee anrufen musste. Und Linda musste ihrem Goldstück unbedingt erzählen, dass es ihr heute nicht besonders gut geht. Jetzt ist Bennilein natürlich etwas beunruhigt und das merkt man seinem Spiel auch an. Zum Glück ist Timm mutig genug, ihn nach dem ersten Satzverlust so richtig zusammenzufalten, was anscheinend wirkt. Die Sätze zwei und drei werden zumindest gewonnen und das Team steht im morgigen Halbfinale.

Für heute ist jedenfalls Schluss mit lustig. Ben lässt sich noch einmal von seinem Schwiegervater abkanzeln, ist dementsprechend für den Rest des Tages ziemlich bockig und lässt seine Laune auch noch an mir aus: „Deine Schwester nervt!"

„Ich habe dich nicht gezwungen, sie zu heiraten", ärgere ich ihn.

Zum Glück haben wenigstens die Hannoveraner gute Laune, aber sie haben nicht nur gute Laune, sondern auch eine sensationelle Idee: wir grillen! Ich helfe Klaus im Garten, während Ida und Ella meiner Quasi-Oma in der Küche zur Hand gehen, und zucke kurz zusammen, als Ella plötzlich aufgeregt nach mir ruft: „Chico!"

Besorgt laufe ich zu ihr, aber sie strahlt mich nur an, greift meine Hand, legt sie auf ihren Bauch und sagt: „Johanna ist wach."

Wir grinsen uns an und Maria wird sofort hellhörig: „Es wird ein Mädchen?"

„Zu hundert Prozent", antwortet Ella.

„Das könnt ihr schon so genau sagen?"

„Ja, absolut."

„Endlich darf ich Puppenkleider nähen!", schwärmt Maria. „Ich fahre am Montag sofort in die Stadt und kaufe Stoffe."

„Das könnt ihr gleich morgen erledigen", mischt sich Klaus ein. „Es ist verkaufsoffener Sonntag."

„Das boykottiere ich aus Prinzip", lehnt Maria aber sofort ab und mir ist klar, dass über dieses Thema schon oft in diesem Hause diskutiert wurde. Klaus schmunzelt nämlich nur hinterhältig und Maria glüht!

Der Abend ist gemütlich, aber es wird schnell kühl und deshalb sitzen wir bald drinnen im Wohnzimmer und plaudern locker über unsere Pläne für dieses Jahr, was Klaus auf die Idee bringt, mich ein wenig zu ärgern: „Wenn Chico sich jetzt aber mit jedem kleinen Schnupfen ins Bett legt, sammelt ihr nicht sonderlich viele Punkte."

„Du bist so witzig, Klaus", maule ich genervt, aber Robin muss gleich noch einen draufsetzen: „Chico geht jetzt nur noch im Schneeanzug vor die Tür, dann verkühlt sich der Kleine nicht."

„Wo wir gerade von Kindern reden … wollen wir irgendetwas spielen?", stichelt Klaus weiter und kramt schon in der Schublade nach einem Kartenspiel. Ben und ich stöhnen auf. Beide sind wir ziemlich schlechte Kartenspieler und auch heute gibt es für uns nichts zu gewinnen.

Zu gewinnen gibt es auch am Sonntag nichts. Ben und Timm verlieren nämlich beide Spiele und werden Vierte und für den vierten Platz gibt es noch nicht einmal Geschenke, was mich schon immer geärgert hat. Sollte ich jemals ein eigenes Turnier ausrichten, führe ich gleich die Regelung ein, dass es auch für die Viertplatzierten Preise gibt. Schließlich ist es schon ätzend genug, zwei Spiele hintereinander zu verlieren, da muss man nicht auch noch mit leeren Händen nach Hause fahren.

Nach der Siegerehrung, die in diesem Jahr ohne Sandhausbeteiligung stattfindet, verabschieden wir uns von Maria und Klaus und fahren auf direktem Weg nach Hause.

Der nächste Tag beginnt wieder mit Schluckbeschwerden. Nicht, weil ich mich schon wieder erkältet habe, sondern weil heute Majas Geburtstag ist. Weil wir jetzt montags zwangsfrei haben, treffe ich mich direkt nach der Uni mit Linda, Ida und Jonas vor dem Friedhof. Wir halten stumm Zwiesprache mit meiner ganz kleinen Schwester und natürlich ist es Linda, die die Stille unterbricht: „Stell dir vor, Maja, dein Bruderherz hat sogar eine Erkältung in Kauf genommen, weil er dir nahe sein wollte."

„Linda", stöhne ich und warte auf die Reaktion meines Vaters, aber er sagt nichts. An Majas Grab kann er einfach nicht reden, dafür redet er am Abend im Sandhaus umso mehr: „Nächstes Jahr kommt ihr Mörder schon wieder frei. Es ist unglaublich, oder? Unser kleines Schwedenmädchen ist für immer verloren, aber dieser Raser hat nur noch eineinhalb Jahre."

„Nächstes Jahr schon?", hakt Linda nach.

„Ja, die Verhandlung war im September vor vier Jahren, er hat fünf Jahre bekommen, also ist er im nächsten September schon wieder auf freiem Fuß."

„Vielleicht sogar schon eher", sagt Ida traurig. „Wegen guter Führung und so …"

„Du meinst, er könnte schon wieder draußen sein?", fragt Jonas entsetzt und Ida nickt. „Können wir das irgendwo erfahren?", will mein Vater wissen. Er sieht mich an, ich zucke die Schultern und antworte: „Was soll das bringen?"

„Ich weiß nicht", resigniert Jonas. „Ich weiß es nicht, aber die Vorstellung, dass er vielleicht wieder durch die Straßen rast, macht mich verrückt. Meint ihr, er könnte schon wieder frei sein?"

Mein Vater ist wirklich aufgeregt, das sieht man ganz deutlich und man hört es auch an seiner Stimme. Ich will ihn beruhigen, aber er fragt noch einmal: „Glaubt ihr das?"

„Das müsste man doch rauskriegen", sage ich. „Ich hole meinen Laptop."

Nach einer kurzen Recherche haben wir Gewissheit. Ja, wenn sich dieser arrogante Kerl im Knast von seiner besten Seite gezeigt hat, dürfte er schon wieder die Straßen unsicher machen.

„Einfach so?", fragt Jonas geschockt und ich kläre ihn auf: „Nein, die Reststrafe wird auf Bewährung ausgesetzt, so steht es hier."

„Es ist so ungerecht."

„Denk nicht mehr dran!", bitte ich meinen Vater.

„Aber es ist nicht fair. Er hat sein Leben noch vor sich, aber Majas Leben ist vorbei und wir haben kaum etwas, was uns an sie erinnert, nur diesen Grabstein."

„Und die Postkarte", sage ich, hole Majas letzte Karte an mich aus London aus meiner Tasche und reiche sie meinem Vater.

„Sie wollte unbedingt zu dir", schnieft er leise.

„Ich weiß", erwidere ich traurig, während Ida nach der Karte greift.

„Ich finde es schön, dass du sie immer bei dir hast", sagt sie und ist überrascht, als ich noch eine weitere Karte aus meiner Tasche ziehe. Es ist die Kommunionskarte meines Vaters. Ida liest sie und weint: „Das hast du wunderschön geschrieben, Jonas. Ich hätte nie gedacht, dass du solche schönen Worte findest."

„Ich habe Tage dafür gebraucht."

„Und du hast alles in Deutsch geschrieben."

„Es war nicht leicht."

Linda ist natürlich sofort neugierig: „Was hast du denn geschrieben, Papa?"

„Darf ich vorlesen?", bittet Ida, Jonas nickt, Ida räuspert sich und liest vor:

„Lieber Dominik,

weißt du, wer ich bin? Ich bin dein Vater, heiße Jonas und lebe in London mit deiner kleinen Schwester und meiner Frau. Dass du nicht auch bei uns lebst, haben wir Umständen zu verdanken, die ich selbst nicht ganz verstehe. Ich denke oft an dich und habe mir schon mehrmals vorgenommen, dich einmal zu besuchen, aber ich habe Angst davor. Vielleicht lehnst du mich ab? Das zumindest behauptet deine Mutter und ich muss ihr glauben, oder? Ich weiß nicht, warum du mich nicht sehen willst, ich weiß nur, dass ich dich unbedingt treffen möchte, um einmal in Ruhe mit dir zu reden. Vielleicht änderst du dann deine Meinung über mich und wir können uns anfreunden. Ich habe dir deshalb meine Telefonnummer aufgeschrieben und warte mit klopfendem Herzen auf deinen Anruf. Falls du dich nicht traust, mich persönlich zu sprechen, dann schreib mir doch bitte. Ich möchte dich endlich kennenlernen, wir haben schon genug Zeit verpasst. Ich wünsche dir eine schöne Kommunionsfeier und hoffe, so schnell wie möglich von dir zu hören.

Dein Vater Jonas."

„Aber du hast nicht angerufen, oder?", fragt Linda leise.

„Nein."

„Und geschrieben hast du auch nicht, oder?"

„Nein."

„Aber ... warum nicht?"

„Angelika hat die Karte an sich genommen", erklärt mein Vater.

„Im Ernst?" Linda ist wirklich geschockt.

„Ja, es ist wirklich tragisch. Ich habe Wochen und Monate auf eine Nachricht gewartet."

„Deine Mutter ist wirklich eine hohle Nuss", sagt Linda.

„Hmmm."

„Ich wette, für deine kleine Schwester plant sie jetzt schon die Party."

„Hmmm."

„Ich wette, sie mietet ein ganzes Hotel und ..."

„Das macht sie wahrscheinlich schon zu ihrer Einschulung", antworte ich frustriert.

„Du bist eifersüchtig?", wundert sich Ida.

„Ja ... manchmal", gebe ich zu.

„Weiß das deine Mutter?"

„Ich weiß nicht ... ich glaube nicht ... wisst ihr noch? Damals ... die Sache mit ihren Winterjacken ..."

„Ja, da hast du ihr mehr als deutlich gemacht, was du von ihren Erziehungsmaßnahmen hältst."

„Und? Hat sie daraus gelernt?", frage ich sarkastisch.

„Vorübergehend", stänkert Linda. „Aber ... wie gesagt ... sie ist ja auch eine hohle Nuss."

„Ich glaube eher, sie ist genau das Gegenteil. Sie verstellt sich nur, wisst ihr? Es ist reiner Selbstschutz. Es war bei meinem Opa so, es war bei Rübe so ..."

„Wie meinst du das?"

„Na ja, sie hat alles geschluckt, aber jetzt hat sie den Spieß umgedreht. Johannes frisst ihr aus der Hand und Greta manipuliert sie. Sie lässt Greta gewähren, weil sie weiß, dass sie sich auf Johannes verlassen kann."

„Ich kann dir nicht folgen", sagt Ida.

„Egal", antworte ich. „Auf solche Gedanken komme ich nur, weil ich heute nicht trainieren darf und außerdem geht es hier schließlich um Maja und nicht um Greta."

Wir verstummen für ein paar Minuten und kommen erst wieder zu uns, als Geräusche von der Tür zu hören sind. Ella und Ben waren mit unseren Krümeln unterwegs und kehren jetzt ins Sandhaus zurück. „Alles gut bei euch?", fragt Ben. Wir nicken. Ja … alles ist gut …

„Sieht mir nicht danach aus", zweifelt Ella und kontrolliert die Farbe meiner Augen, ich weiche ihrem Blick aus und sage leise: „Uns ist gerade klargeworden, dass …" Ich suche nach den richtigen Worten, die Linda schon gefunden hat: „Es könnte sein, dass Majas Mörder schon wieder frei ist."

„Hmmm", überlegt Ben. „Vorzeitige Entlassung nennt man das. Wenn man sich halbwegs benimmt und so …"

„Oh!", sagt Ella nur. „Wie kommt ihr damit klar?"

„Wir können es nicht ändern", antworte ich. „Und außerdem hat jeder eine zweite Chance verdient. Wenn wir den Paragraphen richtig verstanden haben, muss er für den Rest der Zeit Bewährungsauflagen erfüllen, das ist auch nicht leicht. Im Knast hatte er zumindest genug Zeit, um über seinen Fehler nachzudenken."

Linda holt protestierend Luft, aber ich fahre ihr über den Mund: „Ich weiß, damals im Gerichtssaal war er nervig arrogant und ich hätte ihm am liebsten die Zähne eingeschlagen, aber vielleicht hat er sich geändert? Woher sollen wir das wissen? Vielleicht ist er ein besserer Mensch geworden? Wir sollten nicht weiter über ihn urteilen, okay? Lasst uns das Ganze einfach vergessen."

„Wir sollen Maja vergessen?", fragt Linda aufgebracht.

„Nein, wir sollten die Umstände ihres Todes vergessen. Lasst uns doch einfach so tun, als sei sie friedlich eingeschlafen und nicht mehr aufgewacht."

„Ich weiß nicht", zweifelt meine kleine Schwester, aber ich gebe nicht nach: „Ich bin sicher, der Typ hat sich geändert. Dreieinhalb Jahre gehen bestimmt nicht spurlos an einem vorbei. Er wird bis an sein Lebensende mit dieser Schuld leben müssen. Das ist gut so, aber es sollte auch reichen, meint ihr nicht?"

„Doch", stimmt Jonas mir zu und Ella küsst mich: „Mein Großer ist wieder in der Spur, ja?"

„Bin ich immer", antworte ich mit einem schiefen Grinsen.

„So, Jungs, dann packt mal eure Koffer", lenkt Frauke uns ab, als sie die Küche betritt.

Beim Thema Kofferpacken ist Mimo sofort am Start. Er glaubt wahrscheinlich, dass wir zu seiner Verlobten nach Schweden fliegen, aber ich muss ihn enttäuschen. Unser erstes Trainingslager liegt an, was zwei ganz besondere Vorteile hat: Wir treffen Jessica und Trixie und die Uni kann uns mal!

Kapitel 2

Erinnerungen

Das Trainingslager auf Teneriffa ist nicht nur Schweiß treibend sondern auch spaßig und abwechslungsreich. Mit Jessica und Trixie haben wir nämlich starke Trainingspartner dabei, aber Jonas hat noch zwei Teams aus Italien eingeladen. Die Trainingseinheiten sind cool, wir spielen direkt am Strand und haben immer Zuschauer. Aber außerhalb der Courts schließen wir keine Freundschaft mit den Italienern und gehen uns gegenseitig aus dem Weg. Dafür verbringen wir den größten Teil unserer knappen Freizeit mit Jessica und Trixie, die uns ständig wegen Ella und Linda aushorchen. Vor allem Linda ist ein Thema, denn in wenigen Wochen erwartet sie ihr nächstes Kind. Ben ist natürlich glücklich, vor allem, weil die behandelnde Ärztin inzwischen bestätigt hat, dass jetzt eigentlich nichts mehr passieren dürfte. Wir erinnern uns nämlich nicht gern an Lindas letzte Schwangerschaft, die mit einer Fehlgeburt endete.

Die Mädchen jedenfalls planen einen Kurzbesuch in Schilksee, sobald wir sie anrufen, also etwa eine Minute nach der Geburt. Es soll ein Junge werden, so die Voraussage des Arztes. Und dieses Kind hat schon vor seiner Geburt richtig großes Glück; der Namenstagskalender präsentiert nämlich einen Namen, mit dem im Sandhaus jeder leben kann: Christian.

Wir schütten uns gerade aus vor Lachen über diesen verflixten Namenstagskalender, als Jessica plötzlich ganz still wird und allein den Weg zum Hotel einschlägt. „Jessica?", rufe ich ihr hinterher, aber Trixie hält mich zurück: „Lass sie."

„Was ist denn los?", fragt Ben.

„Lasst sie einfach."

„Ist es wegen Laura damals?", hake ich nach.

„Laura? Was? Nein, Laura hat damit überhaupt nichts zu tun."

Trixie folgt ihrer Freundin ins Hotel und lässt uns ratlos am Strand zurück.

„Weißt du, was da los ist?", wundert sich Ben und ich schüttle den Kopf: „Nein, keine Ahnung."

„Und wie kommst du auf Laura?"

„Sie war doch auch schwanger damals."

„Ach so, du meinst, sie hat Angst um Linda?"

„Nein, ich denke eher, sie hat gerade an Laura gedacht."

„Oh!"

Samstag und Sonntag gibt Jonas uns frei, wir verabreden uns mit den Mädchen am Samstagabend in der Stadt und gehen schon mal vor, um gute Plätze klarzumachen. Als die Mädchen endlich auftauchen, ist von Jessicas Kummer nichts mehr zu spüren. Wir trinken jeder zwei

Cocktails, dann zieht es die Mädchen an den Strand. Sie wollen den Sonnenuntergang beobachten und haben sogar ihre Fotoapparate dabei. Auf dem Weg wird Jessica plötzlich langsamer, sie nimmt meine Hand und lässt Ben und Trixie ein paar Meter vorausgehen, dann folgen wir ihnen langsam. Ich erwarte, dass Jessica mir jetzt erzählt, was mit ihr los ist, aber anscheinend braucht sie einen Anstoß und ich schlüpfe sofort in die mir zugedachte Rolle: „Was ist denn los mit dir?"

„Du erzählst es niemanden, okay?", geht sie sofort auf mich ein.

„Was denn?"

„Ich habe mich von meinem Freund getrennt."

Oha! Meine Alarmantennen sind sofort in Bereitschaft. Wenn Jessica mir nämlich jetzt erzählt, dass sie sich wieder in mich verliebt hat oder immer noch in mich verliebt ist oder wie auch immer, stehe ich ziemlich blöd da. Ich will nämlich schon lange nichts mehr von ihr; wir sind Freunde – mehr nicht. „Warum?", frage ich deshalb nur hilflos.

„Weil …", sagt sie stockend.

„Hm? Warum?"

„Weil ich mich in einen anderen verliebt habe."

Verdammt! Also doch! Was mache ich denn jetzt? Soll ich sie einfach direkt fragen? Aber was ist, wenn sie mich wirklich meint? Was soll ich denn dann sagen? Und was ist, wenn sie mich nicht meint? Das wäre doch total peinlich, oder? Eigentlich muss ich sie ja auch nur fragen: „In wen denn?"

Jessica starrt auf ihre Schuhspitzen, kickt ein Stein gegen einen Laternenpfahl, atmet einmal tief ein und aus und sagt dann: „In Florian."

„In … oh … in Florian? Cool!" Sie springt sofort darauf an: „Wieso cool? Hat er dir irgendwas gesagt?"

„Nein, aber … ich finde es wirklich cool. Ihr kennt euch schon so lange und …"

„Aber er wohnt so weit weg und ich weiß gar nicht … also, seine Freundin war so nett bei eurer Hochzeit und … er wirkte glücklich mit ihr …"

„Stimmt. Sara ist wirklich klasse, aber du selbst hast auch nicht gerade den Eindruck gemacht, als ob …"

„Ich weiß, es ist verrückt. Ich habe es erst hinterher gemerkt. Als wir wieder zu Hause waren, musste ich ständig an ihn denken."

„Hm, soll ich ihn mal anrufen?"

„Nein!"

„Aber wie soll er denn wissen, was los ist?"

„Ist doch sowieso egal!"

„Wieso das denn?"

„Er lebt in Konstanz, schon vergessen?"

„Das ist ja nicht gerade in Südostasien."

„Trotzdem weit genug weg."

„Ach, Jessica."

„Was soll ich denn tun?"

„Ich weiß nicht. Bespricht man so was nicht eigentlich mit seiner Freundin?"

„Ist es dir etwa peinlich?"

„Nein, aber ich weiß wirklich nicht, was ich da machen soll."

„Hmmm."

„Linda hätte bestimmt eine Idee."

„Das glaube ich auch."

„Soll ich Linda auf ihn ansetzen? Was meinst du?", grinse ich und Jessica lacht: „Gute Idee. Bei Linda ist immerhin jeder auf eine Panne gefasst. Wenn es nicht funktioniert, behaupte ich einfach, sie hätte sich das Ganze ausgedacht."

„Sie macht dich kalt, das weißt du, oder?"

„Ich bin hoffentlich nicht in ihrer Nähe, wenn es rauskommt."

„Aber ich wahrscheinlich."

„Dir tut sie doch nichts, du bist doch ihr Bruderherz."

Wir holen die anderen ein, die sich an einem Kiosk an der Strandpromenade ein Eis gekauft haben. Während Trixie jetzt mit Jessica vorauseilt, quetscht mich Ben aus: „Und?"

„Und was?"

„Was hat sie?"

„Wer?", stelle ich mich dumm.

„Jessica, Mensch."

„Ach so – weiß ich nicht."

„Aber ihr habt doch die ganze Zeit gequatscht."

„Haben wir nicht."

„Hä?"

„Wir haben nicht gequatscht, jedenfalls nicht darüber, warum sie heute so komisch ist."

„Echt nicht?"

„Nein", lüge ich. Jessica will bestimmt nicht, dass ich ihr Geheimnis ausplaudere.

„Aha!", zweifelt Ben dann auch richtig, aber das ist mir jetzt egal.

Die Mädchen bauen schon ihre Stative auf, um das ultimative Sonnenuntergangsfoto zu schießen, während wir uns in den Sand legen und ihr Bemühen beobachten. Sie machen ein paar Probefotos und warten dann auf den richtigen Moment. Nachdem sie die Sonne beim Verschwinden abgelichtet haben, packen sie ihr Zeugs zusammen und ziehen uns in die nächste Bar. Es soll zum Abschluss noch einen Cocktail geben.

Am nächsten Morgen komme ich kaum aus dem Bett, aber das macht nichts. Es ist Sonntag, wir haben frei und uns mit den Mädchen zu einem Von-morgens-bis-abends-Strandtag verabredet, der direkt nach dem Frühstück beginnt. Zuerst machen wir uns ein paar Sonnenliegen klar, dann mischen wir uns unter die Wasserratten und machen uns gegenseitig nass, danach werden wir unfreiwillige Paparazzo-Opfer. Die Mädchen bewaffnen sich nämlich mit ihren Knipsmaschinen und machen Jagd auf uns. Wir sollen posen! Im lässigen Joboutfit sozusagen - in Beach-Shorts … mit Sonnenbrille. Wir tun den Mädchen den Gefallen und finden die coolsten und verrücktesten Fotos am Abend auf ihrer Homepage wieder … mit unzähligen Kommentaren … von Mädchen, die wir nicht kennen. Ein paar Minuten durften Ben und ich sogar selbst Fotos schießen. Unsere Opfer sind natürlich Jessica und Trixie und aus Rache stellen wir jetzt diese Fotos auf unserer Teamhomepage ein. Die Kommentare sind cool, aber am besten gefällt mir der von Florian: „Die süßesten Strandnixen, die ich kenne."

Ben kommentiert sofort: "Das sind keine Nixen, das sind Nervensägen!"

Weil Jessica und Trixie allerdings schon in ihrem Hotelzimmer sind, schicke ich ihr schnell eine Nachricht: „Florian findet dich süß!"

„Woher weißt du das?", kommt sofort die Antwort.

„Geh mal auf unsere Team-Seite!"

Sekunden später steht unter Florians Kommentar eine Nachricht von Jessica: „Die Strandnixe rechts auf dem Bild ist noch zu haben! Aber erst geht sie ins Zimmer nebenan und vermöbelt Ben!"

Schüchtern ist sie nicht, das muss man ihr lassen! Die Message ist zumindest eindeutig und Florian wäre nicht mehr zu retten, wenn er sie nicht versteht.

Ich versuche, Jessica anzurufen, aber ihr Handy ist eine ganze Stunde lang besetzt, deshalb gebe ich auf. Am nächsten Morgen frage ich sie, mit wem sie so lange telefoniert hat.

„Mit Florian", antwortet sie kess.

„Du hast ihn angerufen?"

„Nein, er hat mich angerufen. Verrückt, oder?"

„Und?"

„Er kommt am Wochenende nach Hamburg zum Turnier."

„Ihr spielt das Premium-Turnier in Hamburg?"

„Ja, wir landen doch sowieso dort, dann sind wir quasi vor Ort."

„Genialer Schachzug", staune ich.

„Seid ihr nicht angemeldet?"

„Nein."

„Dann macht das mal."

„Nein", widerspricht Ben. „Ich bleibe lieber bei Linda.

„Aber ich komme mit, vielleicht fehlt irgendwo ein kleiner Junge."

„Cool", freut sich Jessica. „Du darfst dich dann um Trixie kümmern, ich bin nämlich mit Florian beschäftigt."

„Ich habe eine viel bessere Idee: Ich rufe Ella an, vielleicht möchte sie ihre Eltern besuchen. Wir könnten bei denen schlafen."

„Wir haben schon ein Hotel gebucht."

„Ich meine ja auch meine Süße und mich."

„Und Klein-Mimo?"

„Klar, Mimo-Baby auch."

Ich telefoniere kurz mit Ella, die uns sofort bei ihren Eltern anmeldet. Margot holt uns sogar am Flughafen ab, bringt Trixie und Jessica in ihr Hotel, Ben zum Bahnhof und mich direkt in Ellas Arme. Meine Frau wartet schon sehnsüchtig in ihrem Elternhaus auf mich und Mimo freut sich, endlich einen Spielkameraden zu haben. Der beste Piraten-Papa der Welt ist nämlich wieder da.

Zugegeben, es ist wirklich nett, dass meine Schwiegereltern uns hier so kurzfristig unterbringen, aber dass sie gleich ein paar wichtige Geschäftspartner zum Abendessen einladen, ist nicht gerade witzig. „Schließlich konnten wir sie nicht zur Hochzeit einladen", ist Albins dämliche Erklärung auf unser genervtes Aufstöhnen. Die Premium-Auswahl der Geschäftspartner ist aber nicht nur ziemlich alt, sondern auch entsetzlich langweilig und humorlos. Über Mimos lustige Plappereien verziehen sie nur arrogant ihre Gesichter, dabei hat er eine so witzige Geschichte zu erzählen über den gestrigen Tag, den er mit Benni-Two, Oma Frauke und dem Piratenschiff am Strand verbracht hat. Natürlich kann es auch sein, dass sie einfach Mimo-Babys Fastzweijährigenkauderwelsch nicht verstehen, aber ganz eindeutig geben sie sich auch nicht die geringste Mühe. Als es unserem Sohn dann auch noch irgendwie gelingt, mit einem einzigen Wusch ziemlich gekonnt gleich drei gefüllte Sektgläser umzukegeln und dabei komplett zu zerdeppern, sind die anwesenden Damen nicht gerade amüsiert: „Hat das Kind denn kein Benehmen?"

„Das Kind ist ein Junge", erwidert Ella gelassen. „Wir haben ihm sogar einen Namen gegeben."

„Kann er nicht stillsitzen?"

„Doch, aber wieso sollte er? Er langweilt sich eben und will lieber spielen, das hat er doch gerade gezeigt."

„Dann beschäftigt ihn doch."

„Brauchen wir nicht. Mimo sucht sich seine Beschäftigungen selber. Eben zum Beispiel hat er Tischkegeln gespielt. Ich finde es lustig und Dominik auch, stimmt's, Chico?"

„Ja, er hat drei Sektgläser auf einmal getroffen, das ist ein neuer Rekord. Ich glaube, ich probiere es auch mal. Hast du noch Gläser, Margot?"

„Das sind Erbstücke!", ruft meine Schwiegermutter entsetzt und Ella lacht: „Umso besser, dann landen sie wenigstens nicht bei uns im Haushalt. Wo stehen die Gläser, Mama? Ich hole sie. Räumt mal den Tisch auf, die Nordgrens zeigen euch jetzt mal, wie man richtig Spaß hat. Wer die meisten Gläser klirren lässt, hat gewonnen."

„Was soll das, Ella? Suchst du Streit?", schimpft Albin, aber Ella lächelt nur geheuchelt lieb und antwortet: „Was? Nein! Ich doch nicht."

Stimmung kommt hier jetzt allerdings wirklich nicht mehr auf, das merkt sogar Mimo, der langsam müde wird und quengelt. „Ich stecke Mimo jetzt in die Badewanne. Er ist müde", sagt Ella und springt auf.

„Ich helfe dir", füge ich schnell hinzu. Wir laufen lachend die Treppe nach oben und schütteln uns mal so richtig aus. Mimo lacht mit. Wahrscheinlich weiß er nicht, was wir für einen Grund haben, aber lachen ist cool. Unser Sohn lacht gern … ganz im Gegensatz zu seinen Großeltern mütterlicherseits … und zu seinem Urgroßvater väterlicherseits, aber das ist eine andere Geschichte.

Zum Glück können wir uns am nächsten Morgen ganz früh davonschleichen und treffen gleichzeitig mit den Spielern auf dem Gelände ein. Leider muss ich feststellen, dass hier kein weiterer Verteidiger gebraucht wird, also bleibt mir nichts anderes übrig, als mir das Turnier von der Tribüne aus anzusehen. Ich setze mich neben Florian, der nicht nur richtig gesund aussieht, sondern auch überglücklich. „Ich bin jetzt mit Jessica zusammen."

„Schon gehört."

„Ist es okay für dich?"

„Klar. Wieso auch nicht? Das mit Jessica und mir ist Jahre her."

„Ich bin fast vom Sofa gefallen, als ich ihre Nachricht auf eurer Homepage gelesen habe."

„Ihr habt eine Ewigkeit telefoniert."

„Stimmt, du warst ja auch auf Teneriffa."

„Ich hätte nie gedacht, dass aus euch mal ein Paar wird."

„Ich fand sie schon immer toll."

„Ehrlich?"

„Ja, also … ich war nicht in sie verliebt oder so, aber toll fand ich sie damals schon. Sie war so extrem cool, aber jetzt ist sie richtig erwachsen. Sie sieht toll aus, oder?"

„Absolut."

„Und sportlich hat sie es wirklich gepackt.“

„Du doch auch.“

„Wir alle.“

„Stimmt.“

„Die harte Kieler Schule.“

„Lisa gibt jedenfalls ordentlich mit uns allen an. Sie sagt immer, wir waren ihr Lieblingsjahrgang.“

„Ich war schon vor euch da.“

„Dich rechnen wir großzügig mit.“

Als Jessica und Trixie ihr erstes Spiel haben, helfe ich ihnen beim Einspielen, dann hole ich für Mimo ein Eis und setze mich wieder zu Florian auf die Tribüne. Nach dem Eis wird es Mimo langweilig. Zu blöd aber auch, dass wir das Piratenschiff bei Oma und Opa vergessen haben. Auch Benni-Two, mit dem Mimo-Baby sich niemals langweilt, ist nicht hier. Die anderen Kinder kennt er nicht. Gegen Mittag reicht es Ella. Sie schnappt sich unseren Krümel und fährt zurück zu ihren Eltern. „Mimo braucht seinen Mittagsschlaf“, redet sie sich bei Jessica und Trixie raus. „Ich komme nachher wieder und hole meinen Schatz ab. Passt mir auf, dass Chico nicht mit einer anderen durchbrennt, ja?“

„Uh, das wird schwer“, lacht Jessica. „Die Mädels stehen schon in den Startlöchern und warten seit eurem Auftauchen darauf, dass du hier verschwindest, Ella.“

Ella lacht und verschwindet mit dem zeternden Mimo, aber als meine kleine Familie nach etwa drei Stunden zurückkehrt, gibt es noch keinen Grund für eine schnelle Scheidung. Ich habe weder Knutschflecken noch gibt es unanständige Fotos im Internet, alles ist gut und Ella lobt mich: „Dir kann man ganz eindeutig vertrauen, Chico.“

„Na klar doch“, grinse ich und hole mir meinen Belohnungskuss ab. Mimo will auch schmusen und klettert in meinen Arm. Wir sehen uns das letzte Spiel des heutigen Tages an, gehen anschließend noch mit ein paar Leuten in ein Bistro und verabschieden uns gegen sieben in Richtung Langeweile. Hoffentlich haben meine Schwiegereltern nicht wieder Geschäftspartner zum Abendessen eingeladen, mir reicht es noch von gestern. Allerdings haben wir noch gar nicht über den gestrigen Tag geredet, denn wir sind heute ganz früh verschwunden. Ich tippe deshalb mal ganz stark darauf, dass wir jetzt eine ätzende Diskussion vor uns haben und werde auch nicht enttäuscht.

„Wir müssen reden!“, lautet die Begrüßung, und ohne dass jemand eine Regieanweisung gibt, teilen wir uns gleich in drei Gruppen auf: Redeführer, Kommentare-Einwerferin und albern Kichernde. Der Redeführer ist Albin, die Kommentare-Einwerferin ist Margot und die albern Kichernden sind wir: Ella und Mimo-Boss.

„Ihr habt euch gestern unmöglich benommen", meckert Albin, Margot wirft ein: „Wie stehen wir jetzt da?" Ella und ich kichern. Mimo-Baby kichert natürlich auch.

„Wie kleine Kinder habt ihr euch aufgeführt!", mault Albin weiter, Margot wirft wiederum ein: „Wie stehen wir jetzt da?" Und Ella und ich? Ja, wir kichern. Mimo interessiert sich schon nicht mehr für unsere nette Unterhaltung.

„Alle haben über euch die Köpfe geschüttelt!", schimpft Albin mit inzwischen hochrotem Kopf, Margot ist nach wie vor nur an einem interessiert: „Habt ihr eine Ahnung, wie wir jetzt dastehen?" Tja, wir haben mit dem Kichern nach der zweiten Runde noch nicht aufgehört, deshalb müssen wir nicht neu beginnen.

So geht es unnötig lange weiter, bis Ella einmal tief Luft holt und zu unserer Verteidigung ansetzt: „Ist euch schon mal klargeworden, dass wir euretwegen hier sind?"

„Davon haben wir noch nichts bemerkt!", kommentiert Margot.

„Wir wollten Zeit mit euch verbringen. Mit euch und nicht mit euren Freunden."

„Wir mussten es doch irgendwie wiedergutmachen, dass sie nicht zur Hochzeit eingeladen waren."

„Dann wärt ihr einfach irgendwann mit ihnen zum Essen ausgegangen."

„Aber sie wollten euch gratulieren."

„Darauf hätten wir gern verzichtet, stimmt's, Chico?"

„Ja", stimme ich zu. „Ich fand diese Veranstaltung ziemlich langweilig und jetzt bin ich doppelt froh, dass wir diese Beerdigungsgesellschaft nicht bei der Hochzeit dabeihatten."

„Beerdigungsgesellschaft?", poltert Albin.

„Ja!", bestätigt Ella. „Eure Freunde sind zum Sterben langweilig."

„Ein bisschen mehr Respekt, Fräulein, ja?", tobt mein Schwiegervater. „Ich habe euch schließlich nicht umsonst mein ganzes Geld in den Hals geworfen, damit ihr …"

„Ah!", schreit Ella. „Jetzt kommen wir endlich zum Punkt, ja? Mir war von Anfang an klar, dass du uns die Sache mit der Finanzierung irgendwann büßen lässt."

„Das stimmt doch gar nicht."

„Aber du hast gerade eben gesagt, …"

„Lässt du mich vielleicht mal ausreden?"

„Bitte!", sagt Ella sarkastisch.

„Unsere Geschäftspartner waren verstimmt, dass sie nicht zur Hochzeit eingeladen waren."

„Das hatten wir schon", mische ich mich ein.

„Deshalb haben wir den Abend gestern geplant, um die Sache irgendwie zu bereinigen."

„Schade, dass ihr uns nicht informiert habt", stänkert Ella. „Dann hätten wir nämlich in der Bahnhofsmission übernachtet."

„Ella!", mahnt Margot, aber Ella schnaubt nur, dafür hat sich Albin jetzt anscheinend abreagiert, denn er entschuldigt sich kleinlaut: „Tut mir leid, dass ich das Geld angesprochen habe."

Das ist jetzt natürlich ein gutes Stichwort, deshalb hake ich nach: „Du hast mehr bezahlt, als die Versicherung erstattet hat, oder?" Albin weicht meinem Blick aus, deshalb frage ich noch einmal: „Das Geld der Versicherung hat nicht gereicht, stimmt's?"

„Nein, natürlich nicht", gibt Albin zu.

„Oh!", nuschelt Ella zerknirscht. „Tut mir leid."

„Mir auch", sage ich niedergeschlagen. „Wie viel schulde ich dir?"

„Wir!", bestimmt Ella fest. Ich sehe sie dankbar an und warte auf Albins Antwort. Sie lässt nicht lange auf sich warten: „Gar nichts. Wir sind quitt."

„Aber ..."

„Nein, Dominik, wirklich. Wir sind quitt. Du hast uns unsere Tochter zurückgebracht, dafür sind wir dir auf alle Ewigkeit dankbar. Irgendwann hätte sie das Geld sowieso geerbt, also ist es letztlich egal, oder?"

„Mir ist nicht wohl dabei", widerspreche ich leise, aber davon will mein Schwiegervater nichts wissen.

Ich habe jetzt natürlich ein ziemlich schlechtes Gewissen, denn mir ist einerseits klar, dass wir hier um eine nicht gerade kleine Summe herumeiern und zum anderen, dass wir ihnen gestern einfach den Gefallen hätten tun sollen, nett zu ihren Freunden und Geschäftspartnern zu sein. Wir hätten uns bestimmt keinen Zacken aus der Krone gebrochen, aber wir haben über diese Menschen gelacht und sie nicht ernst genommen, das war unfair.

„Es tut mir leid wegen gestern", entschuldige ich mich deshalb.

„Mir auch", sagt Ella zerknirscht. „Es tut mir wirklich leid, Mama, Papa."

„Schon gut, wir hätten euch eben nicht so überfahren dürfen. Und Simon war schließlich auch noch da. Er hat sich gelangweilt, damit hätten wir rechnen müssen und ihr seid beide aus einem ganz anderen Holz. Ihr habt euch nicht wohlgefühlt und wir wollten euch in eine Rolle stecken, die ihr nicht spielen könnt und wollt. Wenn sich jemand entschuldigen muss, dann sind wir es."

„Stimmt", gibt Albin zu und greift nach der Hand seiner Frau.

Einigermaßen beruhigt verteilen wir uns auf die Sofas, aber als Ella unseren Sohn ins Bett bringt, schneide ich nochmal das Thema Geld an: „Ich bin euch wirklich dankbar, dass ihr uns unterstützt habt. Ihr hattet keinen Grund dazu und habt trotzdem nicht gezögert. Ich hasse es, wenn ich Schulden habe, aber noch mehr hasse ich, wenn ich meine Familie nicht versorgen kann. Durch eure Hilfe war es ganz schnell wieder möglich. Danke."

Meine Worte sind aufrichtig und ehrlich und meine Schwiegereltern nehmen sie mit einem Lächeln zur Kenntnis, aber dann möchte Albin noch etwas sagen: „Es ist nicht ganz richtig, was du da gesagt hast, Dominik. Es gab viele Gründe, euch zu helfen. Der erste Grund ist, dass Ella unsere Tochter ist. Wir haben sie oft vernachlässigt … eigentlich sogar immer, aber du musst nicht glauben, dass wir uns mit dem Geld freikaufen wollten, ganz bestimmt nicht."

. „Das glaube ich auch nicht."

„Der zweite Grund ist Simon. Er ist unser Enkel und wir konnten doch nicht zulassen, dass seine Eltern sich Sorgen machen. Das hätte er bestimmt gespürt und er ist doch so ein lustiger kleiner Kerl."

„Das stimmt."

„Der dritte Grund bist du."

„Ich?", frage ich verwundert.

„Ja, wir mögen dich. Am Anfang habe ich dich ziemlich mies behandelt, es tut mir leid, aber wir haben schnell gemerkt, was für ein guter Mensch du bist. Du hast unsere Tochter nach Hause geholt und ihrem Leben Stabilität gegeben. Daran hat es ihr immer gemangelt."

„Das glaube ich nicht."

„Und der vierte Grund ist Christopher."

„Ja", stöhne ich. Christopher, mein Erzfeind. Albins unehelicher Sohn und der Traum meiner schlaflosen Nächte.

„Das Schicksal kann manchmal ziemlich hart sein", sagt Albin. „Ich habe ihn immer abgelehnt, hatte nie Kontakt zu ihm. Die einzige Verbindung war der monatliche Scheck, den ich zuerst seiner Mutter und später ihm zugeschickt habe. Er hatte meine Adresse und hätte sich auch bei mir melden können, aber das wollte er anscheinend nicht."

„Vielleicht hat ihm seine Mutter genau dieselbe Lüge erzählt wie meine Mutter mir", überlege ich laut und plötzlich hat mein Todesfeind mein größtes Mitleid.

„Das kann natürlich sein. Darüber habe ich nie nachgedacht", gibt Albin zu.

„Du solltest ihn besuchen", schlage ich leise vor.

„Meinst du?", zweifelt er.

„Ja, ich denke, das bist du ihm schuldig."

„Ich weiß nicht … ich glaube nicht, dass ich das schaffe."

„Hm", überlege ich. „Vielleicht schreibst du ihm erst mal?"

„Ja … vielleicht."

Weil wir Ella jetzt auf der Treppe hören, beenden wir lieber dieses brandgefährliche Thema und wenden uns Mimos Fortschritten und seiner Zukunft zu. „Ich glaube, unser Enkel wird mal ein guter Bauunternehmer", sagt Ellas Vater, aber Ella hat wohl andere Pläne: „Ich denke, er wird eher ein Weltklasse-Beachvolleyballer."

„Oder Meisterkegler", grinse ich.

„Sektglasmeisterkegler", lacht meine Schwiegermutter und endlich ist das Eis gebrochen.

Um vollends Frieden zwischen uns zu stiften, sagen wir am nächsten Morgen großzügig zu, das Mittagessen mit ihnen in ihrem Lieblingsrestaurant einzunehmen. Das ist natürlich blöd. Erstens, weil wir dann nicht beim Turnier zusehen können, zweitens, weil wir die weitere Entwicklung zwischen Florian und Jessica nicht verfolgen können und drittens, weil wir dieses Theater schon mal erlebt haben. Mimo ist wirklich nicht der beste Kandidat für ein Mittagessen in einem Fünfsternerestaurant. Außerdem haben wir selbst nur Jeans und T-Shirts dabei und verstoßen gegen die Kleidervorschrift, deshalb disponiert Albin um, bestellt den Tisch wieder ab und lässt das Essen liefern. Gegen Aufpreis versteht sich, aber man gönnt sich ja sonst nichts.

Egal, jetzt kann Mimo ungehemmt herumkleckern, wir selbst können uns zu den Miniportionen noch etwas aus dem Kühlschrank holen und Mimo darf nach dem Essen auf dem Fußboden spielen … nachdem er dreimal das Besteck fallengelassen und somit den weißen Teppich ruiniert hat.

Nach dem Essen fahren wir direkt nach Schilksee, so kann Mimo seinen Mittagsschlaf im Babysitz halten und ich sehe endlich mein Sandhaus wieder … und Frauke, meine Ersatz-Mami.

Frauke ist mit Linda in der Küche, aber während Bens Mutter Kartoffeln schält, sitzt Linda nur wortlos am Tisch und starrt ins Leere. „Was ist mit dir?", fragt Ella, nachdem wir uns alle begrüßungsgeknuddelt haben.

„Ich bin rund, ich bin dick und zu nichts zu gebrauchen", stöhnt meine kleine Schwester.

„Du bist schwanger", beruhigt Ella sie. „Mehr nicht."

„Benni-Two?", fragt Mimo, der gerade in meinem Arm aufwacht.

„Ist mit seinem Papa im Garten."

Sofort krabbelt Mimo von meinem Arm und läuft zu seinem Kumpel und deshalb habe ich jetzt die Gelegenheit, meine kleine Schwester noch einmal zu knuddeln und ausgiebig zu trösten: „Es dauert nicht mehr lange."

„Kaum bist du hier, geht's mir wieder gut, Bruderherz."

„Wenn ich das gewusst hätte, wäre ich gleich nach Hause gekommen. Das hätte uns einiges erspart."

„Oh?", wird Frauke hellhörig. „Gab es Probleme?"

„Ja!", lacht Ella. „Wir durften unsere Hochzeit nachfeiern – mit Papas Geschäftspartnern. Es war eine interessante Feier. Mimo hatte zumindest seinen Spaß, die Gäste leider überhaupt nicht. Alle sind früh gegangen und wir erben keine Sektgläser."

„Das ist aber tragisch", grinst Linda und erhebt sich stöhnend. „Ich brauche Bewegung."

„Ich komme mit dir", bietet Ella an und lässt mich mit Frauke allein.

„Und was hast du die letzte Zeit so gemacht, Frauke?", frage ich sie.

„Ich war oft im Keller und habe in den Kisten herumgekramt. Einen Teil habe ich inzwischen weggegeben, aber ich kann mich einfach nicht von allem trennen."

„Musst du auch nicht, es ist genug Platz im Keller."

„Ja, aber ich finde es so schade, dass Ben nichts von seinem Vater haben will. Ich rede ja jetzt nicht von der Kleidung und so. Aber die Uhr zum Beispiel … sie ist sehr wertvoll und schlicht. Ben muss sie ja nicht unbedingt tragen, aber er könnte sie doch aufheben. Vielleicht möchte Benni-Two sie irgendwann haben?"

„Dann heb du sie doch einfach auf."

„Ja, das mache ich auch."

„Na siehst du – Problem gelöst."

„Nicht ganz. Ich habe zum Beispiel eine ganze Kiste mit Fotos, die ich mit Ben aussortieren wollte, aber er hatte überhaupt keine Lust dazu. Stell dir vor, er will kein Foto seines Vaters haben."

„Wieso nicht?", frage ich überrascht.

„Das weiß ich nicht, und dabei sind so schöne Bilder dabei."

„Also, ich möchte gern eins haben, Frauke. Ich hätte gern ein Foto von Martin. Am besten eins aus der Zeit, als noch alles in Ordnung war. Vielleicht aus der Zeit, als ich bei euch gewohnt habe und er uns trainiert hat. Ich habe überhaupt keine Fotos aus dieser Zeit."

„Ich könnte dir welche schenken."

„Das wäre super."

„Hast du morgen Zeit?"

„Klar, morgen ist Montag. Langeweiletag."

„Du Armer, du hast genauso wenig Bewegung wie mein Sohn. Wir müssen wirklich aufpassen, dass ihr nicht zu dick werdet."

„Du bist so witzig, Frauke."

„Genau, und du hast morgen ein Date mit mir. Wir gehen zum Lachen in den Keller."

Ich krame gern in alten Kisten, das war schon immer so. Wenn Opa damals in Amerika war und ich bei Oma übernachten durfte, bin ich oft auf den Dachboden geklettert und habe dort herumgestöbert. Oma hat mir dabei gern Gesellschaft geleistet, aber ich glaube, sie hat nur aufgepasst, dass ich alles ordentlich hinterlasse. Denn mein Opa durfte nie erfahren, dass ich während seiner Abwesenheit im Haus war. Die Sachen auf Omas Dachboden waren für mich allerdings nicht wichtig, aber die Dinge, die ich heute in die Hände nehme, bedeuten mir sehr viel. Es sind die Sachen meines Ziehvaters … Martins Sachen, seine Urkunden, Medaillen und Pokale, die Fotos und Zeitungsausschnitte … seine Uhr. Vorsichtig nehme ich sie in die Hand. Sie läuft noch und als ich sie an mein Ohr halte, höre ich ein leises Klicken. Mit dieser Uhr hat

Martin unsere Zeiten im Schwimmbad gestoppt, mit dieser Uhr hat er unsere Fortschritte gemessen und unsere Trainingszeiten kontrolliert. Es tut mir fast weh, dass sie nun in diesem Karton im Keller liegt, weil Ben sie nicht haben will. Ich würde sonst etwas dafür geben, wenn ich sie behalten dürfte. „Ich verstehe nicht, warum er sie nicht haben möchte", sage ich leise und Frauke seufzt: „Ich auch nicht. Sie ist doch zeitlos und noch nicht einmal hässlich. Ich wünschte, er würde sie nehmen. Dann müsste sie nicht hier unten liegen."

„Wenn ich Ben wäre … ich würde sie nehmen", erkläre ich ehrfürchtig. „Ich würde sie tragen."

„Wirklich?", freut sich Frauke.

„Natürlich. Wenn Ben sie nicht möchte … also … "

„Weil du merkst, wie sehr ich es mir wünsche?"

„Nein, ich finde sie schön und sie gehörte Martin. Wenn Ben sie nicht will … ich würde sie gern nehmen."

„Dann gehört sie dir", lächelt Frauke.

„Danke!", sage ich und schiebe sie mir vorsichtig in die Hosentasche.

„Du wolltest dir auch noch Bilder aussuchen."

„Wenn ich darf?"

„Natürlich!"

Es ist beinahe erschreckend, wie sehr Frauke sich freut. Ihr Sohn hat an all diesen Dingen kein Interesse, ihre Tochter ist längst tot, aber ich, der Junge, von dem sie wahrscheinlich mehr weiß als von ihren eigenen Kindern, ich teile die Erinnerungen mit ihr.

Plötzlich fängt sie an zu weinen. Es ist ihr nicht unangenehm und mir auch nicht. Im Gegenteil. Wenn ich kein ganzer Kerl wäre, würde ich jetzt wahrscheinlich mitweinen. Vielleicht würde es sogar helfen, dieses störende Kratzen im Hals loszuwerden, das mich überfallen hat, seit wir hier im Keller hocken. „Alles ist gut, Frauke", sage ich leise und umarme sie.

„Er fehlt mir!"

„Mir auch, ich denke oft an ihn."

„Aber Ben …"

„Ben denkt auch oft an seinen Vater, wir reden oft über Martin, vor allem, wenn wir allein unterwegs sind … bei Turnieren und so."

„Wirklich?"

„Ja, Ben vermisst Martin. Sie waren mehr als Vater und Sohn – sie waren Freunde, richtig dicke Freunde, das ist selten. Sie hatten immer ein tolles Verhältnis zueinander. Ich wünschte, bei Jonas und mir wäre es ähnlich."

„Ist es doch, oder?"

„Ja, im Moment schon, aber ich denke zu oft an die Vergangenheit."

„Lass die Vergangenheit ruhen."

„Das sagt sich so leicht. Okay, und jetzt zu diesen Kisten. Also, diese Kiste behalten wir auf jeden Fall", bestimme ich und zeige auf den großen Karton mit den Pokalen, Urkunden und Medaillen. „Und die Fotoalben und Zeitungsausschnitte behalten wir auch."

„Aber Ben will das alles nicht haben."

„Na und? Vielleicht fragt irgendwann Benni-Two nach seinem Opa und dann holen wir die Kisten nach oben und zeigen ihm alles."

„Was ist mit der Kleidung?"

„Die kannst du wirklich weggeben."

„Ist wohl das Beste."

„Genau. Also, wir räumen die Kisten, die wir behalten wollen, hier rechts in die Ecke und den Rest stapeln wir da drüben. Dann rufst du ein soziales Kaufhaus an und fragst, ob sie die Sachen haben wollen. Wenn ja, sollen sie es hier abholen."

„Gut, wie du willst, Boss."

„Ich kann dir den Anruf auch abnehmen, Frauke."

„Nein, das schaffe ich schon."

Wir sortieren die Kisten neu, stapeln die wertvollen Erinnerungen rechts und den Rest links an der Wand, dann zieht mich Frauke zu dem Karton mit den Fotos: „Und jetzt such dir die Bilder aus, ja?"

„Hmmmm."

Ich klemme mir die zwar kleine, aber unglaublich schwere Kiste unter den Arm und trage sie in die Küche. Dort setzt Frauke Teewasser auf, während ich schon mal mit dem Sichten anfange. Zuerst sehe ich mir ein Album aus Martins Jugend an. Da kannte ich ihn natürlich noch nicht, deshalb interessieren mich diese Bilder sehr. Er sieht auf diesen Fotos so aus wie Ben und hat sogar dasselbe schiefe Grinsen drauf. Aus diesem Album suche ich mir kein Bild, denn ich suche Erinnerungen und mit Martin als Jugendlichem verbindet mich nichts. Die nächsten Bücher blättere ich nur sporadisch durch und lege sie schnell an die Seite, aber endlich finde ich ein Album, in dem ich auch selbst auftauche. Ich suche mir hieraus verschiedene Bilder aus. Natürlich sind viele Trainingsfotos dabei, aber auch ein paar private Schnappschüsse. Eines zeigt mich und Ben bei dem Turnier in Frankreich, wo ich Jonas zum ersten Mal getroffen habe. Martin ist auf diesem Bild zwar nicht zu sehen, aber ich nehme es trotzdem an mich. Ein Foto zeigt Ben und mich, wie wir mit Jessica und Laura beim Hamburger Turnier ein Match spielen, um die Zuschauer zu belustigen. Ich suche mir weiter ein Bild aus, auf dem er mit Ben zu sehen ist. Sie stehen nebeneinander und starren ins Leere … aufs Meer. Das Foto ist in Kalifornien aufgenommen worden. Ben und ich wurden gerade Vizeweltmeister. Ich selbst habe an diesem Tag die Briefe gelesen, die Mama an Jonas geschickt hatte und in denen nur Lügen standen. Dieser Tag hat meinen Vater und mich fester zusammengeschweißt und Martin hatte daran einen großen Anteil. Ein Bild zeigt Martin und Frauke. Sie stehen am Hafen an der Mole. Frauke winkt in die Kamera, Martin grinst. Eines der Bilder zeigt Martin und mich, wir scheinen uns gerade angeregt zu unterhalten. Ich sehe ein wenig verzweifelt aus, aber Martin spendet mir Trost. Ein Arm liegt auf meiner Schulter und er lächelt zuversichtlich. Dieses Foto werde ich zu Majas Postkarte legen und zu Jonas' Kommunionskarte ... meine liebsten Erinnerungsstücke – neben meinem Verlobungs-Tattoo versteht sich. Kurze Zeit überlege ich, mir auch noch ein Foto von Kerstin auszusuchen, aber ich lasse es.

„Zeig mal", bittet Frauke und nimmt mir den kleinen und übersichtlichen Stapel ab. „Sind das alle?"

„Ja, mehr brauche ich nicht."

„Gut, der Rest kommt wieder in den Keller."

Sie sammelt schon die Alben ein, um sie in den Karton zurückzulegen, aber da fällt mir etwas ein: „Warte, vielleicht möchte Robin sich noch etwas aussuchen."

„Ja, natürlich, an Robin habe ich gar nicht gedacht."

„Ich bringe ihm den Karton rüber, er müsste jetzt in der Wohnung sein."

„Ist lieb von dir."

Robin und Caroline sind tatsächlich in der Wohnung und Robin freut sich über die Fotos. Genau wie ich sucht er sich nur wenige Fotos aus, aber während ich auch Bilder ausgesucht habe, auf denen Ben und die Mädchen zu sehen sind, sucht er sich nur Fotos von Martin aus. Bedächtig hält er sie in seinen Händen und fühlt jetzt wahrscheinlich genau das heisere Kratzen im Hals wie ich. Er räuspert sich und sagt leise: „Danke."

„Alles klar?", frage ich.

„Hmmm."

„Wirklich?"

„Ja, aber ... er ..."

„Ja?"

„Er fehlt mir!"

„Ja ... mir auch."

Wir umarmen uns und Caroline steht verlegen daneben, dann verabschiede ich mich, damit Robin weinen kann.

Am nächsten Tag ist endlich wieder Training. Wir trainieren für das erste Turnier der Holsteintour, das am Freitag in Kiel beginnt. Die Meldeliste liest sich richtig spannend und wir

Herstellung und Verlag:
BoD- Books on Demand, Norderstedt
ISBN: 9783752831979

freuen uns riesig, dass außer uns und unseren Kleinen unter anderem noch Stefan und Christian dabei sind, die natürlich auf Platz eins gesetzt sind. Platz zwei geht an Ralf und Marco, uns gruppiert man auf der Drei ein, Robin und Timm auf der Elf und direkt hinter uns, auf Rang vier, finden wir meinen Kumpel Tobi aus München. Leider hat er wieder diesen Idioten dabei – Maximilian – mit dem er jetzt ein festes Team bildet.

Während wir mit einem Freilos ins Turnier starten, besiegen Robin und Timm ihre Gegner mehr als deutlich und ebenso gewinnen sie ihr zweites Spiel an diesem Tag, das allerdings aufregend knapp. Auch wir gewinnen unser Spiel, aber wir sind schließlich hoch gesetzt und treffen auf ein Team, das ganz weit unten in der Setzliste steht.

Am Abend nehmen wir unsere Freunde aus Hamburg und München – sogar Max – mit ins Sandhaus und werfen den Grill an.

Samstag startet das Turnier um halb zehn, aber die Sandhäusler sind erst um elf Uhr an der Reihe … auf dem Centrecourt und zwar gegeneinander. Natürlich erwartet jeder von uns, dass wir unsere Kleinen schlagen und ebenso natürlich haben die Zwerge etwas dagegen. Sie wehren sich wirklich mutig, das Publikum ist jedenfalls begeistert von ihrer Leistung. Zum Ende des ersten Satzes, als Ben und ich mit drei Punkten führen, holt Robin noch einmal alles aus sich heraus. Sein diagonal gespielter Angriffsschlag hinterlässt einen kilometertiefen Krater in unserer Spielhälfte und unsere Führung schrumpft. Timms Aufschlag kann ich nicht erreichen, die nächste Annahme verbockt Ben. „Das habt ihr aber auch schon mal besser hingekriegt!", stänkert Robin und hat die Lacher des Publikums auf seiner Seite.

„Ich erhöhe dir die Miete!", drohe ich scherzhaft.

„Egal, meine Mutter hat ein dickes Bankkonto."

So groß ihre Klappe im Moment auch ist, machen wir sie trotzdem platt. Den ersten Satz gewinnen wir zu neunzehn, und den zweiten Satz schenken sie uns sozusagen. Selbst mit den dusseligsten Aktionen hätten wir da nicht mehr viel verbocken können. Wir gewinnen und schicken meine Mieter in den Verliererpool.

Robin verlangt eine Wiedergutmachung und fordert Ben und mich auf, das Mittagessen zu bezahlen. Wir haben jetzt zwei Stunden Zeit, essen in einem Bistro am Straßenrand eine Kleinigkeit und gehen anschließend zu den Courts zurück. Mir fällt auf, dass uns ein Mann folgt, den ich schon am Turnierort und im Bistro gesehen habe, aber ich denke nicht weiter darüber nach. Wahrscheinlich ist er ein Volleyballfan und war gerade zum selben Zeitpunkt hungrig wie wir.

Zurück am Court sehen wir uns ein paar Spiele aus den Verliererrunden an und bereiten uns rechtzeitig auf unsere nächsten Einsätze vor. Robin und Timm gewinnen, aber in der Gewinnerrunde wird es jetzt richtig spannend. Stefan und Christian haben es jetzt nämlich mit Tobi und Max zu tun, während wir gegen Ralf und Marco spielen dürfen. In der ersten Partie gewinnen

Stefan und Christian überraschend deutlich, aber wir haben mit Ralf und Marco unsere Schwierigkeiten. Umso überraschender ist es aber, dass wir sie im Tie-Break schlagen. Wir suchen uns einen Platz auf den Tribünen und beobachten die nächsten Spiele. Dabei fällt mir wieder der Typ auf, der Robin verfolgt, als er an der Verpflegungsausgabestelle Salzstangen für uns alle holt. Es kann doch kein Zufall sein, dass dieser Unbekannte Robin nicht nur zur Ausgabestelle folgt, an der er selbst überhaupt nichts zu suchen hat, dort einfach nur wartet und Robin wieder zur Tribüne zurückverfolgt. Außerdem setzt er sich jetzt direkt hinter uns und jedes Mal, wenn ich mich umdrehe, starrt er Robin an. Er merkt es noch nicht einmal, dass ich das gefühlt alle zwei Minuten kontrolliere. Als wir uns für die nächsten Spiele vorbereiten müssen, verfolgt er uns mit den Augen. Es ist beinahe unheimlich.

Leider verlieren Robin und Timm ihr nächstes Spiel. Sie scheiden aus und werden sehr gute Siebte, aber Ralf und Marco gewinnen ihr Spiel im Loserpool und sind im Halbfinale die Gegner von Stefan und Christian. Überraschenderweise gewinnen Ralf und Marco das erste Halbfinale und Ben und ich das zweite. Wir sind also im Endspiel, das wir leider verlieren, aber wir sammeln ordentlich Punkte. Gegen Ralf und Marco zu verlieren, ist wirklich keine Schande, auch wenn es am Anfang ein wenig schmerzt, schließlich sind wir hier zu Hause. Wir sind Kieler Jungs, dies ist unser Turnier und wir hätten es gern für unsere Zuschauer gewonnen.

Auf dem Heimweg fällt mir wieder dieser Typ ein und mein Denkapparat setzt sich in Bewegung. Selbst beim Essen kann ich nicht abschalten. Ida muss mich mehrfach ansprechen, als sie von mir wissen möchte, was ich von einem Nachtisch halte. Weil es sich hier um Schokoladenpudding handelt, ist sie etwas überrascht, dass ich nicht sofort reagiere. Linda wird natürlich sofort aufmerksam und sieht mich schräg von der Seite an. Natürlich kann ich mir denken, dass sie mich jetzt an der Angel hat und nicht mehr loslässt, bis das Problem ihrer Meinung nach gelöst ist. Nachdem sie Benni-Two ins Bett gebracht hat und Robin, Timm und Caroline in ihren Wohnungen verschwunden sind, trommelt sie den Rest der Sandhausbewohner in der Küche zusammen. „Was ist los, Krümel?", fragt Jonas.

„Das sollten wir Dominik fragen", antwortet Linda.

Ich bin jetzt natürlich im Eimer, denn was soll ich meinen Mitbewohnern schon großartig erzählen? Ich habe einen Mann gesehen … na und? Es waren hunderte von Männern in Kiel auf dem Bahnhofsvorplatz, was soll an diesem einen so besonders sein? Ich überlege, wie ich anfangen soll, aber dann nickt Linda mir aufmunternd zu und ich schieße los: „Ich glaube, Robin hat einen Stalker."

„Männlich?", fragt Linda verwundert.

„Äh … ja, also mir ist aufgefallen, dass er heute den ganzen Tag von einem Typen verfolgt wurde und …"

„Du meinst den, der auch mit uns im Bistro war?", fragt Ben überrascht.

„Ja, ist er dir auch aufgefallen?"

„Na klar, der klebte uns praktisch am Hacken und als wir zurück am Court waren, hat er Robin sogar angesprochen."

„Im Ernst?"

„Ja, ich stand direkt daneben."

„Und was hat er gefragt?", will Ida wissen.

„Er hat nichts gefragt. Ich denke, er wollte Robin in ein Gespräch verwickeln, aber Robin war auf dem Weg zum Court für das nächste Spiel und hatte keine Zeit. Ich glaube, Robin hat das noch nicht einmal gepeilt."

„Vielleicht war er von der Presse?", vermutet Jonas.

„Das glaube ich nicht", widerspreche ich. „Er hatte zwar einen Fotoapparat dabei, aber nur einen ganz kleinen."

„Ich glaube …", sagt Linda plötzlich und verstummt.

„Was denn?", frage ich angespannt.

„Nein, das kann nicht sein …"

„Was ist denn?", fragt nun auch Ben.

„Das wäre ein zu großer Zufall!"

„Linda!", dränge ich.

„Das passiert doch nicht zweimal … das ist unmöglich …"

„Was denn nun?"

„Erinnert ihr euch an Alexandra?"

„Natürlich", stöhne ich. „Wie könnten wir diese Tussi vergessen, sie ist schließlich Robins Mutter."

„Wisst ihr noch, wie sie Kontakt mit uns aufgenommen hat?"

„Klar."

„Und was ist, wenn dieser Typ jetzt Robins Vater ist?"

„Das glaube ich nicht" sagt Ida. „Alexandra hat keinen Kontakt zu ihm. Sie kennt noch nicht einmal den Namen."

„Doch!", widerspreche ich. „Sie kennt zumindest den Namen des Autofahrers, das hat sie mir zumindest erzählt."

„Und du glaubst …?"

„Vielleicht hat er Kontakt aufgenommen? Wer weiß?"

„Ich bin sicher, der Kerl ist Robins Vater. Ihr habt ihn doch gesehen … gibt es da eine Ähnlichkeit?", fragt Linda aufgeregt.

Ben und ich sehen uns fragend an. Eine Ähnlichkeit? „Nein, mir ist nichts aufgefallen", antworte ich. „Der Typ war groß, mehr Ähnlichkeit hatte er nicht mit Robin."

„Warte", ruft Ben plötzlich. „Na klar, wenn ich jetzt so darüber nachdenke …"

„Was denn?"

„Er hat genau dasselbe bestellt wie Robin!"

„Na und?"

„Er hat aber vor Robin bestellt."

„Na und?"

„Er wollte keine Champignons auf dem Baguette und er wollte einen Orangensaft ohne Fruchtfleisch. Darauf hat er deutlich hingewiesen."

„Oh!", sagen wir plötzlich alle mit einer Stimme. Robin hasst nämlich Champignons und Fruchtfleisch hat in seinem O-Saft nichts zu suchen, aber ist das ein Beweis? Könnte sein, oder? Und auf einmal wird mir alles klar: Dieser Kerl muss Robins Vater sein! Natürlich! Was denn auch sonst? Alexandra hat ihren dämlichen Plan wahrgemacht und jetzt weiß dieser Idiot, dass er sich fortgepflanzt hat. Er wollte heute kontrollieren, was sein Sohnemann sportlich so draufhat. Ob es ihm gereicht hat, dass er nur Siebter geworden ist? Ob Robin gespürt hat, dass ihn jemand beobachtet?

„Ich rufe Alexandra an!", schlägt Ben vor. Ich finde die Idee super und noch besser finde ich, dass er das Telefonat selbst übernimmt. Ben kramt nach seinem Handy und telefoniert mit Robins Mama. Wir bekommen natürlich nur Bruchstücke mit und ich ärgere mich jetzt doch ein wenig, dass ich das Telefonat nicht übernommen habe, aber Ben wird uns mit Sicherheit gleich alles erzählen. Das tut er auch und zwar ausführlich: „Also, sie hat doch diesen Brief geschrieben und gehofft, dass sich niemand meldet, ja?"

„Ja."

„Aber vor ein paar Wochen hat sich dann doch jemand gemeldet … der Fahrer des Wagens."

„Ja?"

„Ja, stellt euch vor. Robin hat doch neulich bei Alexandra übernachtet. Sie hat die Zahnbürste an sich genommen und ein paar Haare aus Robins Kamm. Der Typ hat einen Vaterschaftstest gemacht und der Test war positiv."

„Im Ernst?"

„Hmmm, und jetzt will er seinen Sohn treffen."

„Krass."

„Das kannst du laut sagen. Alexandra ist allerdings besorgt, dass er in Kiel war."

„Was hat sie denn gesagt?"

„Sie sagte, dass der Typ Robins Namen nicht kennt, den hat sie ihm nicht gesagt."

„Aber er hat ihn trotzdem erkannt."

„Falls es der Kerl überhaupt war, das wissen wir ja nicht."

„Nein, aber das wäre schon ein komischer Zufall, oder?"

„Stimmt auch wieder. Jedenfalls will Alexandra ihn jetzt anrufen. Sie plant ein Treffen, um ihn kennenzulernen und danach will sie entscheiden, ob sie Robin und seinen Vater zusammenbringt."

„Das hätte sie sich alles mal vorher überlegen sollen."

„Finde ich auch."

„Meint ihr, wir sollten Robin einweihen?", fragt Linda. Wir sehen uns ratlos an, aber Ida meint: „Nein, besser nicht. Das ist Alexandras Aufgabe."

Am Montagmorgen beobachten wir Robin beim Frühstück, um herauszufinden, ob er irgendetwas bemerkt hat, aber er ist so unbekümmert wie immer, freut sich riesig über seine Platzierung und prahlt, was er dieses Jahr noch so alles reißen will. Ich bin sicher, er hat noch nichts bemerkt, aber das ist nur die Ruhe vor dem Sturm. Bald wird Alexandra ihm eine interessante Geschichte erzählen und ich bin gespannt, ob er dann immer noch so cool und lässig ist.

Kapitel 3

Sternenkind

Ich grübele noch ein paar Tage lang über Alexandras schräge Aktion. Sie schickt dem Typen, der sie als Jugendliche vergewaltigt hat, die Zahnbürste und ein paar Haare ihres Sohnes, damit dieser Verbrecher einen Vaterschaftstest machen kann? Das ist ja wohl wirklich an Blödheit nicht mehr zu überbieten. Und wozu eigentlich das Ganze? Glaubt sie etwa, Robin durch diesen Coup für sich zurückzugewinnen? Das ist ja wohl eher unwahrscheinlich, oder? Außerdem – was verspricht sie sich davon, dass dieser Typ nicht Robins Namen weiß? Er hat ihn trotzdem gefunden und so ein großer Zufall kann es doch auch nicht gewesen sein, dass er ausgerechnet bei einem Beachvolleyballturnier aufgetaucht ist. Alexandra muss ihm irgendetwas über Robin erzählt haben und das, was sie erzählt hat, muss seinen Erzeuger auf die Idee gebracht haben, bei einem hochrangig besetzten Landesturnier nach seinem Sohn Ausschau zu halten. Robins Vater weiß also, dass sein Sohn ein Beachvolleyballer ist, der es mit der Elite auf Landesebene und darüber hinaus aufnehmen kann. Und woher soll er diese Information haben? Nur Alexandra kann geplaudert haben.

Ich bin wütend. Und sauer! Und mal wieder extrem genervt von dieser dusseligen Tussi, die wirklich nicht bis drei zählen kann. Was denn bitteschön will sie ihrem Sohn erzählen, wenn der Papi hier plötzlich auftaucht? Was will sie dagegen unternehmen, wenn er sich mit Robin treffen will, obwohl sie möglicherweise von ihm als Vater nicht überzeugt ist? Sie will ihn vorher auf Herz und Nieren prüfen, hat sie gesagt, aber was will sie tun, wenn er trotz ihres Verbots mit meinem Pflegebruder Kontakt aufnimmt? Und was ist, wenn sich Robin und sein Vater sogar verstehen? Was ist, wenn sie sich wirklich gesucht und gefunden haben? Was ist, wenn Robin seinem Vater in dessen Wohnort folgt und uns im Sandhaus allein lässt? Was passiert dann mit Caroline, was passiert mit Timm und uns? Und vor allem – wer soll das leere Zimmer füllen?

Natürlich ist es egoistisch von mir, dass ich Robin bei uns behalten will. Falls er sich wirklich mit seinem Vater versteht, haben sie eine Menge aufzuholen und ich sollte ja wohl am besten wissen, wie viel es zwischen Vater und Sohn, die unfreiwillig voneinander getrennt waren, aufzuholen gibt.

Die ganze Woche grüble ich über dieses Problem, nur das Training lenkt mich ab und Mimo natürlich, der neuerdings bei uns im Bett schläft, weil in seinem Kleiderschrank im Moment ein Piratenjäger wohnt, der es nachts auf die Sandhauspiraten abgesehen hat. Leider schläft Mimo sehr lebendig, das heißt, wenn er nicht gerade wühlt, dann träumt er und wenn er nicht träumt, dann singt er. Es ist wirklich zum Verrücktwerden und deshalb bin ich froh, als Ben und ich am

Donnerstagnachmittag nach Münster fahren können, wo an diesem Wochenende die Deutsche Beachserie startet.

Weil es in diesem Jahr viele neue Teamkonstellationen gibt, haben wir ein Nachsehen und müssen trotz unserer guten Platzierung bei den Deutschen Meisterschaften im letzten Jahr in Münster durch die Qualifikation. Zuerst einmal aber nutze ich die ruhige Nacht, gehe schon um acht ins Bett und schlafe tief und fest bis neun Uhr am Freitagmorgen. Ich verzichte aufs Joggen, mache mich schick im Bad und suche Ben. Ich habe nämlich Hunger und will frühstücken. Ben finde ich im Foyer des Hotels, er telefoniert ziemlich aufgeregt. Ob er wohl Alexandra am Handy hat? Ich tippe ihm auf die Schulter, zeige mit dem Daumen zum Restaurant und setze mich in Bewegung. Ben folgt mir; er telefoniert immer noch. Vom Buffet hole ich mir mein Müsli, etwas Obst, Orangensaft und einen starken Kaffee. Danach esse ich noch ein Brötchen und höre mir Bens Telefonbericht an: „Das war Ida. Linda geht's gar nicht gut."

„Was ist los?"

„Mama ist mit ihr beim Arzt. Sie hatte auf einmal schreckliche Bauchschmerzen, hat sich heftig übergeben. Mama meldet sich, sobald es Neuigkeiten gibt."

„Das klingt nicht gut. Willst du nach Hause?"

„Nein, Mama hat gesagt, Linda will, dass wir hier ordentlich Punkte sammeln."

„Im Ernst?"

„Ja, sie will, dass wir nicht jedes Mal durch die Quali müssen."

„Hm, meinst du, ich soll mal Ella anrufen?"

„Die weiß auch noch nicht mehr."

„Egal."

Nervös warte ich darauf, dass Ella sich meldet, aber es springt nur die Mailbox an.

„Mailbox", sage ich. „Hör zu, wir lassen die Handys heute an, auch während der Spiele, okay? Dann können sie uns immer erreichen."

„Okay."

„Und wenn du nach Hause willst, dann fahren wir."

„Danke."

Nach dem Frühstück schlagen wir in der Stadt die Zeit tot und checken schon mal das Revier. Hier sind vier Courts aufgebaut und ein großes Stadion. Ist aber auch kein Wunder, zu diesem Turnier hat sich schließlich alles angemeldet, was im deutschen Beachvolleyball Rang und Namen hat. Sogar ein paar ausländische Teams sind hier … aus Brasilien und den USA, aus Österreich und Polen. Für die Zuschauer ist das natürlich geil, aber wir müssen deshalb durch die Quali und dürfen uns da keine Schwäche erlauben. Ich hoffe, dass Ben seine Gedanken ganz auf die Spiele konzentrieren kann, aber ich zweifle, dass es ihm gelingt. Ich selbst mache mir nämlich auch große Sorgen um meine kleine Schwester.

Um zwölf kehren wir zurück ins Hotel, holen unsere Sachen und gehen zum Gelände. Wir tragen uns ein, gehen gemeinsam zum Technical Meeting und warten auf unser erstes Spiel. Vorsorglich bitten wir um Erlaubnis, unsere Handys während der Spiele angeschaltet lassen zu dürfen. Als wir den Grund dafür erklären, ist der Veranstalter einverstanden. Sicherheitshalber rufe ich nach unserer Einspielphase noch schnell Ella an, aber wieder meldet sich nur die Mailbox. Ich probiere es bei Ida. „Dominik?", fragt sie angespannt.

„Ja, was ist los bei euch?"

„Linda ist im Krankenhaus."

„Geht es ihr gut?"

„Sie wird noch untersucht."

„Was ist denn?"

„Ich kann dir wirklich noch nichts sagen, glaub mir."

„Du meldest dich, ja?"

„Natürlich."

„Ich verlasse mich darauf."

„Ich rufe dich sofort an."

„Wo ist denn eigentlich Ella?"

„Sie kümmert sich um die Kleinen."

„Und warum hat sie ihr Handy nicht an?"

„Ich glaube, sie sind am Strand."

„Okay, falls du sie triffst, soll sie mich anrufen, ja?"

„Ja, wann habt ihr euer erstes Spiel?"

„Jetzt, der Schiedsrichter wartet schon."

„Ich drücke die Daumen."

„Danke."

Der Schiedsrichter wirft einen theatralischen Blick auf die Uhr und fragt dann sarkastisch: „Ist der Herr jetzt bereit?" Ich grinse nur hilflos und nicke. Auf geht's.

Natürlich bin ich nicht ganz auf der Höhe und Ben auch nicht, deshalb verlieren wir beide Spiele, landen in der Qualifikation auf dem letzten Platz und fahren mit null Punkten und Bleifuß zurück nach Kiel. So ziemlich genau um zehn Uhr abends parke ich das Auto auf dem Parkplatz vor dem Krankenhaus und Sekunden später stehen wir vor Lindas Zimmer. Die Besuchszeit ist natürlich längst vorbei, aber Ida hat uns angemeldet. Nichts und niemand hätte Ben und mich jetzt davon abhalten können, meine kleine Schwester zu besuchen und ihr beizustehen.

Als wir nämlich gegen halb acht etwa auf Höhe Bremen waren, rief Ella an, um uns eine Nachricht mitzuteilen, auf die wir beide nicht vorbereitet waren: Linda hatte eine Frühgeburt und das Baby kam tot zur Welt.

Zaghaft klopfe ich an die Zimmertür, die von innen geöffnet wird. Ida ist da und Frauke. Beide sind blass und abgespannt, aber Linda selbst sieht noch viel schlimmer aus. Zum Glück schläft sie, ich wüsste nämlich nicht, was ich ihr in diesem verzweifelten Moment hätte sagen sollen und auch Ben sieht aus, als wolle er hier und jetzt zusammenbrechen und nie wieder aufstehen. „Es tut mir leid, Ben", sagt Frauke und umarmt ihren Sohn. Dann schiebt sie ihn an Lindas Bett und drückt ihn auf den Stuhl, der schon wartet.

„Was ist denn passiert?", fragt er heiser. Ida und Frauke sehen sich ratlos an, dann spricht Frauke: „Sie ist gestern über einen von Benni-Twos Schuhen gestolpert und mit dem Bauch am Türrahmen angestoßen. Sie hatte keine Schmerzen, deshalb ist sie ganz normal ins Bett gegangen. Am Morgen hatte sie plötzlich Bauchschmerzen und sie dachte, sie hätte sich den Magen verdorben, weil sie sich auch übergeben musste. Von dem Sturz hatte sie uns da noch nichts erzählt, deshalb habe ich sie zum Arzt gebracht. Ich wäre doch sonst sofort mit ihr hierhergekommen."

„Ich weiß, Mama, mach dir keine Vorwürfe, okay?"

„Jedenfalls hat sie dem Arzt von dem Sturz erzählt, er hat für sie sofort einen Krankentransport organisiert."

„Und dann?"

„Sie haben sie mit Blaulicht und Sirene hergebracht und ich habe die anderen informiert."

„Sie muss große Angst gehabt haben."

„Nein, ich glaube nicht, eigenartigerweise war sie ganz ruhig."

„Und was ist dann passiert?"

„Das Baby wurde tot geboren, es tut mir leid, Ben."

Obwohl wir diese Information schon hatten, scheint mein Kumpel sie jetzt erst richtig zu verstehen. Er sackt in sich zusammen und weint, wir können ihn nicht trösten und es hilft auch überhaupt nicht, dass in diesem Moment die Nachtschwester auftaucht und uns ruhig, aber hartnäckig zum Gehen auffordert. Nur mit Mühe schaffen wir es, Ben von Lindas Bett wegzulotsen und in mein Auto zu verfrachten. Frauke steigt bei Ida ein und gemeinsam machen wir uns auf den Weg ins Sandhaus … nach Hause, wo jetzt zwei Menschen fehlen: Linda und ein Junge namens Christian, den wir noch nicht kannten und den wir niemals kennenlernen werden.

Es ist nach Mitternacht, als wir im Sandhaus eintreffen. Ella liegt mit Mimo und Benni-Two in unserem Bett. Sie schlafen und für mich ist hier kein Platz, deshalb lege ich mich im Wohnzimmer auf eines der Sofas. Ben sucht sich das andere aus. Er ist fix und fertig, aber natürlich ist an Schlaf nicht zu denken. Morgen … oder eher gesagt: heute … muss er aber topfit sein, denn er muss an Lindas Seite sein und deshalb gehe ich an den Medikamentenschrank und reiche ihm eine Schlaftablette, die er artig schluckt. Ich nehme auch eine, denn es ist schließlich glasklar, dass ich meinen besten Freund morgen begleiten werde.

Die Zwerge wecken uns am nächsten Tag: Benni-Two und Mimo-Baby. Sie hüpfen auf unsere Bäuche und kitzeln uns, dann machen sie uns klar, dass in der Küche das Frühstück auf uns wartet. In unseren Klamotten von gestern, unrasiert und ungewaschen setzen wir uns an den Küchentisch und essen langsam unser Müsli, dann schickt Ida uns unter die Dusche und danach ins Krankenhaus. Es ist Samstag, wir haben Zeit.

Linda ist wach, als wir ihr kleines Zimmer betreten. Ihre Augen sind geöffnet und sie starrt wie hypnotisiert an die Decke. Wir nehmen ihre eiskalten Hände, aber sie rührt sich nicht.

„Linda?", fragt Ben leise. Linda reagiert nicht.

„Kleine Schwester?", bohre ich vorsichtig nach, aber auch auf meine Stimme hört sie nicht. Das ist ein ganz schlechtes Zeichen und es gibt nur eine Lösung: „Ich hole die Schwester."

Im Schwesternzimmer ignoriert man mich erst mal. Klar, es ist Wochenende und wahrscheinlich nur eine Notbesetzung am Start, aber ich stehe ja nicht aus Langeweile hier, sondern mache mir Sorgen um meine Schwester. Ich klopfe noch einmal energisch an den Türrahmen und jetzt erst nimmt man mich wahr: „Ja? Bitte?"

„Es geht um Linda Wolf."

„Sind Sie ihr Mann?"

„Ihr Bruder. Können Sie mir vielleicht sagen, was los ist? Sie spricht nicht, sie sieht uns noch nicht einmal an."

„Das liegt an den Medikamenten. Sie hat starke Beruhigungsmittel bekommen."

„Das ist nicht gut, oder?"

„Alles wird gut. Ich bin sofort bei Ihnen, ja?"

Einigermaßen beruhigt gehe ich zurück ins Zimmer. „Die Schwester kommt gleich."

Ben springt von der Bettkante auf, als die Schwester das Zimmer betritt.

„Sie sind ihr Mann?", fragt sie.

„Ja, wieso spricht sie nicht mit uns?"

„Sie hat Beruhigungsmittel bekommen. Das war dringend nötig, aber sie haben gut angeschlagen. Geben Sie ihr ein paar Tage Zeit, sie braucht jetzt wirklich ihre Ruhe."

„Sie hatte schon mal eine Fehlgeburt, aber damals ging es ihr viel besser."

„Ja, ich weiß, aber diesmal war sie schon viel weiter, sie wusste schon viel mehr von ihrem Baby. Sie wusste, dass es ein Junge wird."

„Christian."

„Lassen Sie sie trauern, ja?"

„Natürlich."

„Was passiert jetzt mit dem Baby?", frage ich. „Ich meine, sie hat ihn doch geboren, oder?"

„Ja, am besten wäre es natürlich, Sie würden ihn bestatten. Dann hätten Sie einen Ort, den Sie aufsuchen können."

„Das machen wir", erwidert Ben leise. „Das wird sie doch wollen, oder?", fragt er unsicher.

„Ja, auf jeden Fall."

„Dann müssen Sie ein Bestattungsunternehmen beauftragen, das sich mit dem Krankenhaus in Verbindung setzt."

„Können wir da heute anrufen?"

„Natürlich."

„Ich frage Ida, ob sie es dir abnimmt, ja?", schlage ich Ben vor, der erleichtert nickt, deshalb informiere ich meine Stiefmutter, die uns sofort alle Sorgen abnimmt.

Gegen zwölf Uhr kommt Linda endlich zu sich. Sie blinzelt, bemerkt uns und stürzt sich in Bens Arme, dann in meine und anschließend wieder in Bens. Die ganze Zeit weint sie heftig und sagt Wörter und Sätze, die wir nicht verstehen. Es gelingt uns nicht, sie zu beruhigen und wir sind dankbar, als eine Schwester das Zimmer betritt, die gleich einen Arzt ruft. Linda bekommt wieder ein Beruhigungsmittel und wir werden nach Hause geschickt: „Kommen Sie morgen wieder, heute können Sie nichts tun."

Wie zerschlagen fahren wir zurück ins Sandhaus, in dem eine gespenstische Ruhe herrscht. Nur Benni-Two läuft uns auf dem Flur entgegen. „Mama?", fragt er.

„Mama ist im Urlaub", schwindelt Ella ihn an. „Mama kommt bald wieder."

Benni-Two, der das nicht so ganz zu glauben scheint, klettert im Wohnzimmer auf Bens Schoß und kuschelt mit ihm. Als Ben seine Tränen nicht mehr zurückhalten kann, tröstet ihn sein kleiner Sohn: „Mama kommt bald wieder."

„Ja, Benni-Two, Mama kommt bald wieder."

„Nicht weinen, Papa."

Mimo ist auch ganz verstört, denn Urlaub bringt er mit Spaß in Verbindung, schließlich hat er sich in seinem letzten Urlaub verlobt und er versteht gar nicht, warum Ben so traurig ist, deshalb will er ihn aufmuntern: „Ben ist Pirat!"

„Wir sind alle Piraten", lächelt mein Kumpel schief.

„Ja!", freut sich mein Sohn, läuft in sein Zimmer, holt das Schiff und verteilt die Aufgaben: „Ben ist Pirat, Papa macht sauber, Benni-Two ist Kanone und ich der Wind." Er pustet in die Segel und simuliert einen heftigen Sturm, während er mir die Figur mit dem Schrubber in die Hand drückt. Ich soll also das Deck schrubben … na gut. Benni-Two feuert die Kanone ab und

Ben braucht Mimos Meinung nach wohl eine besondere Aufgabe, deshalb darf er den Chef-Piraten mit dem Holzbein spielen. Mein Sohn ist wirklich großzügig und er hat die Situation erkannt.

Ida staunt, als sie uns spielend auf den Holzdielen vorfindet und sie hat gleich Nachrichten für uns: „Das Beerdigungsinstitut ist informiert. Sie haben das Baby schon abgeholt. Einen Termin vereinbaren wir, sobald es Linda gut geht und wir wissen, dass sie stark genug ist, um das alles zu verkraften."

„Danke, Ida", sagt Ben heiser.

„Papa ist Pirat!", ruft Benni-Two, der die Großzügigkeit seines Kumpels immer noch nicht fassen kann. „Mit Holzbein."

„Dein Papa ist ein sehr guter Pirat", antwortet Ida und wir Großen wissen, was damit gemeint ist.

Ida und Benni-Two begleiten uns, als wir am Sonntag ins Krankenhaus fahren. Frauke und Ida waren anfangs nicht davon begeistert, dass wir den Krümel mitnehmen, aber Ben hat mit dem Arzt telefoniert und der meinte, dass es Linda helfen könnte, ihren Sohn zu sehen. So ist es schließlich auch; wir sind noch nicht ganz im Zimmer, da streckt sie Benni-Two auch schon die Arme entgegen, in die er sich bereitwillig stürzt. Sie kuscheln und schmusen und Linda lacht sogar ein wenig. Dann wendet sie sich Ben zu: „Hey."

„Wie geht's dir?"

„Ganz gut, und dir?"

„Hast du Schmerzen?"

„Nein, überhaupt nicht. Ich bin müde, aber das machen die Tabletten und natürlich bin ich traurig."

„Ich auch, es tut mir wirklich leid."

„Du kannst nichts dafür, es ist meine eigene Schuld."

„Nein."

„Ich habe vorhin mit einem Pastor gesprochen. Er meinte, wir können das Baby beerdigen lassen."

„Er heißt Christian", sagt Ben leise.

„Ja", schnieft Linda. „Er hat einen Namen. Er heißt Christian."

„Ida hat schon mit dem Institut gesprochen."

„Danke, Ida."

„Sobald es dir gut genug geht, machen wir einen Termin", antwortet sie.

„Mir geht es gut. Ich möchte nach Hause. Ich will bei meiner Familie sein."

„Was sagt denn der Arzt?"

„Ich soll die Visite abwarten."

„Heute ist Visite?"

„Nein, aber morgen."

Linda wird tatsächlich am Montagnachmittag entlassen. Wir bereiten ihr ein Lager auf dem Sofa im Wohnzimmer und Benni-Two weicht keine Sekunde von ihrer Seite. Er weigert sich am Dienstagmorgen, in den Kindergarten zu gehen, und ohne Benni-Two will Mimo natürlich auch nicht, also hat Linda den ganzen Tag zwei plappernde Kleinkinder um sich herum. Das scheint ihr wirklich zu helfen, denn als wir am späten Nachmittag aus der Uni zurückkehren, überrascht sie uns damit, dass sie mit dem Beerdigungsinstitut telefoniert und einen Termin für die Beerdigung abgesprochen hat: Übermorgen, Donnerstag, um vierzehn Uhr.

„Dann sage ich wohl lieber in London ab, oder?", frage ich und ernte einen verwunderten Blick von Linda: „London? Wieso?"

„Die Hochzeit", hilft Ben seiner Frau auf die Sprünge.

„Hayden und Taylor! Stimmt, daran habe ich gar nicht gedacht, aber die Hochzeit ist doch erst am Samstag. Ihr könntet immer noch am Freitag fliegen oder am Samstagmorgen."

„Ich gehe nicht ohne dich zur Hochzeit", widerspricht Ben und auch ich habe etwas dagegen: „Ich auch nicht, Linda. Wir sagen in London ab."

„Es sind eure besten Freunde", protestiert sie.

„Na und?"

„Ich habe jetzt auch keine große Lust", springt Ella uns bei, aber davon will Linda nichts hören. „Das könnt ihr nicht machen, sie rechnen mit uns und zumindest die Jungs sollten hinfliegen. Schließlich haben sie ihren Mädchen bei Domis Hochzeit die Anträge gemacht. Jemand von uns muss einfach dabei sein und ich kann ja nun wirklich nicht."

„Ich bleibe hier", sagt Ben fest und ich nicke dazu: „Ich auch."

„Soll ich erst böse werden?", fragt Linda.

„Hör auf, Linda", protestiert Ben leise, aber Ella unterstützt ihre Freundin unerwartet: „Ich bin der Meinung, wir schicken Ben, Domi, Ida und Jonas. Ich kümmere mich um Linda und die Zwerge."

„Mensch, Ella", maule ich. Muss sie uns hier so in den Rücken fallen?

„Linda hat recht, es sind eure besten Freunde und sie rechnen mit euch."

„Genau, und wenn ihr nicht hinfliegt, rege ich mich auf und das darf ich nicht, hat der Arzt gesagt."

Ben stöhnt, ich stöhne, Linda durchbohrt uns mit ihren Blicken und Ben und ich knicken natürlich ein und lassen Linda ihren Willen. Schließlich müssen wir sie jetzt mit Samthandschuhen anfassen, das sind wir ihr schuldig. „Okay", geben wir deshalb nach. „Aber wir fliegen erst am Samstagmorgen und kommen am Sonntagmittag wieder."

„Wie ihr wollt!"

Am Mittwochnachmittag haben wir Besuch vom örtlichen Pfarrer, der uns Trost spendet und viele nette Worte für uns hat. Er spricht von Christian als einem Sternenkind. Das Wort gefällt Linda, es beruhigt sie sogar ein wenig und sie bittet den Pfarrer, während der Trauerfeier von Sternenkindern zu erzählen.

Aus Rücksichtnahme auf Lindas Zustand ist die Trauerfeier sehr kurz und der Aufenthalt auf dem Friedhof dauert nur wenige Minuten. Wir müssen Linda stützen, sie weint die ganze Zeit still vor sich hin, aber auch Ben ist ziemlich wackelig auf den Beinen. Mimo und Benni-Two haben wir in Lisa Obhut gelassen, Farmor und Farfar, die am Morgen angereist sind, bleiben ein paar Tage bei ihrer Enkelin und lassen sich von Mimo über seine Verlobung aufklären. Das lockert ein wenig die Stimmung, aber am Abend, als unsere Kinder im Bett sind und Ida eine Kerze anzündet, weint Linda immer noch. Sie weint den Rest des Abends und auch den Großteil der Nacht und des nächsten Tages, aber trotzdem will sie nichts davon hören, dass Ben und ich in London absagen und im Sandhaus bleiben, deshalb sitzen wir am Samstagmorgen im Flieger Richtung London. Jonas hat sich einen Magen- und Darmvirus eingefangen und Ida bleibt bei ihm im Sandhaus, um ihn zu versorgen. Ella kümmert sich schließlich um die Kinder, die sich nicht anstecken sollen und Linda ... ja, Linda kann sich im Moment auch nicht um Jonas kümmern, das sehen wir schnell ein.

Wir treffen nur wenige Minuten vor Beginn der Trauung in der Kirche ein, begrüßen schnell Hayden und Taylor, die bereits am Altar stehen und setzen uns anschließend auf die uns zugewiesenen Plätze. Hayden, den ich als stillen und nachdenklichen Typen kenne, wirkt herrlich entspannt und gelassen. Er ist im Heim aufgewachsen und hat niemals seine Eltern kennengelernt, aber seine Adoptiveltern sind wunderbare Menschen. Sie sitzen strahlend in der ersten Reihe, direkt neben Taylors Eltern. Taylor, der auch heute wieder aussieht wie ein gutbezahltes Fotomodell, ist eindeutig nervös. Er wirft ständig einen Blick auf seine Uhr und als sich hinten am Portal die Tür öffnet, zuckt er heftig zusammen. Die Orgel setzt ein und die zwei Bräute schreiten langsam im Takt der Musik an den Armen ihrer Väter zum Altar. Hayden empfängt Claire lächelnd mit einem Kuss, während Taylor Chelsea die Hände reicht und schüchtern angrinst.

Von der Zeremonie bekomme ich nicht viel mit, denn ich denke an den anderen Tag in dieser Woche, als wir ebenfalls in einer Kirche saßen, der Grund dafür lässt mich heute nicht los und auch Ben scheint mit seinen Gedanken ganz woanders zu sein.

Nach der Trauung fahren wir bei einer nervig plappernden Tante zum gemieteten Saal mit, suchen unsere Plätze und essen die Speisen, die man uns serviert und die für uns nur nach Pappe schmecken. Während einer Pause, die auch Hayden und Taylor nutzen, um ein wenig Luft zu schnappen, folgen wir ihnen auf die Terrasse, entschuldigen uns für unsere Stimmung und erklären gleich, dass wir leider keine Rede vorbereitet haben und das Fest wahrscheinlich so ziemlich als Erste verlassen werden. Überrascht hören wir, dass unsere Freunde ihre Gäste schon darüber informiert haben, was bei uns zu Hause passiert ist und dass sie alle gebeten haben, uns nicht auf Linda und das Baby anzusprechen. Wir sind unseren Freunden dankbar und noch dankbarer sind wir den Gästen, die uns wirklich nicht belästigen. Niemand traut sich, uns zum Tanzen aufzufordern und niemand zwingt uns ein Gespräch auf, das wir nicht führen möchten. Kurz nach der Mitternachtssuppe verabschieden wir uns von unseren Freunden, fallen müde ins Bett und sitzen am Sonntag um elf Uhr im Flieger nach Kiel.

Wir kommen gerade rechtzeitig nach Hause, um Lindas Nervenzusammenbruch mitzuerleben. Sie hat sich mit Benni-Two im Schlafzimmer eingeschlossen und weint. Benni-Two weint natürlich auch, aber durch die geschlossene Tür können wir nichts unternehmen. Jonas ist gerade auf der Suche nach dem Werkzeugkoffer, findet ihn da, wo ich ihn beim letzten Mal abgestellt habe und versucht, die Tür aufzubrechen. Als sich die Tür endlich öffnet, läuft Ben sofort zu Linda, um sie zu beruhigen, Ella holt Benni-Two aus dem Bett, füttert ihn mit Schokoladenpudding und liest ihm anschließend ein Märchen vor. Auch Mimo-Baby lauscht gebannt. Und Ella liebt die alten deutschen Märchen. Benni-Two beruhigt sich schnell, Linda leider gar nicht. Sie weint den Rest des Tages und die halbe Nacht. Deshalb schläft Benni-Two wieder mit Ella und Mimo in unserem Bett und Mimo-Boss mal wieder auf dem Sofa. Montagmorgen bin ich so gerädert, dass ich zum ersten Mal froh bin, dass wir montags nicht mehr joggen.

Nach der Uni fällt mir Jessica ein, die ja sofort nach der Geburt informiert werden wollte. Ich überlege kurz, ob ich sie anrufen soll und frage Ben um Rat. „Ja, ruf sie ruhig an", sagt er. „Irgendwann erfährt sie es sowieso."

Jessica weint am Telefon, ich kann sie nicht trösten, aber zum Glück beendet sie bald das Gespräch, dafür habe ich eine gute Stunde später eine Nachricht auf dem Handy: „Wir kommen zum Trainingslager. Bei euch ist bestimmt alles belegt, aber Lisa bringt uns privat unter. Wir bleiben bis zum Turnier auf Norderney!"

„Super! Meldet euch, wenn ihr hier seid", antworte ich.

Das Turnier der Holsteintour am Wochenende in Laboe sagen Ben und ich natürlich ab, aber Robin und Timm sind gemeldet. Ich fahre zur Unterstützung mit und mache den Jungs ordentlich Feuer. Es ist mal wieder an der Zeit für ein Erfolgserlebnis im Sandhaus.

Wegen des Turniers am nächsten Wochenende auf Norderney sind schon ein paar Auswahlteams aus Süddeutschland angereist, die hier trainieren und das Turnier in Laboe nutzen. Für Robin und Timm macht das allerdings keinen Unterschied, sie verlieren in den Gewinnerrunden nur einen einzigen Satz und werden am Ende Dritte. Ich versuche angestrengt, den Typen, der Robin die ganze Zeit mit seinen Augen verfolgt, zu ignorieren und nehme mir vor, bald mit Alexandra Klartext zu reden.

Am Montag reisen Jessica und Trixie an, sie weinen mit Linda, spielen mit Benni-Two, reden mit Ben und scheuchen uns danach durch den Sand. Nach dem ersten Satz wechseln wir die Teams. Ich spiele mit Jessica ... wie damals ... und Trixie spielt mit Ben. Wir haben Zuschauer aus dem Ort, mit denen wir nach dem Spiel noch kurz reden. Einige erinnern sich an Jessica, fragen sie aus, wie es ihr in der Zwischenzeit ergangen ist und drücken uns für das Wochenende die Daumen.

Linda und Ella bleiben mit den Kindern in Schilksee, als wir uns Richtung Norderney verabschieden. Es sind keine Nationalteams am Start, deshalb starten wir direkt im Hauptfeld. Wir sind auf Rang 15 eingestuft und somit ziemlich früh an der Reihe. Das Team auf der gegenüberliegenden Spielfeldseite ist uns bekannt und vor allem ist uns bekannt, dass es zwei Idioten sind, die sich nicht wirklich mögen. Das ist unser Vorteil, den wir nutzen. Wir schlagen sie knapp und suchen anschließend die Mädchen, die sich gerade auf ihr erstes Spiel vorbereiten. Unser zweites Spiel an diesem Tag ist verdammt eng. Die Gegner sind stark und konzentriert. Ben, der gedanklich natürlich bei Linda ist, gibt wirklich sein Bestes und als es darauf ankommt, ist er voll da. Wir gewinnen im Tie-Break. Wenn wir auch das nächste Spiel gewinnen, sind wir mindestens Neunte, aber wir wollen mehr. Für Linda!

Auch unsere dritten Gegner zwingen uns in den Tiebreak, der weit in die Verlängerung geht. Zum Glück ist es nicht mehr so warm, ein starker Wind ist aufgekommen. Wir kommen mit diesen Bedingungen besser zurecht als unsere Gegner, die wir in die Verliererrunde schicken müssen. Sie nehmen es uns nicht übel, laden uns auf ein Eis ein und wünschen uns Glück für das nächste Match, das wir leider verlieren. Wir scheiden als Siebte aus, kassieren 20 Punkte und sind mit unserer Leistung zufrieden.

Weil Jessica und Trixie noch im Rennen sind und bereits im Halbfinale stehen, wollen wir auf jeden Fall noch bis morgen bleiben. Deshalb rufen wir kurz im Sandhaus an, informieren Jonas über unser Ergebnis und melden uns noch bis morgen ab. Jonas gratuliert uns zu unserer guten Platzierung und sagt, dass wir heute ruhig ein wenig feiern sollen. Das mit der Party hält auch Ben für eine gute Idee. Wir lassen uns auf der Playersparty sehen und betrinken uns sinnlos. Ben braucht das jetzt einfach und mir tut es auch mal gut, nicht immer nur zu funktionieren, sondern mich einfach mal gehen zu lassen. Nur mit Mühe schaffe ich es irgendwann gegen drei Uhr morgens, Ben ins Bett zu schleppen, wo wir in unseren Klamotten einschlafen.

Leider verpassen wir das Halbfinalspiel der Mädchen, aber zum Aufschlag im Endspiel, das sie erreicht haben, sind wir zur Stelle. Zwar blendet die Sonne ein wenig, aber wir haben Brillen dabei, Schirmmützen und ein Haustier … einen ausgewachsenen Kater.

Nach dem Endspiel, das die Mädchen leider verlieren, feiern wir ein wenig. Jessica und Trixie mit Prosecco, Ben und ich mit Wasser und einem Steak vom Grill. Danach nehmen wir die Mädchen mit nach Schilksee, wo sie noch eine Nacht schlafen. Montag fahren sie zurück nach Köln.

Linda ist inzwischen deutlich ruhiger geworden, was das ganze Sandhaus aufatmen lässt. Benni-Two klebt ihr jetzt nicht mehr am Rockzipfel und spielt wieder mit Mimo-Baby. Die Kinder gehen wieder in den Kindergarten und Ben und ich können uns jetzt richtig auf das Training und die Uni konzentrieren. Die Turniere häufen sich jetzt und an diesem Wochenende kommt es vor, dass sich die Serien sogar überschneiden. In Schilksee, also auf unserem Trainingsgelände, findet das Turnier der Holsteintour statt, während in Frankfurt ein Turnier der Deutschen Serie ausgespielt wird. Weil Ben aber in Lindas Nähe bleiben will, sagen wir Frankfurt ab und melden uns für unser Heimturnier an. Dieselbe Idee hatten auch Christian und Stefan, die nach einer überstandenen Grippe erst mal wieder Turnierluft schnuppern wollen und deshalb vor uns auf Rang eins gesetzt sind. Weil unsere Kleinen in Laboe so fleißig Punkte gesammelt haben, setzt man sie auf Platz vier.

Das Turnier beginnt am Samstag um halb zehn mit dem Eröffnungsspiel auf dem Centrecourt. Während Ben und ich uns auf unser Spiel vorbereiten, planschen unsere Kleinen mit Ella im seichten Wasser. Es ist nicht windig und schön warm, nachher wird es wahrscheinlich brütendheiß, aber der Seewetterbericht hat Wind für den Nachmittag angekündigt, auf den Ben und ich schon warten. Wind ist unser Vorteil, schließlich trainieren wir hier, wir sind Strandjungs und der Wind ist unser Freund.

Robin und Timm sind gleichzeitig mit uns am Start. Wir spielen auf dem Centrecourt, die Kleinen direkt neben uns. Natürlich konzentrieren wir uns jeder auf unser eigenes Match, aber uns entgeht nicht der Sieg, den sie nach zwei Sätzen einfahren. Wir selbst brauchen den Tie-Break und müssen uns nach unserem Sieg von unseren Kleinen auslachen lassen: „Wir haben es euch doch so schön vorgemacht, Jungs."

„Blabla", grinst Ben und bewirft Robin mit Sand. Robin revanchiert sich, die beiden Babys balgen ein wenig im Sand, stehen aber abrupt senkrecht, als Timm plötzlich sagt: „Da ist wieder dieser komische Kerl, Robin."

Wir starren in die Richtung, in die Timm zeigt und ich bin nicht wenig überrascht, als ich den Kerl erkenne, der mir schon beim Auftaktturnier in Kiel aufgefallen ist.

„Der war auch in Laboe", erklärt Robin überflüssigerweise.

„Weißt du, wer das ist?", erkundigt sich Ben vorsichtig.

„Nein."

„Hat er euch angesprochen?"

„Nein, wieso sollte er auch?"

„Aber er ist euch aufgefallen."

„Ja, er hat uns ständig angestarrt. Wisst ihr, wer das ist?"

„Nein", lügt Ben. Ich sage vorsichtshalber gar nichts. Der Typ macht sich jetzt jedenfalls aus den Staub und Robin scheint ihn nach ein paar Minuten sowieso vergessen zu haben, Alexandra taucht nämlich auf. Er begrüßt sie und geht mit ihr an die Bar. Es ist wirklich an der Zeit, dass sie sich mal vernünftig aussprechen.

Um fünf, als die Kleinen wieder an der Reihe sind und es mit Stefan und Christian auf dem Centrecourt aufnehmen müssen, sieht Robin jedenfalls nicht aus wie jemand, der sich über irgendetwas irgendwelche Sorgen macht, also scheint Alexandra die Katze noch nicht aus dem Sack gelassen zu haben. Das beruhigt mich. Ich werfe ihr einen dankbaren Blick zu, dann mache ich mich mit Ben auf den Weg zu unserem Feld. Wir spielen weit abseits des Centrecourts, deshalb bekommen wir vom Sieg unserer Babys gegen das an Nummer eins gesetzte Team nichts mit, aber der Jubel ist laut, das ist ein gutes Zeichen. Die Schilkseer Zuschauer kennen nämlich ihre Leute und sie jubeln ganz besonders gern für Robin und Timm.

Unser eigenes Spiel läuft nicht ganz so, wie wir es uns erhofft haben. Wir verlieren haushoch den ersten Satz, gewinnen ganz knapp den zweiten und liegen im dritten Satz weit und uneinholbar vorn, als der Spielball des Nebenfelds auf unserem Platz landet. Ben, der gerade einen Bilderbuchblock ausgespielt hat, landet mit dem rechten Fuß direkt auf diesem Ball, rutscht ab und schreit laut auf. Ich bin sofort bei ihm und werfe einen besorgten Blick auf seinen Knöchel, der schon so dick ist wie ein Tennisball und eine ekelhafte Farbe aufweist. Nach einer kurzen Rücksprache mit dem Doc müssen wir das Spiel beenden und unseren Gegnern den Sieg schenken. Wir landen im Loserpool.

Es war unser letztes Spiel des Tages, das Turnier geht morgen weiter und wir haben noch eine gute Chance auf das Halbfinale, aber weil Bens Knöchel über Nacht nicht ansatzweise abschwillt und die Farbe eher dunkler als heller wird, spricht Jonas ein Machtwort: „Macht es euch auf der Tribüne bequem, Jungs."

Wir sind mächtig gefrustet und ich warte jetzt nur noch auf einen blöden Kommentar derart, dass das in Frankfurt wahrscheinlich nicht passiert wäre und wir dort ordentlich Punkte hätten sammeln können, dann drehe ich durch. Noch ätzender allerdings ist, dass sich Alexandra auf der Tribüne direkt neben mich pflanzt und mir ein Gespräch aufzwingt: „Robin hat mir gestern von seinem Vater erzählt."

„Er weiß, dass dieser Typ sein Vater ist?", frage ich überrascht.

„Nein, er hat nur gesagt, dass er beobachtet wurde und dass es in Laboe auch schon so war."

„Was hast du ihm erzählt?"

„Noch gar nichts. Ich habe schnell das Thema gewechselt."

„Und jetzt?"

„Ich treffe mich morgen mit seinem Vater, dann sehen wir weiter."

„Was glaubst du?"

„Ich glaube, er ist sehr nett. Am Telefon war er jedenfalls sehr freundlich. Er bedauert sein Verhalten, das habe ich ganz deutlich gespürt. Er sprach davon, dass die Freundschaft zu den anderen Jungs am nächsten Tag Geschichte war. Er sagte, er wollte sich sogar selbst anzeigen, aber die anderen Jungs haben ihn bedroht. Sie haben ihm die Reifen aufgeschlitzt und gedroht, seiner Schwester etwas anzutun."

„Glaubst du ihm?"

„Ja, irgendwie schon."

„Du musst es Robin aber bald sagen."

„Ja, natürlich. Es wird schwer und ich habe Angst davor. Wahrscheinlich wird er mich noch mehr hassen …"

Ich antworte nicht, was soll ich auch sagen? Ich weiß ja, wie Robin sich fühlt, er macht jetzt etwas Ähnliches mit wie ich damals und ich weiß noch genau, wie schwer das alles für mich war. Mein Vater und ich haben uns zusammengerauft und ich wünsche Robin von ganzem Herzen, dass auch er seinen Vater für sich gewinnen kann, alles Weitere wird sich zeigen.

Robin und Timm spielen im Halbfinale gegen das Team, das gegen uns gar nicht mehr antreten brauchte. Die Sandhausgegner haben also ein Spiel weniger in den Knochen, aber das soll keine Ausrede dafür sein, dass Robin und Timm verlieren. Immerhin spielen sie jetzt um Platz drei, das ist ja nicht unbedingt das Schlechteste. Am Ende wird es leider der vierte Platz, obwohl sie hart gekämpft haben. Sie wurden laut vom Publikum unterstützt, lagen sogar weit vorn, aber mussten sich am Ende geschlagen geben. Stefan und Christian gewinnen das Endspiel und auch die Herzen der Zuschauer, als sie direkt nach dem Finale ein kleines Interview geben: „Vielen Dank an die tollen Zuschauer in Schilksee. Wir fühlen uns hier schon fast wie zu Hause, haben hier gute Freunde und sind immer wieder gern zu Besuch. Danke an alle, die uns heute angefeuert haben! Wir wünschen Ben eine gute Besserung und hoffen, dass wir die Jungs am nächsten Wochenende in Hamburg sehen."

Hamburg! Das muss einfach klappen. Johannes hat sich nämlich extra das ganze Wochenende frei genommen, wir wohnen bei ihm und Mama, haben also Babysitter für Mimo und Benni-Two und werden mit Sicherheit gut bewirtet, aber vorher feiern wir noch Mimos Geburtstag, der in dieser Woche zwei Jahre alt wird.

Mimo bekommt ein neues Piratenkostüm, ein Gummischwert und jede Menge Süßigkeiten. Den Vogel aber schießen Albin und Margot ab. Wir staunen nicht schlecht, als am Morgen ein großer LKW mit Kran in unserer Einfahrt parkt und ein Holzpiratenschiff von enormen Ausmaßen in meinem Garten absetzt. Das Schiff hat sogar ein echtes Segel und eine Kanone aus Holz, die mit Schaumstoffbällen abgefeuert werden kann. Die Kanone zielt in Richtung kleiner Halle und ich hoffe, die Geschosse sind nicht stark genug, die Fenster zu zerschießen. Die Kleinen entern sofort das Schiff – an den Kindergarten ist natürlich nicht zu denken und ebenfalls nicht zu denken ist heute an das Training, zumindest nicht für Ben. Sein Fuß ist nämlich immer noch nicht in Ordnung und wir wollen auf jeden Fall in Hamburg spielen. Deshalb schwänze ich heute ausnahmsweise und feiere mit meinem Sohn ein Piraten-Geburtstagsfest, wie es nur im Sandhaus möglich ist.

Kapitel 4

Guten Morgen, Sandhauswelt

Mimos Fest wird ein richtiger Knaller. Nicht nur Benni-Two und er haben seinen Spaß, sondern auch die Gäste. Greta nimmt sich heute sogar ein wenig zurück und verzichtet auf ihre Mittelpunktrolle. Heute gönnt sie Mimo-Baby diesen Platz, dafür darf sie das Piratenschiff betreten und sogar eine Kanone abfeuern. Kawumm! Feind vernichtet!

Es ist zu komisch, dass sie mit dem Schaumstoffgeschoss ausgerechnet Opa Albin die Brille vom Kopf schießt. Das teure Modell ist leider im Eimer, aber er kann kaum schimpfen, oder? Schließlich hat er das völlig übertriebene Spielzeug hier angeschleppt und dass das Schiff sogar schweres Geschütz aufweist, mit dem man wirklich schießen kann, ist absolut unnötig. Mimo-Baby freut sich allerdings riesig, dass Greta so toll schießen kann und fordert sie gleich auf, sich ein weiteres lohnendes Ziel zu suchen. Und weil Oma Margot eben so lustig aufgeschreckt ist und so quietschend reagiert hat, nehmen sie sie ins Visier. Vorsichtshalber gehen wir Großen jetzt in Deckung und verteilen uns an dem Abendbrottisch. Die Kinder holen sich ihren Proviant aufs Schiff und ferkeln dort ordentlich herum.

Leider ist dieses Fest schnell zu Ende, als es kurze Zeit später anfängt, ziemlich heftig zu regnen. Zwar laufen Benni-Two und Mimo schnell ins Haus, weil sie ihre Regenhosen, Jacken und Gummistiefel anziehen wollen, aber Ella schickt sie gleich weiter in die Küche. „Ihr könnt morgen wieder Piraten sein", tröstet sie Mimo-Baby, der jetzt ein wenig weint, aber Ida bietet Nachtisch an: Schokoladeneis. Dafür lässt mein Sohn alles stehen und liegen, sogar eine wilde Schießerei.

Auch der große Mimo braucht Trost, denn irgendein gemeiner Gast hat doch tatsächlich die letzte Scheibe Brot mit meiner Lieblingssalami gegessen. Jetzt bleibt mir nichts anderes übrig, als in die Röhre zu schauen. Ich vermute, dass Johannes der Mettwurstdieb war, denn er grinst ziemlich hinterhältig. Aber er scheint immerhin ein schlechtes Gewissen zu haben; er hilft nämlich freiwillig beim Tischabräumen, was uns alle wundert. Danach ist der Abend schnell gelaufen. Die Kleinen müssen ins Bett und wir haben morgen wieder Uni, vorher haben wir Training und davor laufen wir noch … unsere halbe Stunde, die uns niemals reicht. Jetzt will Jonas uns für diesen Donnerstag sogar noch unsere Schwimmeinheit streichen, damit wir eher in Hamburg anreisen können, aber dazu haben weder Ben noch ich Lust, im Gegenteil. Wir nehmen uns vor, uns so richtig auszupowern, damit wir mal wieder richtig tief und fest schlafen können, was schon länger nicht mehr vorkam.

Weil Jonas unser Vorhaben boykottiert, bitten wir Amy, unsere Physiotherapeutin, unsere Zeiten zu stoppen. Sie hebt überrascht ihre rechte Augenbraue, als wir optimistisch eine Zeitvorgabe präsentieren, die wir ihrer Meinung nach nicht einhalten können, aber wir bleiben dabei und geben ihr die Rundenzeiten durch, die sie notieren soll. Außerdem bitten wir sie uns anzutreiben, falls wir langsamer sein sollten. Vorsichtshalber haben wir uns das Okay des Docs abgeholt, aber er meint genau wie Ben, dass Bennileins Fuß wieder top in Ordnung ist. Amy gibt uns jetzt jedenfalls den Marschbefehl, uns zwei Runden langsam warm zu schwimmen, dann scheucht sie uns auf die Startplätze und los geht's. Die ersten Bahnen liegen wir wohl gut in der Zeit, zumindest ruft Amy uns keine Kommentare zu, dafür unterhält sie sich angeregt mit dem Bademeister, der uns ebenfalls zusieht. Nach der zehnten Bahn korrigiert Amy unser Tempo. Wir werden etwas schneller, aber bereits nach der zwölften Bahn treibt Amy uns weiter an. Puh, mir geht wirklich die Puste, aber ich habe es schließlich so gewollt. Auch Ben schnauft jetzt deutlich, aber wir lassen nicht nach.

Inzwischen habe ich längst aufgehört, die Bahnen zu zählen und funktioniere nur noch automatisch. Wir sind im Tunnel, ich fühle mich wie ein Delfin.

Erst als ich Amys Pfiff höre, der unser Ziel markiert, komme ich wieder zu mir. Wir hängen wie zwei nasse Säcke am Beckenrand und schnaufen, was das Zeug hält, aber wir haben unsere Zeitvorgabe geschafft, wenn auch nur knapp. Ein Sauerstoffzelt wäre jetzt nicht schlecht und eine Belohnung haben wir uns sowieso verdient. Mal sehen, was uns so einfällt.

Im Sandhaus falle ich sofort ins Bett – leider direkt auf Mimo, der sofort wach wird und weint. Vergeblich versuche ich, ihn zu beruhigen, aber Ella nimmt ihn mir ab und sofort geht es ihm besser. „Sorry", sage ich zerknirscht. „Ich habe ihn gar nicht gesehen."

„Es ist ja nichts passiert", sagt Ella und legt sich mit Mimo auf ihre Seite, damit ich Platz habe. Das Schwimmen hat gewirkt, ich schlafe augenblicklich ein und die ganze Nacht durch. Als ich am Freitagmorgen aufwache, bin ich topfit und muss unbedingt laufen. Jonas ist mit Robin und Timm unterwegs und die anderen werden uns doch ganz bestimmt nicht verpetzen, dass wir heute unsere Joggingstunde voll auskosten, oder? Ich wecke Ben, der meine Idee super findet und wir laufen sofort los. Yes, das ist genau das, was ich brauche. Laufen. Schwitzen. Fertig! Der perfekte Start in den Tag.

Als wir zurückkehren, sind die Sandhausbewohner schon wach. Mein Sohn klettert beim Frühstücken auf meinen Schoß, klaut mir die Erdbeeren aus dem Müsli und haut tollpatschig meine Kaffeetasse um. Guten Morgen, Sandhauswelt. Es gibt in diesem Haus wirklich keine Mahlzeit, nach der wir nicht die Küche renovieren müssen.

Auf dem Weg zum Training liefern wir die Zwerge beim Kindergarten ab, dann müssen wir uns beeilen und nach der Uni fahren wir mit einem Umweg über das Sandhaus, weil Ben seinen Spielerpass vergessen hat, nach Hamburg. Zu Mama. Eigentlich wollten wir mit einem viel größeren Tross anreisen, aber jetzt sind wir doch allein – Ben und ich. Das macht allerdings nichts, Mama teilt mich nämlich nicht gern.

Es ist zwar erst sechs Uhr, als wir dort eintreffen, aber der Abendbrottisch ist trotzdem schon gedeckt. Es gibt meine Lieblingssalami und Johannes überlässt mir großzügig alle Scheiben.

Wir starten am Samstag um elf ins Turnier, während Robin und Timm in Dahme auf drei gesetzt sind. Im ersten Spiel treffen wir auf Jan I und Jan II, die ihre erste Saison in der Deutschen Serie spielen und trotzdem weit vor uns gesetzt sind. Das liegt vor allem daran, dass sie nicht nur in Münster besser durch die Qualifikation gekommen sind als wir, sondern auch daran, dass sie – im Gegensatz zu uns – nicht auf einen Start in Frankfurt verzichtet haben. Dort sind sie zwar nach zwei Spielen ausgeschieden, haben aber Punkte kassiert, die uns selbst leider fehlen. Hier jedenfalls zeigt es sich, dass wir deutlich besser sind. Wir schlagen sie mit links.

In der zweiten Gewinnerrunde geht es um halb eins weiter. Wir verlieren gegen Christian und Stefan, landen im Loserpool und trösten uns mit einem Steak vom Grill. Danach gönnen wir uns ein Eis und eine Ruhepause auf der Tribüne. Bis zu unserem nächsten Spiel haben wir nämlich ein wenig Zeit. Die Zeit nutzen wir, um uns bei unseren Kleinen zu erkundigen, wie es bei ihnen läuft. Sie haben ihr erstes Spiel gewonnen und sind um halb vier gleichzeitig mit uns am Start. Wir selbst gewinnen jetzt erst mal selbstbewusst den ersten Satz, leider verlieren wir dann den zweiten und den dritten, scheiden aus, werden Neunte und streichen zwölf Punkte ein.

Jetzt ist Fingerspitzengefühl gefragt. Mama plant nämlich mit einer weiteren Übernachtung, aber Ben und ich hätten große Lust, unseren Zwergen in Dahme von der Tribüne aus zuzujubeln. Schließlich haben sie ihr zweites Spiel gewonnen, wie uns der Live-Ticker erzählt, dann aber sehen wir im Spielplan, dass wir es zu ihrem nächsten Spiel um halb sechs sowieso nicht schaffen. Deshalb bleiben wir hier und lassen uns noch einmal von Mama bekochen, von Johannes bewirten und von Greta umschwärmen. Greta steht auf Ben, aber ich bin ihr großer Bruder und mich himmelt sie genauso an. Nach dem Essen rufen wir Robin an, der gleich gute Nachrichten für uns hat: „Wir sind im Halbfinale!"

„Super, wann geht's denn weiter?"

„Um halb elf. Wir spielen gegen Thore und Marten, die haben wir in der zweiten Gewinnerrunde schon geschlagen."

„Das nimmt Lisa euch bestimmt übel."

„Na und? Dass kann sie dann mit dir klären, dich mag sie ja aus irgendwelchen Gründen."

„Weil ich ein Schnucki bin."

„Genau, hey, warum kommt ihr nicht her?"

„Das schaffen wir nicht."

„Wieso nicht? Das sind nur eineinhalb Stunden. Wenn ihr um neun losfahrt und nicht trödelt, seid ihr pünktlich hier."

„Und wie soll dich das meiner Mutter erklären?"

„Hast du Angst vor deiner Mama?", lacht der Kleine.

„Quatsch."

„Sie wird dich schon nicht am nächsten Mast aufknüpfen."

„Ich kann das Thema ja mal anschneiden."

Mama ist natürlich beleidigt, als ich ihr von Robins Idee erzähle, aber Ben springt mir sofort bei: „Coole Idee. Wir laufen morgen nicht, frühstücken spätestens um acht und fahren um neun Uhr los."

„Du bist so selten hier", jammert meine Mutter, aber ich bleibe hart: „Wir fahren morgen, Mama. Es ist wichtig für die Jungs."

„Für mich hast du nie Zeit", schmollt sie.

„Das stimmt doch gar nicht. Ich bin schließlich jetzt hier."

„Ja, weil du ein Turnier hattest und eine Unterkunft brauchtest."

„Das ist nicht fair! Wir hätten genauso gut im Spielerhotel schlafen können."

„Könnt ihr nächstes Mal auch gern tun."

„Das ist ein blödes Gespräch, Mama."

„Tut mir leid", schnieft sie. „Ich weiß manchmal nicht, was mit mir los ist."

„Schon gut, wir haben ja noch den ganzen Abend."

Trotz der bedrückten Stimmung wird der Abend noch richtig nett, das liegt an Johannes, der das Gespräch an sich reißt und heute wirklich gut drauf ist. Ich weiß wirklich nicht, wie er es auf die Dauer mit Mama erträgt, die ganz offensichtlich unter drastischen Stimmungsschwankungen leidet, denn jetzt ist sie wieder richtig fröhlich. Sie trinkt sogar ein Bier und stößt lachend mit uns an. Auch am nächsten Morgen hat sie gute Laune. Als wir aufstehen, ist der Frühstückstisch schon gedeckt. Sie singt Kinderlieder und bewirtet uns wie in einem Hotel. Als auch Johannes und Greta in der Küche auftauchen, plappert sie in einer Tour, bringt uns im Nachthemd zum Auto und winkt uns lange hinterher.

Sollte ich mir langsam Sorgen machen? Und wenn ich mir jetzt keine Sorgen mache, sollte ich mir dann Sorgen darüber machen, dass ich mir keine Sorgen mache? Ich bin ratlos! Johannes allerdings scheint ganz beruhigt zu sein und der Gute ist schließlich Arzt. Also, wenn Johannes ganz cool mit der Sache umgeht, dann wird schon alles in Ordnung sein.

Ben fährt heute und wie immer tut er es nicht allzu gesittet, deshalb brauchen wir auch nicht allzu lange bis nach Dahme. Genau genommen brauchen wir sogar zehn Minuten weniger, als das Navigationsgerät am Anfang unserer Tour für uns ausrechnet. Vor dem Spiel haben wir sogar noch Zeit, uns einen Kaffee zu besorgen und unsere Jungs ein wenig zu ärgern: „Ihr seht nicht gerade ausgeschlafen aus."

Sie grinsen nur blöd, was sie wahrscheinlich von Ben gelernt haben, und besiegen Thore und Marten im Halbfinale. Lisas Zorn ist ihnen jetzt sicher, aber zum Glück wechseln die ehemaligen Internatler ihre Strategie und gewinnen das kleine Finale.

Im Finale ist jetzt reine Athletik am Start. Die Jungs auf dem gegenüberliegenden Spielfeld könnten direkt Klone unserer Kleinen sein. Robins Sprunghöhe am Netz ist nämlich mehr als alltagstauglich, sie ist beachtlich, aber sein Gegenüber steht ihm in nichts nach. Die Jungs springen wie Gummigeschosse in die Luft. Beide Teams wirken ruhig und gelassen. Kaum zu glauben, dass es sich hier um ein Endspiel handelt. Robin spielt sogar noch mit dem Publikum und wünscht sich beim Moderator einen Song für die Satzpause.

Satz eins geht leider ans gegnerische Team. Timm wirkt jetzt nervös, aber Robin ist die Ruhe selbst. Er pusht seinen Kollegen nach vorn und gemeinsam feuern sie das Publikum an, jetzt noch mal richtig für Stimmung zu sorgen.

Für einen kurzen Moment bleibt Robins Blick an jemandem hängen. Ich folge seiner Richtung und sehe wieder diesen komischen Typen, dabei fällt mir ein, dass Alexandra doch inzwischen mit ihm gesprochen haben muss. Komisch, ich hätte gewettet, dass sie uns direkt danach anruft, aber bisher hat sie sich nicht gemeldet. Als der Typ jetzt merkt, dass wir auf ihn aufmerksam geworden sind, steht er auf und verschwindet. Die Lücke, die er auf der Bank hinterlässt, wird schnell geschlossen, denn heute ist ein riesiges Publikum am Start. Robin und Timm gewinnen in der Zwischenzeit den zweiten Satz, der dritte geht allerdings verloren. Meine Mieter werden Zweite, lassen sich ordentlich feiern und von uns anschließend zum Amerikaner einladen. Das haben sie sich wirklich verdient.

Als wir in der fettigen Bude sitzen, erzählt uns Robin von seiner Beobachtung: „Dieser Typ war wieder da."

„Hmmm, haben wir auch gesehen", sagt Ben.

„Was ist das denn für ein Kerl?"

„Keine Ahnung, aber mach dir keine Sorgen."

„Wieso sollte ich mir Sorgen machen?"

„Keine Ahnung", wiederholt Ben.

Als die kleinen Jungs sich an der Theke Nachschub holen, schmieden Ben und ich einen Plan: Wir haben morgen trainingsfrei und nehmen uns vor, Alexandra nach der Uni mal einen netten Besuch abzustatten und sie so lange zu löchern, bis sie mit der Wahrheit herausrückt. Auf keinen Fall wollen wir uns einfach so abschieben oder belügen lassen und wenn wir in ihrem dusseligen

Büro campieren müssen. Wir bleiben, bis wir die Wahrheit erfahren ... zumindest lautet so der Plan.

Natürlich lässt die Dame uns erst mal in ihrem protzigen Vorzimmer warten, schließlich haben wir keinen Termin und es geht hier ja auch nur um ihren Sohn. Unser Besuch hat also nichts mit Mode und all dem Kitsch zu tun, der für sie lebenswichtig ist, und deshalb stehen wir ganz unten auf der Warteliste. Als wir aber endlich in die heiligen Hallen eingelassen werden, lässt sie am Telefon Dampf ab, weil man uns so lange hat warten lassen.

„Habt ihr nicht gesagt, dass ihr wegen Robin hier seid?"

Äh ... haben wir doch, oder? Oder nicht? Weiß ich gar nicht, ist ja auch schon Lichtjahre her, dass wir dieses Bürogebäude betreten haben, letztlich ist es aber auch egal, schließlich hätte sich die Trine an der Rezeption sicher denken können, dass wir nicht hier sind, um uns rosa Strähnchen färben zu lassen. „Robin ist dieser Typ aufgefallen", eröffnet Ben gleich die Partie.

„Sein Vater?", fragt sie dummerweise nach.

„Wer sonst? Also, uns ist ziemlich klar, dass er noch nichts weiß. Die Frage ist: Was ist dein Plan?"

„Plan A ist gescheitert."

„Ah, und wie sah er aus?", frage ich neugierig.

„Plan A war, dass wir uns kennenlernen und nicht mögen."

„Was?"

„Ja, ich hatte gehofft, dass er ein Idiot ist, schließlich hat er sich damals ziemlich asozial verhalten, aber ..."

„Aber?"

„Er ist nett. Ich weiß, das klingt total schräg, schließlich hat er mir damals Gewalt angetan, aber er ist ein guter Mensch, ein netter Mann."

„Das ist krank", sage ich angewidert, aber Alexandra unterbricht mich: „Das weiß ich selbst, aber jetzt kommt nur noch Plan B in Frage."

„Und wie sieht der aus?"

„Ich mache die Jungs miteinander bekannt."

„Das ist nicht dein Ernst!", ruft Ben. „Dieser Mann ist ein Krimineller!"

„War!"

„Aber ..."

„Hört zu, Jungs. Ich weiß, dass diese Geschichte nicht einfach ist, aber er ist Robins Vater und Robin hat sich immer einen Vater gewünscht. Michael bereut diese ganze Sache, das habe ich euch schon erzählt. Er ist bereit, sich selbst anzuzeigen, das hat er gesagt und ich glaube ihm, aber vorher soll er seinen Sohn kennenlernen, das bin ich Robin schuldig."

„Weiß er von dem Verbrechen? Weiß er, was sein Vater dir angetan hat?", hake ich nach.

„Nein, er glaubt der Geschichte, die ich ihm damals erzählt habe. Dass wir uns im Urlaub kennengelernt und nur eine Nacht miteinander verbracht haben."

„Also wird er erfahren, dass du ihn angelogen hast."

„Das ist egal, es geht hier nicht um mich."

„Ich weiß nicht", zögere ich.

„Du hast mit der ganzen Entscheidung nichts zu tun."

„Aber wir wissen alles, das wird er uns vorwerfen."

„Deshalb spreche ich noch heute mit ihm."

„Heute noch?"

„Ja, ich fahre gleich mit euch mit. Er hat doch montags kein Training, oder?"

„Nein, aber …"

„Gut, dann lasst uns fahren."

„Hast du keine Termine?"

„Die verschiebe ich." Alexandra greift zu Hörer und bespricht sich kurz mit ihrer Sekretärin, dann sagt sie leise: „Auf geht's."

Sie fährt selbst und folgt meinem Auto, Ben meldet uns bei Robin an: „Wir bringen jemanden mit. Mach dich auf eine Überraschung gefasst und bring am besten Caroline mit."

Nicht nur Caroline, Robin und Timm sitzen in der Küche, als wir mit Alexandra das Sandhaus betreten, sondern auch der Rest der neugierigen Bande. Das dürfte für Robin die Situation ungemein erleichtern, aber ich denke, Alexandra hätte lieber etwas weniger Publikum. Schließlich muss sie hier gleich die Katze aus dem Sack lassen und ich möchte wirklich nicht in ihrer Haut stecken. „Was ist denn los?", fragt Robin beinahe ängstlich. Caroline greift nach seiner Hand, Ida stellt sich schützend hinter ihn und Frauke lächelt ihm aufmunternd zu.

„Ich möchte dir etwas über deinen Vater erzählen", beginnt Alexandra leise.

„Meinen Vater?"

„Ja. Also … es ist so, dass …", stottert sie herum. „Du wirst mich hassen … oder ihn? Ich weiß nicht, wahrscheinlich uns beide."

Zu blöd, dass genau in diesem Moment mein Handy klingelt. Es ist Johannes, der mir etwas Wichtiges zu sagen hat, zumindest klingt er sehr aufgeregt. Ich kann ihn kaum verstehen, deshalb gehe ich auf den Flur. „Ist es dringend?", frage ich aufgeregt. „Wir haben hier nämlich gerade etwas Stress."

„Ja, es ist wichtig. Kannst du herkommen?"

„Jetzt? Wieso denn?"

„Es ist wegen deiner Mutter."

„Es geht gerade nicht."

„Bitte, Dominik, kannst du herkommen?"

„Warum denn?"

„Deine Mutter dreht durch."

„Was? Wieso?"

„Greta hat sich verletzt und …"

„Was ist passiert?"

„Sie ist mit dem Fahrrad auf dem Hof gefahren und mit einem anderen Kind zusammengestoßen."

„Und?"

„Sie hat sich den Arm gebrochen und deine Mutter ist völlig hysterisch."

„Weil Greta sich den Arm gebrochen hat?"

„Ja, sie redet seitdem nur noch davon, dass du dir schon oft etwas gebrochen hast und sie dich allein gelassen hat. Sie spricht von Rübe und dass sie dir nie beigestanden hat, dass sie dich im Stich gelassen hat."

„Wie kommt sie da jetzt drauf?"

„Das ist nicht neu. Seit Wochen liegt sie mir damit in den Ohren, dass sie dich vernachlässigt hat."

„Und jetzt?"

„Jetzt liegt Greta im Krankenhaus, deine Mutter sitzt an ihrem Bett und sagt immer nur, wie leid ihr alles tut. Ich habe angeordnet, dass sie ein Beruhigungsmittel bekommt, aber vorher will sie dich unbedingt sehen, Dominik. Sie will dir unbedingt etwas sagen."

„Das geht jetzt nicht, wir haben hier gerade selbst ein Problem."

„Bitte! Es geht ihr überhaupt nicht gut und Greta braucht auch ihre Ruhe. Sie ist meine Tochter, Dominik, ich möchte nicht, dass sie sich Sorgen um ihre Mutter macht, das verstehst du doch, oder?"

„Ja, schon aber …"

„Dann kommst du her, ja?"

„Wenn es unbedingt sein muss."

„Ja, es ist wirklich wichtig."

„Ich bin gleich da."

„Du bist der Einzige, der sie jetzt beruhigen kann."

„Ist schon gut."

„Was ist denn bei euch eigentlich los?"

„Erzähle ich dir später."

In der Küche herrscht eine Totenstille, als ich mir meinen Autoschlüssel aus der Schublade hole. „Wohin willst du?", fragt Linda. „Du kannst jetzt nicht weg!"

„Ich muss nach Hamburg. Mama dreht durch."

„Was?"

„Ich rufe euch an. Alles klar bei dir, Robin?"

„Gar nichts ist klar", sagt er heiser. Glücklich sieht er zumindest nicht aus.

Ich bin allerdings auch nicht glücklich, zumindest nicht mit dieser verzwickten Situation. Robin braucht jetzt nämlich jede Unterstützung, ich bin sein großer Bruder und sollte ihm eigentlich beistehen. Aber Johannes, der immer auf meiner Seite war, hat mich um Hilfe gebeten, da kann ich ja schlecht ablehnen. Zu allem Überfluss müssen mich auch noch die Sandhäusler nerven. Erst erhalte ich eine Mitteilung von Linda: „Schlechter Zeitpunkt, Bruderherz! Wir brauchen dich hier." Dann schreibt Ben: „Du kannst doch jetzt nicht wegfahren!"

Beide Kurzmitteilungen muss ich leider unbeantwortet lassen, denn seit ich aus Schilksee raus bin, folgt mir ein Polizeiauto. Ich überlege schon, ob ich rechts an den Straßenrand fahren und mir meinen Rüffel oder gleich einen Strafzettel abholen soll, da überholt es mich und ist Sekunden später nicht mehr zu sehen.

Die Autobahn ist voll. Mein Auto und ich kriechen über die Straße und meine Anspannung wird nicht besser, weil ich alle zwei Minuten Kurznachrichten bekomme: „Wo bleibst du denn?"

Am Krankenhaus frage ich mich durch und finde meine Familie in einem kleinen Privatzimmer, in dem zwei Betten stehen. Greta sitzt strahlend in ihrem Bett und zeigt mir gleich ihren Gipsarm. „Mimo, ich habe einen Gips! Sieht toll aus, oder?"

„Ja", antworte ich abwesend und starre meine Mutter an. Sie sieht aus wie auf Drogen … harmlos ausgedrückt. Ihre Haare stehen wirr in alle Richtungen, ihr Gesicht ist krebsrot und ihre Augen total verheult.

„Schatz", ruft sie, springt auf und stolpert in meine Arme. Ich kann sie gerade so festhalten. „Es tut mir alles so leid."

„Ist schon gut, Mama, es ist Jahre her."

„Du hast da am Boden gelegen und ich habe dir nicht geholfen. Rübe hat dich geschubst, dass wusste ich ganz genau, aber ich habe behauptet, dass du lügst."

„Alles ist gut, Mama."

„Und er hat dich geschlagen, immer wieder."

„Beruhige dich."

„Ich habe nichts unternommen."

„Er hat dich erpresst, hast du gesagt, du konntest gar nichts tun."

„Aber ich hätte ihn rauswerfen müssen, ich hätte kündigen müssen. Wir wären zu Jonas gefahren und du hättest es gut gehabt."

„Wir können es nicht ändern."

„Und er hat Pauli umgebracht."

„Ja, aber er ist nicht mehr da, Mama. Du musst keine Angst vor ihm haben."

„Aber du … du hattest immer Angst vor ihm, du wusstest immer, dass er böse ist. Du wolltest deine Oma beschützen, und das war eigentlich meine Aufgabe. Wir hätten weglaufen müssen, Oma, du und ich."

„Ja, hätten wir."

„Ich bin eine schlechte Mutter."

Tja, was soll ich dazu sagen? Ich denke, sie wartet auch gar nicht auf eine Antwort. Sie würde sie sowieso nicht hören, weil sie jetzt hemmungslos schluchzt und sich wie eine Ertrinkende an mich klammert. Ich werfe einen hilflosen Blick zu Johannes und zu Greta, aber Greta bewundert immer noch ihren Gips und Johannes setzt sich jetzt in Bewegung und holt die Schwester, die gleich den Arzt mitbringt. Mama bekommt jetzt endlich eine Beruhigungsspritze, die sie vorher verweigert hat, wie Johannes mir erzählt: „Ich habe ihr versprochen, dass sie erst mit dir reden darf. Deshalb war es ja auch so wichtig, dass du so schnell wie möglich herkommst."

Mama liegt jetzt in ihrem Bett und ich kann endlich Greta begrüßen und Johannes erzählen, was zu Hause so los ist. „Puh, mieser Zeitpunkt", stöhnt er. „Wie geht es Robin damit?"

„Keine Ahnung, ich musste ja losfahren, noch bevor irgendjemand irgendetwas erklären konnte."

„Dann ruf besser im Sandhaus an."

„Ich glaube, ich fahre lieber wieder nach Hause."

„Auf gar keinen Fall."

„Wieso nicht?"

„Deine Mutter …"

„Meine Mutter ist jetzt alles losgeworden. Ich weiß nicht, was plötzlich mit ihr los ist. Ich weiß nicht, warum sie sich auf einmal alles von der Seele reden muss, aber es ist mir egal, hörst du? Ich will nichts mehr davon hören, verstanden? Ich will das endlich alles vergessen. Wenn Mama jetzt plötzlich über alles reden will, dann soll sie zum Psychologen gehen oder in eine Selbsthilfegruppe oder was weiß ich. Ich fahre jetzt nach Hause zu Robin."

„Deine Freunde sind dir wichtiger als deine Familie", sagt Johannes gekränkt und ich bin für einen Moment geschockt: „Das stimmt nicht."

„Deine Mutter braucht dich jetzt."

„Robin auch."

„Sie ist deine Mutter."

„Und Robin ist mein Freund."

Johannes wird jetzt richtig zornig: „Wenn du jetzt fährst, dann …"

„Was ist dann?", brülle ich zurück, was Johannes sofort wieder erden lässt. Leise bettelt er: „Bitte bleib hier, ja?"

„Nein, ich fahre. Bis bald, Johannes, tschüss, Greta."

„Tschüss Mimo."

„Fahr vorsichtig", sagt Johannes heiser, aber er kann mir nicht in die Augen sehen. Das macht aber nichts, denn im Moment bin ich ziemlich wütend auf ihn. Er hat mich hierher genötigt, obwohl er wusste, dass wir im Sandhaus selbst ein Problem zu lösen hatten. Ich sollte für Mama alles stehen und liegen lassen. Das ist nicht fair. Ich hatte keine Wahl, aber jetzt habe ich eine: Ich fahre nach Hause, soll er doch zusehen, wie er hier klarkommt.

Ich bin noch nicht einmal vom Parkplatz runter, da habe ich schon eine Mitteilung von Johannes: „Es tut mir wirklich leid, ich hätte dir keine Vorwürfe machen dürfen."

Ich antworte nicht, sondern fahre rechts auf den Seitenstreifen und rufe im Sandhaus an. Robin meldet sich heiser: „Domi?"

„Robin, hey, alles klar bei dir?"

„Geht so."

„Du weißt jetzt alles?"

„Ja."

„Und wie geht's dir jetzt?"

„Es ist komisch. Meine Mutter ist eine Lügnerin, mein Vater ein Verbrecher. Ich fühle mich mies."

„Ich komme jetzt nach Hause, wenn du willst, können wir reden."

„Schon gut, Caroline ist hier und Linda."

„Das ist gut."

„Du musst nicht extra herkommen."

„Ich möchte es aber."

„Okay, bis gleich."

Ich lege das Handy auf den Beifahrersitz, starte den Motor. Als ich im Sandhaus ankomme, schläft Robin. Ich lasse ihn schlafen, sehe kurz nach Mimo-Baby, suche Ella, finde sie nirgendwo und gehe direkt ins Bett … in meinen Klamotten und mit einem fürchterlichen Gedankenwirrwarr. Niemand wundert sich deshalb weniger als ich, dass ich diese Nacht die verrücktesten Träume habe.

Erst taucht Rübe auf, er trägt Pauli im Arm, der ihm glücklich durchs Gesicht schleckt. Was ist denn nun los? Rübe mag Tiere? Und Pauli fühlt sich wohl bei ihm? Da stimmt doch irgendwas nicht. Plötzlich holt Rübe die Axt und schlägt auf Pauli ein, aber Pauli beißt zu und zerreißt Rübe in tausend Stücke. Dann tapert Pauli in unsere Küche, holt einen Müllsack, stopft Rübe hinein und vergräbt ihn im Garten. Als er zurückkehrt, bellt er: „Wir sagen Frau Siemsen nichts, ja? Du erzählst ihr, dass Rübe unruhig war und nach draußen wollte. Frau Siemsen wird nicht mit dir schimpfen, versprochen.“

„Aber er war doch mein schlimmster Feind“, schniefe ich. Pauli lässt sich nicht beirren: „Du musst nur ordentlich lachen, dann lacht sie mit dir und ist dir nicht böse.“

Ich nehme Pauli mit in mein Bett, aber da liegt schon Mimo mit seinem Piratenschiff, deshalb schlafe ich auf dem Boden, der ordentlich schwankt. Der Grund dafür bringt mich vollends durcheinander: Mein Kinderzimmer ist ein Segelboot und Florian ist der Steuermann. Florian hat keine Haare, er ist von seiner Krebskrankheit schwer gezeichnet und kann kaum das Ruder halten. Ich will ihm helfen, aber er schubst mich weg: „Ich lasse doch keine Volleyballerhände an meine kostbaren Segel.“ Von dem Stoß, den Florian mir verpasst hat, stürze ich ins Wasser. Ich sinke immer tiefer und tiefer, aber ich bekomme Luft, das wundert mich. Ich habe Kiemen! Bin ich jetzt ein Fisch oder was? Am Grund finde ich eine alte Schatzkiste. Ich öffne sie und staune über die Schätze: Martins Uhr liegt in der Kiste, Omas alter Verlobungsring, den ihr ein Mann namens Johannes schenkte. Außerdem finde ich Majas Postkarte und meine Winterjacke aus der dritten Klasse. Ich ziehe die Jacke an, lege die Uhr um, stecke mir den Ring an den Finger und die Karte in die Jackentasche, dann will ich wieder auftauchen, aber das geht nicht. Etwas zieht an meinen Beinen ... oder eher gesagt: Jemand. Ich schaue nach unten und sehe Maja, die sich an mein Bein klammert. „Bleib hier, Bruderherz. Du musst mir helfen.“

„Wobei?“

„Wir müssen doch alles für Martin vorbereiten.“

„Aber ich bin doch gar nicht tot.“

„Natürlich bist du das. Schon lange, schon viele Jahre.“

„Aber ...“

„Kommst du jetzt mit oder nicht?“

„Und was ist mit Ella? Was ist mit Mimo?“

„Wer ist das?“

„Wer das ist?“

„Ja.“

„Ella ist meine Frau, Mimo ist mein Sohn.“

„Du erzählst ja komische Geschichten", lacht Maja und ist plötzlich verschwunden. Genauso überraschend, wie Maja verschwunden ist, ist Kerstin auf einmal da. „Komm schon, wir verpassen noch unsere eigene Hochzeit", ruft sie und zerrt an meinem Arm. Wir schwimmen in eine Kirche, in deren Bänken nur Menschen sitzen, die ich nicht kenne. Kerstin und ich heiraten, aber als sie mir den Ring ansteckt, kann ich nicht mehr atmen. Ich brauche richtige Luft und will an die Oberfläche tauchen, aber Kerstin lässt mich nicht los. Sie lacht hämisch und ruft: „Wenn ich dich nicht haben darf, dann soll dich niemand haben."

„Du bringst mich um", rufe ich, dann wird mir schwarz vor Augen und ich spüre, dass mich jemand wild schüttelt.

„Wach auf!", höre ich Ellas Stimme aus weiter Ferne. „Wach auf, Chico."

Ich hole japsend Luft, als ich zu mir komme. Überrascht stelle ich fest, dass ich in meinem Bett liege und außer mir sowohl Ella als auch Jonas und Ida im Schlafzimmer anwesend sind. „Ein Traum", stöhne ich erleichtert.

„Du hast uns richtig erschreckt", weint Ella. „Was war denn los?"

„Ich brauche was zu trinken."

Jonas läuft sofort ins Bad und kehrt mit einem Zahnputzbecher voll Wasser zurück.

„Danke!"

„Erzähl, was du geträumt hast."

„Ich weiß es nicht mehr", lüge ich, damit sie mich in Ruhe lassen. Ida allerdings sieht mich ziemlich zweifelnd an, während Ella mich ganz fest in den Arm nimmt. Dann löst sie sich. „Du bist ganz verschwitzt", schnieft sie. „Willst du schnell duschen?"

Ich schüttele den Kopf: „Nein, nur schlafen."

„Bist du sicher?"

„Ich bin müde."

Ida und Jonas verlassen das Zimmer, Ella nimmt mich in den Arm und ich schlafe bald wieder ein. Diesmal schlafe ich traumlos.

Als ich am Dienstag aufwache, wirkt immer noch der Alptraum in mir nach.

Robin ist genauso blass wie ich, als wir uns am Dienstag nach dem Joggen zum Frühstück in der Küche treffen. Er spricht nicht. Ich rede auch nicht. Noch nicht einmal Linda sagt ein Wort. Weil ich heute hundemüde bin, fährt Ben uns in die Uni und am Nachmittag auch wieder zurück. Beim Training komme ich kaum in Bewegung, ich habe sauschwere Beine, tierische Kopfschmerzen und fühle mich wie einmal durchgekaut und wieder ausgespuckt. Jonas sieht schließlich ein, dass für Robin und mich heute nichts zu gewinnen gibt, deshalb schickt er uns ins Haus. In der Küche treffen wir auf Linda, die heute auch nicht gut am Start ist. Sie weint … um ihr

Baby ... um Christian. Benni-Two und Mimo-Baby spielen zu ihren Füßen mit Bausteinen, Ella steht am Herd und wärmt Milch für die Zwerge.

Wir sind schon ein erbärmlicher Haufen, wir Sandhausbewohner. Im Moment läuft wirklich alles schief, nichts funktioniert. Wir sind im Ausnahmezustand, dabei habe ich mir damals alles so schön ausgemalt, als ich dieses Haus gekauft habe, um für uns alle ein Nest zu bauen. Mein Plan war, dass wir als große glückliche Familie unter einem Dach leben, uns gegenseitig helfen und immer unterstützen, aber mein Plan ist gescheitert. Wir sind eine Ansammlung kaputter Existenzen und es wird eher schlimmer als besser. Frauke hat nicht nur ihre Tochter verloren, sondern auch ihren Mann. Ben und Linda sind wirklich zu bedauern. Ella hat sich immer noch nicht vollends mit ihren Eltern ausgesöhnt. Meine Mutter ist reif für die Klappsmühle, ich habe mich mit Johannes zerstritten, Robins Mutter ist eine Lügnerin, sein Vater ein Krimineller. Nur Timm, Jonas und Ida ticken im Moment normal, aber was ist im Sandhaus schon normal? Es ist nur eine Frage der Zeit, bis hier alles den Bach runtergeht, aber ich werde dafür sorgen, dass es nicht passiert. Ab morgen geht's hier nur noch in eine Richtung: nach vorn ... nach oben! Ich nehme mir vor, heute mit Mimo schlafen zu gehen, damit ich morgen wieder fit bin. Schließlich muss ich wieder ordentlich trainieren und damit fängt man besser morgen als übermorgen an. Noch besser wäre natürlich heute, aber heute geht's nicht. Heute muss wirklich mal Pause sein, ich bin nämlich total erledigt ... mal wieder. Es wird wirklich Zeit, dass hier wieder alles in vernünftigen Bahnen läuft und es wird genauso Zeit, dass wir mal wieder ein Erfolgserlebnis feiern können. Es wird Zeit für einen Neuanfang.

Kapitel 5

Leere Schränke

Es ist überhaupt keine Frage, dass Robin während der nächsten Tage komplett neben der Spur steht. Er lässt kaum jemanden an sich heran, auch mich nicht. Komischerweise ist es Ben, mit dem er spricht, obwohl Ben eigentlich nicht gerade der große Redner ist. Ich hätte auf Linda getippt, oder Ida, vielleicht Frauke, aber dass er sich Ben als Gesprächspartner aussucht, wundert mich wirklich. Für einen Moment spüre ich einen Stich der Eifersucht, weil er nicht mit mir sprechen will, denn schließlich bin ich derjenige, der ihm hier ein Zuhause bietet, aber andererseits bin ich froh, dass ich nicht schon wieder Probleme wälzen muss. Mir reicht im Moment nämlich voll und ganz mein eigener Stress mit Mama, die jeden Tag anruft und mich bis aufs Blut reizt. Sie will sich aussprechen, aber dazu habe ich nun wirklich keine Lust. Ich will endlich mal meine Ruhe haben und Diskussionen mit Mama stehen ganz weit unten auf meiner Wunschliste.

Ich will nicht mit Mama reden und Robin nicht mit mir, am Donnerstagabend aber, als Ben bei Linda bleibt, weil sie heute besonders schlecht drauf ist, frage ich unser Strandgut, ob er Lust hat, mit mir ins Schwimmbad zu fahren. Er überlegt nicht eine Sekunde: „Na klar.“

Während der Fahrt sprechen wir nur über Belanglosigkeiten, über das Wetter, über die Uni, sein Studium und so weiter. Ich will ihm die Chance geben, das Gespräch selbst in die richtige Richtung zu steuern, aber als wir unsere Bahnen zum Aufwärmen schwimmen und er immer noch nichts sagt, nehme ich meinen Mut zusammen: „Dir geht's nicht gut, oder?“

„Wie auch?“, fragt er sarkastisch.

„Hör mal, es tut mir leid, dass ich weggefahren bin, aber …“

„Hey, kein Problem.“

„Johannes hat so einen Wind gemacht und er bittet mich wirklich nicht oft um etwas.“

„Wie gesagt …“

„Trotzdem bin ich sauer, dass er mich angerufen hat. Es gab gar keinen Grund.“

„Na ja, deine Mutter hatte einen Nervenzusammenbruch.“

„Er ist aber der Arzt.“

„Sie wollte dich sehen.“

„Du musst keine Entschuldigungen für mich suchen.“

„Sorry.“

„Kein Problem, und wie geht es jetzt mit euch weiter?“

„Alexandra möchte, dass ich Michael kennenlerne.“

„Und? Willst du?“

„Ja und nein. Du weißt, es war immer mein Wunsch, aber jetzt weiß ich, dass er ein mieser Frauenschänder ist. Das Ganze ist so … verrückt. Stell dir vor, sie hat ihm verziehen."

„Vielleicht deinetwegen?"

„Das habe ich mir auch schon überlegt."

„Und jetzt?"

„Ich habe Angst vor ihm."

„Kann ich mir vorstellen."

„Was ist, wenn er Alexandra täuscht?"

„Könnte sein, manchmal ist sie ja wirklich nicht die Hellste."

„Was ist, wenn er ihr oder mir gegenüber gewalttätig wird?"

„Ich weiß es nicht."

„Und was ist, wenn genau das Gegenteil der Fall ist?"

„Das wäre ja mal eine gute Nachricht."

„Eben, aber ich weiß es nicht."

„Dann musst du es herausfinden."

„Ja, alles Grübeln hilft sowieso nicht weiter. Ich muss ihn treffen."

„Vielleicht im Sandhaus?"

„Wenn ich darf?"

„Klar."

„Es würde mir helfen, wenn ich weiß, dass jemand da ist … du weißt schon."

„Kein Problem. Ruf doch morgen Alexandra an, sie soll einen Termin vereinbaren."

„Und wenn sie will, dass wir ihn bei ihr zu Hause treffen? Oder wenn wir zu ihm fahren sollen?"

„Eins ist ja wohl mal klar: Du bist jetzt am längeren Hebel. Sie müssen sich nach dir richten."

„Stimmt."

„Das heißt?"

„Ich rufe meine Mutter morgen vor der Uni an. Sie soll einen Termin für Montag abmachen."

„Gut, Montag sind wir alle im Haus."

„Und was wollt ihr am Wochenende so reißen?"

„Ich weiß gar nicht, ob wir spielen. Ben sagt, dass es Linda überhaupt nicht gut geht. Vielleicht will er lieber im Sandhaus bleiben."

„Dann spiele ich mit dir."

„Okay", grinse ich.

Wir legen jetzt tempomäßig richtig los, ziehen unsere Bahnen, genehmigen uns danach noch ein Bier in der Sportsbar und fahren anschließend nach Hause. Ella liegt schon im Bett … diesmal ohne Mimo. Der Piratenjäger aus seinem Kleiderschrank scheint wohl endlich das Weite gesucht zu haben und der freie Platz im Bett gehört wieder mir.

Ella lächelt im Schlaf, sie scheint einen schönen Traum zu haben. Ihr Schlafanzugoberteil ist hochgerutscht und eine Hand liegt auf ihrem runden Bauch. In etwa zwölf Wochen kommt unsere Tochter zur Welt; ich kann es kaum erwarten. Natürlich mache ich mir auch Sorgen, wie Ben und Linda mit der Situation umgehen, aber jetzt gehören alle meine Gedanken Ella. Ich kuschele mich an sie, sie seufzt im Schlaf und schlingt die Arme um mich. Ich streichele ihren Bauch, küsse ihren Bauchnabel und begrüße meine Tochter: „Johanna."

„Johanna Raphaela", sagt Ella leise.

„Ich habe dich geweckt."

„Macht nichts."

„Johanna Raphaela, ja?"

„Klar, das ist doch bei euch so Tradition."

„Auf eure Tradition pfeifen wir aber, Ella. Du hast es versprochen."

„Natürlich, Chico."

„Geht es dir gut?"

„Hmmm, könnte kaum besser sein."

„Kann ich was tun?", grinse ich.

„Klar, du darfst mich küssen und streicheln."

„Und was noch?"

„Was du willst."

„Alles?"

„Ich bitte darum."

Ich muss nicht erwähnen, dass diese Nacht besonders kurz wird, trotzdem bin ich fit und ausgeschlafen, als ich am Freitagmorgen aufwache. Es geht mir so gut wie schon seit Wochen nicht mehr, das sind die besten Voraussetzungen für einen Turniersieg am Wochenende in Damp. Zum Glück sieht auch Ben richtig ausgeschlafen aus und er sagt mir fest zu, das Turnier in Damp mit mir zu spielen. „Und Linda?", frage ich, als wir unsere Joggingrunde beenden und in unserer Straße einbiegen.

„Sie fängt sich langsam."

„Falls du absagen willst, könnte ich mit Robin spielen."

„Und Timm?"

„Vielleicht hätte Jonas mal wieder Lust."

„Nein, ich spiele in Damp."

„Cool, ich habe so ein Gefühl, dass es richtig geil wird."

„Wir sind ja auch hoch gesetzt."

„Eben."

Wir finden uns tatsächlich auf dem ersten Setzplatz wieder, Robin und Timm auf dem dritten. Wir nehmen Thore und Marten in die Zange, die man auf die zwei setzt.

Das erste Spiel macht uns kaum Mühe. Das ist meistens so, wenn man hoch gesetzt ist. Wir gewinnen sogar so schnell, dass wir die Kleinen noch in ihrem zweiten Satz anfeuern können. Auch hier geht das Sandhaus als Sieger vom Platz. Das nächste Spiel bestreiten wir gleichzeitig; wir auf dem Centrecourt, die Sandhausbabys auf Court drei. Wir selbst haben einige Mühe gegen die Lokalmatadore aus Damp und müssen neidlos anerkennen, dass unsere Gegenspieler richtig coole Pässe in die Mitte bringen, aber letztlich gewinnen wir genau wie Robin und Timm und sind eine Runde weiter.

Während wir mit unserem nächsten Gegner richtig Glück haben, erwartet die Zuschauer an Court drei ein spannendes Schilksee-Duell. Robin und Timm haben es nämlich mit Thore und Marten zu tun, ihre starken Konkurrenten, die eigentlich sogar im Sandhaus leben sollten. Aber weil Timm die Wohnung übernommen hat, die eigentlich für sie geplant war, mussten sie sich anderweitig umsehen und haben zwei Zimmer in einer kleinen Pension bezogen. Dort werden sie von ihrer Herbergsmutti nach Strich und Faden verwöhnt und fühlen sich wirklich wohl.

Unser eigenes Spiel reißt die Zuschauer richtig vom Hocker. Ben ist übermäßig motiviert, er kloppt so derbe auf den armen Ball ein, dass unsere Gegenspieler eigentlich Angst um ihr Leben haben müssten, aber es gibt einen anderen Grund, dass wir gewinnen: Wir sind einfach besser. Thore und Marten schlagen in der Zwischenzeit lässig unsere Mitbewohner. Das Ergebnis ist beinahe peinlich, aber Robin hat eine Erklärung: „Michael war auf der Tribüne!"

„Wo?", fragt Ben. Wir folgen Robins ausgestrecktem Arm, aber können seinen Vater nirgendwo erkennen.

„Er ist weg!", sagt Robin und klingt fast traurig dabei.

„Hey", tröste ich ihn, aber er schüttelt meinen Arm ab und stöhnt: „Ich wollte immer, dass er mir zusieht, aber jetzt habe ich mich so dermaßen ablenken lassen, dass ich meine allerschlechteste Leistung gezeigt habe. Was wird er jetzt von mir denken?"

„Er hat dich doch schon spielen gesehen", beruhige ich ihn.

„Stimmt auch wieder", gibt Robin zu.

„Siehst du, und jetzt komm, ihr habt noch eine Chance auf das Halbfinale."

Nachdem wir uns umgezogen haben, checken wir die Lage. Ich will unbedingt wissen, ob Michael noch da ist und wenn ja, dann will ich dafür sorgen, dass er hier verschwindet, denn ganz eindeutig regt seine Nähe Robin auf und das ist überhaupt nicht gut. Ich kann ihn aber nirgendwo entdecken. „Er ist weg, oder?", fragt Robin kurz vor seinem nächsten Spiel.

„Ja, ich denke, er ist weg. Ich habe alles abgesucht."

„Gut, dann wollen wir mal gewinnen."

Gewinnen sieht leider anders aus. Robin spielt richtig unterirdisch und es ist überhaupt nicht hilfreich, dass Jonas genau in diesem Moment auftaucht. „Was ist denn mit dem los?", fragt mein Vater auch gleich angespannt.

„Lass ihn in Ruhe", bitte ich Jonas.

„Wieso? Was ist denn?"

„Sein Vater war gerade hier und jetzt ist er völlig durch den Wind."

„Haben sie gesprochen?"

„Nein, aber Robin ist total nervös."

„Wo ist der Kerl?"

„Ich glaube, er ist weg."

Weg ist auch die Chance auf das Halbfinale. Robin und Timm verlieren, scheiden aus und werden Fünfte.

Wir übernachten in Damp, schnuppern die frische Morgenluft und zumindest mir ist klar, dass wir heute Großes leisten können. Mir geht es richtig gut. Ich habe super geschlafen und auch Ben sieht aus wie jemand, der noch vor dem Frühstück Bäume ausreißen könnte. Wenn das mal kein gutes Omen ist! Auch aus dem Sandhaus gibt es nur gute Neuigkeiten: Linda hat gerade angerufen, sie wünscht uns Glück und klingt wieder richtig normal. Ella erzählt mir von einer ruhigen Nacht und einem schönen Traum. Außerdem stellt sie mir eine Belohnung in Aussicht für den Fall, dass ich heute nicht noch alles verbocke. Ich bin beruhigt und trotzdem etwas aufgeregt. Wir haben schon lange kein Turnier mehr gewonnen, heute ist aber alles möglich.

Unser Halbfinalspiel beginnt um halb elf und der erste Satz ist schon nach einer knappen Viertelstunde erfolgreich eingetütet. Für den zweiten Satz brauchen wir allerdings länger, was nicht allein daran liegt, dass niemandem von uns die letzten beiden Punkte gelingen und es zwischendurch sogar 25 zu 25 steht, sondern dass bei genau diesem Spielstand unsere Gegenspieler eine medizinische Auszeit nehmen, die sie bis zur letzten Sekunde ausnutzen. Man kann nicht genau erkennen, woran der gegnerische Blocker behandelt wird, aber es geht ihm gut genug, um das Spiel zu beenden. Ben und ich haben die Pause genutzt, um uns strategisch neu einzustellen. Manchmal geht so was daneben, aber heute läuft alles glatt. Wir gewinnen und sind im Endspiel. Unsere Gegner sind uns bestens bekannt; es sind Thore und Marten.

Das Endspiel beginnt um halb drei und ist eine heiße Schlacht. Die Schnuckis auf der anderen Seite sind rotzfrech und klauen uns knapp den ersten Satz. Davon nicht genug, gehen sie auch im zweiten Durchgang erst mal völlig entspannt in Führung, aber jetzt reicht es auch. Jetzt sind wir dran. Ben spielt ein paar Granaten, die auf dem gegenüberliegenden Feld ordentlich Eindruck schinden, während ich meine Geheimwaffe einsetze. Ich kann nämlich auch blocken! Zugegeben, ich bin dabei längst nicht so gut wie Ben, aber für ein paar Punkte reicht es heute. Der zweite Satz gehört uns und Bens Respekt gehört mir allein: „Willst du meinen Job machen, Alter?"

„Bleib du mal schön am Netz. Ich verkrümele mich nach hinten, da ist man dem Gegner nicht so nah."

Das Spiel beginnt nun von vorn, wir brauchen 15 Punkte zum Sieg, der uns nicht nur eine gute Platzierung in der Tabelle der Holsteintour einbringt, sondern mir noch eine nette Belohnung von Ella verspricht. Deshalb stellt sich hier überhaupt nicht die Frage, wer die Silbermedaille mit nach Hause nimmt. Meiner Meinung nach ist sie für Thore und Marten reserviert.

„Los, Alter!", spornt mich Ben an. „Wir holen uns das Ding."

„Wer sonst?", frage ich grinsend und schlage auf. Punkt Sandhaus. Der Satz ist spannend. Spannend ist gar kein Ausdruck … der Satz ist überirdisch. Das liegt nicht nur daran, dass Ben die geilsten Blocks produziert, sondern auch an Martens gutem Auge. Als hätte er nie etwas anderes gemacht, zirkelt er zwei knallharte Monster-Aufschläge hintereinander direkt in die Spielfeldecken. Einmal rechts … einmal links. Ich bin zwar im Sand manchmal schneller als Linda beim Quasseln, aber so schnell bin ich dann doch nicht, um auch nur einen dieser beiden fiesen Tricks zu durchschauen. Die Jungs gehen in Führung, aber ich bin jetzt schlau genug, um mit allem zu rechnen. Den nächsten Aufschlag nehme ich perfekt an, Ben spielt mir zu und ich versenke meinen runden Freund im gegnerischen Spielfeld. Punkt Sandhaus. Gleichstand. 15 zu 15 und kein Ende in Sicht. Jetzt ist Ben an der Reihe, der seinen Aufschlag direkt auf Thore abschießt. Thore nimmt an, spielt zu Marten und Marten zu mir. Ich spiele direkt zurück, habe den Überraschungseffekt auf meiner Seite und mache den Punkt. Noch einer und der Sieg gehört uns. Bens zweiter Aufschlag ist ziemlich lasch, er streift die Netzkante und der Ball liegt schon fast im Sand, mit einem wilden Indianergeheul hechtet Marten auf ihn zu, erreicht ihn sogar noch und kann ihn zu Thore abspielen, aber Thore verschätzt sich und semmelt den Ball direkt ins Netz. Punkt Sandhaus. Satz Sandhaus. Sieg Sandhaus. Und Belohnung für Mimo-Boss. Jawollo! Jetzt aber schnell nach Hause!

Die Meute ist im Garten versammelt und lässt sich von Benni-Two und Mimo-Baby mit Schaumstoffbällen abschießen, als wir immer noch siegestrunken und wild hupend unser Grundstück entern. „Ich will meine Belohnung!", rufe ich schon von der Gartenpforte aus.

„Aber klar doch, Chico", antwortet Ella und schmiegt sich in meine Arme.

„Ich erwarte Großartiges."

„Mindestens, und dazu gibt's noch eine Überraschung."

„Wird ja immer besser."

„Eigentlich sind es sogar zwei Überraschungen."

„Erzähl."

„Ich muss dich aber warnen."

„Vor dir?"

„Nein, vor den Überraschungen. Es gibt eine gute und eine schlechte."

„Bis eben fand ich unsere Unterhaltung noch gut."

„Eigentlich gibt es sogar zwei gute und eine schlechte."

„Drei gute wären mir lieber."

„Also, erst die schlechte Nachricht, ja?"

„Okay, ich halte mir die Ohren zu."

„Linda will wieder schwanger werden."

„Das ist doch viel zu früh!"

„Eben, aber ich hatte zwei Tage Zeit, um sie zu bearbeiten und das Ergebnis ist die gute Nachricht Nummer eins: Ich habe eine Beschäftigung für sie gefunden."

„Erzähl."

„Sie braucht ein Hobby. Wir haben sie zu einem Fotokurs angemeldet."

„Sie wird Fotografin?"

„Eure Haus- und Hoffotografin", grinst Ella.

„Coole Sache und Nummer zwei?"

„Mimo schläft heute bei Oma und Opa. Wir haben Ausgang und danach sturmfreie Bude."

„Du bist die Allerbeste!"

„Finde ich auch, und jetzt mach dich vorzeigbar. Ich habe uns einen Tisch beim Spanier bestellt."

„Ich will einen Nachtisch."

„Und ich weiß schon ganz genau, was du dir so vorstellst."

„Du kennst mich eben."

Wir essen bei unserem Lieblingsspanier, tanzen vor dem Nachtisch nach der Live-Musik, genießen unsere Creme und fahren anschließend nach Hause. Schon auf der Außentreppe küssen wir uns wild, im Flur geht es weiter. Ein Teil unserer Klamotten übernachtet im Flur, in der Küche, vor dem Schlafzimmer. Wir lassen alles dort liegen, wo wir es ausziehen und fallen atemlos ins Bett.

Als ich am nächsten Morgen völlig verstrubbelt aus meiner Schlafzimmertür trete, liegen unsere Kleidungsstücke ordentlich gefaltet in einem Wäschekorb vor dem Zimmer. Tja, die Damen des Hauses sind sehr ordentlich, vor allem aber sind sie neugierig. Ich überlasse aber Ella das

Gespräch, denn ich habe ein Date: Joggen mit Ben. Eine Stunde! Jonas pennt nämlich noch und wir haben genug Zeit.

Am Nachmittag findet das gefürchtete Treffen zwischen Michael, Alexandra und Robin statt. Ich habe mein Wohnzimmer angeboten, so ist der Sandhausrettungsnotdienst in der Nähe und die schnelle Eingreiftruppe kann schnell eingreifen, falls es etwas einzugreifen gibt. Robin ist überdurchschnittlich aufgeregt, als es endlich an der Tür klingelt. Frauke öffnet, geleitet die Gäste durch die Küche ins Wohnzimmer und bietet noch Getränke an, dann kommt sie zu uns in die Küche, in der wir gespannt warten.

Gelegentlich steht einer von uns auf, um an der Wohnzimmertür zu lauschen, aber wir können nichts hören. Nach mehr als zwei Stunden verabschieden sich Michael und Alexandra von Robin und auch von uns. Ihren Gesichtern ist nichts anzumerken und auch Robin wirkt ungewöhnlich gelassen. „Und?", fragt Linda.

„Ich weiß nicht", antwortet Robin lahm.

„Was weißt du nicht?"

„Ich weiß überhaupt nichts."

„Willst du allein sein?", fragt Frauke.

„Ja, mit Caroline. Kommst du mit, Caro?"

„Klar."

„Kommt ihr zum Essen zurück?"

„Nein, heute nicht."

Hm, was machen wir denn jetzt? Mit Robin meine ich. Wieso sagt er nichts? Ist alles aus? Fängt alles erst an? Geht es ihm gut? Schlecht? Beides? Weiß er selbst nicht, wie es ihm geht? Braucht er Hilfe? Will er überhaupt Hilfe? Nein, er möchte allein sein, das hat er zumindest gesagt. Allein mit Caroline, die wohl als Einzige wissen soll, was da eben besprochen wurde … oder eben nicht besprochen wurde. Die Einzige, die Robin jetzt bei sich haben möchte. Caroline ist wirklich die Richtige für Robin. Ich bin froh, dass wir sie haben.

Am Dienstag läuft Robin mit uns, das heißt er versucht es zumindest. Nach kürzester Zeit schnauft er wie eine Dampflock, was aber daran liegt, dass er unentwegt redet. Wir sehen schließlich ein, dass es besser ist, auf der nächsten Bank eine Pause zu machen und Robin einfach reden zu lassen. Die nächste Bank gehört deshalb uns und Robin spricht sich alles von der Seele: „Ich mag ihn. Es ist verrückt, aber ich finde ihn wirklich nett. Mama hat ihm verziehen, oder? Ich meine, das ist natürlich total schräg und wahrscheinlich hat sie es nur mir zuliebe gemacht, aber sie sagt, dass er ein guter Mensch geworden ist. Natürlich kannte sie ihn vorher nicht, deshalb ist es nicht ganz logisch, so was zu sagen, aber sie meint, dass er zu uns passt …

zu ihr und zu mir. Er ist verheiratet und hat zwei Kinder, einen Sohn und eine Tochter. Es sind Zwillinge und sie sind zwölf Jahre alt. Er wohnt in Flensburg, hat dort ein großes Haus."

„Und seine Frau?", frage ich, als Robin kurz Luft holt.

„Sie sind geschieden, die Kinder leben bei seiner Frau."

„Aha."

„Aber ich muss über alles vernünftig nachdenken."

„Ja, das solltest du!", stimmt Ben zu. „Unbedingt."

„Ich habe gesagt, dass sie mir Zeit geben müssen."

„Das sehen sie bestimmt ein."

„Sie haben mir versprochen, sich nicht bei mir zu melden, bis ich mein Okay zu allem gebe."

„Meinst du, du versöhnst dich auch wieder mit Alexandra?"

„Ja, ich denke schon. Sie fehlt mir."

„Pass auf", sage ich. „Ihr werdet noch eine richtig tolle Familie."

„Ich bleibe auf jeden Fall im Sandhaus."

„Aber …"

„Doch, Domi, das Sandhaus ist mein Zuhause."

„Wir müssen weiter", drängt Ben. Wir laufen los und erreichen das Sandhaus gerade rechtzeitig, um unseren Kleinen auf dem Weg zum Kindergarten hinterher zu winken. Als wir durch die Gartenpforte treten, knipst Linda ein Foto von uns.

„Die müden Helden am frühen Morgen", lacht sie.

„Darf ich vorstellen?", grinse ich. „Das ist Linda, die offizielle Sandhausfotografin."

„Nächsten Montag machen wir ein Shooting für eure Homepage!", befiehlt sie. Wir nicken, weil uns nichts anderes übrig bleibt. Linda ist bei Laune zu halten, denn wenn es Linda nicht gut geht, leiden wir alle mit.

Schon am Mittwoch reisen wir nach Köln, trainieren dort mit Jessica und Trixie und fahren am Freitagnachmittag Richtung Heidelberg. Es sind nur 16 Teams gemeldet, wir finden uns auf dem zwölften Ranglistenplatz wieder und freuen uns schon auf ordentlich Punkte.

Ausgeschlafen und voller Tatendrang treten wir zu unserem ersten Spiel um neun Uhr an und zeigen alles, was wir draufhaben. Das ist nicht wenig und fordert unseren Gegnern eine Menge ab. Wir zwingen sie in beiden Sätzen weit in die Verlängerung, müssen uns am Ende aber geschlagen geben und gehen mit dem Gefühl vom Platz, es den Gewinnern so schwer wie nur irgendwie möglich gemacht zu haben. Um zwölf sind wir bereits wieder am Start und spielen dort genauso stark wie eben. Wir gewinnen sogar den zweiten Satz in einem spannenden Krimi und auch der Tie-Break steckt voller Überraschungen. Die Zuschauer kriegen hier richtig was geboten und belohnen unsere Anstrengungen mit lauten Anfeuerungsrufen. Schade, dass Jonas nicht hier ist, Ben und ich zeigen hier nämlich die stärkste Leistung, zu der wir je imstande waren und das sollte mein Vater nicht verpassen. Auch Ben ist der Meinung, dass heute ganz bestimmte Zuschauer gefehlt haben. Mir stockt der Atem, als er sagt: „Zwei Leute haben heute gefehlt … mein Dad und deiner."

„Ja, stimmt."

„Sie wären stolz auf uns gewesen."

„Ja, das wären sie."

„Ich wünschte, sie hätten uns heute gesehen."

„Ja, das wünsche ich mir auch."

Der Gedanke an Martin trübt unser Glück ein wenig und der Moderator schiebt unsere Niedergeschlagenheit wohl auf unsere Niederlage, denn er fordert das Publikum auf, uns zum Abschied nochmal ordentlich Applaus zu spenden, den wir lächelnd annehmen. Wir duschen, ziehen uns um und suchen uns einen Platz auf der Tribüne, um Jessica und Trixie anzufeuern, dann rufe ich Jonas an. „Wir sind raus", sage ich verlegen.

„Schon gesehen, aber eure Gegner haben sich schon lobend über euch geäußert. Ich glaube, die schnaufen immer noch."

„Es war ein Superspiel."

„Ich hätte es gern gesehen, glaub mir."

„Wir haben nur sechs Punkte geholt."

„Es ist noch nichts verloren. In Leipzig könnt ihr noch gut punkten und in St. Peter auch. Vor Bonn können wir vielleicht in Köln ein Trainingslager einlegen, dann habt ihr nicht so eine lange Anreise und seid ausgeruht. Mach dir keinen Kopf, Großer. Das passt schon alles."

„Wir kommen heute noch nach Hause."

„Das wird aber spät!"

„Egal, ich möchte nach Hause."

„Gut, wir sehen uns. Und Dienstag feiern wir Geburtstag. Ich gebe euch frei, Jungs."

„Cool."

„Es war Lindas Wunsch."

„Linda entwickelt sich langsam, aber sicher zur Chefin im Hause."

„Das ist sie doch schon immer."

„Stimmt auch wieder."

Nach Jessicas und Trixies Sieg fahren wir los Richtung Norden, treffen dort um Mitternacht ein und freuen uns auf einen freien Sonntag.

Heute bin ich der Bestimmer! Das ist zumindest mein Plan, als ich am Sonntagmorgen aufwache und mich allein im meinem Schlafzimmer wiederfinde. Das ist allerdings kein Wunder, denn es ist kurz vor zwölf. Ich werfe einen Blick in die Küche und treffe Frauke bei den Vorbereitungen für das Mittagessen an. Passt mir gut, denn jetzt brauche ich kein Frühstück mehr und das, was Frauke da brutzelt, sieht wirklich lecker aus. „Morgen", begrüße ich meine Ersatzmutti.

„Ausgeschlafen?", fragt sie lächelnd.

„Ja, wo sind denn die anderen?"

„Robin ist mit Caroline unterwegs. Timm besucht seine Eltern. Jonas und Ida sind in Kiel und die Mädels sind mit den Kleinen am Strand. Ben duscht gerade."

„Gut, das mache ich jetzt auch."

„Wenn du fertig bist, können wir essen."

Ich lasse mir Zeit im Badezimmer und treffe gleichzeitig mit der Strandbrigade und Ben in der Küche ein. Wir setzen uns an unsere Plätze, genießen die Nudelsuppe und anschließend den Lachsauflauf. Ich nehme mir Nachschlag, lasse aber noch genug Platz für die Erdbeeren mit Sahne.

Ein Sonntag zu Hause ist doch wirklich das Schönste. Es gibt das beste Essen, alle haben Zeit, sind ausgeschlafen und gut drauf. Ben, Robin, Timm und ich sind sonntags aber selten zum Mittagessen zu Hause. Um diese Zeit schwitzen wir nämlich meistens in der Sonne und hechten einem Ball hinterher. Während wir unseren Nachtisch genießen, ist Linda schon bei der Tagesplanung für morgen: „Wir machen coole Fotos für eure Teamseite. Zuerst in Jeans und Shirt, dann in Badeshorts mit Sonnenbrillen ohne Shirts und zum Schluss dürft ihr euch im Wasser balgen."

„Hä?", fragt Ben. „Wieso im Wasser?"

„Das wird cool. Ich habe eine tolle Einstellung an meinem Apparat, die will ich ausprobieren. Ihr sollt euch gegenseitig nass machen, ich will die Tropfen einfangen."

„Und das kommt dann auf unsere Seite?"

„Natürlich, die Mädchen wollen euch so sehen."

„Ja?"

„Ja", antwortet Linda und grinst: „Dann simulieren wir ein Spiel. Ihr dürft ordentlich schwitzen. Ich habe Papas Erlaubnis, das heißt, ihr habt morgen ein Trainingstraining."

„Ein simuliertes Training?", frage ich.

„Ja."

„Ist es nicht sinnvoller, du machst die Fotos am Dienstag?"

„Das würde Papa nie erlauben."

„Und was liegt heute noch an?", erkundigt sich Ben. Natürlich ist er voller Tatendrang genau wie ich, aber unsere Frauen beschließen einstimmig, dass wir zu Hause bleiben und mit den

Kindern im Garten spielen. So schnell kann einem die erwartete Bestimmerrolle wieder abgenommen werden.

Für Mimo und Benni-Two steht jetzt allerdings erst mal ein Mittagsschlaf an. Linda und Ella legen sich mit den Zwergen hin, während Ben und ich Langeweile schieben, aber gegen drei sind unsere Zwerge wieder wach. Wir starten eine Kaperfahrt mit dem Piratenschiff, schießen unterwegs alles in Trümmer, was sich uns in den Weg stellt, hissen auf einer fremden Schurkeninsel unsere Flagge, bergen Schätze, umschiffen gefährliche Riffs und besiegen die größten Wellen. Obwohl es Unglück bringt, haben wir sogar Frauen an Bord: Königin Ella ist dabei und die Gräfin Linda, die zwischendurch beide etwas seekrank werden und unter Deck auf ruhiges Fahrwasser warten müssen. Auf einer geheimen Insel allerdings finden sie reife Erdbeeren und sogar Süßigkeiten, die an einheimischen Sträuchern wachsen. Wer hätte das gedacht? Wir haben das Paradies gefunden, markieren es auf unserer geheimen Weltkarte, schießen ein paar Beweisfotos und segeln gegen tosende Winde und wütende Meeresungeheuer kämpfend nach Schilksee zurück. Inzwischen sind auch Jonas und Ida wieder zu Hause, die sich aufgeregt Benni-Twos und Mimo-Babys Geplapper anhören müssen. Jonas ist mit dieser Geschichte überfordert, er gibt sich einfach nicht genug Mühe, die Kleinen zu verstehen. Aber Ida beteiligt sich ernsthaft an dieser Unterhaltung, während sich mein Vater uns zuwendet: „Das wird eine schöne Woche für euch, Jungs."

„Wieso?", frage ich.

„Morgen seid ihr Lindas willige Opfer und übermorgen gebe ich euch frei. Am Wochenende sammeln die Großen in Leipzig Punkte und die Kleinen können in Grömitz Landesmeister werden."

„Du denkst schon wieder in Titeln", sage ich leise.

„Das Beste hast du anscheinend überhört", wehrt sich mein Vater: „Ihr habt Dienstag frei."

„Alle?", fragt Ben zweifelnd.

„Alle! Befehl von Ella. Ihr wisst ja, sie ist schwanger, mit ihr lege ich mich besser nicht an."

„Hast du Pläne für Dienstag?", erkundige ich mich grinsend bei meiner Frau.

„Natürlich!"

„Und welche?"

„Überraschung!"

„Ella!", stöhne ich.

„Jammer nicht", lacht sie.

„Du bist gemein."

„Wer sagt das?"

„Ich", grinse ich.

„Muss ich erst schimpfen?"

„Nein, musst du nicht."

„Bist du jetzt brav?"

„Bin ich doch immer, aber einen winzig kleinen Tipp darfst du mir trotzdem geben."

„Gut, wir fahren in die Lüneburger Heide."

„Und was machen wir da?"

„Das erfährst du noch früh genug."

So sehr ich auch nerve, verrät mir niemand, was meine Leute an meinem Geburtstag mit mir vorhaben. Ben würde mir wahrscheinlich alles verraten, aber Ben ist als einziger Sandhausbewohner nicht eingeweiht und die anderen halten fies zusammen. Diese miesen kleinen Nervensägen! Egal, muss ich eben abwarten. Jetzt steht sowieso erst mal unser Fotoshooting auf dem Programm, das richtig lustig wird. Zuerst lichtet Linda uns in Alltagsklamotten ab. Im Garten, in der Küche, beim simulierten Lernen für die Uni. Anschließend scheucht sie uns in unsere Trainingsklamotten. Sie schießt Fotos, während wir uns aufwärmen und einspielen und lässt uns ein wenig posen. Danach geht es an den Strand. Hier haben wir Zuschauer, denn es ist Hochsaison. Wir stehen knietief im Wasser und folgen Lindas Anweisungen. Erst verlangt sie einen Hechtsprung von Ben, dann einen von mir. Wir sollen tauchen und gleichzeitig durch die Wasseroberfläche schießen, wir sollen um die Wette kraulen und im flachen Wasser einen Handstand machen und ein Rad schlagen. Vor allem aber sollen wir bei jedem Foto unsere Muskeln anspannen. „Für die Mädchen", erklärt Linda lachend.

Am Abend zeigt Linda uns die Fotos auf dem Computer, sie sortiert nur wenige aus und macht sich direkt an die Bearbeitung.

Der nächste Tag steht hier unter dem Motto „Wir-machen-den-Chef-glücklich", denn ich habe Geburtstag. Ich werde fünfundzwanzig Jahre alt und lasse mich heute mal so richtig beschenken. Zum Frühstück gibt es Torte und Sekt. Für mich und Jonas allerdings nur ein Glas, den Grund dafür soll ich später erfahren. Dann setzen wir uns in zwei Vans, Jonas und ich sollen fahren, das Ziel ist grob die Lüneburger Heide, mehr erfahren wir noch nicht. Wir parken am Rande eines Steinbruchs und ein Plakat, das über einer Einfahrt gespannt ist, verrät mir nun endlich, was wir hier wollen. Wir fahren mit dem Quad, mein Vater und ich. Meine Familie schenkt mir einen Vater-Sohn-Tag, den ich mir schon immer gewünscht habe. Ich freue mich riesig über dieses Geschenk und vor allem freue ich mich, dass ich diesen Moment mit Jonas erleben darf. Wir grinsen uns an wie zwei kleine Jungs, lassen uns ankleiden und sitzen kurz darauf auf unseren heißen Maschinen.

Nach einer vernünftigen Einweisung geht's los. Außer uns sind noch Freddy, der Begleiter, sowie zwei weitere Verrückte dabei: Moni und Jessi … Mutter und Tochter.

Während wir wie die Wildsäue durch die matschigsten Pfützen und die dreckigsten Löcher gurken, besuchen die anderen Sandhausbewohner eine Therme und lassen es sich gut gehen. Ich wette aber, Jonas und mir geht es deutlich besser. Wir sehen aus wie die Schweine, als wir nach vier Stunden wieder an unserem Ausgangspunkt landen. Der Veranstalter spendiert uns noch eine heiße Dusche und wir steigen in unsere Ersatzklamotten, die Ella und Ida für uns hinterlegt haben. Dann öffne ich den Brief, den ich in meiner zweiten Jeans finde und der uns den Weg zu einem Restaurant weist, in dem wir am Abend gemeinsam essen. Bevor wir aber das Abendessen genießen, habe ich noch einen kleinen Auftritt. Es ist nämlich gleichzeitig unser Hochzeitstag und Ella bekommt ein Geschenk von mir. Meine Leute bewundern die schlichte Kette mit dem gravierten Herz, auf dem steht: „Du hast einen Wunsch bei mir frei!"

„Was meinst du damit?", fragt Ella hinterhältig grinsend.

„Das heißt, dass du dir etwas wünschen darfst."

„Alles?"

„Natürlich."

„Und muss ich dir meinen Wunsch jetzt gleich verraten?"

„Nein, musst du nicht."

„Gut."

„Hast du denn einen?"

„Aber sicher doch!", lacht sie.

Es ist der schönste Geburtstag, den ich jemals hatte. Ich vermisse nichts, ich vermisse niemanden, schon gar nicht meine Mutter.

Leider ist es bei Mama genau andersherum: Sie vermisst mich heute anscheinend unendlich, denn im Sandhaus blinkt wild der Anrufbeantworter und mein Handy, das ich im Eifer des Gefechts heute Morgen im Wohnzimmer vergessen habe, ist vor lauter Kurznachrichten fast explodiert. Mit dem leichten Anflug eines schlechten Gewissens rufe ich meine Mutter an.

„Da bist du ja!", ruft sie mir ins Ohr und fängt sofort an zu weinen.

„Was ist denn los?"

„Was los ist? Du hast Geburtstag. Ich wollte dich besuchen, aber du warst nicht da. Ich bin ganz umsonst nach Schilksee gefahren."

„Wenn du meckern willst, lege ich gleich wieder auf", antworte ich frustriert. Ist doch wahr, Mensch. Da feiert man den tollsten Geburtstag seines Lebens und kaum ist man wieder zu Hause, muss man sich anschnauzen lassen.

„Wo warst du denn?"

„Ich war mit Jonas und den anderen unterwegs. Wir sind mit dem Quad gefahren und …"

„Und wieso wussten wir nichts davon?"

„Weiß ich nicht, ich habe es auch heute erst erfahren."

„Du wolltest uns nicht dabeihaben."

„Das stimmt doch gar nicht."

„Ich bin deine Mutter!"

„Weiß ich."

„Was soll das heißen?"

„Ich weiß es, Mama, du erzählst es mir in letzter Zeit oft genug."

„Bist du jetzt sauer?"

„So wie du?"

„Ich bin nicht sauer, ich bin gekränkt. Ich dachte, wir feiern zusammen und …"

Jetzt reicht es mir. Noch bevor ich eine Sekunde nachdenke, schreie ich sie an: „So wie früher, ja? Das waren immer tolle Zusammenkünfte – du in der Kneipe und ich mit Frau Siemsen vor dem Fernseher."

„Sei nicht ungerecht."

„Wer ist denn hier ungerecht, hm? Ist dir vielleicht mal die Idee gekommen, dass ich von allem nichts wusste? Gestern dachte ich noch, dass ich heute Uni habe und danach Training und dass wir danach vielleicht grillen oder so. Ich hatte nichts geplant und dachte, dass ich vielleicht abends mit Ella zum Essen ausgehe. Dass wir wegfahren, habe ich erst gestern gehört."

„Und trotzdem hast du nicht daran gedacht, dass wir vielleicht mitfahren möchten."

„Woher hätte ich denn wissen sollen …"

„Du hast eben keine Zeit mehr für mich. Für alle Menschen hast du Zeit, nur für mich nicht. Und für Greta auch nicht."

Jetzt bin ich wirklich auf hundertachtzig. Ich muss mich arg beherrschen, dass ich nicht irgendwas an die Wand pfeffere oder mir eine Axt hole, mit der ich alles kurz und klein hacke. Ich versuche, mich zu beruhigen, aber Mama wiederholt sich noch einmal: „Für jeden hast du Zeit, nur für uns nicht."

„Du hattest deine Zeit, Mama!", brülle ich sie an.

„Was?"

„Du hattest deine Zeit, du hast sie nur nicht genutzt und jetzt ist es zu spät."

„Was soll das heißen?"

„Du hattest 15 Jahre allein mit mir, aber diese 15 Jahre hast du nicht genutzt."

„Was soll das jetzt, Dominik? Es ist ja wohl nicht meine Schuld, dass …"

„Halt die Klappe!", schnauze ich sie an.

„Was?"

„Du sollst deine Klappe halten, ich will es nicht mehr hören!"

Wütend knalle ich den Hörer auf, nehme die Teetasse, die Ella mir reicht und werfe sie mit voller Wucht an die Wand, aber das ist mir noch nicht genug. Ich öffne den Geschirrschrank und greife wahllos nach Tellern, Tassen, Schüsseln und zerdeppere alles auf dem Fußboden. Erst als der Schrank leer ist, lasse ich mich erschöpft auf den Boden sinken. Ich schnaufe wie ein Marathonläufer nach der doppelten Strecke und zittere unkontrolliert, dann setzt sich Jonas neben mich, legt den Arm um meine Schulter und fragt leise: „Ist jetzt alles gut?"

„Ja!", sage ich heiser, aber es stimmt nicht. Gar nichts ist gut. Warum muss sie mir immer alles versauen?

Während Jonas und ich auf dem Boden sitzen, kehren Ida und Frauke das zerschlagene Geschirr zusammen. Ben holt einen Wäschekorb aus dem Keller, der mit den kläglichen Resten gefüllt und nach draußen gestellt wird. Mein Atem beruhigt sich nur langsam, aber meine Wut ist längst verraucht. Meine Güte, was ist denn mit mir los? Zum Glück sind Benni-Two und Mimo schon im Bett. Sie haben beide einen festen Schlaf und haben mich hoffentlich nicht gehört. Schlaf ist übrigens ein gutes Stichwort, denn Ella schickt mich sofort ins Bett. Sie legt sich gleich neben mich, hört meine Geschichte, beruhigt mich und schläft mit mir ein.

Am nächsten Morgen nehme ich mir vor, meine Mutter endgültig in den Wind zu schießen. Es ist mir völlig egal, was sie davon hält und wie die anderen das finden. Natürlich tut es mir um Johannes leid, mit dem ich immer gern zusammen bin, aber ich kann es nicht ändern. Ich brauche wirklich ein wenig Abstand von meiner Mutter. Was ich außerdem noch brauche, ist ein ordentliches Frühstück. Komischerweise habe ich nämlich richtig Hunger. Zu blöd nur, dass wir im Moment kein Geschirr haben.

Kapitel 6

Ein ewiger Kreis

Auf dem Küchentisch erwartet uns ein buntes Geschirrchaos, als wir uns am Mittwochmorgen nach dem Joggen in der Küche einfinden. „Omas Teller", ruft Mimo fröhlich und zeigt aufgeregt auf den Blümchenteller aus Idas Geschirrschrank, auf dem sein geschälter Apfel liegt. Ich grinse verschämt in die Runde und auf Fraukes fragenden Blick hin erkläre ich verlegen: „Alles in Ordnung. Ihr müsst jetzt keine Angst haben, dass ich hier gleich die Stühle durch die Gegend werfe … und Geschirr auch nicht, ich habe ja keins mehr."

„Wenn du reden möchtest …", bietet Ida an.

„Nein, es ist alles gut."

„Deine Mutter taucht hier bestimmt bald auf", vermutet Frauke.

„Themenwechsel, ja?", frage ich leicht angespannt und setze mich neben Mimo. Er schiebt mir eine Apfelspalte in den Mund und fragt: „Schmeckt, ja?"

„Ja! Danke, Pirat."

In der Uni muss ich mein Handy ausschalten, weil Mama mir ständig Kurzmitteilungen schickt. Ich antworte auf Nummer 18 Trillionen, dass sie mich in Ruhe lassen soll, und versenke das mobile Gerät in den Tiefen meines Rucksacks, dann konzentriere ich mich einigermaßen auf die Vorlesung … zumindest nehme ich es mir vor. Ich bin froh, als wir hier endlich abhauen und nachher ordentlich schwitzen können. Als ich allerdings in Schilksee einbiege, habe ich einen Moment Angst, dass Mama im Sandhaus auf mich warten könnte. Aber alles ist gut, meine Mutter beschränkt sich auf ihren Handy-Terror, den sie immer noch nicht aufgegeben hat, wie mein Handy mir jetzt anzeigt. Ich schreibe ein letztes Mal zurück: „Lass mich in Ruhe! Ich melde mich, wenn ich mich abgeregt habe!" Dann schalte ich das Handy wieder aus und lege es für ein paar Tage in meine Nachttischschublade.

Wir trainieren heute am Strand, das Wetter ist ideal und die Volleyballer des Sportinternats sind auch dabei. Wir mischen die Teams mit Max und Kay, die im zweiten Internatsjahr sind und bereits die Turniere der Holsteintour spielen. Thore und Marten wechseln die Partner mit Robin und Timm. Am Ende der Einheit spielen wir sogar vier gegen vier, wobei Timm und ich blocken müssen. Ich habe ja neulich lässig gezeigt, dass ich das auch ganz gut kann.

Auch in Leipzig beim nächsten Stopp der Deutschen Tour zeige ich, was für ein cooler Typ ich doch bin. Aufgrund unserer Punkte, die wir inzwischen gesammelt haben, brauchen wir noch nicht einmal durch die Qualifikation und starten am Samstag direkt im Hauptfeld. Gesetzt sind wir auf Platz elf und diese Platzierung wollen wir auch erreichen … mindestens.

Es geht auch richtig gut los, wir gewinnen den ersten Satz zu vierzehn und das auch noch gegen Christian und Stefan, aber im zweiten Satz dreht sich das Blatt gewaltig. Wir verlieren zu siebzehn und sortieren uns neu. Die Satzpause nutzen wir, um unsere Energiereserven aufzufüllen, essen Bananen, trinken Wasser und lehnen uns ein wenig zurück, dann geht's wieder in die Hitze der Schlacht. Es ist wirklich verdammt heiß hier in Leipzig, kein Wind regt sich, kein Schatten weit und breit, die Sonne knallt erbarmungslos vom Himmel, dabei ist es erst kurz nach elf. Um elf Uhr zwanzig sind Stefan und Christian eine Runde weiter und wir finden uns im Verliererpool wieder, das war allerdings abzusehen. Wir ziehen uns sofort in den Schatten zurück, essen eine Kleinigkeit und versuchen, so gut wie möglich zu regenerieren, denn unser nächstes Spiel findet um eins in brütender Hitze auf dem heißen Sand des Centrecourts statt. Hier gibt es nicht einen Zentimeter Schatten, der Sand brennt heiß unter unseren Sohlen, aber dem Team auf der anderen Seite geht es auch so.

Felix auf der anderen Spielfeldseite will das Spiel so schnell wie möglich beenden, deshalb macht er auch gar nicht groß Anstalten, auch nur ansatzweise irgendwo eine Sekunde zu verschwenden. Pfiff und Aufschlag gehen bei ihm synchron, aber die meisten Punkte landen zunächst bei uns. Wir gewinnen den ersten Satz und beinahe auch den zweiten, aber dann wachsen Felix und sein Partner über sich hinaus, ballern uns die Bälle um die Ohren und schicken uns nach Hause. Wir werden schon wieder Dreizehnte, streichen nur lausige sechs Punkte ein und fahren direkt durch nach Grömitz, wo wir um neun Uhr abends ankommen und uns gleich auf der Playersparty sehen lassen.

Unsere braven Nachwuchsspieler, die hier eine richtige Chance haben, den Landesmeistertitel zu gewinnen, sind nicht in Sicht. Das ist eine sehr professionelle Einstellung und nicht unbedingt üblich. Robin und Timm sind allerdings hinter Thore und Marten auf Platz zwei gesetzt und haben noch eine gute Chance auf den Titel. Der Grund dafür ist tragisch: In der dritten Gewinnerrunde trafen heute nämlich beide Teams aufeinander. Robin und Timm haben deutlich im Tie-Break geführt, als Thore sich ziemlich unglücklich verletzt hat. Er kann das Turnier nicht zu Ende spielen und unsere Jungs stehen jetzt im Halbfinale, das am Sonntag ausgespielt wird. Das alles haben wir auf dem Weg von Leipzig nach Grömitz von Robin per Kurzmitteilung erfahren und wir haben ihnen erzählt, dass wir ausgeschieden und abgereist sind. Dass wir hier auftauchen, sollte eine Überraschung sein, aber jetzt müssen wir ohne unsere Kleinen feiern. Macht aber nichts, es sind noch genug andere coole Typen hier am Start.

Als wir gerade unser zweites Bier kippen, fällt mir ein, dass wir noch gar keine Übernachtungsmöglichkeit haben, was erst mal für verdutzte Gesichter sorgt, aber dann hat Ben die Idee, dass wir einfach am Strand schlafen. Das Wetter ist sensationell, der Himmel sternenklar und wir sind nicht die einzigen Verrückten, die auf diese Idee kommen. Der Strand ist gut besucht, von irgendwoher klingt Musik, jemand hat ein Lagerfeuer angezündet. Wir setzen uns zu den anderen Leuten ans Feuer, hören Geschichten, erzählen selbst welche und hauen uns irgendwann in den Sand.

Einen Wecker brauchen wir nicht, wir werden nämlich von der selbsternannten Strandpolizei geweckt, die uns erst mal darüber aufklärt, dass Campieren am Strand verboten ist und dass wir zusehen sollen, dass wir hier keinen Müll hinterlassen. Wir lassen uns tausend Stunden lang belehren, bringen unsere Entschuldigung mit der versäumten Quartierssuche vor und versprechen bei unserer Ehre als Erdbewohner und Naturschützer, nie wieder wild am Strand zu campen. Weil ein Großteil der Aufpasser weibliche Wesen sind und Ben und ich so zerzaust wohl ziemlich schnuckelig aussehen, bleibt es bei der Ermahnung. Wir sind also nicht vorbestraft und dürfen jederzeit wieder in Grömitz einreisen. Die Strandbrigade hat jetzt wohl Feierabend, zumindest finden wir einen Großteil der Leute in dem Bistro wieder, das wir uns zum Frühstücken ausgesucht haben. Sie winken uns an ihren Tisch, wir setzen uns zu ihnen und plaudern ein wenig, dann geht's für uns an den Strand. Wir müssen schließlich unsere Jungs anfeuern.

Robin und Timm staunen nicht schlecht, als wir da so verkatert und zerknittert vor ihnen stehen. Wir erzählen kurz, was passiert ist und scheuchen sie über den Sand. Schließlich müssen sie sich einspielen, hier gibt es nämlich einen Titel zu gewinnen.

Unsere Jungs sind übermotiviert. Anders kann ich es mir jedenfalls nicht erklären, dass nichts so richtig funktioniert. Sie liegen gleich uneinholbar hinten und verlieren beide Sätze deutlich. Nach dem Spiel lassen sie sich natürlich hängen, beide sehen ziemlich blass aus und es wundert mich nicht die Spur, dass Timm sich auf dem Weg in den Spielerbereich heftig übergibt. Das gibt's doch gar nicht! Waren die Jungs gestern etwa doch auf der Party und haben sich volllaufen lassen? Ich werfe einen Blick zu Robin, der nur sagt: „Mir geht's auch nicht gut."

„Was ist los? Wart ihr gestern auf der Party?"

„Nein, uns ging es den ganzen Abend nicht so gut, deshalb sind wir früh ins Hotel gegangen. Wir waren früh im Bett und sind spät wieder aufgestanden. Aber mir ist auch irgendwie schlecht."

„Und jetzt?", fragt Ben. „Dein Vater dreht durch, wenn sie sich diese Chance vermasseln."

„Er ist ja nicht hier", sage ich lahm.

„Er hat seine Augen und Ohren aber überall", erwidert Ben.

„Ich rufe ihn an", schlage ich vor, aber Robin winkt ab: „Was soll das bringen?"

„Keine Ahnung", gebe ich zu. Robin und Timm jedenfalls nehmen sich vor, zum Spiel um Platz drei auf jeden Fall anzutreten. Es ist ihnen völlig egal, was Ben und ich dazu sagen. Ich fühle mich wie eine miese kleine Petze, als ich kurz vor Beginn des Spiels doch noch Jonas anrufe.

„Was gibt's, Großer?"

„Robin und Timm spielen gleich um Platz drei."

„Ja, ich weiß, ich verfolge den Ticker. Was war denn eben los?"

„Sie sind krank."

„Ernsthaft?"

„Ja, irgendwas mit dem Magen. Timm hat sich gerade heftig übergeben und Robin geht's auch echt dreckig. Sie wollen aber trotzdem spielen."

„Ist ein Arzt in der Nähe?"

„Ja, aber die Zeit ist knapp. Das Spiel beginnt in zehn Minuten."

„Was glaubst du?"

„Keine Ahnung!"

„Hoffentlich habt ihr euch nicht angesteckt."

„Das ist jetzt meine kleinste Sorge."

„Okay, fühl mal, ob die Jungs Fieber haben, falls ja, sollen sie nicht spielen. Dann rufst du den Arzt."

„Gut." Ich beende das Gespräch, winke Ben zu mir, erzähle ihm, was Sache ist und fordere ihn auf, schon mal den Doc zu suchen. Ich selbst bin auf dem Weg, die Kleinen vom Spielfeld zu holen. Wir haben noch fünf Minuten. „Jungs?", rufe ich.

„Hm?"

„Schluss für heute, ihr spielt nicht."

„Wer sagt das?"

„Ich."

„Komm schon, Domi, wir wollen Landesmeister werden."

„Ich habe mit Jonas telefoniert."

„Du bist so eine alte Petze", mault Robin und starrt mich finster an.

„Habt ihr Fieber? Lasst mich mal fühlen."

Robins Kopf glüht wie Feuer und auch Timms Stirn ist verdammt heiß.

„Ihr spielt nicht", ist mein letztes Wort, aber schon bittet der Schiedsrichter die Parteien zu sich. Ein paar nette Worte noch und Timm hat Aufschlag.

Eigentlich sieht das, was die Jungs jetzt zeigen, so ziemlich normal aus und der erste Satz wird sogar gewonnen, aber zur Mitte des zweiten Satzes wird Timm mitten auf dem Spielfeld bewusstlos. Sofort sind Ben und ich bei ihm und der Doc auch. Nach einer kurzen Untersuchung wird Timm auf eine Trage gehoben und ins Sanitätszelt gebracht. Robin folgt uns auf wackeligen Beinen und der Doc zwingt auch ihn auf eine Liege. Beide bekommen eine Infusion und einen Rüffel. Die Infusion vom Arzt – den Rüffel von mir! Ich bin richtig sauer und gehe gleich an die Decke. Aber dann übernimmt Ben das Ruder, er holt mich wieder runter, beruhigt die Jungs und spricht mit dem Arzt. Wir dürfen die Patienten mit nach Hause nehmen.

Nach einer kurzen Instruktion, wie wir die Kleinen zu Hause versorgen sollen, verfrachten wir sie in mein Auto, holen ihre Klamotten aus dem Hotel und verladen sie ins Sandhaus, wo wir uns telefonisch schon angekündigt haben. Ich bin immer noch sauer und das mache ich auch gleich deutlich: „In meinem Auto wird nicht gekotzt, klar?"

Das Krankenlager ist oben in Idas Gästezimmer eingerichtet, das bereits auf die Patienten wartet. Ebenfalls bereit steht der Doc, der die Jungs sofort isoliert und Ben und mir befiehlt, uns gleich bei ihm zu melden, sobald wir Symptome auch nur im Ansatz spüren. Wir überlassen Ida die Infizierten und steigen die Treppe nach unten, dort winkt uns Jonas zu sich. Verdammt, ich habe jetzt wirklich keine Lust auf eine Diskussion mit meinem Vater, aber er sieht nicht wütend aus, einen Colt hat er auch nicht in der Hand, also werden wir dieses Gespräch wohl überleben.

„Die Jungs sollten doch nicht spielen", eröffnet er die Partie.

„Sie wollten unbedingt", springt Ben mir bei.

„Aber ich hatte doch gesagt, dass ihr den Doc rufen sollt."

„Haben wir auch, aber die Kleinen haben einen Dickkopf, der Doc hatte erst eine Chance, als Timm im Sand lag."

„Ida kriegt sie schon wieder auf die Beine."

„Zumindest körperlich, hoffentlich stecken sie den Frust schnell weg", überlege ich.

„Frust?", fragt Ben nach.

„Klar, sie sind nur Vierte in Grömitz und Zweite bei den Landesmeisterschaften. Beides ist mies!"

„Denkt da etwa jemand in Titeln?", fragt Jonas überrascht. Ich grinse schief und zucke mit den Schultern: „Muss ich mir wirklich abgewöhnen."

„Und was habt ihr heute noch so vor?"

„Nichts, ich bin völlig erledigt", stöhnt Ben.

„Wovon?"

„Wir haben am Strand gepennt und wurden früh geweckt", grinse ich. Auch ich bin müde, deshalb verabreden wir uns für eine Jogginganzugrunde auf dem Sofa. Ella darf den Film auswählen ... ausgerechnet.

Linda strickt nebenbei kleine Söckchen für Klein-Johanna, Ella sitzt einfach nur da und strahlt, während Ben und ich uns gedanklich ausklinken. Und wie immer, wenn sich meine Gedanken ausklinken, bleiben sie irgendwo hängen und finden ein Problem, das unbedingt noch gelöst werden muss. Manchmal finden sie sogar ein Problem, das noch gar keines ist und erst zu einem werden könnte oder erst deshalb eins wird, weil meine Gedanken es zu einem machen ...

oder so. Das heutige Problem, an dem sich meine Gedanken festnageln, hat mit Maja zu tun. Neulich haben wir darüber gesprochen, ob ihr Todesfahrer inzwischen wieder auf freiem Fuß sein kann. Es könnte mittlerweile tatsächlich so sein und ich frage mich, ob und wie wir überhaupt davon erfahren. Wird sich der Staatsanwalt bei uns melden? Hätte er es inzwischen nicht längst getan? Meldet sich der Raser vielleicht selbst? Hat er das vor und traut sich nicht? Wartet er darauf, dass wir uns bei ihm melden? Ist er inzwischen frei und rast wieder unkontrolliert durch die Kieler Innenstadt oder hat er gelernt und benimmt sich von nun an zivilisiert und mustergültig? Ich weiß es nicht und eigentlich möchte ich es auch gar nicht wissen, aber natürlich muss ich von meinen Gedanken berichten, weil Linda bald auffällt, dass ich im Moment nur körperlich anwesend bin. „Erde an Domi?", neckt sie mich. Erschrocken zucke ich zusammen. „Was?"

„Träumst du?"

„Quatsch!"

„Natürlich! Du bist meilenweit weg."

„Was ist denn los?", fragt Ella dazwischen.

„Nichts, ich …"

„Ja?"

„Nichts."

„Bruderherz!", mahnt meine kleine Schwester und hat mich natürlich am Haken.

„Wir haben doch neulich über Majas Totfahrer geredet …"

„Ah, du denkst darüber nach, ob er schon wieder frei sein könnte?"

„Ja, meint ihr, irgendjemand hätte uns darüber informiert?"

„Ich glaube nicht", meint Linda. „Da steht Täterschutz vor Opferschutz. Die Justiz wird nicht wollen, dass wir mit einer Machete auf den braven Bürger losgehen."

„Wir kriegen es auch so raus", überlege ich und Ben stimmt mir zu: „Klar. Vielleicht finden wir etwas im Internet."

„Was wollt ihr denn finden?", fragt Ella überrascht.

„Wir durchforsten die Netzwerke. Vielleicht prahlt er irgendwo damit, dass er endlich wieder rasen darf", stänkert Ben. Ich sehe es etwas gemäßigter: „Vielleicht hat er irgendwo einen Beitrag geschrieben. Vielleicht warnt er vor Raserei, vielleicht sucht er eine Selbsthilfegruppe … alles ist möglich."

„Okay, ich kümmere mich morgen darum", schlägt Ella vor. Linda ist sofort dabei, aber jetzt sind wir müde und gehen ins Bett. Meine Gedanken kann ich allerdings nicht stoppen und so ist es auch keine Frage, dass ich nach zwei Stunden immer noch wach liege, an die Decke starre und nicht schlafen kann. Deshalb schleiche ich zurück ins Wohnzimmer, in dem mein Laptop steht. Ich fahre ihn hoch, öffne eine Suchmaschine, gebe den Namen und ein paar Stichworte ein. Nach einiger Sucherei und einer Eingabe von weiteren Stichworten finde ich tatsächlich einen Beitrag in einem Netzwerk, bei dem ich nicht angemeldet bin. Ich hole das Versäumnis nach und stöbere durch die Seite des Menschen, der uns durch seinen reinen Egoismus Maja genommen hat.

Zuerst klicke ich mich durch seine Fotos, durch die angelegten Listen und Links. Dann lese ich seine Blogs, die von seinem schnellen und obercoolen neuen Auto handeln, das Daddy ihm gekauft hat. Wieder ist es ein roter Sportwagen und wieder hat er eine Topgeschwindigkeit drauf, mit der sich seiner Meinung nach kein anderes Auto auf der ganzen Welt messen kann. Kein Wort über den Unfall, kein Wort über Maja und vor allem kein Wort des Schuldeingeständnisses und der Reue. Nichts. Ich bin tief enttäuscht und frustriert. Denn ich habe gehofft, dass dieser Kerl im Gefängnis gelernt hat, dass er einsichtig ist und sich vielleicht sogar bei uns entschuldigt, aber er denkt wahrscheinlich gar nicht mehr an uns, an Maja und an die Vergangenheit.

Mit einem tiefen Seufzer fahre ich den Laptop herunter und schleiche mich wieder ins Bett, in dem Ella schon wartet. Sie ahnt natürlich sofort, was ich in der Zwischenzeit gemacht habe und fragt leise: „Und? Was hast du gefunden?"

„Er hat sich nicht geändert. Sein neues Auto ist noch schneller als das alte."

„Es tut mir leid, Chico."

„Am liebsten würde ich …"

„Ruhig, Großer, es bringt doch überhaupt nichts, wenn du jetzt irgendetwas unternimmst."

„Wenn er das nächste Kind totgefahren hat, ist es zu spät."

„Und was willst du machen?"

„Man könnte dem Staatsanwalt einen Tipp geben."

„Du willst ihn verpetzen?"

„Nein", antworte ich müde. „Du hast recht, das bringt alles nichts."

„Komm her, Kleiner, du musst jetzt wirklich schlafen."

Auch Linda ist der Meinung, dass wir einfach abwarten sollen. Sie glaubt, dass sich der Typ vielleicht doch noch bei uns meldet und dann können wir ihm immer noch den Kopf waschen.

Montag klemmen wir uns nach der Uni hinter die Bücher, das habe ich auch Mama gesagt, die noch vor dem ersten Hahnenschrei bei mir angerufen und sich für den Nachmittag zum Kaffeetrinken angemeldet hat. „Das passt heute nicht", stöhne ich genervt.

„Ich denke, ihr habt montags frei?"

„Ja, aber wir müssen in die Uni. Das Semester ist am Freitag vorbei und wir haben wirklich Stress."

„Wenn Linda jetzt mit dir Kaffee trinken wollte, hättest du Zeit."

„Bevor du noch mehr Unsinn redest, lege ich auf, okay?", maule ich.

„Ich meine ja nur …"

„Ich kann heute nicht, Mama. Ich melde mich bei euch, aber hör endlich auf zu nerven!"

Wir müssen wirklich eine Menge tun diese Woche. Zum Glück haben wir am Wochenende kein Turnier in Schleswig-Holstein und es liegt auch keines der Deutschen Serie an, deshalb reduziert Jonas unser Training am Nachmittag, sodass wir vernünftig lernen können. Nur die Schwimmeinheit am Donnerstag behalten wir bei.

Als wir die Uni am Freitagnachmittag verlassen, wollen wir feiern, aber die Idee, die Jonas uns auftischt, ist mindestens genauso gut: „Wir wäre es mit einem Turnier in Braunschweig?"

„Wann?"

„Morgen? Eigentlich ist heute Qualifikation, aber ich habe mit dem Chef geplaudert. Er rief hier nämlich an, weil viele Teams kurzfristig abgesagt haben, deshalb könnt ihr einspringen. Falls wir uns schnell melden, werdet ihr an eins gesetzt und das Ganze hat noch einen Vorteil."

„Ja?"

„Ja, ich habe mit Maria und Klaus telefoniert. Wir treffen sie da."

„Mama kommt aber nicht, oder?"

„Nein, deine Mutter weiß von nichts."

„Wann fahren wir?"

„Morgen früh um neun."

„Dann steht einer Ausrastereinheit ja nichts im Wege, hm?"

„Was wollt ihr feiern?"

„Die Freiheit. Das Semester ist gegessen."

„Dann mal los, was habt ihr vor?"

„Wir fragen die Mädels."

Linda will im Haus bleiben und Ella sowieso. Sie schlägt vor, dass wir ein paar Kumpels aus unserer Hallenmannschaft zum Grillen einladen. Nach einer guten halben Stunde haben wir alle erreicht und machen uns auf in den Supermarkt. Wir brauchen Fleisch!

Die Party ist Bombe, zum Glück hat Ida inzwischen die Verseuchten aus ihrer Quarantäne entlassen, sodass wir inklusive der Sandhäusler zehn Jungs sind, die diesen warmen Sommerabend in unserem Garten verbringen.

Es ist kurz vor zwölf, als wir am Samstagmorgen Braunschweig erreichen. Wir haben noch gut zwei Stunden Zeit, die wir mit Klaus und Maria in einem Bistro verbringen. „Es ist schade, dass zwischen dir und deiner Mutter dieser Kleinkrieg herrscht", bringt Maria schließlich das Gespräch in eine gefährliche Richtung.

„Ja, aber …“

„Du musst dich nicht verteidigen. Wir verstehen dich.“

„Wirklich?“

„Ja, Johannes hat uns alles erzählt.“

„Tja, Johannes.“

„Für ihn ist es nicht leicht. Du musst wissen, er ist auf deiner Seite, aber er ist mit deiner Mutter verheiratet.“

„Ich glaube, wir sollten uns mal treffen. Ich meine Johannes und mich.“

„Das wäre vielleicht das Beste.“

„Ihr müsst los, Jungs“, unterbricht uns Jonas und schickt Ben und mich zum Court.

Wir selbst haben hier überhaupt nichts zu verlieren und auch nichts zu gewinnen. Zwar sind wir an eins gesetzt, aber wir kennen die meisten der Teams nicht, worauf der Moderator auch gleich hinweist. Trotzdem gewinnen wir am Samstag alle Spiele, lernen bei der Playersparty viele neue Spieler kennen und vergrößern unseren Freundeskreis.

Der Sonntag ist weniger entspannend, im Halbfinale blamieren wir uns beinahe bis auf die Knochen, aber dann starten wir durch und gewinnen im Tie-Break. Das Endspiel allerdings gehört wieder uns. Wir haben kaum Mühe, den Sieg in zwei Sätzen einzufahren.

Der komplette Montag ist für uns frei, das ist ätzend. Wir haben nichts zu tun und maulen ein wenig vor uns hin. Auch Robin und Timm, die ihre Virusinfektion jetzt endgültig überstanden haben, haben vor lauter Langeweile beinahe schlechte Laune. Ida kann allerdings abhelfen. Sie schickt uns in den Garten, damit wir einen Teil des Rasens umgraben. Dort ist ein weiteres Gemüsebeet geplant, das Frauke anlegen will. Das klingt nach richtiger Männerarbeit und deshalb sind nicht nur Ben, Robin, Timm und ich, sondern auch Jonas am Start, als wir das Areal abstecken und ein Wettbuddeln veranstalten. Mimo-Baby und Benni-Two holen ebenfalls Schaufeln und helfen uns bei unserer schweren Männerarbeit. Die Kleinen müssen danach dringend in die Badewanne und weil ich gerade supergut drauf bin, setze ich mich gleich dazu. Zur Belustigung meines Sohnes lasse ich dabei meine Socken an und sofort will er auch Strümpfe anziehen. Ella lacht sich kringelig über uns und schießt ein Foto. Wir beide haben kaum Platz in der Wanne und trotzdem schwimmt zwischen uns noch das Piratenschiff.

„Ich bin ein Pirat“, ruft Mimo.

„Ja“, antworte ich stolz. „Du bist ein toller Pirat.“

„Du auch!“, sagt Mimo ernsthaft.

„Danke.“

Als wir Ferkel endlich sauber sind, ist es auch schon Zeit für das Abendessen und danach muss Mimo ins Bett. Ich will mich gerade auf das Sofa fläzen, als Ella nachdenklich ins Wohnzimmer kommt. Woher ihre bedrückte Stimmung rührt, erfahre ich sofort: „Am Samstag wäre Christians Geburtstermin."

„Oh", stöhne ich nur. Das ist wirklich mies und ich bin entsetzt, dass ich daran nicht selbst gedacht habe. Ich habe nämlich gerade mit dem Gedanken gespielt, mich in München zu einem Turnier anzumelden. Tobi hat mir nämlich vor ein paar Minuten eine Kurzmitteilung geschickt, weil sein Partner verletzt ist. Er fragt, ob ich mit ihm spielen würde, dazu hätte ich natürlich große Lust, aber meine kleine Schwester ist mir wichtiger, deshalb sage ich Tobi ab.

Linda scheint am Anfang der Woche noch ziemlich unbekümmert zu sein, aber je näher der Samstag rückt, umso stiller wird sie. Am Samstagmorgen weint sie und wir wissen nicht, was wir tun sollen. Wir versuchen, sie abzulenken, aber was immer wir auch vorschlagen, stößt bei ihr auf taube Ohren. Es ist Ella, die Linda schließlich ein kleines Lächeln auf die Lippen zaubert, während sie bei Ben leider das genaue Gegenteil erreicht: „Dein Bruderherz hat extra deinetwegen ein Turnier in München abgesagt."

„Im Ernst?"

„Natürlich", sage ich leise. Linda lächelt jetzt tatsächlich, aber Ben ist sauer, das sieht man. Ich sehe ihn fragend an und er stänkert sofort los: „Davon wusste ich ja gar nichts."

„Tobi hat mich angeschrieben und …"

„Hätte ich mir ja denken können", motzt er.

„Was soll das denn jetzt?", frage ich aufgebracht.

„Dein bester Kumpel sucht wohl einen Ersatz."

„Hör auf, Ben, das ist nicht fair. Tobi hat angefragt und ich habe sofort abgesagt. Frag Ella."

„Stimmt das?", fragt er etwas ruhiger.

„Ja, natürlich."

„Oh. Sorry."

„Ich glaube es nicht!", wundert sich Ella. „Bist du etwa eifersüchtig?"

„Quatsch!"

„Und was soll dieses Theater?"

„Ich … äh … ich weiß auch nicht. Tut mir leid, Domi."

„Schon gut."

„Nein, gar nichts ist gut", mischt Linda sich ein. „Glaubst du wirklich, Domi würde ohne dich spielen? Auf Dauer?"

„Nein, ich weiß, es ist blöd."

„Vielleicht würde er ein oder zwei Turniere mit einem anderen Spieler spielen, aber du bist sein Partner, Ben." Meine Schwester ist auf hundertachtzig und Ben ziemlich kleinlaut: „Ja, ich weiß. Ich …"

„Ich fasse es nicht, dass du meinen Bruder hier so dämlich anmachst."

„Ist gut, Linda", sage ich beruhigend, aber Linda ist noch nicht ganz besänftigt: „Entschuldige dich bei Dominik! Sofort!"

„Sorry, ich …"

„Ist schon gut", antworte ich verlegen. Wir reichen uns die Hand, grinsen schief und ich beruhige noch einmal meine Schwester: „Es gibt keinen Grund, sich aufzuregen."

„Sicher?"

„Sicher!"

„Dass ihr euch unbedingt heute streiten müsst", mault Robin und bringt uns wieder zum Thema. Lindas Tränen allerdings sind getrocknet, dafür fordert sie von uns einen Besuch auf dem Friedhof, den wir sofort antreten. Ben, Linda, Ella, Robin und ich quetschen uns in mein Auto. Jonas und Ida fahren mit Frauke. Am Friedhofseingang kaufen wir noch Blumen für Christian, Martin, Maja und für Kerstin … ja, für Kerstin auch. Linda weint um alle, Robin weint in erster Linie um Martin, aber wir anderen sind cool. Zum ersten Mal, seit ich diesen Friedhof besuche, habe ich mich im Griff, zum allerersten Mal.

Auf dem Rückweg halten wir an einer Eisdiele und treffen dort auf Lisa, die jetzt Urlaub hat. Die Internatsbewohner sind in den Ferien, im Trainingslager oder bei Meisterschaften. Das Internat ist wie leergefegt, einige Schüler mussten es jetzt verlassen, aber im August wird es neue Bewohner geben. Ein ewiger Kreis.

„Ihr genießt wohl eure Ferien, hm?", fragt sie uns. Wir lachen und Ben antwortet: „Nicht so ganz. Die Kleinen haben am nächsten Wochenende Deutsche Meisterschaften in Warnemünde. Am Montag kommen Jessica und Trixie, wir trainieren zusammen für St. Peter. Dann fahren wir direkt mit nach Köln und trainieren da mit den Mädchen für Bonn. Robin, Timm und Marten fliegen nach den Meisterschaften mit Jonas nach Mallorca ins Trainingslager und von dort aus sofort zu den U23-Europameisterschaften."

„Langeweile gibt's bei euch nicht, oder?"

„Das Wort kennen wir nicht."

Wir essen unsere Eisbecher, verabschieden uns von Lisa und fahren zurück nach Schilksee. Dort setzen wir uns in den Garten, öffnen eine Flasche Wein und lassen den Tag langsam ausklingen. Diese Art von Entspannung stelle ich mir auch für Sonntag vor, aber Johannes will es anders. Ich bin überrascht, als er am Sonntagmorgen bei uns klingelt und sich wie selbstverständlich in die Küche drängelt.

„Morgen", sagen wir Sandhäusler artig und Johannes antwortet ebenso einsilbig: „Morgen."

„Was machst du hier?", will ich wissen.

„Ich könnte behaupten, dass ich in der Nähe war und nur kurz hereinschauen möchte, aber das wäre gelogen."

„Und was ist die Wahrheit?"

„Die Wahrheit ist, dass ich dich treffen wollte."

„Wegen Mama?"

„Nein, in erster Linie wegen dir."

„Und warum?"

„Können wir irgendwo in Ruhe reden?"

„Klar."

„Heute?"

„Ja."

„Jetzt?"

„Nach dem Frühstück, okay?"

„Natürlich."

„Du bist eingeladen", sagt Ida freundlich und legt noch ein Gedeck auf.

Man könnte meinen, dass jetzt eine peinliche Stille herrscht, aber es ist anders. Robin findet es nämlich cool, dass Johannes hier ist, er erzählt ihm lang und breit von dem Treffen mit Alexandra und Michael, äußert die tollsten Pläne und fragt Johannes um Rat, wie lange er seine Eltern noch schmoren lassen soll. Auch Mimo ist von Johannes' Besuch begeistert. Er klettert gleich auf seinen Schoß und bietet sogar seinen Erdbeerjoghurt an. Auch als Johannes und ich das Haus verlassen, um unser Männergespräch zu führen, will er unbedingt mit, aber ich schiebe ihn in Ellas Arme und mache mich mit meinem Stiefpapi auf den Weg zum Hafen. Wir suchen uns eine Bank, schweigen eine Weile und warten, dass der andere das Gespräch beginnt. Es ist Johannes: „Ich weiß nicht mehr weiter, Dominik."

„Wegen Mama?"

„Ja, sie macht mich verrückt."

„Das Gefühl kenne ich. Mich macht sie seit Jahren verrückt."

„Es ist ja nicht nur deswegen, weil sie Greta nach Strich und Faden verwöhnt …"

„Ich dachte, das wäre vorbei."

„War es auch, aber jetzt ist es schlimmer als jemals zuvor."

„Aha?"

„Jedenfalls ist es schon soweit, dass Greta ihr auf der Nase herumtanzt."

„Das ist auch nicht neu."

„Aber sie ist regelrecht frech, sie schlägt uns, sie wirft mit Gegenständen herum und wenn ich schimpfe, ist deine Mutter auf ihrer Seite."

„Im Ernst?"

„Ja, und wenn ich frage, was das alles soll, dann sagt sie dumme Sachen."

„Was denn zum Beispiel?", frage ich. Aber ... will ich es wirklich wissen? Ich ahne nämlich schon, worauf Johannes hinauswill. Ich werde auch nicht enttäuscht, als er sagt: „Mein Kind hat alle Möglichkeiten. Greta kann alles machen, was sie will. Niemand darf ihr Grenzen setzen, hörst du? Es reicht schon, dass ich bei meinem Sohn versagt habe."

„Das ist absoluter Quatsch!", brause ich auf.

„Es sind ihre Worte."

„Du kannst dir nicht vorstellen, wie sehr sie mich nervt!"

„Doch, inzwischen kann ich es. Ich bin nämlich selbst mit den Nerven am Ende. Es ist ... ich meine ... ich habe mir überlegt, mich von ihr zu trennen."

„Was?", frage ich schockiert.

„Entweder das oder sie muss sich beraten lassen. So jedenfalls geht es nicht weiter."

„Du meinst, sie soll zum Psychologen?"

„Ja, sie muss mit dieser Sache abschließen, damit wir endlich alle unsere Ruhe haben, vor allem du."

„Ich wette zehn Pferde, dass du sie nicht auf die Couch bringst."

„Deswegen bin ich hier", murmelt Johannes verlegen.

„Wieso?"

„Du musst mit ihr reden."

„Mensch, Johannes", maule ich. „Ich will nicht mir ihr reden."

„Aber auf dich wird sie hören."

„Mit Sicherheit nicht."

„Du musst es probieren, bitte!"

Ich stöhne nur genervt auf, raufe mir die Haare und überlege mir fieberhaft, wie ich aus dieser verzwickten Situation wieder herauskomme, aber mir fällt nichts ein. Ich probiere es nochmal mit Verzweiflung: „Ich weiß nicht, Johannes."

„Du musst es auch nicht sofort entscheiden, aber denk darüber nach, oder?"

„Ich will es nicht."

„Es ist unsere einzige Chance. Ich möchte nie wieder allein sein, verstehst du? Deine Mutter, Greta und du ... ihr seid alles, was ich habe."

Eigentlich müsste ich jetzt aufstehen und weglaufen, weit weg, weg von allem, was auch nur im weitesten Sinne mit Mama zu tun hat. Aber Johannes ist mein Freund. Er war immer auf meiner Seite und immer für mich da. Bin ich ihm diesen Gefallen nicht schuldig? Bin ich nicht dazu verpflichtet, ihm zu helfen? Doch. Das bin ich.

„Okay", sage ich deshalb. „Ich rede mit ihr."

„Danke."

„Aber nur einmal. Ich komme morgen vorbei, sage ihr alles, was ich zu sagen habe, und dann bin ich wieder weg und sobald sie anfängt zu nerven, nehme ich sie und schüttele sie einmal kräftig durch, damit sie endlich mal wieder klarkommt!"

„Das ist fair."

„Ich tue es deinetwegen, Johannes."

„Ich weiß, ich werde es dir nie vergessen."

„Schon gut."

Der Montag verläuft allerdings ganz anders als geplant. Der Plan war ja, dass ich nach Hamburg fahre, um mit Mama zu reden, die Realität ist aber, dass Mama schneller war als ich. Sie taucht hier in Schilksee auf, während wir noch alle im Bett liegen. Das ist ein geschickter Schachzug von ihr und ich frage mich, warum sie nicht früher einmal soviel Raffinesse gezeigt hat, damals, als wir es dringend nötig gehabt haben.

Weil dies mein Haus ist, ist es natürlich auch meine Aufgabe, die Haustür zu öffnen. Ich ziehe mir schnell eine Jogginghose und ein T-Shirt an, schlurfe über den Flur und weiche gleich erschrocken zurück. Verdammt noch eins, ich bin noch gar nicht wach genug für eine Diskussion mit Mama! Bevor sie allerdings damit anfängt, irgendeinen Unsinn zu verzapfen, nehme ich ihr gleich den Wind aus den Segeln: „Gut, dass du hier bist, es erspart mir eine Fahrt nach Hamburg."

„Wieso?", fragt sie irritiert.

„Ich wollte heute zu euch kommen."

„Wieso?", wiederholt sie.

„Wir müssen reden."

„Unbedingt", ruft sie aufgeregt. „Ich wünsche mir …"

„Ich gehe jetzt unter die Dusche, dann wecke ich Ella und Mimo. Wir frühstücken und dann reden wir. Vorher will ich nichts von dir hören, verstanden?", mache ich ihr gleich klar, wer heute das Sagen hat.

„Okay, dann rufe ich Johannes an. Er ist mit Greta am Hafen. Sie wollen irgendwo frühstücken. Wenn es dir recht ist, können wir hier zusammen …"

„Ja ja", winke ich gleich ab. „Meinetwegen."

Ich schlurfe ins Badezimmer, nehme mir unnötig viel Zeit unter der Dusche, wecke dann meine kleine Familie, anschließend meine große Familie und zum Schluss Robin, Caroline und Timm im Gästehaus, die sich allerdings sofort ausklinken, als sie hören, worauf sie sich gleich freuen dürfen. Als wir endlich am Tisch versammelt sind, ist es schon neun Uhr. Mimo, Benni-

Two und Greta übernehmen die Unterhaltung, Linda und Johannes versuchen zwanghaft, gute Laune zu verbreiten, aber wir anderen sind verärgert über diese Störung, für die Mama verantwortlich ist. Ich wollte diese Unterhaltung vom Sandhaus fernhalten, so zumindest war es mit Johannes abgesprochen, dem ich immer wieder einen genervten Blick zuwerfe. Er zuckt allerdings nur hilflos die Schultern und weist auf Mama. Es war natürlich ihre Idee, uns allen den Tag zu versauen. Herzlichen Dank!

Wir sitzen ziemlich lange schweigend am Frühstückstisch, aber irgendwann sehe ich ein, dass es an der Zeit ist, jetzt mal Klartext zu reden. Ich gehe auf den Flur, ziehe meine Schuhe an und rufe genervt: „Kommst du, Mama?"

„Natürlich, Schatz, ich …"

„Wir gehen nach draußen!"

„Natürlich, Schatz, ich …"

„Komm jetzt endlich!"

Sie folgt mir wie ein Dackel, sagt aber kein Wort mehr. Das liegt wahrscheinlich daran, dass ich sie ganz einfach überfahre: „Du hörst mir jetzt mal zu, Mama. Ich habe keine Lust, immer und immer wieder über unsere Vergangenheit zu reden. Es ist vorbei, hörst du? Ich möchte mich nicht mehr ständig an alles erinnern müssen und vor allem möchte ich nicht darüber reden. Wenn du jetzt plötzlich einsiehst, dass du alles selbst in der Hand hattest und nur zu feige warst, irgendetwas gegen Opa oder Rübe oder was weiß ich wen zu unternehmen, dann ist es dein persönliches Problem, okay? Es ist mir völlig egal, wie du damit klarkommst und es ist mir auch vollkommen egal, wie du damit umgehst. Wenn du jetzt plötzlich schlaflose Nächte hast, dann habe ich eine Überraschung für dich: Ich hatte damals selbst welche, hörst du? Aber ich musste immer selbst damit fertig werden, dich hat das alles nicht interessiert und genauso wenig interessiert es mich jetzt, ob du vernünftig schläfst und wie sehr dein Gewissen dich quält. Ich will es nicht hören, verstanden? Das Einzige, was ich dir vorschlagen kann, ist, dass du eine Therapie machst, um das Ganze zu verarbeiten. Geh zum Psychologen und lass dir von ihm erzählen, was du alles falsch gemacht hast. Wenn der Typ darauf besteht, komme ich auch gern zu einer Sitzung mit, aber mehr kann ich dir nicht anbieten, okay? Zu mehr bin ich nicht bereit."

„Ist gut!", sagt Mama ruhig. Sie heult noch nicht einmal. Donnerwetter, wie habe ich das denn geschafft? Allerdings bin ich ja auch noch nicht fertig. „Und ich finde es total übertrieben, wie sehr du Greta verwöhnst. Ich dachte, wir hätten das geklärt, aber ich habe mich wohl geirrt. Du lässt dich von ihr herumkommandieren und grinst noch blöde dabei, das macht mich wirklich fertig. Was glaubst du, wie es Johannes damit geht? Sei froh, dass er noch nicht das Weite gesucht hat. Ich an seiner Stelle wäre längst verschwunden. Und außerdem verstehe ich nicht, dass er dein ewiges Gejammer aushalten kann. Der Mann hat wirklich Nerven wie Drahtseile, das muss man ihm lassen und ich bin mir nicht sicher, ob du überhaupt weißt, dass er viel zu gut für dich ist. Wenn Johannes nicht wäre, würden wir dieses Gespräch hier nicht führen. Ich hätte dir vorhin einfach die Tür vor der Nase zugeknallt und meinen freien Tag genossen."

„Danke, dass du es nicht getan hast", antwortet Mama leise.

„Ich will, dass du endlich aufhörst, mich immer wieder zu nerven. Ich brauche dich nicht, Mama. Mir geht es gut hier im Sandhaus, ich habe hier ein Zuhause. Gut, es läuft nicht immer alles rund, aber wir halten zusammen, verstehst du? Hier wird niemand vorgezogen und niemand wird vernachlässigt. Das hat mir früher immer gefehlt. Wir sind eine Familie und das lasse ich mir nicht von dir kaputtmachen."

„Ich bin froh, dass es diese Gemeinschaft für dich gibt", sagt Mama ruhig. Von Tränen ist immer noch nichts zu sehen. Ihre Gelassenheit beruhigt jetzt auch mich. Ich habe mich ausgetobt und alles gesagt, was ich sagen wollte. Nur eins fehlt noch: „Du hast mir meinen Geburtstag versaut und deinetwegen habe ich jetzt kein Geschirr mehr."

„Es tut mir wirklich leid."

„Okay, von meiner Seite aus ist alles gesagt. Jetzt bist du dran."

„Nein, von meiner Seite aus ist auch alles gesagt. Ich wünsche mir nur, dass du mir noch eine allerletzte Chance gibst."

„Okay."

„Für Johannes, meine ich."

„Ja, ich weiß."

„Ich hatte Angst davor, heute mit dir zu reden, aber ich habe gespürt, dass Johannes dich vermisst hat."

„Wir haben uns getroffen."

„Das ist gut."

„Du bist nicht sauer?", frage ich überrascht.

„Nein, natürlich nicht", lächelt sie. Ich grinse schief zurück, steuere auf die nächste Bank zu und bitte sie, sich neben mich zu setzen.

„Wir schließen jetzt einen Pakt", bestimme ich.

„Das klingt geheimnisvoll."

„Wir machen jetzt ein Handzeichen aus."

„Du meinst eine Geheimsprache?"

„Ja, also, wenn wir uns unterhalten und mir dieses Gespräch nicht gefällt, dann hebe ich die linke Hand."

„Gut, ich weiß dann, dass ich Sendepause habe."

„Genau, und was machst du?"

„Wann?"

„Wenn dir das, was ich sage oder tue, nicht gefällt."

„Das wird nicht passieren. Du hast mich noch nie genervt."

Wir grinsen uns an, bleiben noch eine Zeit lang schweigend nebeneinander sitzen und be-obachten die Segelboote, dann wirft Mama einen Blick auf die Uhr und ruft überrascht: „Es ist gleich zwei Uhr."

„Dann sollten wir uns langsam mal im Sandhaus sehen lassen."

„Ja, es soll ja schließlich niemand glauben, dass ich dich übers Knie gelegt habe."

„Versuch's mal", lache ich. Mama stimmt in mein Lachen ein und ich lache immer noch, als wir den Sandhausgarten betreten. Linda hat nämlich die Zeit genutzt und mal wieder eine ihrer verrückten Ideen umgesetzt: Sie war mit Greta beim Frisör. Das Ergebnis ist umwerfend … oder so ähnlich …

Kapitel 7

Das Rundum-Sorglos-Paket

Stimmt! Das Ergebnis ist umwerfend! Im wahrsten Sinne sogar. Mama sucht hektisch nach Worten und findet keine, was wahrscheinlich daran liegt, dass sie kurz vor der Ohnmacht steht. Das liegt nicht nur daran, dass Linda nach ihrem Frisörbesuch raspelkurze Haare hat, die sie sich auch noch rot hat färben lassen, sondern mit Sicherheit daran, dass Greta und Linda aussehen wie Zwillinge. Denn Greta hat Linda anscheinend zum Frisörbesuch begleitet und sie ist ganz eindeutig nicht nur zum Zusehen mitgegangen. Ich lache mich wirklich schlapp über die identischen Frisuren und Haarfarben meiner beiden Schwestern, während Mama immer noch entsetzt nach Luft schnappt. Dann fällt ihr aber wieder ein, wie man richtig atmet und nachdem sie ein paar tiefe Züge geholt hat, poltert sie los: „Bist du eigentlich wahnsinnig?"

Die Frage richtet sich natürlich an Linda, aber meine kleine Schwester reagiert provozierend gelassen: „Greta wollte es so!"

„Na und?"

„Na und?", fragt Linda gespielt verwundert. „Ich denke, wir tun alle das, was deine Prinzessin will. Schließlich …"

„Du bist verrückt, weiß du das?"

„Dann sind wir ja schon zwei."

„Linda!", mahnt Jonas, aber ich mische mich ein: „Lass sie ruhig, das hier könnte richtig interessant werden. Ich bin schon gespannt, wer hier gewinnt."

„Du hältst mich für verrückt?", kreischt meine Mutter.

„Aber nicht doch!", lästert Linda.

„Wer ist denn hier die Verrückte? Das bin ich doch nicht! Du bist doch diejenige, der man nicht über den Weg trauen kann! Ich habe dir zweimal meine Tochter anvertraut! Beim ersten Mal ist sie fast ertrunken und beim zweiten Mal sieht sie aus wie eine Mini-Punkerin."

„Aber Mama", protestiert Greta. „Ich wollte doch auch ein Pirat sein wie Mimo und Benni-Two."

„Die haben aber keine roten Haare."

„Linda hat gesagt, ein richtiger Pirat muss rote Haare haben."

Mimo und Benni-Two springen sofort auf, denn die große Greta hat sie gerade auf eine abenteuerliche Idee gebracht. „Ich will auch rote Haare!", ruft Klein-Benni und mein Sohn hat jetzt auch nur noch einen Wunsch: „Ich auch!"

„Später!", tröstet Ella lachend und schüttelt hinter ihrem Rücken den Kopf, was mich wirklich beruhigt.

„Ihr findet das Ganze wohl witzig?", tobt Mama gekränkt und Johannes versucht es mit Schadensbegrenzung: „Es wächst doch wieder raus, außerdem kann man es übertönen, oder?"

„Ich will aber, dass es so bleibt!", schmollt Greta, aber Mama hat schon wieder ihren Bettelton drauf, der mich entsetzlich nervt: „Nein, Schatz, wirklich … das geht nicht."

„Und wieso nicht?", bockt meine Schwester.

„Ja? Wieso eigentlich nicht?", stänkert Linda.

„Hör zu, du Göre!", schimpft Mama. „Du kannst dich selbst verunstalten, wie du willst, dich nimmt hier sowieso niemand ernst, aber meine Tochter lässt du in Ruhe, verstanden? Es reicht schon, dass hier im Haus alle nach deiner Nase tanzen, aber mit uns machst du das nicht, okay?"

„Dafür habt ihr ja Greta", helfe ich Linda aus der Patsche.

„Fällst du mir in den Rücken?", fragt Mama erschrocken.

„Ich finde, du regst dich hier unnötig auf."

„Unnötig? Deine Lieblingsschwester hat meine Tochter verunstaltet. Das ist Körperverletzung. Ich könnte sie anzeigen und den Frisör gleich mit!"

„Das ist doch peinlich, Mama!"

„Peinlich? Ich bin peinlich? Dann doch wohl eher Linda, oder? Sie benimmt sich wie ein trotziges kleines Kind, obwohl sie doch so gern erwachsen sein will. Sie will eine Mutter sein? Das ist doch lächerlich! Sie kriegt doch ihr eigenes Leben kaum selbst in den Griff und braucht selber noch jemanden, der ihr zeigt, wie man sich vernünftig benimmt. Zum Glück ist Benni-Two ein Einzelkind."

Ich hebe ein paar Sekunden zu spät die linke Hand, denn die Message ist natürlich angekommen. Bei jedem! Und zwar eindeutig. Ich bin so sauer auf meine Mutter, dass ich sie gleich anfahre: „Das war aber ein kurzer Besuch, Mama!"

„Wieso?", fragt sie begriffsstutzig.

„Nach diesem Unsinn, den du gerade verzapft hast, willst du bestimmt sofort gehen."

„Nein, ich …!"

Wieder hebe ich die linke Hand und diesmal hat sie unser vereinbartes Symbol wohl verstanden. „Ja, ich denke, das ist besser. Komm, Greta. Wir fahren. Haben wir alles, Johannes?"

„Ja", sagt Johannes verlegen. „Wir haben alles." An der Tür dreht er sich noch einmal herum. „Tut mir wirklich leid, Leute."

„Bis bald, Johannes", verabschiede ich mich von meinem Stiefvater. „Ich rufe dich an."

„Wir hatten einen Plan, als wir herkamen." Johannes ist unendlich geknickt, aber ich bin es auch: „Ich weiß, und der erste Teil hat sogar funktioniert."

„Ihr habt euch ausgesprochen?"

„Ja, aber was nützt uns das jetzt?"

„Ich habe wirklich keine Ahnung."

Ich begleite Johannes zum Auto, in dem Greta und Mama schon warten. Der Motor läuft bereits, deshalb kann Mama uns wahrscheinlich nicht hören, als Johannes fragt: „Und was machen wir jetzt?"

„Keine Ahnung! Ich melde mich bei dir, okay?"

„Ja. Danke."

„Mach dir keine Sorgen. Diesmal ist es wirklich Lindas Schuld."

„Aber Angelika hätte nicht sagen dürfen …"

„Nein, das hätte sie nicht."

„Bis bald!"

„Ich melde mich."

Leicht frustriert kehre ich in die Küche zurück und befürchte schon, mich für Mamas Unsinn rechtfertigen zu müssen, aber Jonas ist gerade dabei, Linda auseinanderzunehmen: „Warum musstest du sie so provozieren?"

„Weil sie mich nervt."

„Sie war hier, um sich mit deinem Bruder auszusprechen."

„Das hat doch prima funktioniert, oder?"

„Ja, hat es", melde ich mich von der Tür und Linda zuckt erschrocken zusammen.

„Bist du mir böse, Bruderherz?"

„Sollte ich eigentlich", brumme ich.

„Aber?", fragt sie hoffnungsvoll.

„Hör zu, Linda. Wir alle können diesen Stress nicht gebrauchen, okay? Ich hatte ein gutes Gespräch mit meiner Mutter, aber das hast du versaut. Eigentlich müsste ich sauer auf dich sein, weil du sie unnötig provoziert hast, aber ich habe keine Lust, sauer zu sein."

„Und jetzt?"

„Jetzt musst du zusehen, wie du aus dieser Sache wieder rauskommst. Allein!"

„Du meinst, du wirfst mich ihr zum Fraß vor?"

„Das hast du schon ganz allein erledigt."

„Und wenn sie mich jetzt bei ihrem nächsten Besuch dämlich anmacht?"

„Dann hoffe ich, dass ihr das wie Erwachsene regelt."

„Und auf wessen Seite bist du dann?"

„Auf gar keiner."

„Oh!"

„Du hast dich absichtlich in die Schusslinie geworfen und jetzt musst du damit klarkommen."

„Aber sie sieht witzig aus mit ihren roten Haaren, oder?"

„Absolut", grinse ich.

„Du findest es auch lustig, ja?"

„Das war die beste Panne, die du dir jemals geleistet hast."

Wir lachen gemeinsam und werden erst vom Klingeln des Telefons unterbrochen. Es ist Jessica: „Hey! Wir sind kurz vor Kiel und bald bei euch."

„Super, hier ist alles bereit."

„Florian lässt uns am Sandhaus raus, dann muss er sein Boot zum Hafen bringen."

„Cool, er soll sich melden, wenn das gute Stück im Wasser liegt. Wir können dann zum Italiener gehen."

„Gute Idee, wir sind dabei. Bis später."

Um sieben sitzen wir bei unserem Stammitaliener, haben riesige Pizzas vor uns liegen und quatschen über alles und nichts. Als wir beim Nachtisch sitzen, fällt Ben ein, dass wir ja Lisa anrufen könnten, die in Windeseile sogar hier auftaucht und eine Runde Getränke spendiert. Dann fragt sie Florian aus, der bereitwillig antwortet: „Ich habe einen festen Startplatz bei den Weltmeisterschaften in Perth."

„Glückwunsch!", freute sich Lisa und ruft laut nach einer Runde Sekt. Auf diesen Erfolg muss schließlich angestoßen werden. Wir haben sogar einen doppelten Grund, wie sich gleich danach herausstellt. Jessica und Florian planen nämlich ihre Hochzeit und haben sogar schon einen Termin im Mai des nächsten Jahres. Natürlich sind wir eingeladen, Benni-Two und Mimo-Baby sollen Blumen streuen und Lisa wird sogar Trauzeugin, aber die größte Überraschung kommt noch. „Nach der Hochzeit wünschen wir uns Nachwuchs", berichtet Jessica und wird rot dabei.

„Wow, das geht aber schnell bei euch", wundert sich Ben.

„Wir wünschen uns ein Mädchen", sagt Florian verlegen und Jessica erklärt: „Wir werden sie Laura nennen."

Für einen Moment schweigen wir alle, denken an Laura, die nun schon seit über sechs Jahren tot ist, und an Lindas Babys, die sie verloren hat. Als das Schweigen unerträglich wird, schlägt Lisa vor, dass wir morgen alle zusammen nach Husum zum Friedhof fahren, um Lauras Grab zu besuchen. Ich schäme mich, weil ich das schon lange einmal vorhatte, und auch Ben sieht aus wie das personifizierte schlechte Gewissen, aber wir sind beruhigt, als Jessica beichtet: „Ich war noch nie an ihrem Grab … von der Beerdigung einmal abgesehen." Wir geben sofort zu, dass es auch für uns das erste Mal sein wird und sind noch einmal peinlich berührt, als Lisa sagt: „Ich besuche sie mehrmals im Jahr. Sie hat ein schönes Grab mit vielen Blumen. Es ist immer gepflegt und ein paar Mal habe ich während meiner Besuche sogar ihre Eltern getroffen."

Nach einer weiteren Runde Getränke beenden wir den Abend und kehren ins Sandhaus zurück. Die Mädchen und Florian sind müde wegen der langen Anreise und gehen direkt in ihre

Zimmer. Auch Ella und Linda gehen ins Bett, aber Ben bittet mich, noch einen Moment bei ihm zu bleiben. Er hat ganz eindeutig ein Problem, das er mir auch gleich mitteilt: „Ich hätte Laura schon längst mal besuchen müssen."

„Ja", stimme ich sofort zu. „Ich auch."

„Sie war meine Freundin."

„Meine auch."

„Ich meine, wir waren ein Paar und ich habe sie zu schnell vergessen."

„Ich glaube nicht, dass du sie jemals vergessen hast", widerspreche ich.

„Ich meine, ich hätte sie mal besuchen müssen … auf dem Friedhof. Und ich hätte mich mal bei ihren Eltern melden müssen. Das ist so mies."

„Ich bin sicher, sie verstehen es."

„Meinst du?"

„Klar, du warst einfach noch zu jung und mit der Situation total überfordert. Außerdem konntest du doch gar nichts machen, es war ihre eigene Schuld."

„Das stimmt allerdings."

„Ich bin sicher, dass sie es verstehen", wiederhole ich.

„Ich rufe sie morgen an und erzähle ihnen, dass wir morgen zum Friedhof kommen."

„Ja."

„Du kommst doch mit, oder?"

„Klar."

„Aber die Mädchen lassen wir hier, ja?"

„Das geht nicht. Jessica ist nicht so oft hier und …"

„Ich meinte in erster Linie Linda."

„Ach so, ja … Linda bleibt besser hier."

„Eben, ich weiß nämlich nicht, wie ich reagiere, verstehst du?"

„Ja, ich setze Ella auf Linda an. Sie sollen irgendetwas unternehmen. Ella wird schon was einfallen."

„Danke."

„Und jetzt?"

„Ich muss jetzt unbedingt laufen."

„Nimmst du mich mit?"

„Klar."

Normalerweise reden wir beim Laufen, zumindest, wenn es etwas zu reden gibt, aber heute spricht niemand. Ich will Ben auch nicht drängen und bin froh, dass ich mal wieder die Gelegenheit habe, meine Gedanken wandern zu lassen. Das Problem mit meinen Gedanken ist allerdings:

Wenn sie erst mal wandern, dann wandern sie und das ist nicht immer gut. Heute zum Beispiel wandern sie zuerst zu Laura und zu den Chancen, die sie verpasst hat und zu den Chancen, die sie Jessica durch ihren Eigensinn versaut hat und auch Ben. Jessica hat aber nach einer langen Zeit des Leidens Trixie gefunden und sich jetzt Florian geangelt. Dass Florian noch lebt, ist ein richtiges Wunder. Ein weiteres Wunder ist, dass Robin seinen Vater gefunden hat … oder eher umgekehrt. Allerdings mache ich mir Sorgen, wir haben nämlich seit Tagen nicht mehr über Michael gesprochen und ich frage mich, ob Robin nicht meine Unterstützung braucht. In welcher Form auch immer. Ich denke, ich frage ihn, aber vorher muss ich Ella noch auf Linda ansetzen. Linda darf morgen nämlich auf keinen Fall mit zum Friedhof kommen.

Der Besuch auf dem Friedhof entwickelt sich schnell zu einem guten Plan. Wir treffen dort auf Lauras Eltern, die überhaupt keine Scheu zeigen und sofort merken, dass Ben Angst vor diesem Treffen hat. Mit einer einzigen Geste nehmen sie meinem Kumpel diese Angst, indem sie ihn einfach fest und ehrlich umarmen. Seine Entschuldigungen, warum er sich nie gemeldet hat, wollen sie gar nicht erst hören und besänftigen ihn sofort: „Alles ist gut, Ben. Du musst dich nicht entschuldigen. Ihr wart so jung und voller Pläne. Von einem Tag auf den anderen war alles vorbei, aber das ist nicht deine Schuld."

„Aber …"

„Nein, quäl dich nicht länger. Alles ist gut."

Ben wischt sich die Tränen aus den Augen, wir stehen verlegen daneben, halten stumm Zwiesprache mit Laura und kehren irgendwann dem Grab den Rücken. Die Einladung zum Kaffeetrinken in Lauras Elternhaus nehmen wir gern an und fahren anschließend zurück ins Sandhaus, wo wir schon erwartet werden: Mamas Auto parkt nämlich vor der Einfahrt.

Ich stöhne genervt auf, aber es stellt sich schnell heraus, dass Ella Mama angerufen hat, damit sie sich in meiner Abwesenheit mal so richtig mit Linda zoffen kann … oder aussprechen … oder was auch immer. Der Plan ist inzwischen aufgegangen. Beide leben noch und lachen sogar miteinander. Entweder sind sie auf Drogen oder Ella hat mal wieder gezeigt, dass wir ohne sie alle erledigt wären und einpacken könnten. Das Problem ist jetzt jedenfalls vom Tisch. Hoffentlich für immer! Ich habe nämlich keine Lust, mich zwischen Linda und Mama entscheiden zu müssen, obwohl mir die Entscheidung nicht schwerfallen würde. Ich würde mich für Linda entscheiden. Auf jeden Fall, oder?

Immerhin haben wir jetzt den Kopf frei, um heute noch eine schweißtreibende Einheit am Strand einzulegen. Wir bereiten uns nämlich auf das Turnier der Deutschen Serie in St. Peter-Ording vor, das an diesem Wochenende steigt. Robin und Timm haben zur gleichen Zeit Deutsche Meisterschaften in Warnemünde, zu denen Jonas sie begleitet. Wir sind also ohne Trainer unterwegs, dafür mit einem großen Bollwerk: Linda und Ella reisen mit uns an … und ein runder

Babybauch. Außerdem sind Mimo-Baby und Benni-Two dabei; sie tragen Mini-Teamtrikots, die Ida ihnen genäht hat. Auf dem Rücken steht 'Sandhauspower' und vorn ihre Spitznamen: Mimo-Baby und Benni-Two. Sie sind stolz auf ihre Trikots und wir sind stolz auf unsere Kinder ... und unsere Frauen. Ich bin auch noch stolz auf Ellas Babybauch, aber das versteht sich ja von selbst, oder?

Das Turnier ist spannend besetzt, schließlich nähern sich langsam aber sicher die Deutschen Meisterschaften in Timmendorf und einige Teams brauchen noch dringend Punkte ... genau wie wir. Leider müssen wir durch die Qualifikation, die am Freitag um eins für uns beginnt. In unserem ersten Spiel treffen wir auf Tobi und Maximilian aus München. Die Jungs hatten eine stressige Anreise. Wenn ich das richtig verstanden habe, hat Tobi sich auf dem Hinweg umständlich und schusselig verfahren und Maximilian ist stinksauer, weil sie nicht genügend Zeit hatten, sich vernünftig einzuspielen. Weil wir nett sind, wollen wir beim Schiedsgericht nachfragen, ob wir das Spiel verschieben können, aber davon will Maximilian nichts wissen, weil er nicht in unserer Schuld stehen will. Von Sportsgeist hat der Angeber anscheinend noch nie etwas gehört, aber wir wussten schließlich schon immer, dass er ein Idiot ist. Er ist immer noch sauer auf Tobi, was man dem Spiel deutlich anmerkt. Nach unserem Sieg gehen wir Maximilian lieber aus dem Weg.

Bereits um halb drei sind wir wieder am Start und vermasseln gleich mal den ersten Satz, aber dann kommt Wind auf und rettet uns den zweiten. Im dritten Satz machen wir uns klar, was für uns auf dem Spiel steht und gewinnen in der Verlängerung. Puh ... das war wirklich knapp. Noch knapper allerdings wird es in unserem letzten Spiel, das wir nur mit ganz großem Glück gewinnen. Die Qualifikation haben wir immerhin geschafft und starten morgen im Hauptfeld. Wenn wir uns morgen allerdings so dusselig anstellen wie heute im letzten Spiel, sind wir ganz schnell wieder zu Hause.

Der erste Weg am Samstagmorgen führt uns zum Infostand, um die Setzliste zu checken. Wir wundern uns nicht, dass wir uns auf dem letzten Platz wiederfinden und ebenfalls wundert uns nicht, dass Stefan und Christian unsere ersten Gegner sind und auch gleich mit uns kurzen Prozess machen. Für uns heißt das: Niederlage und direkter Weg in die Verlierergruppe.

Bei den Jungs in Warnemünde läuft es allerdings Bombe. Die Gruppenphase ist schon gewonnen und eine gute Platzierung bereits sicher. Sicher ist auch unser erster Sieg in der Verliererrunde, für den wir noch nicht einmal die Verlängerung brauchen. Wir marschieren in zwei glatten Sätzen durch und haben in der nächsten Runde wirklich Glück. Wir spielen nämlich gegen Ralf und Marco, die wir dieses Jahr schon geschlagen haben. Heute ist also alles möglich und manchmal ist alles Mögliche nicht nur möglich, es passiert sogar. Wir liefern unseren ehemaligen Trainingspartnern aus Hamburg einen heißen Kampf, lassen nicht eine Sekunde lang locker, gewinnen in drei Sätzen und lassen unsere Freunde auf dem neunten Platz zurück. Mit dieser Platzierung haben sie allerdings genug Punkte für das Finale in Timmendorf, während wir selbst immer noch zittern müssen.

Unser letztes Spiel am heutigen Tage beginnt um sieben Uhr. Inzwischen regnet es wie aus Eimern. Schilkseewetter. Eigentlich müsste es uns helfen, aber das Team auf der anderen Seite stammt ebenfalls aus einer deutschen Schlechtwetterzone und besiegt uns knapp. Wir scheiden als Siebte aus und streichen zwanzig Punkte ein. Für Timmendorf reicht es leider noch nicht.

Froh über die gute Platzierung und gleichzeitig deprimiert wegen der fehlenden Punkte, steigen wir unter die Dusche und haben sofort eine Idee: Wir könnten doch unsere Kleinen in Warnemünde unterstützen. Wenn wir vernünftig Gas geben, sind wir in spätestens vier Stunden da. Jetzt ist es acht, wir könnten also noch heute am Ostseestrand eintreffen und Jonas übers Handy bitten, für eine Unterkunft zu sorgen. Mit der besten Laune berichten wir den Mädchen über unseren Geistesblitz, aber sie sind echte Spaßbremsen! Sie lachen uns nur aus und befehlen die sofortige Rückkehr ins Sandhaus, weil sie müde sind. Basta! Ich hasse dieses Wort!

Von unterwegs aus telefoniere ich mit Jonas, der uns erst mal zu unserer Platzierung beglückwünscht und gleichzeitig die Kleinen über den grünen Klee lobt: „Die putzen hier alles weg. Es ist wie mit euch damals!"

„Das macht das gute Essen im Sandhaus."

„Es ist also Idas Verdienst?", fragt mein Vater lachend.

„Natürlich!"

„Wieso kommt ihr nicht einfach her?"

„Die Idee hatten wir auch schon, aber deine Schwiegertochter pocht auf ihr Bestimmerrecht."

„Frauen!", grinst Jonas abfällig.

„Eben, ich simuliere jetzt einfach mal den guten Ehemann und hoffe, dass dabei etwas für mich herausspringt."

„Du hast die Frauen immer noch nicht durchschaut, oder?"

„Scheint so."

„Dann sieh mal zu, dass du Ella-Boss alles recht machst, mein Kleiner."

„Bald bin ich viel, viel größer als du."

„Bist du etwa noch im Wachstum?"

„Nein, aber du bist ein Opa, du schrumpfst doch schon."

„Ich rufe Ida an, damit sie dich sofort ins Bett schickt, wenn du weiter so böse bist."

„Ida wickle ich um den kleinen Finger."

„Das machst du doch mit allen Frauen."

„Stimmt, ich bin ein Frauenversteher."

„Nur bei deiner eigenen ziehst du immer den Kürzeren."

„Und du bei deiner."

„Ja ja."

„Gehen dir die Argumente aus?", ärgere ich meinen Vater.

„Genau, wir sehen uns morgen."

„Lass die Jungs leben, wenn sie nicht Erster werden, okay?"

„Das haben sie selbst in der Hand", lacht Jonas.

„Schon, aber ich habe keinen Bock, danach wieder mit Alexandra zu diskutieren."

„Musst du auch nicht. Die Gute ist nämlich hier und nervt mit ihrer Fürsorge."

„Die soll sie sich sonst wohin stecken."

„Und der Typ ist auch dabei."

„Oh."

„Aber er ist ganz handzahm, fast schon schüchtern. Robin tut seine Anwesenheit jedenfalls gut. Du bist deine Ersatzpapirolle ganz eindeutig los."

„Ist nicht das Schlechteste."

„Eben, aber ich muss jetzt Schluss machen."

„Dann bis morgen, alter Mann."

„Ja ja."

Wir erreichen Schilksee irgendwann zwischen es-ist-noch-zu-früh-um-nichts-mehr-zu-unternehmen und jetzt-brauchen-wir-auch-nicht-noch-mal-los. Wir haben auch gar keine Idee, was wir jetzt noch anstellen könnten, deshalb bleiben wir einfach im Garten, zünden ein kleines Feuer an und planen einen Ausflug ins Schwimmbad für den Sonntag.

Ich muss nicht erwähnen, dass Ben und ich unsere Handys dabeihaben, um die Leistung unserer Nachwuchsbeacher zu kontrollieren. Rechtzeitig vor ihrem Endspiel erbetteln wir uns bei unseren Frauen die Flucht ins Sandhaus, damit wir das Ergebnis am Ticker verfolgen können und gleichzeitig mit dem letzten Punkt, der uns wieder Deutsche Jugendmeister im Sandhaus beschert, lässt Ida die Korken knallen. Zur Feier des Tages gönnt sich sogar Ella ein Glas und stößt mit uns gemeinsam an, dann verziehen wir uns auf eine Sonnenliege und ich darf ihr den Bauch kraulen. Und atmen. Mehr will ich heute gar nicht.

Die Zeit nach dem Abendessen verbringen wir mit dem Warten auf die Helden aus Warnemünde und mit Kofferpacken. Wir reisen nämlich morgen mit Jessica und Trixie nach Köln, um dort mit ihnen gemeinsam für den nächsten Stopp der Deutschen Tour in Bonn zu trainieren.

Wenn ich an Köln denke, denke ich zwangsläufig auch an Martin, der ein paar Monate nach seinem Schlaganfall dort eine Kur gemacht hat. Aus diesem Grund stecke ich nicht nur das Foto in meinen Koffer, sondern auch Martins Uhr, die uns für das Turnier in Bonn Glück bringen soll. Ebenfalls dabei sind meine anderen Glücksbringer: Majas Karte aus London, die Kommunionkarte meines Vaters und mein Glücks-Tattoo. Mein Rundum-Sorglos-Paket ist also geschnürt, was kann jetzt noch schiefgehen?

Ich schleppe gerade meinen Koffer in den Flur, als die Deutschen Meister zurückkehren und sich erst mal von allen beglückwünschen lassen, dann heiße ich auch Michael und Alexandra im Sandhaus willkommen, die heute mit uns feiern wollen. Alexandra hat Champagner mitgebracht und eine für ihre Verhältnisse richtig coole Idee. „Was haltet ihr von einer Finanzspritze?", fragt sie nämlich. Und die eigentliche Überraschung dabei ist, dass sie mich meint und nicht ihren Sohn.

„Was meinst du genau?" frage ich deshalb leicht irritiert.

„Wenn ich das richtig verstanden habe, zahle ich hier nur für Robins Unterkunft."

„Und für Timms", korrigiert mein kleiner Pflegebruder.

„Ja, aber diese Summe deckt doch kaum die Kosten, oder, Dominik?"

„Also …", druckse ich herum und überlasse Ella das Gespräch. Ella liefert handfeste Fakten: „Es reicht hinten und vorn nicht. Robin und Timm sind im Wachstum. Sie fressen uns die Haare vom Kopf, aber mein lieber Mann ist einfach zu großzügig."

„Das habe ich mir schon gedacht, deshalb verdopple ich ab sofort meine Zahlungen."

„Danke!", antworte ich ziemlich überrascht und lade Robins Eltern zur Siegesparty ein.

Die Party wird lang, aber Ben und ich verabschieden uns langsam, wir fahren nämlich morgen nach Köln und wollen dort noch eine Einheit einlegen. Vorher wollen wir noch laufen, deshalb wird es jetzt Zeit fürs Bett. Auch Jessica und Trixie verschwinden jetzt in ihre Zimmer. Wir verabreden uns zum Joggen und treffen uns auf die Minute genau um sechs Uhr am Eingang. Nach dem Joggen gibt es Idas Frühstück und Jonas' Erinnerung an die Punkte, die uns noch fehlen. Als wüssten wir es nicht selbst, glaubt er tatsächlich, uns daran unbedingt noch einmal erinnern zu müssen, aber so ist er eben, mein Dad.

Wir fahren um neun Uhr los, sind zum Mittagessen bei Maria und Klaus in Hannover und zum Kaffeetrinken aus unerklärlichen Gründen immer noch, aber dann müssen wir wirklich weiter. Aus unserer Trainingseinheit wird heute natürlich nichts mehr. Wir brauchen Wochen bis Köln, was daran liegt, dass Florian sein Boot mitschleppt und wir deshalb eine Geschwindigkeitsbegrenzung einhalten müssen, die man auf deutschen Autobahnen wirklich niemandem aufzwingen sollte und an die sich – außer Florian – auch niemand hält. Zwar könnten Ben und ich schon vorausfahren, weil wir mit Bens Auto unterwegs sind, aber wir zockeln lieber gemütlich hinter Florian Schnarchnase hinterher und treffen dementsprechend unnötig spät in Köln ein. Gegessen haben wir unterwegs, aber bewegt haben wir uns kaum, deshalb wollen Ben und ich auf jeden Fall noch laufen, aber danach ist Pennen angesagt und am nächsten Tag ein hartes Training.

Wir beginnen im Kraftraum und lassen uns dort ordentlich quälen und nachdem wir ordentlich gequält wurden, lassen wir uns noch ein wenig weiter quälen. Nachdem wir jetzt alle unsere Muskeln kennen und vernünftig warm sind, legen wir gleich eine Sandeinheit ein. In Köln heißt das: Hallentraining. In Schilksee wären wir jetzt am Strand und würden danach direkt in die Wellen springen. Die Wellen heißen hier Duschkabinen und sind nach Geschlechtern getrennt, was schade ist. Ich hätte mich nämlich gern mit Jessica und Trixie in der Ostsee getummelt, die Alternative ist eine Dusche mit Ben. Normalerweise müsste man da nicht lange überlegen, was einem besser gefällt, aber wir haben keine Wahl und nehmen die Dusche. Nach der Dusche nehmen wir eine Auszeit und lassen uns noch nicht einmal von der Eisdiele locken. Mich lockt nur eine Liege und meine Kopfhörer. Die Mädchen beschimpfen uns als Luschen und weissagen uns für das Turnier null Punkte, weil wir so träge und unmotiviert sind, aber ich stelle einfach meine Musik lauter, meine Liege in eine waagerechte Position und mein Hirn auf Entspannung. Das mit der Musik und der Liege funktioniert sogar, das mit der Entspannung leider nicht. Wir brauchen nämlich dringend Punkte in Bonn, sonst können wir Timmendorf vergessen und ich will dieses Jahr unbedingt zu den Deutschen Meisterschaften, deshalb setzt mein Hirn vollautomatisch eine Rechenmaschine in Gang. Aber so sehr ich auch rechne, komme ich natürlich zu keinem vernünftigen Ergebnis. Es ist nämlich nicht nur wichtig, dass wir möglichst viele Punkte sammeln, gleichzeitig dürfen unsere stärksten Konkurrenten auf keinen Fall mehr Punkte als wir erspielen. Ich stelle meinen inneren Computer deshalb auf Standby und lenke meine Gedanken in angenehmere Richtungen: Ella und Mimo.

Ella hat mich vorhin angerufen um mir zu erzählen, dass ihre Frauenärztin sehr zufrieden mit ihr ist und eine leichte Geburt prophezeit. Im Gegensatz zu Mimo, dem Riesenbaby, soll unsere kleine Prinzessin nämlich zierlich und handlich sein, so die Ärztin. Mich beruhigt das ungemein.

Was mich weniger beruhigt, sind die Nachrichten, die Ben von Linda hat. Meine Schwester wandert nämlich gerade mal wieder durch ein seelisches Tief und Ella ist diesmal nicht die richtige Person, um sie zu beruhigen, deshalb setzt sie Frauke auf meine kleine Schwester an, die sie wohl hartnäckig wieder in die Spur bringt. Am Mittwoch jedenfalls sind die Nachrichten aus der ersten Etage im Sandhaus schon wieder positiv und am Donnerstag scheint es gar kein Problem mehr gegeben zu haben. Die Daumendrückankündigungsmail, die unsere Frauen uns schicken, klingt jedenfalls absolut lebensfroh: „Auf geht's, ihr Süßen. Bringt eure Gegner zum Verzweifeln und sorgt dafür, dass wir nach eurer Rückkehr einen Grund zum Feiern haben. Wir haben nämlich noch Sekt im Kühlschrank!"

Tja, wenn sich das mal nicht nach einem Befehl anhört, dann weiß ich auch nicht!

Wir trainieren täglich fünf Stunden mit den Mädchen und gönnen uns am Donnerstag noch eine Stunde im Schwimmbad, zu der Jessica und Trixie uns begleiten. Florian ist inzwischen nach Konstanz weitergereist, während unsere Kleinen bereits mit Jonas und Marten auf dem Weg ins Trainingslager nach Mallorca sind. Dort bereitet sich Robin mit Marten auf die U21-WM in Kanada vor und mit Timm auf die U23-Europameisterschaften in Zypern.

Freitag hecheln wir uns bei unserem Abschlusstraining durch und sind bereit für Samstag. Die Setzliste sieht schon mal gut aus. Wir sind an Nummer elf gesetzt und wollen diesen Platz auch mindestens erreichen. Dafür müssen wir natürlich gut starten, was unsere Gegenspieler aber mit Sicherheit auch vorhaben. Unser Wille ist anscheinend stärker, zumindest im ersten Satz. Das Team auf der anderen Seite ist uns völlig unbekannt, aber sie haben wahrscheinlich schon von uns gehört. Anders kann ich mir jedenfalls den Respekt, den sie ganz offensichtlich vor uns haben, nicht erklären. Ebenfalls kann ich mir nicht erklären, warum wir im zweiten Satz so dilettantisch einbrechen. Wie konnte das denn passieren? Wir waren doch eben noch so gut drauf und jetzt verkaufen wir uns so dermaßen schlecht? Am Wetter liegt es jedenfalls nicht. Es ist leicht bewölkt, fünfundzwanzig Grad warm und auf dem Spielfeld angenehm schattig. Sogar der leichte Wind ist uns willkommen, deshalb verstehe ich überhaupt nicht, was jetzt mit uns los ist. In der Pause vor dem Tie-Break raufen wir uns bildlich gesprochen die Haare, aber als der Schiedsrichter pfeift, sind wir gedanklich noch keinen Schritt weiter. Ich habe Aufschlag und probiere ein Ass, was auch gelingt. „Ihr könnt ja doch was!", ruft Jessica in diesem Moment aufs Feld, was ich als Startschuss für einen Satzsieg nehme. Schließlich sehen die Mädchen jetzt zu und wir wollen uns ja nicht vor ihnen blamieren, oder? Der dritte Satz gehört uns, ebenso die Glückwunschküsse von Jessica und Trixie und der Regenguss, der jetzt einsetzt. Wir werden klitschnass und müssen uns jetzt umziehen.

Die nächste Runde lässt ein wenig auf sich warten, deshalb haben wir die Gelegenheit, uns ein paar andere Spiele anzusehen und einen Schiedsrichter zu beleidigen. Der Gute ist eindeutig nicht auf der Höhe, als er Stefan ein akkurates Zuspiel rauspfeift und Christian kurze Zeit später eine Netzberührung ankreidet, die außer ihm niemand wahrgenommen hat. Aufgrund dieser Meisterleistung des Schiedsrichters verlieren unsere Hamburger Freunde das Spiel und landen im Loserpool. Sie sind nicht umsonst sauer, denn die Fehlentscheidungen des Schiedsrichters haben nicht gerade zu ihrer Sicherheit beigetragen. Trotzdem ist es unnötig von Ben, die Jungs darauf hinzuweisen, dass wir – im Gegensatz zu ihnen – noch in der Gewinnerrunde sind. Zum Glück kriegt Ben in letzter Sekunde noch die Kurve und schimpft ziemlich übel über den Schiedsrichter. Jetzt wissen Christian und Stefan, dass wir auf ihrer Seite sind und uns mit ihnen ärgern. Aufgrund dieser Aufregung verpassen wir beinahe unser nächstes Spiel, aber wir haben noch Zeit genug, uns halbwegs aufzuwärmen. Unsere Gegner haben wir dieses Jahr zumindest schon einmal geschlagen; es sind Ralf und Marco, die uns jetzt dämlich angrinsen und zu einem Statement herausfordern: „Verliert ihr freiwillig?"

„Träum weiter", lache ich die Jungs aus.

„Ich habe keinen Bock auf drei Sätze", gibt Ralf an und Marco foppt uns weiter: „Genau, deshalb machen wir euch einfach in zwei Sätzen platt."

„Da habt ihr aber was ganz Wichtiges vergessen", ärgere ich sie.

„Ja?", fragt Ralf neugierig.

„Ja, ihr spielt hier nicht gegen eure Freunde aus dem Strickkurs. Wir wissen nämlich auch, wie es geht."

Ben lacht sich schlapp über meine Antwort. Wir klatschen uns ab und schon geht's los. Die Jungs haben anscheinend wirklich keine Lust auf einen dritten Satz, sie schlagen uns nämlich in zwei und das auch noch sehr deutlich. Wir landen im Loserpool und treffen dort auf Christian und Stefan, die immer noch sauer sind. Miese Laune, gepaart mit einem Ball, ist manchmal nicht die schlechteste Kombination, wie die Jungs uns auch gleich beweisen. Sie stecken all ihre Wut ins Spiel und fordern damit nicht nur uns, sondern auch sich selbst alles ab. Der Satz geht an sie, aber die Sympathie des Publikums haben wir, denn wir mosern deutlich weniger … sehr viel weniger sogar. Eigentlich mosern wir überhaupt nicht, aber der Schiedsrichter ist mit Christian und Stefan sowieso komplett ausgelastet. In der Satzpause scheinen sie aber auf Normal herunterzufahren, denn sie kehren deutlich gelassener auf das Spielfeld zurück, aber es zeigt sich schnell, dass sie auch ohne Wut im Bauch zu den Topspielern in Deutschland gehören. Nicht umsonst schlagen sie uns nämlich und kegeln uns aus dem Turnier. Wir werden Neunte, streichen neun Punkte ein und sind direkt für die Deutschen Meisterschaften qualifiziert, weil unsere Konkurrenten hinter uns bleiben. Eine Sekunde nach dem letzten Punkt tippe ich schon die Kurzmitteilung an Jonas: „Timmendorf – check!"

Diese Mitteilung wird mich ein Heidengeld kosten, denn Jonas ist mit dem Nachwuchs inzwischen in Kanada, wo Robin mit Marten die U-21-WM spielt. Bereits im letzten Jahr haben die Jungs dort teilgenommen und sind Vierte geworden. Während des Turniers ist Martin gestorben und danach war im Sandhaus nichts mehr so, wie es mal war. Weil die Weltmeisterschaften dieses Jahr früher, die Deutschen Meisterschaften aber später stattfinden, überschneiden sich diese beiden Termine diesmal nicht, was uns sehr entgegen kommt. So können wir nämlich in Ruhe den Ticker verfolgen und müssen uns um unseren Tag-Nacht-Rhythmus keine Gedanken machen.

Nach dem Turnier in Kanada, bei dem unser Krümel mit seinem Partner den dritten Platz belegt, reist der Tross weiter nach Zypern, um dort die Europameisterkrone zu gewinnen. Ben und ich schieben inzwischen ein Turnier auf niedersächsischer Landesebene in Cuxhaven ein. Wir sind auf Platz sieben gesetzt, was nicht unsere Stärke widerspiegelt, sondern dem Umstand geschuldet ist, dass wir in Niedersachsen bisher nur an einem Turnier teilgenommen haben. Dieses Turnier haben wir zwar gewonnen, aber trotzdem nicht genügend Punkte, um hier ganz oben gesetzt zu sein. Hier in Cuxhaven ist die Stimmung jedenfalls super, es gibt ein richtiges Open-Air-Stadion mit bester Unterhaltung und die Unterbringung ist ebenfalls top. Wir brauchen vier Spiele bis zu unserer ersten Niederlage und weitere drei Sätze bis zu unserem Podestplatz. Wir werden Dritte, das ist nicht schlecht, aber unsere Kleinen machen es besser: Bei den Europameisterschaften räumen sie alle Teams aus dem Weg und verlieren erst im Endspiel. Sie werden Vize-Europameister und bleiben als Belohnung noch zwei Tage in Zypern. Wir belohnen uns allerdings auch; wir hängen hier nämlich einfach zwei Tage dran und kehren erst am Dienstagabend nach Schilksee zurück. Wir haben nämlich einen Deal mit dem Veranstalter, der uns am Montag und Dienstag in seinem Stadion trainieren lässt. Diese Idee hatten auch andere Teams, sodass wir beim Training richtig starke Gegner haben. Für die Vorbereitung auf die Deutschen Meisterschaften ist das optimal.

Mittwoch haben wir allerdings unseren Trainer wieder … und ein paar Großmäuler. Robin und Timm prahlen ordentlich mit ihren Ergebnissen und lassen sich von Alexandra großzügig auf einen Urlaub einladen, der allerdings bis nach den Deutschen Meisterschaften verschoben wird, denn da wollen unsere Zwerge unbedingt zusehen. Wir trainieren in dieser Woche bis zum Umfallen. Sechs Stunden täglich, erst in Cuxhaven, dann in Schilksee, dafür fällt unser Schwimmprogramm aus, denn bereits am Donnerstagabend beginnt das Turnier.

Wie auch im letzten Jahr, haben Sandy und Dani die Moderation übernommen und blamieren uns mit ihren lustigen Sprüchen. Im letzten Jahr sind wir mit ganz viel Glück vom vorletzten Setzplatz aus gestartet, aber dieses Jahr gab es keine Absagen, deshalb stehen wir ganz unten. Das macht aber nichts, denn so haben wir das Glück, das Eröffnungsspiel auf dem Centrecourt auszutragen und so vor tausenden von Zuschauern zu spielen. Das wird richtig geil. Vorher aber müssen wir durch die Vorstellung und das wird uneingeschränkt lustig. Es ist Sandy, die den Anfang macht: „Im letzten Jahr hatten die Jungs noch Schnucki-Bonus und Welpenschutz, weil sie so unendlich süß sind. Die Mädchen auf den Tribünen fielen reihenweise in Ohnmacht und ich möchte nicht wissen, wie viele Heiratsanträge die Jungs inzwischen bekommen haben. Sie haben uns mit ihren Schwedisch-Kenntnissen beeindruckt und auf dem Platz ordentlich Punkte gemacht. Ebenfalls ordentlich Punkte haben sie dieses Jahr während der Tour gesammelt und sich direkt für Timmendorf qualifiziert. Letztes Jahr wurden sie Siebte. Wo landen sie diesmal? Begrüßt mit uns die süßeste Versuchung, seit es Beachvolleyball gibt. Hier sind für euch Dominik Jonas Nordgren und Benjamin Wolf aus Kiel.“

Der Applaus überdeckt am Anfang zum Glück die Musik, zu der wir jetzt einlaufen. Im letzten Jahr spielten sie für uns einen Titel aus der Sesamstraße, aber diesmal ist es das Sandmännchen. Es ist uns allerdings nicht peinlich und wir lachen von allen am lautesten. Dani hält mir direkt das Mikro vor die Nase und fragt: „Wie man hört, hast du inzwischen Blocken gelernt?"

„Stimmt. Ben hat schon richtig Angst, dass ich ihn bald nicht mehr brauche."

„Stimmt das, Ben?"

„Ja, aber das macht nichts, ich plane einen längeren Urlaub."

„Privat war bei euch eine Menge los", bohrt Sandy nach. Ben stockt einen Moment, aber dann sagt er mit fester Stimme: „Ja, wir hatten ziemlich viel Pech dieses Jahr, aber sportlich lief es einwandfrei. Es gab kaum Verletzungen und wir haben es uns nur ein oder zweimal selbst verbockt."

„Was war sportlich bei euch der Höhepunkt des Jahres?"

„Die Qualifikation für Timmendorf", sage ich sofort, aber Ben unterbricht mich: „Nein, der Höhepunkt ist, dass wir immer besser werden. Wir steigern uns stetig und wissen, dass nach oben noch ganz viel Luft ist."

„Und was habt ihr euch dieses Wochenende vorgenommen?", fragt sie mich.

„Ich will mindestens ein Spiel gewinnen."

„Und du?"

„Ich auch."

„Ihr spielt das Eröffnungsspiel."

„Ja, auf dem Centrecourt, das wird total aufregend. Die Jungs werden uns ordentlich vermöbeln, aber das macht nichts. Wir haben dieses Jahr so oft verloren, dass wir inzwischen ganz gut damit umgehen können."

„Stimmt. Es war eine harte Schule, aber es lief in diesem Jahr schon deutlich besser als im letzten Jahr", bestätigt Ben. Die Musik läuft mittlerweile in Endlosschleife, aber jetzt bekommen Dani und Sandy ein Zeichen, uns endlich von der Bühne zu lassen, damit die Show weitergehen kann.

Wir setzen uns in den reservierten Bereich und verfolgen den Einmarsch unserer Gegner. Während wir da so sitzen, kontrolliere ich den Inhalt meiner Jackentasche. Ja, ich habe alles dabei: Martins Uhr, Majas Karte, Jonas' Karte und mein Glückstattoo kann ich ja nicht vergessen. Das Rundum-Sorglos-Paket ist am Start und mit ihm am Start sind zwei hungrige Strandjungs, die es den Zuschauern morgen mal so richtig zeigen werden: Ben und ich nämlich.

Kapitel 8

Nichts von Bedeutung

Timmendorf ist richtig aufregend und hier aktiv dabei sein zu dürfen, ist noch viel aufregen-
der. Ich ertappe mich immer wieder dabei, dass ich so viel wie möglich von allem aufnehmen
möchte. Am liebsten möchte ich mir jedes Spiel ansehen, aber das geht nicht, denn wir haben
unsere Frauen und Kinder dabei und zumindest Letztere sind hier schnell gelangweilt. Beachvolleyball finden sie nämlich nur dann spannend, wenn die Papis auf dem Platz stehen. Hin und
wieder ertappe ich mich bei dem Gedanken, wie unwissend wir im letzten Jahr waren. Während
wir hier ahnungslos gespielt haben, kämpfte Martin mit seinem Leben und Frauke war mit ihm
allein. Hat sie ihm noch erzählen können, wie erfolgreich wir hier waren? Hat er davon noch
rechtzeitig erfahren? Hat Frauke ihm von unserem sensationellen siebten Platz erzählt? Und
wenn ja, hat er es dann noch mitbekommen? War er stolz auf uns oder hat er nur an seinen Tod
gedacht, den er wahrscheinlich schon spüren konnte?

Mitten in meinen Grübeleien laufe ich direkt in Jessicas Arme. „Was ist denn mit dir los?",
fragt sie erschrocken.

„Sorry, ich bin in Gedanken", verteidige ich mich.

„Alles gut?" Sie kontrolliert meine Augenfarbe und zweifelt.

„Was? Ja. Ja, klar, alles in Ordnung."

„Du bist ja ganz abwesend, was ist denn los?"

„Das Kopfkino läuft mal wieder."

„Entspann dich, Domi."

„Ich habe gerade an letztes Jahr gedacht."

„Da seid ihr richtig durchgestartet."

„Das meine ich nicht."

„Was denn sonst? Es war so geil!"

„Als wir nach Hause gekommen sind, ist Martin gestorben."

„Ich Nuss! Entschuldige, daran habe ich wirklich nicht gedacht."

„Schon gut. Ich weiß nicht, wie ich jetzt darauf komme, ich sollte wirklich nicht daran denken. Im Moment läuft doch alles super. Ich hatte gerade daran gedacht, wie cool das hier alles
ist, aber dann ist mir Martin eingefallen."

„Kein Wunder, seinetwegen seid ihr schließlich hier."

„Auch, ja."

„Und was ist sonst so los?"

„Das frag mal lieber Ella. Sie ist kugelrund und manchmal etwas launisch."

„Aha, ist sie denn hier?"

„Ja, sie ist mit Mimo und den anderen in der Ferienwohnung."

„Siehst du. Kopf hoch, Kleiner. Alles ist gut."

„Stimmt. Komm, ich gebe dir ein Eis aus."

„Gute Idee."

Jessica folgt mir in die Eisdiele, die aus allen Nähten platzt. Ich rufe schnell Ella auf dem Handy an, um sie hier ebenfalls zu treffen, aber sie ist müde und will ins Bett gehen. In letzter Zeit ist sie immer müde, aber das ist auch kein Wunder, schließlich kommt in zwei Wochen unser Nachwuchs. Wir treffen Christian, der allerdings ohne Stefan hier ist, und gerade taucht Jessicas Trainerin auf. Christian macht einen Tisch klar, wir löffeln unser Eis und schmieden Pläne für die nächsten Tage. Christian steckt seine Ziele am höchsten, er rechnet fest mit einem Podestplatz, Jessica und ich sind deutlich bescheidener. Inzwischen ist es zehn Uhr, ich wäre gern noch geblieben, aber Ella beordert mich zu sich ins Ferienhaus. Neuerdings behauptet sie nämlich, nicht einschlafen zu können, wenn ich nicht neben ihr liege.

Ich liege grundsätzlich gern neben Ella, aber heute schläft sie ziemlich unruhig und ich werde ständig wach, deshalb nehme ich mir irgendwann völlig übermüdet meine Decke und das Kopf- kissen und haue mich im Wohnzimmer aufs Sofa. Kaum liege ich halbwegs waagerecht, steht Ella schmollend vor mir: „Was machst du hier? Ich kann nicht schlafen, wenn du nicht neben mir liegst, das weißt du doch."

„Du hast tief und fest geschlafen, du hast noch nicht einmal das Erdbeben bemerkt, das du selbst verursacht hast."

„Komm mit, ich kann nicht schlafen."

„Ella, bitte …"

„Komm mit", bettelt sie und natürlich gebe ich nach. Müde schlurfe ich ihr hinterher und zäh- le Schafe. Dann zähle ich die Beine der Schafe, die Ohren, die Nasen und am Ende sogar die Grashalme auf der Wiese, auf der sie herumlaufen, aber schließlich schlafe ich doch ein. Für ein paar Minuten … so fühlt es sich jedenfalls an. Ich bin total erledigt, als Ella mich weckt: „Aus- gerechnet heute pennst du wie ein Stein."

„Guter Witz, Ella." Müde reibe ich mir die Augen und sinke in mein Kissen zurück.

„Steh auf, sonst verpasst du noch dein Spiel."

„Wie spät ist es denn?"

„Neun!"

„Was? Wieso hast du mich nicht geweckt?"

„Weil du gestern so müde warst."

„Ach, Ella, heute ist alles wichtig, du hättest mich wirklich eher wecken müssen."

„Du hast noch zwei Stunden Zeit."

„Das ist verdammt knapp."

Ich springe aus dem Bett und schlinge schnell mein Frühstück herunter, damit es mir beim ersten Spiel nicht so im Magen liegt, dann erst dusche ich. Ben wartet schon und wirft einen Blick auf seine Uhr, als ich endlich bereit bin, mit ihm zum Turniergelände zu gehen. Als ich seine Uhr sehe, habe ich plötzlich einen Geistesblitz! Ich werde heute Martins Uhr tragen, sie wird uns Glück bringen, da bin ich mir ganz sicher.

Ben ruft mir genervt hinterher, als ich noch einmal umkehre, um sie zu holen: „Wir müssen los, Mensch."

„Geh schon mal vor!"

Unterwegs hole ich ihn wieder ein, sodass wir gemeinsam am Strand ankommen.

„Was war denn jetzt noch so wichtig?", fragt mein Kumpel.

„Nichts!", wehre ich ab.

Am Gelände wartet man schon auf uns. Jonas ist natürlich aufgebracht, weil wir so spät dran sind, aber er sieht wahrscheinlich auch, wie müde ich bin und ist sofort besorgt: „Was ist los?"

„Ich habe schlecht geschlafen."

„Bist du aufgeregt?"

„Nein, es lag an Ella. Sie war ganz unruhig und ich bin immer wieder wach geworden."

„Hm, schlechter Zeitpunkt, aber hör mal. Ihr seid gleich dran, das wisst ihr. Ihr wisst auch, wer euer Gegner ist und dass ein Sieg nicht gerade wahrscheinlich ist. Falls ihr verliert – und das wäre absolut kein Beinbruch –, habt ihr heute kein Spiel mehr. Ich möchte, dass ihr euch heute Nachmittag ausruht, okay?"

Das ist wirklich Mist. Ich hatte nämlich vorgehabt, mir hier möglichst alle Spiele anzusehen, aber daraus wird heute wohl nichts. Jonas schickt uns jetzt jedenfalls zum Aufwärmen. Wir laufen zehn Minuten, schnappen uns dann den Ball und spielen uns ein. Es ist das Auftaktspiel, bei dem wir die Opfer sind, und es steht besonders im Fokus. Ein paar Kamerateams sind da, einige Fotografen und Journalisten. Uns lässt das aber cool. Wir wissen nämlich, dass sie nicht unseretwegen hier sind, sondern wegen der tollen Jungs auf der anderen Seite des Spielfelds: Die amtierenden Europameister, die uns nicht nur körperlich überlegen sind. Schon der Händedruck zum Spielbeginn macht uns klar, dass auf der anderen Spielfeldseite reine Athletik am Start ist. Wir selbst sind zwar auch keine Schmachthaken, aber im Vergleich zu den Jungs sind wir Milchbubis. Wir haben ordentlich Respekt vor unserem Gegner und gehen im ersten Satz gnadenlos unter. Sie erlauben uns ganze acht Punkte und stürzen mich beinahe in eine Depression, aber auf dem Weg zu unseren Sitzplätzen für die Satzpause, klatschen sie uns noch einmal extra ab und machen uns Mut: „Es ist noch nichts verloren, Jungs!"

Die Aufmunterung macht uns richtig stark, wir wehren uns jetzt energisch, es gelingen uns die anspruchsvollsten Kombinationen und Ben bringt sogar einen richtig starken Block durch. Am Ende stehen für uns siebzehn Punkte auf dem Zettel, von denen jeder einzelne hart erspielt wurde. Aber eine Niederlage bleibt trotzdem eine Niederlage und diese hier schickt uns direkt in den Verliererpool.

Nach dem Spiel stürmt die Journalistenmeute auf das Feld. Wir sind überrascht, dass sie uns zu sich winken und folgen der Einladung leicht irritiert. Die ersten Fragen richten sich an uns: „Ihr seid ja richtig locker an dieses Spiel herangegangen. Wir dachten alle schon, ihr wolltet kneifen, aber dann seid ihr ja doch noch aufgetaucht."

„Wir haben eine gute Ausrede für den Fall, dass jemand fragt", antworte ich so selbstbewusst, dass Ben stirnrunzelnd nachfragt: „Haben wir?"

„Klar."

„Und welche?"

„Bennilein musste sich noch schick machen", grinse ich ins Mikrofon.

„Du bist so ein Idiot."

„Danke gleichfalls."

„Wie ist es, gegen ein so starkes Team zu spielen?" Diesmal antwortet Ben: „Es ist einfach, man hat nämlich nichts zu verlieren. Die Zuschauer kennen die verschiedenen Leistungsstärken, man selbst kennt sie auch. Der erste Satz hat ja ganz deutlich gezeigt, wie groß unsere Defizite sind, aber der zweite lief richtig gut."

Die nächsten Fragen richten sich an die Sieger und wir sind entlassen.

Jetzt ist es noch nicht einmal zwölf Uhr und wir haben schon Feierabend für heute. Allerdings haben unsere Mädchen damit gerechnet und das Mittagessen ist schon fertig, als wir abgekämpft im Ferienhaus eintreffen. Danach ist für Ben und mich Siesta angesagt, sehr zu Ellas Missfallen, die eigentlich mit mir und Mimo an den Strand gehen wollte, aber Jonas spricht ein Machtwort und Ella gibt ziemlich kleinlaut klein bei, schließlich ist es ihre Schuld, dass ich heute so hundemüde bin.

Um drei Uhr bin ich aber wieder fit. Ich könnte Bäume ausreißen, aber weil Bäume hier nicht zur Verfügung stehen, tobe ich mit Mimo, lasse mich von ihm an den Marterpfahl binden, als Lasttier missbrauchen und am Ende ordentlich durchkitzeln. Beim Kitzeln allerdings lacht Mimo lauter als ich, vor allem, als ich mich revanchiere. Nach dem Abendessen schieben wir alle noch mal Richtung Strand. Wir wollen nämlich nicht das Feuerwerk verpassen und weil die Kleinen ganz lieb betteln, dürfen sie mit. Auf dem Rückweg müssen wir sie allerdings tragen, weil sie so müde sind.

Der nächste Tag beginnt mit einem frühen Frühstück, wir sind nämlich schon um neun Uhr mit unserem ersten Spiel an der Reihe. Ich bin bis tief in die Knochen motiviert und der Meinung, dass mich heute überhaupt nichts erschüttern kann, aber dann treffe ich Mama, die mir auf dem Weg zum Court direkt in die Arme läuft. Weil ich jetzt wirklich keine Ablenkung gebrauchen kann, hebe ich sofort den linken Arm, was sie zum Lachen bringt, dann sucht sie sich einen Platz auf der Tribüne und feuert uns lauthals an. Sie macht richtig Stimmung und reißt die Leute in ihrem Umfeld mit. Auch Robin, Timm und Linda pushen uns nach vorn und geben uns das nötige Selbstbewusstsein, den Sieg in drei Sätzen einzufahren. Kurz vor zwölf steht unser nächster Sieg fest und wir sind reif für eine kleine Pause. Dafür bietet sich der Imbisstand an, bei dem wir uns ordentlich eindecken. Es muss natürlich etwas Leichtes sein, weil bald unser nächstes Spiel ansteht. Nach dem Essen werfe ich einen Blick auf meine Uhr, also … auf Martins Uhr. Erst jetzt bemerkt Ben, was ich da an meinem Handgelenk trage. Er greift nach meinem Arm und stottert: „Das … das … ist das nicht … das ist doch Papas Uhr, oder?"

„Ja."

„Woher hast du sie?"

„Äh … von Frauke."

„Und warum?"

„Du wolltest sie nicht."

„Aber …"

„Hör zu, ich habe Frauke gefragt, ob ich sie haben darf, aber wenn du sie selbst behalten möchtest, gehört sie natürlich dir."

„Also …"

„Deine Mutter war verwirrt, weil du sie nicht haben wolltest. Sie hat sich riesig gefreut, als ich sie genommen habe."

„Ja?"

„Ja."

„Ich wollte sie nicht, weil … na ja, er hatte sie immer dabei und …"

„Ich weiß, was du meinst. Das genau ist ja der Grund, warum sie mir so viel bedeutet."

„Mir auch."

„Ja?"

„Ja, aber behalt sie ruhig."

„Nein, ich … er war dein Vater, nicht meiner."

„Bitte behalt sie einfach, ja?"

„Gibt es irgendeinen Grund, hier so herumzutrödeln?", fragt Jonas und scheucht uns in den Aufwärmbereich. Unser nächstes Spiel steht an.

Mit so einem Gespräch im Hinterkopf ist es natürlich nicht leicht, sein Ziel zu verfolgen, aber ich gebe mir die größte Mühe, und puste mein Hirn leer, das sich mit meinem Magen unterhält. Ganz schlechter Zeitpunkt, jetzt Bauchschmerzen zu kriegen, schließlich ist Ben doch damit einverstanden, dass ich die Uhr behalte, und wenn nicht, dann gebe ich sie ihm natürlich. Ist doch gar kein Problem, oder? Eigentlich läuft das Spiel auch ganz gut. Wir machen starke Punkte, Ben gelingen coole Blocks und ich bringe ein paar Asse durch, aber letztlich müssen wir uns geschlagen geben. Die Jungs sind einfach besser und wir wieder mal Siebte. Trotzdem genießen wir unseren Applaus und lassen uns von ein paar weiblichen Zuschauern sogar Teddys schenken und Telefonnummern zustecken. Die Teddys reichen wir an unsere Kinder weiter, die Telefonnummern landen nach einem Umweg über Ella und Linda direkt im nächsten Papierkorb und wir landen in der Ostsee. Mimo und Benni-Two haben Taucherbrillen dabei und wir müssen wirklich aufpassen, dass sie hier nicht untergehen, denn sie sind richtige Draufgänger. Erst als ihre Lippen blau sind, können wir sie von einer Pause im Strandkorb überzeugen. Am Abend lassen wir uns von Christian und Stefan zum Grillen einladen und am Sonntag sehen wir uns die Endspiele an. Jessica und Trixie werden tatsächlich Dritte, während Christian und Stefan die Titelverteidiger im Endspiel schlagen. Es ist super, dass wir Martins ehemaligen Schützlingen zujubeln dürfen und noch toller ist das Ziel, das ich mir fürs nächste Jahr stecke: Im nächsten Jahr will ich mit Ben dort oben stehen und deshalb muss alles aus dem Weg geräumt werden, was diesem Ziel im Wege steht. Wir müssen mehr trainieren und mehr Turniere spielen. Wir brauchen Regenerationsphasen und möglichst wenig Stress und dabei stören genau zwei Dinge: Die Uni und die Hallensaison. Beides muss in diesem Winter auf uns verzichten. Mal sehen, was die anderen davon halten.

Mit meiner Idee stoße ich bei Ben und Jonas sofort auf offene Ohren, aber Ella will natürlich Fakten hören: „Und was macht ihr dann den ganzen Winter?"

„Wir reisen überall hin, wo noch Turniere gespielt werden und wenn es keine Turniere gibt, dann machen wir Trainingslager."

„Und wofür das Ganze?"

„Ich will nächstes Jahr ganz oben stehen."

„Und was ist mit uns?"

„Es ist nur ein halbes Jahr, Ella, und außerdem kommen wir doch immer mal wieder nach Hause. Du wirst mich kaum vermissen."

„Ich bin damit nicht einverstanden", sagt sie niedergeschlagen. Linda ist natürlich auf ihrer Seite: „Ich auch nicht."

„Oder ihr sucht euch starke Trainingspartner, die bereit sind, nach Schilksee zu ziehen", schlägt Jonas vor.

„Das ginge auch", überlege ich.

„Lasst uns das nach dem Urlaub klären, Leute", mischt sich Ida ein und wir horchen auf: „Urlaub?", fragen Ben und ich und Jonas grinst: „Natürlich, ihr habt jetzt Zeit. Die Hallensaison startet am 20. Oktober, das sind fast zwei Monate. Bis dahin könnt ihr euch entscheiden, was ihr plant. Ich finde Dominiks Idee perfekt. Irgendwann muss man sich entscheiden, wie weit man kommen möchte. Mal ehrlich Jungs, ihr wusstet schon immer, dass ihr Strandjungs seid und inzwischen sehen das wohl alle so. Überlegt euch, was ihr tun wollt."

„Ich bin damit nicht einverstanden", wiederholt Ella traurig.

„Warum nicht?"

„Dir gefällt doch die Abwechslung mit Halle und Strand. Das hatte ich zumindest immer gedacht. Und jetzt alles auf eine Karte zu setzen … ich weiß nicht. Was ist, wenn etwas schiefgeht?"

„Was soll denn schiefgehen?"

„Alles ist möglich. Was ist, wenn es nicht funktioniert?"

„Es wird funktionieren, Ella."

„Ich weiß nicht."

„Lass uns später darüber reden, ja?"

„Und das mit dem Urlaub wird wohl auch nichts."

„Nein, wir bleiben besser zu Hause."

„Wir auch", bestimmt Linda. „Ich will dabei sein, wenn Klein Johanna geboren wird."

„Okay, wenn ihr es so wollt, aber ich ordne eine Regenerationsphase an und die ist diesmal zwingend, Jungs."

„Klar", grinsen Ben und ich.

„Ich meine es ernst."

„Hmmm, wir auch."

Das Ferienhaus haben wir noch bis Mittwoch gebucht, deshalb haben wir noch drei Tage Urlaub, die wir auch nötig haben. Die Jungs toben den ganzen restlichen Sonntagnachmittag mit Robin und Timm im Wasser, aber Ella will ins Haus zurück. Ich begleite sie und zum Glück sind auch Ida und Frauke dabei, als bei meiner Frau plötzlich und völlig überraschend die Wehen einsetzen. Ich kenne mich da ja nicht so genau aus, aber ich bin mir zu hundert Prozent sicher, dass es beim letzten Mal deutlich langsamer losging.

Ida merkt sofort, dass wir keine Zeit mehr verschwenden dürfen und während sie das Auto vor die Haustür fährt, will Frauke Ella ins Auto setzen. Ich suche inzwischen die wichtigsten Sachen zusammen. Als ich mit der Tasche in der Hand die Treppe herunterspringe, ist Ella allerdings im Badezimmer. Ich will zu ihr eilen, aber Frauke drängt mich nach draußen: „Sag Ida bescheid. Wir brauchen einen Arzt oder eine Hebamme. Sie soll sich darum kümmern. Und dann sorg dafür, dass die Jungs nicht herkommen, bevor wir es erlauben."

„Was ist denn los?", frage ich voller Sorgen.

„Das Baby hat es eilig", lächelt Frauke mir beruhigend zu. „Mach dir keine Sorgen, alles wird gut."

Ich laufe zu Frauke, die immer noch mit laufendem Motor vor der Haustür steht.

„Was ist los?"

„Es ist schon zu spät. Frauke sagt, wir brauchen einen Arzt oder eine Hebamme. Du kümmerst dich darum, ja?"

„Natürlich", ruft Ida aufgeregt und greift schon nach ihrem Handy, während ich nach meinem krame, um Ben anzurufen. Ben schaltet sofort und verspricht mir, mit den Jungs, Linda und den Kindern nach dem Baden direkt ins Kino zu gehen, aber Mama will hier natürlich auftauchen. Sie hat allerdings Greta dabei und als ich ihr androhe, was Linda vielleicht mit Greta anstellt, wenn Mama nicht aufpasst, bleibt sie lieber bei ihrer Tochter. So, das Hindernis wäre auch aus dem Weg geräumt. Ich poche gerade ungeduldig an die Badezimmertür, als auch schon der Arzt eintrifft, dicht gefolgt von der Hebamme. Frauke öffnet die Tür nur einen Spalt, aber ich schiebe mich schnell durch die Lücke und nehme Ella in die Arme. „Alles wird gut", flüstere ich beruhigend.

„Ich habe keine Angst."

Eine neue Schmerzwelle lässt sie kurz verstummen, aber ich habe meine Hausaufgaben gemacht und weiß genau, was ich tun muss. Außerdem befolge ich wie ein Roboter die Anweisungen des Arztes und der Hebamme, die beide froh sind, gerade rechtzeitig hier eingetroffen zu sein. Die Geburt selbst dauert nur eine gute Stunde, dann bin ich Vater einer Tochter namens Johanna. Johanna Raphaela, um genau zu sein. Ich darf die Nabelschnur durchtrennen und Ella unsere Tochter in den Arm legen, dann verdrücken wir gemeinsam ein paar Tränen der Erleichterung und lassen uns gratulieren. Ella schickt mich an den Strand, um den Kinobesuch abzusagen. Ich will natürlich anrufen, weil ich nicht von ihrer Seite weichen möchte, aber auch der Arzt hält es für eine gute Idee, dass ich jetzt an die frische Luft gehe. Ein Kontrollblick im Spiegel bestätigt mir, dass ich tatsächlich ein wenig blass um die Nase aussehe. Das ist wahrscheinlich auch der Grund, warum Frauke mich an den Strand begleitet.

„Haben sie dich weggeschickt?", lautet Bens flapsige Begrüßung.

„Es ist schon vorbei!", erkläre ich immer noch staunend.

„Im Ernst? So schnell?"

„Ja, wir haben eine Tochter."

„Cool, wann dürfen wir kommen?"

„Ella ist noch im unteren Badezimmer. Vielleicht warten wir erst mal ab, bis sie sie ins Bett gebracht haben. Ich denke, Ida ruft uns dann an."

„Glückwunsch, Bruderherz. Du bist wirklich zu beneiden", schnieft Linda. Ich möchte sie gern trösten, aber ich weiß nicht, was ich sagen soll. Benn nimmt mir den Trost ab: „Wir haben einen ganz tollen Sohn, Krümel. Mehr brauchen wir nicht."

„Ich weiß, aber …"

„Alles ist gut so, wie es ist, Süße."

„Ja, ich weiß."

„Wenn du möchtest, darfst du mit Johannes zusammen Patentante sein", schlage ich vor. Die Trauer meiner Schwester tut mir unendlich weh und meine Gefühle geraten völlig durcheinander. Zum einen ist da die Freude und die Erleichterung zum anderen tut es mir um Linda leid, die so große Wünsche hat.

„Was sagt Ella dazu?"

„Sie hat bestimmt nichts dagegen."

„Geboren in Timmendorf, wenn das mal nicht cool ist", meldet sich Robin. „Wenn sie hier mal die Deutschen Meisterschaften spielt, und die Moderation sie als eine Timmendorferin ankündigt, hat sie gleich alle auf ihrer Seite."

Wir lachen und komischerweise wird mir jetzt erst richtig bewusst, was gerade in dem kleinen Badezimmer unserer Ferienwohnung passiert ist. Meine Knie werden weich, meine Beine geben nach und ich finde mich im Sand wieder. Mimo glaubt, dass wir jetzt eine Sandburg bauen und reicht mir gleich seine Schaufel, an der ich mich festhalte, während ich nach den richtigen Worten suche. Irgendwie muss ich Mimo nämlich gleich erklären, dass Mamas Bauch wieder dünn ist und wir dafür ein kleines Baby haben, das ab heute bei uns wohnt. Noch bevor ich aber etwas sagen kann, nimmt Linda mir dieses Problem ab: „Mimo, das kleine Baby ist da, freust du dich?"

„Ja", sagt Mimo völlig desinteressiert. Er gräbt sich nämlich gerade bis nach China durch und ist eifrig bei der Sache.

„Hörst du, Mimo? Die kleine Schwester ist da", startet Linda einen neuen Versuch und hat jetzt Mimos Aufmerksamkeit: „Die kleine Hanna?"

„Ja, die kleine Johanna ist da. Wollen wir sie besuchen?"

„Ja!", freut sich mein Sohn und steht sofort auf seinen Füßen. Ich brauche etwas länger und auf jeden Fall brauche ich auch noch einen Kaffee, bevor ich hier noch vollends zusammenklappe. Wir halten deshalb an einem Café, bestechen Mimo, der jetzt natürlich unbedingt zu seiner Mama will, mit einem Eis und betreten bald darauf das Ferienhaus.

Ella liegt im Bett. Sie schläft, wird aber sofort wach, als Mimo sich vorsichtig an sie kuschelt. Ich lege mich auf die andere Seite und lasse mir von Ida meine kleine Tochter reichen. Mimo gibt ihr gleich einen Kuss, dann spendiert er auch Ella und mir einen, aber damit ist seine Aufmerksamkeit erschöpft. Er springt wieder aus dem Bett und will spielen. „Benni-Two!", ruft er. „Ich bin ein Pirat."

Stimmt, Mimo ist ein Pirat und meine kleine Tochter ist eine Prinzessin. Geboren in Timmendorf und dann auch noch an einem Sonntag … wenn das mal kein gutes Omen ist.

„Wie geht es dir?", frage ich Ella leise.

„Gut, und dir?"

„Geht so, ich habe Beine wie Gummi."

„Armer Schatz."

„Hattest du Angst?"

„Nein, dafür ging es viel zu schnell. Und du?"

„Ich war eher aufgeregt. Ich hatte Panik, dass ich irgendwas falsch mache. Aber als die Hebamme hier aufgetaucht ist, wusste ich, dass alles gut wird."

„Sie ist eine Wucht, oder?"

„Absolut."

„Sie schaut nachher nochmal hier vorbei."

„Wir müssen sie bezahlen, oder?"

„Darum kümmert sich die Krankenkasse."

Es klopft leise an die Tür. Es ist Linda, die verlegen an der Schwelle herumlungert und sich nicht ins Zimmer traut. „Komm her, Linda", bittet Ella leise. „Möchtest du Johanna halten?"

„Habt ihr nicht Angst, dass ich sie fallenlasse?"

„Unsinn."

„Sie ist wirklich süß."

„Hmmm, wie Ella", sage ich leise.

„Sie hat aber auch Ähnlichkeit mit dir, Bruderherz!"

„Im Ernst?" Das ist mir wirklich noch nicht aufgefallen. Das Nordgren-Muttermal kann ich zumindest nicht entdecken und außerdem ist sie blond im Gegensatz zu mir.

„Klar. Sieh doch, sie hat deine Augen … himmelblau. Das wird Farmor gefallen."

„Wir müssen sie anrufen!", fällt mir sofort ein. „Und deine Eltern, Ella."

„Das hat Ida alles schon erledigt", beruhigt mich meine Frau, die immer noch im Bett thront wie eine Königin, aber dann fängt sie Lindas Blick auf und tröstet sie: „Sei nicht traurig, kleine Linda."

„Das bin ich nicht", antwortet sie leise, aber wen will sie damit täuschen?

„Doch, das bist du, kleine Schwester."

„Wieso soll ich traurig sein? Ich habe schließlich alles, was man sich wünschen kann. Ich habe Ben und Benni-Two, den tollsten Bruder und die beste Schwägerin der Welt. Das ist mehr, als man erwarten kann, oder? Außerdem habe ich ein wunderschönes Zuhause. Ich habe zwar nur ein Kind, aber es ist ein ganz besonderes, oder?"

In diesem Moment bin ich unendlich stolz auf meine kleine Schwester. Ich bin so stolz, dass ich mich jetzt am liebsten vor allen Menschen der Welt auf einen Platz stellen und laut rufen möchte: „Seht ihr dieses Mädchen hier? Das ist meine kleine Schwester, die beste Schwester der Welt. Gut, sie leistet sich täglich wahrscheinlich mehr Pannen, als alle Politiker auf der ganzen Welt in einer Woche zusammen, aber sie hat ein riesengroßes Herz, in dem für alle Menschen Platz ist. Wenn ihr Sorgen habt, dann kommt zu ihr. Sie tröstet jeden und sie verlangt überhaupt nichts dafür."

Wir sehen uns an und ich fürchte, sie errät in diesem Moment meine Gedanken. Anders kann ich es mir jedenfalls nicht erklären, dass sie mich plötzlich umarmt und in mein Ohr flüstert: „Ich liebe dich, Bruderherz."

Ich muss schlucken, grinse verlegen und antworte: „Ich dich auch, kleine Schwester."

„Ich bin eine gute Mutter, oder?"

„Die Beste!"

„Und irgendwann werde ich Klein Hanna mit zum Frisör nehmen."

„Wir können es kaum erwarten", lacht Ella. In diesem Moment klopft es an die Tür. Ida fragt, ob wir Hunger haben. Ella hat großen Hunger und lässt sich von mir bedienen. Ich leiste ihr beim Essen Gesellschaft und werde kurz danach von der Hebamme aus dem Zimmer gejagt, die Ella noch einmal untersuchen will. Sie ist zufrieden, ich darf wieder ins Zimmer und nehme mir vor, mich heute keinen Zentimeter mehr von Ellas Seite weg zu bewegen.

Als ich das Zimmer betrete, stillt sie gerade, deshalb bin ich ganz leise. Danach lege ich die kleine Lisa in das provisorische Bett und mich selbst in meins.

Zweimal müssen wir während dieser Nacht Klein Hanna versorgen, aber als die Sandhausbewohner endlich wach werden, schlafen wir. Mimo hat wohl den Auftrag, uns zu wecken, denn er stürmt ins Schlafzimmer und ruft laut: „Frühstück!"

Ich sitze sofort aufrecht im Bett, während Ella sich müde die Augen reibt. Sie steht zum Frühstücken auf, geht danach unter die Dusche und anschließend wieder ins Bett. Mimo wundert sich, dass seine Mama im Bett liegt. Er macht sich Sorgen darüber, dass Mama ausgerechnet jetzt krank ist, wo die kleine Schwester doch endlich da ist, aber Ella beruhigt unseren Großen: „Ich bin nicht krank, Mimo. Ich bin nur müde. Möchtest du mit mir kuscheln?"

„Ja!", sagt Mimo, der erleichtert ist, dass es seiner Mama gut geht. Kurz darauf erscheint die Hebamme, die mit allem zufrieden ist und nach der Hebamme besucht uns eine Abgeordnete aus dem Rathaus, die die neue Timmendorferin begrüßen will. Sie hat die Presse mitgebracht.

Am Mittwoch, unserem Abreisetag, erscheint ein süßer Artikel im Kreisblatt, den wir ausschneiden und mit nach Schilksee nehmen.

Klein Hanna bezieht sofort ihr neues Kinderzimmer und Mimo schenkt ihr ein paar seiner Kuscheltiere. Sogar das Piratenschiff stellt er seiner kleinen Schwester in das Zimmer, aber als er es auf dem Fußboden abgestellt hat, wird ihm wohl klar, was er da gerade gemacht hat. Ich lobe ihn für seine Großzügigkeit, aber erkläre ihm auch gleich, dass Klein Hanna noch gar nicht mit einem Piratenschiff spielen kann. „Außerdem gehört ein Schiff zu seinem Piraten und Hanna sieht doch gar nicht aus wie ein Pirat, oder?"

„Nein", sagt Mimo ernsthaft.

„Nimm es wieder mit in dein Zimmer. Wenn Hanna groß genug ist, könnt ihr zusammen damit spielen."

Mimo ist unendlich erleichtert und schleppt das Schiff zurück an seinen angestammten Platz.

Am Ende der Woche sieht Ella so aus, als sei sie niemals schwanger gewesen. Sie kümmert sich rund um die Uhr um unsere Kinder und hält auch mich auf Trab. Leider haben wir gerade eine von Jonas angeordnete Regenerationsphase und langweilen uns bis aufs Äußerste, deshalb bin ich froh, wenn Ella mich zu einem Spaziergang auffordert. Wir zeigen unserer Kleinen den Ort und dem Ort zeigen wir unsere Kleine, dabei treffen wir viele Leute, die uns in Gespräche verwickeln, unsere Tochter bewundern und Mimo loben, weil er so ein stolzer großer Bruder ist.

Farmor und Farfar lernen ihre erste Urenkeltochter am Montag kennen, da ist sie bereits acht Tage alt, nicht mehr so zerknautscht und in unserem Alltag hat sich eine angenehme Routine eingeschlichen. Farmor ist überglücklich über den weiblichen Nachwuchs, während Farfar sich freut, dass die Chronik wieder einmal recht behalten hat.

„Ab sofort gibt's hier nur noch Mädchen!", prophezeit er.

„Also, meine Familienplanung ist komplett", meldet sich Ella.

„Meine auch", stimme ich zu. Zwei Kinder sind wirklich genug und mal ehrlich … ich kriege Schweißausbrüche vor Angst, wenn ich daran denke, wie knapp die Zeit in Timmendorf war. Ständig ertappe ich mich bei dem Gedanken, wie ich mich blamiert hätte, wenn ich allein mit Ella unterwegs gewesen wäre. Ich hatte komplett versagt, so viel ist sicher!

Während Farmor und Farfar hier sind, habe ich bei meiner kleinen Tochter keine Chance. Entweder schläft sie selig in den Armen ihres Uropas oder sie lässt sich von Uromi durch die Gegend fahren. Ich habe jetzt viel Zeit, Ben auch, was liegt da näher, als Pläne für die nächste

Saison zu schmieden? Nach wie vor bin ich der Meinung, dass wir uns voll und ganz auf Beach-volleyball konzentrieren sollen.

„Wenn wir die Mädchen überzeugen wollen, brauchen wir einen handfesten Plan."

„Theoretisch steht meiner schon", erkläre ich.

„Erzähl."

„Ich stelle mir verschiedene Trainingslager unter Turnierbedingungen vor."

„Hä?"

„Also wir trainieren die Woche über mit verschiedenen Mannschaften und spielen am Wo-chenende unter Turnierbedingungen."

„Was?"

„Überleg doch mal – wie viele Spiele hat man in einem Turnier?"

„Kommt drauf an."

„Ich stelle mir für freitags zwei Spiele vor und für Samstag drei bis vier oder für Samstag drei bis vier Spiele und für den Sonntag zwei."

„Ah … verstehe! Qualifikation und Hauptfeld oder Hauptfeld, Halbfinale und Endspiel."

„Bingo. Freitags simulieren wir die Qualifikation, Samstag die Hauptrunde und Sonntag die Endspiele."

„Was soll das bringen?"

„Es schafft Routine."

„Es funktioniert aber nur mit den richtigen Gegnern."

„Und genau die müssen wir uns besorgen."

„Wie ich dich kenne, hast du schon eine Idee."

„Eine grobe. Ich denke natürlich an Hayden und Taylor."

„Genial!"

„Vielleicht noch Christian und Stefan."

„Cool."

„Aber wir brauchen noch ein viertes Team."

„Hm, wir sollten mal rumtelefonieren."

„Nein, wir müssen das erst mit unseren Leuten klären. Ella hält von alledem nämlich über-haupt nichts."

„Wieso eigentlich nicht? Du wärst die ganze Zeit hier und müsstest nicht zu Auswärtsspielen fahren."

„Ja, aber wir hätten keine spielfreien Wochenenden, verstehst du?"

„Oh, klar! Damit hätte Linda mit Sicherheit auch ein Problem."

„Deshalb muss unser Plan niet- und nagelfest sein. Bevor wir nicht eine Strategie entwickelt haben, dürfen sie auf keinen Fall etwas erfahren."

„Und wen weihen wir ein?"

„Jonas natürlich und die Londoner."

„Christian und Stefan?"

„Ja, darum kannst du dich kümmern."

„Ich rufe gleich mal an."

Während ich mir mein Hirn zermatere, wie ich Ella diese Neuigkeiten am besten beibringe, telefoniert Ben mit den Hamburger Jungs und holt sich eine Abfuhr. Christian und Stefan planen die Hallensaison fest ein und haben bereits Verträge unterschrieben. Wir sind zu spät, aber das macht nichts. Im Notfall ziehen wir das Ganze mit Hayden und Taylor gemeinsam durch.

„Was machen wir eigentlich mit der Uni?", fragt Ben.

„Ich denke, wir legen das Studium für ein oder zwei Semester auf Eis."

„Nichts dagegen, und jetzt sollten wir mal mit Jonas reden, oder?"

Wir haben Glück, dass wir Jonas allein antreffen und weil wir keine Spione brauchen, gehen wir mit ihm Richtung Hafen und suchen uns Plätze in einer Bar. Dort sprudele ich sofort los: „Stell dir mal Folgendes vor, Jonas: Wir trainieren den ganzen Winter über mit Hayden und Taylor. Unter der Woche trainieren wir wie üblich und am Wochenende spielen wir gegeneinander. Wir simulieren dabei ein Turnier inklusive Qualifikation, Hauptfeld und Endspiele."

„Hayden und Taylor müssten für ein halbes Jahr hierherziehen und ihr könntet im Notfall sogar die Hallenmannschaft unterstützen, ich denke, das ginge. Ich sorge dafür, dass ihr dort nicht trainieren müsst und euch ganz auf den Sand konzentrieren könnt. Wie hört sich das an?"

„Das wäre ein Kompromiss."

„Ein guter, oder?"

„Ja, ein guter."

„Passt auf, wir machen es so: Wir stellen einen festen Trainingsplan auf mit ausreichend Regenerationsphasen. Da steht ihr euren Frauen zur Verfügung. Das Pensum bestimmt ihr selbst mit den Londonern. Ich trainiere euch außerhalb der Internatstrainingseinheiten und Hayden und Taylor bringen ihren Trainer mit. Wir sollten einen Kraftraum einrichten, damit ihr nicht nach Kiel pendeln müsst."

„Du hast dir schon Gedanken gemacht, oder?", frage ich meinen Vater.

„Vage", grinst er.

„Rufst du die Londoner an?", bitte ich ihn.

„Klar, das mache ich gleich."

Mein Vater verabschiedet sich Richtung Sandhaus, um mit den Londonern zu telefonieren, während ich mit Ben an die Bar gehe, um auf unseren genialen Plan anzustoßen. Die Idee ist so simpel und vor allem ist sie logisch. Selbst Ella kann jetzt keine Widerworte mehr haben, das ist wirklich super ... zumindest glaube ich es bis zu dem Moment, als wir ihr und Linda unsere Pläne unterbreiten. Ich staune nicht schlecht, als sie hartnäckig den Kopf schüttelt und sagt: „Das geht nicht, Chico."

„Äh ... wieso nicht?"

„Ich habe etwas anderes vor."

„Was denn?"

„Als du neulich gesagt hast, dass du die Hallenrunde nicht spielen kannst, hatte ich spontan eine supertolle Idee. Ich habe dir noch nichts gesagt, aber ich möchte, dass wir den Winter über eine Wohnung auf Mallorca mieten. Mir gefällt das Winterwetter nicht und ich habe Sehnsucht nach Mallorca. Vielleicht könnten wir uns dort auch ein Haus kaufen, das wir im Sommer vermieten und wir überwintern jedes Jahr auf Mallorca. Direkt am Strand, Chico. Wie findest du das?"

„Das können wir nicht bezahlen."

„Doch, können wir. Ich haue meine Eltern an und ..."

„Das geht nicht, Ella. Deine Eltern haben schon zu viel Geld für uns ausgegeben und ..."

„Ich will es aber."

„Es geht nicht. Hayden und Taylor könnten sich das nicht leisten."

„Ich bleibe nicht noch einen Winter hier, das kannst du vergessen."

„Jetzt hör mir mal zu, Ella. Wahrscheinlich spielen deine Hormone verrückt, das weiß ich nicht, aber ich weiß, dass wir auf jeden Fall hier im Sandhaus bleiben, hörst du?"

„Ist mir egal, was du machst, ich ziehe mit den Kindern nach Mallorca."

Ella sieht zu allem entschlossen aus und ist so wütend, dass Ben und Linda sich lieber verkrümeln. Am liebsten würde ich das jetzt auch machen, denn meine Frau sieht so aus, als wäre sie kurz davor, ihren Willen mit Gewalt durchzusetzen. Ich habe jetzt aber wirklich keine Lust, durch die Mangel gedreht zu werden, deshalb rudere ich einen Meter zurück und sage leise: „Lass uns später darüber reden, ja?"

„Es gibt nichts zu reden. Ich verbringe mit den Kindern den Winter auf Mallorca. Ich habe das schon mit meinen Eltern besprochen. Sie sind bereit, uns ein kleines Haus oder eine Wohnung zu kaufen."

„Und die anderen?"

„Du bist nicht für alle verantwortlich, Dominik."

„Und wie sollen sie es bezahlen? Es hat schließlich nicht jeder Eltern mit einem dicken Bankkonto."

„Wirfst du mir jetzt etwa das Vermögen meiner Eltern vor?", fragt Ella angriffslustig.

„Das ist doch Quatsch, das weißt du."

„Ich weiß nur, dass wir den Winter in verschiedenen Ländern verbringen."

„Das ist nicht dein Ernst."

„Die Entscheidung liegt bei dir!", faucht sie, knallt die Tür zu und lässt mich mit meinen Gedanken allein. Kopfkino läuft. Mal wieder. Hört das denn nie auf?

Kapitel 9

Arktische Kälte

Am nächsten Morgen wäre eigentlich Schadensbegrenzung angesagt, aber ich bin dumm genug, die gestrige Diskussion auf die leichte Schulter zunehmen und einfach auf Ellas Hormonschwankungen zu schieben. Ziemlich idiotisch, wie ich sehr bald feststelle. Ella nämlich ist über Nacht nicht um ein Prozent ruhiger geworden, im Gegenteil. Ihre Hormone tanzen immer noch Ramba-Zamba und ich trete nicht rechtzeitig genug den Rückzug an, als sie mich morgens ziemlich unfreundlich begrüßt: „Na? Hat dein Ego inzwischen Pause?"

„Auf diesem Niveau rede ich nicht mit dir", antworte ich verlegen, denn es ist keine Frage, dass meine Mitbewohner in der Küche gerade ihre Ohren spitzen und angestrengt lauschen. Linda versucht sogar, meine Haut zu retten und kündigt sofort an, dass wir heute Nachmittag, wenn unsere Kleinen Mittagsschlaf halten, doch mal in Ruhe über alles reden sollen. Ben, Jonas und ich sollen unsere Trainingspläne erklären und Ella und Linda dürfen ihre Meinung dazu sagen.

Mir dreht sich beinahe der Magen um, als Ella plötzlich zu der Kette greift, die ich ihr zum Hochzeitstag geschenkt habe. Sie hat einen Wunsch bei mir frei und ich bin sicher, dass sie gerade mit dem Gedanken spielt, mich mit meinen eigenen Waffen zu schlagen. Der Wunsch wird heute noch geboren und ich bin sicher, Ella feilt schon hinterhältig an der Formulierung, sodass auch alles schön nach ihrer Nase geht. Ben und ich jedenfalls setzen uns an Bens Rechner und legen einen groben Terminplan fest. Nach diesem Plan wollen wir im September erst ohne und später mit Hayden und Taylor hier in Schilksee trainieren und anschließend möchte ich ein paar Wochen Urlaub mit meiner Familie in Schweden verbringen. Für November und März planen wir auswärts zwei vierwöchige Trainingslager. Den Dezember wollen wir in Schilksee verbringen und dabei eventuell mit der Hallenmannschaft trainieren und sie bei Spielen unterstützen. Im Januar und Februar wollen wir wieder in die Sandhalle und im April gehen wir trainingsmäßig in den Endspurt. Unsere Liste lassen wir von Jonas absegnen und nach einem kurzen Telefonat mit Hayden und Taylor haben wir auch ihr Okay. Jetzt müssen wir uns nur noch bei unseren Frauen durchsetzen.

Weil der Plan logisch ist, rechne ich auch nur mit einer geringen Gegenwehr. Ella geht allerdings sofort an die Decke, als sie unsere Vorschläge liest. Ihre Liste sieht nämlich ganz anders aus. Sie plant einen zweimonatigen Aufenthalt auf Mallorca und zwar genau dann, wenn Ben und ich in Schilksee sind: Im Januar und im Februar.

„Wieso nicht im November und März, dann sind Ben und ich nicht da", schlage ich ihr großzügig vor.

„Weil es im Januar und Februar deutlich kälter ist!", motzt sie los.

„Das hat dich die letzten Jahre auch nicht gestört."

„Hat es wohl!"

„Das hast du aber nie gesagt!"

„Na und? Es ist aber so!"

„Ella, ich …"

„Ich nicht!"

„Lass mich doch mal ausreden."

„Du musst nichts sagen, deine Liste ist schon deutlich genug. Wir sollen uns alle nach dir richten, aber ich mache da nicht mit. Ich bin im Januar und Februar auf Mallorca und ich nehme die Kinder mit."

„Was soll das eigentlich, Ella?", mischt sich Ida ein.

„Was das soll?"

„Hör mal zu, Ella", meldet sich mein Vater zu Wort. „Dieser Plan ist stimmig. Wenn die Jungs im nächsten Jahr bei den Deutschen Meisterschaften ganz oben stehen wollen, dann müssen sie so trainieren."

„Man muss nicht überall gewinnen", faucht meine Frau und greift nach ihrer Kette. Bei diesem Anblick läuft es mir eiskalt den Rücken herunter. Ich bin nämlich sicher, Ella zieht gleich ihr Ass aus dem Ärmel. Ich werde auch nicht enttäuscht, als sie mich jetzt fies angrinst und sagt: „Ich habe einen Wunsch frei, erinnerst du dich?"

„Ja, aber …"

„Ich will, dass du diese Liste zerreißt und den Winter mit mir und deinen Kindern auf Mallorca verbringst."

„Das geht nicht."

„Ihr könnt auch da trainieren."

„Das stimmt allerdings", gibt Ben zu. „Wir könnten in Alcudia trainieren."

„Zwei Monate an einem Stück?", frage ich irritiert.

„Gib lieber nach, Bruderherz", sagt Linda, aber ich wehre mich: „Das macht vollkommen sinnlos!"

„Wenn du lieber ohne deine Familie überwintern willst."

„Das ist Quatsch, das weißt du! Ich verstehe sowieso nicht, was du hier für einen Wind machst. Bisher habe ich kein Wort davon gehört, dass es dir hier im Winter zu kalt ist."

„Wir haben während des Karibikurlaubs darüber gesprochen."

„So richtig besprochen haben wir das nicht."

„Doch, ich habe gesagt, dass ich mir so den Winter vorstelle."

„Und dann willst du nach Mallorca? Da kann es im Winter auch Schnee geben."

„Ich meine alles außer dieses Depressionen auslösende Winterwetter an der Förde."

„Bisher habe ich von Depressionen nichts gemerkt."

„Weil du nur an deinen Sport denkst. Alles andere ist dir egal."

„Das ist jetzt wirklich ungerecht!", schimpft Jonas.

„Ist schon klar, dass du auf seiner Seite bist", meckert Ella.

„Was willst du eigentlich?", fragt mein Vater überfordert.

„Ich will den Januar und den Februar auf Mallorca verbringen."

„Und wer soll das bezahlen?", frage ich frustriert.

„Meine Eltern."

„Na klar!", antworte ich sarkastisch. „Die werden begeistert sein."

„Es war sogar Mamas Idee."

„Was?"

„Sie schenken mir ein Ferienhaus zum Geburtstag."

„Aha", sage ich irritiert und Linda fragt überrascht: „Einfach so?"

„Ich weiß nicht. Nein, natürlich nicht einfach so. Mama hat gesagt, dass es einen Grund dafür gibt, aber den wollen sie mir erst an meinem Geburtstag sagen. Also, was ist jetzt mit unserem Plan?"

„Okay, Ella", gibt mein Vater nach, aber ich bin nicht so ganz einverstanden. Ich bin wütend auf Ella, weil sie ihren Wunsch, den ich ihr erfüllen wollte, aus reinem Trotz verschwendet hat. Als ich die Kette gekauft habe, dachte ich an etwas Romantisches, etwas Schönes, das wir zusammen erleben können, aber in ihrer Rage hat sie nicht nur sich um ein Erlebnis gebracht, sondern auch mich tief enttäuscht. Ich bin kurz davor, das Ganze wieder über den Haufen zu schmeißen und auf meinen und Bens Plan zu bestehen, aber Jonas ist schon dabei, unseren Plan zu korrigieren. Unser neuer Plan sieht so aus, dass wir den September in Schilksee verbringen. Im Oktober reisen Ella, unsere Kinder und ich nach Schweden. Den Dezember sollen wir uns komplett frei nehmen. Mit diesem Plan bin ich überhaupt nicht einverstanden, aber Ella grinst selig und ich bin froh, dass sie überhaupt noch mit mir redet. Am Abend aber, als wir endlich im Bett liegen, merke ich, dass sie heute noch unruhiger schläft als sonst. Das ist aber auch kein Wunder, denn zwischen uns ist in den letzten Tagen etwas passiert, was ich nie für möglich gehalten habe. Wir haben uns heftig gestritten und uns immer noch nicht versöhnt. Viele Worte stehen zwischen uns und ich bin sauer auf mich selbst, dass ich mich so habe manipulieren lassen, und ich bin wütend auf Ella. Sie muss doch wissen, wie es mir jetzt geht. Sie muss doch ahnen, wie ich mich jetzt fühle, so an die Wand gedrängt und entmündigt. Ausgetrickst! Genau, das ist das richtige Wort. Sie wusste, dass ich nicht anders kann als klein beizugeben und ihr ihren Wunsch zu erfüllen, schließlich gab es ja ein Versprechen und ich hasse es, wenn ich Versprechen nicht einhalten kann. Dass sie mich aber so mies in die Falle tapsen lässt, nehme ich ihr wirklich übel. Was ist eigentlich los mit ihr? Und was ist los mit mir? Was ist los mit uns? Vor ein paar Tagen war doch noch alles in Ordnung! Jetzt liegt sie dort auf ihrer Seite des Bettes und wühlt im Schlaf hin und her, während ich auf meine Seite liege und überhaupt nicht schlafen kann. Ich hasse Streit und ich hasse diese arktische Kälte, die sich zwischen uns ausbreitet.

Ich brauche jetzt einen heißen Tee und vor allem brauche ich dringend Abstand von Ella!

Müde schlurfe ich in die Küche, setze Wasser auf und starre aus dem Fenster. Die Sterne funkeln, der Mond scheint hell. Ich brauche gar kein Licht in der Küche, meine Augen gewöhnen sich schnell an die Helligkeit des Mondlichts. Als das Wasser kocht, bereite ich mir meinen Tee und solange er zieht, starre ich wieder deprimiert aus dem Fenster. Verdammt, dieser ganze Streit ist so unnötig! Warum kann Ella nicht einfach nachgeben? Warum muss ich immer derjenige sein, der mit seinen Wünschen zurückstecken muss und warum muss ich immer derjenige sein, der sich zu Kompromissen drängen lässt, die keinen Sinn ergeben?

Hinter mir betritt jemand leise die Küche. Ich rühre mich nicht und warte einfach ab, was geschieht, denn ich gehe jede Wette ein, dass es Ella ist, die hinter mir lauert. Ich reagiere deshalb nicht, weil ich überhaupt keine Lust habe, weiter mit ihr zu diskutieren.

„Kannst du nicht schlafen?", fragt sie leise.

„Nein", antworte ich genervt.

„Was ist los?"

Was los ist? Was ist das denn für eine Frage? Sie weiß doch ganz genau, was Sache ist, was hier heute passiert ist. Wieso fragt sie jetzt so scheinheilig und wieso klingt sie so, als wolle sie sich bei mir einschmeicheln? „Hm?", bohrt sie weiter. „Was ist denn mit dir?"

Offensichtlich will sie es wirklich wissen, aber die Frage ist, ob sie die Wahrheit überhaupt verträgt oder ob ich ihr die Light-Version servieren soll. Die Light-Version lautet nämlich nur lapidar: Nichts ist los, alles ist gut! Aber die Wahrheit ist, dass überhaupt nichts in Ordnung ist. Ich bin wütend! Ich bin sauer auf sie! Aber ... will sie das wirklich wissen? Ja! Will sie. Sie fragt nämlich noch einmal: „Was ist los, Chico?"

„Du hast mich ausgetrickst", antworte ich müde.

„Siehst du es so?"

„Natürlich! Du hast mich erpresst und ..."

„Erpresst?", fragt sie irritiert.

„Klar! Oder wie nennst du es?"

„Überredet würde ich mal sagen. Oder überzeugt?"

„Du hast mich erpresst! Du hast gesagt, dass du mit den Kindern zwei Monate nach Mallorca ziehst, während ich hier in Schilksee bin. Du hast gesagt, ich soll es mir überlegen und das nennt man Erpressung! Das ist nicht fair, Ella."

Ella stöhnt auf, lässt sich hinter mir auf einen Stuhl nieder und murmelt: „Es tut mir leid."

Ich reagiere nicht, sondern warte jetzt einfach ab, was als nächstes kommt. Ich muss auch nicht lange warten. „Es tut mir wirklich leid, Schatz, aber im Moment ist alles so anstrengend für mich, weißt du? Wenn ich mir jetzt noch vorstelle, den grauen tristen Herbst und den kalten dunklen Winter direkt vor mir zu haben …"

„Wir haben September, Ella. Es ist noch Sommer. Außerdem … was meinst du damit, dass im Moment alles so anstrengend ist? Ist es wegen Hanna? Macht sie dir zu viel Arbeit? Dann sag es doch, damit ich dir helfen kann. Oder wir fragen Ida, sie nimmt sie dir bestimmt gern hin und wieder ab."

„Ich weiß auch nicht, was mit mir los ist. Ich weiß nur, dass ich seit der Geburt ständig erschöpft bin. Ich bin immer müde."

„Dann müssen wir mit deiner Ärztin sprechen."

„Ich brauche keinen Arzt", wehrt sie entschieden ab.

„Ella, wir gehen zu einem Arzt! Ich will nicht darüber diskutieren. Es geht dir nicht gut und wenn es dir nicht gut geht, geht es uns auch nicht gut. Ich will, dass du morgen deine Ärztin anrufst, okay?"

„Das ist wirklich nicht nötig."

„Dann rufe ich sie an."

„Wenn du meinst."

„Es geht so nicht weiter, das siehst du doch ein, oder?"

„Ja!", weint Ella plötzlich und auf einmal sind alle Schleusen geöffnet. Sie weint hemmungslos und schluchzt wie verrückt und ich frage mich, woher diese Stimmung jetzt schon wieder kommt. Ich habe ihr doch überhaupt keinen Grund gegeben, jetzt unglücklich zu sein, oder? Mache ich denn eigentlich alles falsch? Bin ich hier zu gar nichts mehr zu gebrauchen? Ich reiche ihr die Hand, sie greift danach und folgt mir ins Schlafzimmer. Dort legen wir uns ins Bett. Sie weint, ich schweige … und grüble … und setze mein Kopfkino in Gang, aber als ihre Schluchzer nach und nach leiser und ihr Atem dafür gleichmäßiger wird, schlafen wir beide ein. Jeder auf seiner Seite. Wir berühren uns nicht und diese arktische Kälte steht immer noch zwischen uns.

Ich bin so platt, dass ich am Morgen erst mal sehr gepflegt verschlafe. Johannas Hungergebrüll weckt mich erst um halb sieben. Ella quält sich gerade aus dem Bett. Sie weint schon wieder … oder immer noch? Ich weiß es nicht, aber ich will nicht, dass sie unglücklich ist, deshalb bitte ich sie, sich wieder hinzulegen. Ich hole unsere Tochter und während Ella sie stillt, koche ich einen Tee, den Ella dankbar annimmt.

„Was brauchst du noch?", frage ich leise.

„Nichts, geh du ruhig laufen", schnieft sie.

„Dafür bin ich viel zu erledigt, ich sage eben bei Ben ab, ja?"

„Mir egal. Meinetwegen kannst du ruhig laufen."

„Ich habe doch gerade gesagt, dass … ach, egal!"

Ich melde mich bei Ben ab und gehe unter die Dusche, danach nehme ich Ella unsere Tochter ab, wickle sie, ziehe sie um und trage sie ins Wohnzimmer. Dort lege ich sie in ihre Wiege und wecke Mimo, der mit mir frühstücken will. Wir sind gerade dabei, als auch die anderen auftauchen, inklusive Ella. Ich bereite ihr einen Toast und nachdem sie ihn aufgegessen hat, schicke ich sie wieder ins Bett. Dann rufe ich die Ärztin an und lasse mir den nächstmöglichen Termin geben: Übermorgen, halb vier. Weil Ella aber plötzlich keine Lust auf diesen Termin hat, trödelt sie unnötig lang herum, sodass wir erst kurz vor vier in der Praxis eintreffen. Obwohl mir das schon unangenehm genug ist, rasselt sie auch gleich mit der Sprechstundenhilfe zusammen: „Ich gehe doch mal davon aus, dass Sie uns nicht unnötig lange warten lässt, oder?"

Meine leise gemurmelte Entschuldigung handelt mir gleich einen Rüffel ein und Ellas Laune wird nicht besser. Wir warten etwa zehn Minuten, bis wir endlich ins Sprechzimmer gerufen werden. Weil ich davon ausgehe, hier nur ein stiller Beobachter zu sein, suche ich mir einen Stuhl am Fenster, aber Frau Doktor hat andere Pläne und bittet mich an den Schreibtisch. Jetzt sitze ich in Ellas Kampfzone und warte darauf, dass das Gespräch in Gang kommt. Die ersten Fragen richten sich überraschenderweise an mich: „Sie haben um einen schnellen Termin gebeten?"

„Ja, ich mache mir Sorgen."

„Warum genau?"

„Nach Mimos Geburt war alles ganz anders, wissen Sie? Alles war in Ordnung, alles war schnell Routine, es gab überhaupt keine Probleme, aber jetzt ist alles anders, jetzt ist alles so … so …"

„Komisch?", hilft sie mir auf die Sprünge.

„Das ist noch harmlos ausgedrückt."

„Erzählen Sie einfach der Reihe nach."

„Manchmal sagt sie Dinge, die sie vorher niemals gesagt hätte."

„Was denn zum Beispiel?"

„Du wolltest mit den Kindern nach Mallorca ziehen", beziehe ich Ella mit ein.

„Für zwei Monate", beschwichtigt sie.

„Das ist eine lange Zeit und du wolltest mich nicht dabeihaben."

„Stimmt das?"

„Ja, ich will mit den Kindern den Winter im Warmen verbringen. Ich hasse den deutschen Winter und dieses nass-kalte Wetter an der Förde macht mich depressiv."

„Das war völlig neu für mich. Ich war fassungslos, als ich es zum ersten Mal gehört habe. Weißt du, wie ich mir dabei vorkomme? Du hast nie ein Wort gesagt."

„Es hätte dich doch gar nicht interessiert. Du denkst doch nur an deinen Sport und an deine Erfolge."

„Bisher warst du stolz auf meine Erfolge."

„Bitte streiten Sie sich nicht. Wir sind hier, um eine Lösung zu finden."

„Entschuldigung", gehe ich direkt in die Verteidigung, aber Frau Doktor bittet mich, einfach weiter zu berichten.

„Manchmal glaube ich, Ella hat einfach nur Angst. Hast du Angst, Ella?"

„Nein."

„Bist du überfordert mit den Kindern?"

„Quatsch!"

„Mit mir?"

Sie seufzt, aber sie antwortet nicht, deshalb muss ich nachhaken: „Verlange ich zu viel von dir?"

„Nein, das ist es nicht", sagt sie leise.

„Was denn sonst?"

„Ich weiß es nicht."

„Was ist los, Ella?"

„Ich weiß nicht. Vielleicht bin ich einfach nicht die Richtige für dich."

„Was?", frage ich entsetzt.

„Vielleicht … ich weiß nicht."

„Willst du dich von mir trennen?"

Ich warte ängstlich auf eine Antwort, aber als keine kommt, werde ich immer nervöser. Nach einer oder zwei Minuten frage ich vorsichtig nach: „Willst du dich mich verlassen, Ella?"

Eine Antwort bleibt sie mir schuldig, stattdessen weint sie jetzt wieder und das macht mich wirklich fertig. Ich frage mich, was wir hier überhaupt wollen. Dieses Gespräch bringt doch überhaupt nichts. Im Gegenteil, jetzt ist alles noch viel schlimmer. Ich bin völlig verzweifelt und diese Verzweiflung hört man mir auch an, als ich ein drittes Mal frage: „Willst du dich von mir trennen, Ella?"

Ella sieht mich traurig an, schüttelt den Kopf und sagt leise: „Nein, Dominik. Natürlich nicht. Ich will mich nicht von dir trennen. Du bist der wichtigste Mensch in meinem Leben, aber ich mache dich unglücklich, das merke ich ganz genau. Du brauchst deine Freiheit und ich enge dich ein. Du brauchst einen strikten Trainingsplan und ich verlange von dir, mit mir nach Mallorca zu kommen. Du brauchst meine Unterstützung und ich lege dir Steine in den Weg."

„So schlimm ist es nicht", beschwichtige ich.

„Doch, ich vernachlässige dich und stelle unsinnige Forderungen. Ich behandele dich so, wie deine Mutter dich behandelt hat oder dein Opa oder Rübe. Ich weiß, dass du sie hasst, und ich habe Angst, dass du mich auch irgendwann hasst."

„Ich kann dich gar nicht hassen."

„Wieso nicht?"

Schief grinsend hebe ich meinen Arm, zeige auf das Tattoo und sage verlegen: „Ich habe mir deinen Namen eingeritzt, Ella, dabei habe ich mir etwas gedacht. Ein Tattoo bleibt für immer und wir beide … du und ich … wir bleiben auch für immer."

„Ein Tattoo kann man entfernen."

„Dieses nicht."

Wir umarmen uns unbeholfen, dann wenden wir uns der Ärztin zu, die uns aufmerksam zugehört und längst eine Diagnose gestellt hat: „Das, was Sie jetzt durchmachen, Ella, macht etwa jede vierte Mutter nach einer Geburt durch. Sie sehen, Sie sind nicht allein."

„Jede vierte Mutter?", fragt Ella überrascht.

„Ja, aber diese Depressionen verschwinden nicht von allein. Sie müssen sich behandeln lassen."

„Ich muss zum Psychologen?"

„Nennen wir es einen Berater, ja? Ich kann ihnen eine sehr nette Kollegin empfehlen, die mit Ihnen spricht. Sie können sich zusätzlich einer Selbsthilfegruppe anschließen und wenn das alles nicht hilft, probieren wir es mit Medikamenten, aber ich bin sicher, Sie schaffen es auch so. Gestalten Sie ihre Freizeit so, wie Sie es brauchen. Ich weiß, mit einem Säugling im Haus und einem großen Haushalt ist das nicht leicht, aber Sie müssen sich Freiräume schaffen. Wenn das Baby schläft, sollten Sie die Zeit für sich nutzen. Ruhen Sie sich aus, gehen Sie spazieren oder machen Sie Yoga. In ein paar Wochen dürfen Sie wieder ins Schwimmbad. Und was noch ganz wichtig ist: Belohnen Sie sich regelmäßig."

„Womit?"

„Womit Sie wollen."

„Du hast ja auch noch einen Wunsch bei mir frei", erinnere ich sie.

„Den habe ich doch schon längst verschwendet."

„Ich schenke dir noch einen."

„Du bist wirklich viel zu gut für mich."

„Ich liebe dich, Ella, daran hat sich nichts geändert."

„Ich liebe dich auch."

„Das ist doch ein netter Abschluss für dieses Gespräch. Ich rufe jetzt meine Kollegin an. Sie wird sich bei Ihnen melden, um Termine abzusprechen und die richtige Selbsthilfegruppe für Sie finden. Alles Weitere wird sich zeigen. Haben Sie Geduld miteinander, ja?"

„Ja, vielen Dank", sage ich, reiche ihr die Hand und verabschiede mich. Auch Ella ist bereit, jetzt zu gehen. Stumm setzt sie sich auf den Beifahrersitz und ebenso stumm betritt sie das Sandhaus, legt sich direkt ins Bett und ruht sich aus. Als Johanna sich meldet, bittet sie mich, unsere Tochter mit der Flasche zu füttern. Ich erledige das gern. Nachdem ich die Windel gewechselt und Johanna wieder ins Bett gebracht habe, kümmere ich mich um Mimo, der während der letzten Tage eindeutig zu kurz gekommen ist und etwas verängstigt aussieht. Um ihn aufzumuntern, lege ich eine Zeichentrick-DVD ein, wir kuscheln uns auf das große Sofa und sehen den Film. Danach bringe ich ihn ins Bett. Ich lese noch eine Geschichte vor und warte, bis er eingeschlafen ist. Er sieht so süß aus im Schlaf. So süß!

„Schlaf gut, Pirat", flüstere ich leise und will das Zimmer verlassen. An der Tür stoße ich aber mit Ida zusammen, die mich verlegen angrinst.

„Du bist ein wunderbarer Vater", sagt sie und bittet mich, ihr in die Küche zu folgen. Ich ahne, was jetzt kommt, aber ich bin auch bereit dazu. Mich erwartet ein Verhör.

„Was ist denn los bei euch?", beginnt sie auch gleich. Linda, Ben und Jonas sind auch da und sehen mich erwartungsvoll an. Ich suche kurz nach den richtigen Worten, aber dann sprudelt es aus mir heraus: „Die Ärztin spricht von einer Depression, aus der Ella nicht von allein herauskommt. Sie braucht unbedingt Ruhe und soll sich Freiräume schaffen und sich selbst belohnen. Ich glaube, das wird richtig schwer. Für uns alle, aber vor allem für Ella selbst. Sie hatte vorhin noch nicht einmal Lust, Johanna zu stillen. Ich habe ihr eine Flasche gegeben, aber das ist doch nicht die Lösung, oder? Ich weiß nicht, wie ich mit dieser Situation umgehen soll. Es erinnert mich alles an Kerstin und den Stress, den wir am Ende hatten. Ihr wisst, wie das alles ausgegangen ist. Ich habe Angst, dass Ella genau so wird wie Kerstin. Ich weiß nicht, was ich tun soll."

„Ella ist nicht Kerstin", beruhigt Linda mich. „Ich kümmere mich um sie, versprochen. Ich nehme ihr Johanna ab und sorge dafür, dass sie sich schont."

„Ich weiß nicht, ob das reicht", zweifle ich, aber meine kleine Schwester sieht das Ganze sehr gelassen: „Bald hat sie Geburtstag. Du schenkst ihr etwas Schönes und ein paar Tage später fahrt ihr doch schon nach Schweden. Farmor wird schon wissen, was zu tun ist."

„Ja, wahrscheinlich."

„Gut, dann ist das ja geklärt und jetzt kümmern wir uns mal um dich."

„Was hast du denn vor?"

„Keine Ahnung. Ich rufe einen Bruderherzverwöhntag aus!"

„Lass mal lieber. Ich gehe ins Bett."

„Es ist erst halb neun."

„Egal, ich bin hundemüde und wahrscheinlich darf ich wieder die Nachtschichten übernehmen."

„Und was ist morgen? Laufen wir zusammen?", fragt Ben.

„Ja, wahrscheinlich."

Auf dem Flur stoße ich mit Robin und Caroline zusammen, die beide bis über die Ohren strahlen. „Was ist denn mit euch los?", frage ich neugierig.

„Wir haben uns mit Michael getroffen."

„Scheint ein toller Tag gewesen zu sein."

„Es war super, aber was ist denn mit dir? Du siehst ziemlich übel aus."

„Ich muss dringend ins Bett. Erzählst du mir morgen alles?"

„Klar!", grinst Robin und verschwindet zu den anderen in der Küche. Im Bad denke ich an Robin und seinen Vater. Diese Baustelle scheinen wir ja gut geregelt zu haben. Ich bin erleichtert, aber nur für einen kurzen Moment, denn dann fällt mir Ella wieder ein … und Mimo! Es ist wirklich nicht gut, dass er all diesen Mist mitbekommen muss. Vielleicht können wir ihn ein paar Tage zu Oma und Opa nach Hamburg schicken? Mal sehen, was Ella davon hält.

Ella schläft bereits, als ich ins Bett gehe. Das ist gut, ich habe jetzt nämlich überhaupt keine Lust auf eine anstrengende Diskussion mit ihr, ich möchte nur schlafen und hoffe, dass Johanna noch ein paar Stunden aushält. Um elf weckt sie mich zum ersten Mal und um halb drei bin ich wieder gefordert. Beide Male gebe ich ihr die Flasche, damit ich Ella nicht wecken muss, die beneidenswert tief schläft. Um sechs hat meine Tochter wieder Hunger. Ich überlege kurz, ob ich Ella diese Schicht überlasse, damit ich mit Ben laufen kann, schließlich habe ich es gestern versprochen. Weil ich Ella aber schonen möchte, melde ich mich wieder bei Ben ab. Um sieben Uhr habe ich Johanna versorgt, Mimo geweckt und angezogen und mich selbst vorzeigbar gemacht. Wir frühstücken gemeinsam, dann bringen Ben und ich unsere Söhne in den Kindergarten und fahren von dort aus direkt zum Training nach Kiel. Eine Stunde Krafttraining ist angesagt und direkt danach haben wir eine zweistündige Balleinheit. Um zwölf sind wir wieder im Sandhaus und um zwölf Uhr eins macht Ella mich einen Kopf kürzer: „Wo warst du?"

„Beim Training."

„War ja klar!"

„Was soll das denn jetzt?"

„Ich habe hier mit Johanna alle Hände voll zu tun und du vergnügst dich."

„Ich habe unsere Tochter heute Nacht dreimal versorgt."

„Das kann gar nicht sein."

„Was?"

„Ich habe sie nicht gehört."

„Das habe ich gemerkt."

„Was willst du mir damit vorwerfen?"

„Ich bin hier nicht derjenige, der Theater macht."

„Theater?", kreischt sie. Ich will ihr schon die passende Antwort servieren, aber dann fällt mir unser Gespräch mit der Ärztin ein, deshalb versuche ich, Ella zu beruhigen: „Es tut mir leid, Ella, ich wollte es nicht so sagen."

„Wie denn sonst?", weint sie.

„Es tut mir wirklich leid, Süße. Bitte lass uns nicht streiten."

„Das will ich ja auch gar nicht."

„Komm mit, ja? Ich lese dir etwas vor, wenn du willst."

„Wir essen erst", meldet sich Ida.

„Später, Ida, ja?"

„Wann denn? Du hast um drei Uhr wieder Training."

„Ich weiß, ich esse später, ja?"

Ich folge Ella ins Schlafzimmer und hole mir meine Strafe ab. Cinderella! Als ich mit dem Vorlesen fertig bin, ist es fast eins. Jetzt muss ich wirklich essen, sonst bekomme ich nachher beim Training unnötig Bauchschmerzen und das muss ja nun wirklich nicht sein. Ich lege das Buch zur Seite und klettere aus dem Bett, aber Ella hält mich fest.

„Liebst du mich?", fragt sie schüchtern.

„Ja", antworte ich fest.

„Sieh mich an, Dominik."

Ich sehe Ella tief in die Augen, aber was sie in meinen eigenen sieht, gefällt ihr nicht: „Deine Augen sind dunkel, fast schwarz. Es ist meine Schuld."

„Alles wird gut, Ella."

„Du darfst mich nicht verlassen, hörst du?"

„Natürlich nicht."

„Ignoriere mich einfach, ja?"

„Das kann ich nicht, Ella. Ich kann dich nicht ignorieren und deine Vorwürfe auch nicht. Es ist wie damals, verstehst du? Damals konnte ich auch nichts tun. Ich fühle mich so nutzlos, kannst du das verstehen?"

„Damals? Was meinst du damit?"

„Ich meine …"

„Ach … ich verstehe. Du meinst Kerstin?"

„Sie war auch krank und …"

„Ich bin nicht krank!", schreit Ella mich plötzlich an und ich stöhne nur genervt auf, verlasse das Bett und das Zimmer, schaufle mein Essen in mich rein und hole anschließend die Jungs vom Kindergarten ab. Dann ist es auch schon fast Zeit fürs Training. Um mich umziehen zu können, muss ich mich leider schutzlos in Gefahr bringen, denn meine Klamotten liegen im Schlafzimmer und dort schmollt immer noch Ella. Allerdings ignoriert sie mich komplett.

Meinen Frust lasse ich am Ball aus, was nicht unbemerkt bleibt. Jonas mahnt mich immer wieder, es langsamer angehen zu lassen, aber er weiß auch, was ich gerade durchmache und spricht mir nach Trainingsschluss Mut zu. Im Sandhaus hat sich inzwischen der Sturm gelegt. Ella stillt Hanna und Mimo kuschelt an ihrer Seite. Ich kümmere mich um unseren Kleinen, als mir der andere Kleine einfällt. Robin hatte ja gestern einen erfolgreichen Vater-Sohn-Tag und ich will mir jetzt seinen Bericht anhören. Mimo begleitet mich in Robins Wohnung. Wir werden mit Getränken versorgt und einer erstaunlichen Geschichte, an deren Ende es eigentlich nur eins zu sagen gibt: Robin und sein Vater gehören zusammen!

Ebenfalls zusammen für die nächsten Monate gehören Ben und ich, Hayden und Taylor. Unsere Londoner Freunde reisen nämlich am Montag an und bleiben bis April … vom Dezember einmal abgesehen. Zum Glück hat sich Ella inzwischen gefangen. Sie entschuldigt sich tausendmal bei mir und den Sandhausbewohnern und ich habe schon Hoffnung, dass jetzt alles wieder in Ordnung ist. Eine weitere Störung kann ich wirklich nicht gebrauchen, sonst bin ich bald reif für die Irrenanstalt … die geschlossene Abteilung. Mindestens! Gummizelle … Tür zu … fertig!

Die Londoner haben Jay mitgebracht, ihren Trainer. Wir trainieren jetzt ausschließlich in unserer Halle, in der inzwischen alle Geräte stehen, die wir auch im Kraftraum nutzen. Die Geräte haben wir geleast und zahlen sie monatlich ab. Dafür nutzen wir Alexandras zusätzliche Zahlungen, die monatlich auf meinem Konto eintreffen. Auch Robin und Timm profitieren von unseren Quälmaschinen, denn sie dürfen sie ebenfalls nutzen. Die Folterinstrumente stehen auf dem Podest, das ich seinerzeit für Martin habe bauen lassen. Nun wird es nach vielen Jahren endlich genutzt, wenn auch zu einem anderen Zweck.

Jay bringt neue Komponenten in unser Training und Jonas neue Elemente in das Training der Londoner ein, so profitieren wir voneinander. Wir können das Neugelernte schnell umsetzen, variieren in jeder Einheit und geben unsere neuen Eindrücke an Robin und Timm weiter. Robin ist ganz heiß darauf, noch besser zu werden, denn er hat jetzt endlich jemanden, den er beeindrucken kann: seinen Vater. Michael ist oft hier, die Jungs verbringen viel Zeit miteinander, aber das Training leidet nicht. Das Training ist für Robin das Allerwichtigste. Einzig Caroline muss in dieser Zeit viel auf ihren Freund verzichten, aber sie bleibt an seiner Seite, was auch wichtig ist. Inzwischen trainieren Robin und Timm wieder für das Hallenteam, während wir uns ausschließlich in der Sandhalle aufhalten, deshalb sehen wir uns nicht oft. Auch Ella bekomme ich nicht häufig zu sehen, aber das ist kein Nachteil, denn wenn wir aufeinandertreffen, macht sie mir Vorwürfe und verbietet sich jede Diskussion. Mimo gerät oft zwischen die Fronten, dann ist er traurig und es tut mir leid, wenn ich ihn dann an Ida oder Frauke abschieben muss, weil ich auf dem Weg zu meinen nächsten Einheiten bin. Der Abend aber gehört uns: Mimo und mir. Wir spielen mit dem Piratenschiff, manchmal sogar mit meinem, ich bade ihn, lese ihm vor und warte, bis er eingeschlafen ist. Dann bleibe ich meistens noch ein paar Minuten an seinem Bett sitzen und beobachte ihn beim Schlafen. Alles könnte so einfach sein, hätte Ella ihre Depressionen nicht. Regelmäßig telefoniere ich mit der Ärztin, die mich aber immer nur vertröstet. Ihre Meinung lautet, dass Ella ihre Gespräche weiter fortführen muss und wir einfach abwarten sollen, was passiert. Ich bin froh, dass noch alles ohne Medikamente möglich ist, denn wenn Ella erst mal Antidepressiva schlucken muss, wird es mit Sicherheit nicht einfacher. Was ist, wenn sie von den Medikamenten abhängig wird? Wenn sie eine Sucht entwickelt, gegen die sie nicht ankämpfen kann? Die Ärztin verspricht mir zwar, dass eine mögliche Dosierung sehr gering sein würde, aber ich bin nicht beruhigt. Im Moment bin ich jedenfalls erleichtert, wenn ich nicht öfter als nötig mit Ella aneinandergerate und deshalb bin ich froh, dass wir ein hartes Training durchziehen.

Im Moment nehmen wir uns nur einen Tag in der Woche frei und zwar entweder den Freitag oder den Sonntag. Diese freien Tage gehören Mimo und mir. Wir fahren ins Schwimmbad, gehen an den Strand, in die Eisdiele oder in einen Spielzeugladen. Während der letzten Wochen habe ich ihm unnötig viel Spielzeug und Süßigkeiten gekauft. Ich weiß, dass ich damit mein schlechtes Gewissen beruhige, aber ich kann mir im Moment einfach nicht anders helfen. Einmal besuchen wir sogar Mama in Hamburg. Wir tauchen unangemeldet dort auf, weil wir in Schilksee nach einem heftigen Streit zwischen Ella und mir einfach ohne Ziel losgefahren sind. Zum Glück ist auch Johannes im Haus. Wir fahren in den Zoo und verbringen dort einen tollen Tag. Mama und ich führen ein ernstes Gespräch … mal wieder, aber diesmal merkt sie, dass sie mich nicht überfordern darf und einfach nur zuhören soll. Ich rede mir alles von der Seele und bringe Mama zum Weinen, aber diesmal nerven mich Mamas Tränen nicht. Sie tröstet mich mit den Worten, die auch die anderen für mich übrighaben: „Alles wird gut, Schatz. Du musst ihr Zeit lassen."

„Ja", antworte ich müde, aber in dem Moment unterbricht uns Mimo, der jetzt endlich zu den Elefanten will. Elefanten sind seine Lieblingstiere.

Auf dem Rückweg nach Kiel schläft Mimo im Auto ein. Ich bringe ihn ins Bett, wasche ihm nur vorsichtig die Hände und das Gesicht, decke ihn zu und lasse ihn schlafen. Mein Sohn hat wirklich einen beneidenswerten Schlaf, aber das war schon immer so. In der Küche treffe ich auf Ella, die sich verlegen räuspert und als ich ihr ins Gesicht sehe, sehe ich ihre verweinten Augen.

„Was ist los, Ella?", frage ich vorsichtig. Ich habe Angst vor einem erneuten Streit, aber Ella ist ganz ruhig: „Deine Schwester hat mir vorhin etwas gezeigt."

„Was denn?"

„Mich selbst."

„Was?"

„Als wir uns heute gestritten haben, hat sie es heimlich gefilmt. Sie hat mir den Film gezeigt und ich habe mich über mich selbst erschrocken."

„Oh!"

„Zuerst war ich wütend auf sie, weil sie mich so ausgetrickst hat, aber dann habe ich die Sachen gehört, die ich gesagt habe ... die ich dir an den Kopf geworfen habe. Ich habe gemerkt, wie sehr ich dich verletzt habe, aber ich habe auch gesehen, dass du kaum noch Reaktionen zeigst. Du bist inzwischen abgehärtet und ..."

„Das stimmt nicht."

„Mag sein, aber du hast dich nicht gewehrt. Es sah so aus, als würdest du alles schlucken, als könnte ich dir alles sagen."

„Ich weiß eben keine Antworten mehr."

„Ich verstehe nicht, was aus mir geworden ist."

„Ich möchte die alte Ella wiederhaben."

„Es tut mir alles so leid."

Sie geht zum Fenster, dabei streift sie meinen Arm. Ich zucke erschrocken zurück, denn Nähe hat Ella seit Wochen nicht mehr zugelassen und ich weiß nicht, wie ich jetzt reagieren soll, aber als sie jetzt in den dunklen Abendhimmel starrt, sagt sie leise: „Bitte verzeih mir, Dominik."

Ich antworte nicht, weil ich ein ziemlich lästiges Kratzen im Hals fühle, deshalb sieht sie mir fragend ins Gesicht, erschrickt und flüstert traurig: „Ich kann es nicht ertragen, dir in die Augen zu sehen. Sie sind so dunkel ... so schwarz."

„Dafür kann ich nichts", verteidige ich mich.

„Ich habe deiner Farmor versprochen, dass es nie wieder so sein wird."

„Ja, ich erinnere mich. Es ist lange her."

„Ich bin froh, dass wir sie bald besuchen. Bestimmt kann sie uns helfen."

„Das hoffe ich auch."

„Hoffentlich erträgst du mich so lange noch."

„Ach, Ella."

„Nimmst du mich in den Arm?"

„Ja, natürlich."

Ich breite meine Arme aus, umarme sie fest und lasse mich von ihr ins Schlafzimmer bitten. Während sie duscht, lege ich meine Lauf- und Trainingskleidung für den nächsten Tag zurecht, dann gehe ich selbst unter die Dusche. Sie liegt schon im Bett. Ich lege mich auf meine Seite und lösche das Licht und noch bevor sich meine Augen an die Dunkelheit gewöhnt haben, kuschelt sie sich an mich. „Darf ich?", fragt sie verlegen.

„Ja, natürlich."

Der nächste Morgen ist hier ziemlich aufregend, denn Robin erzählt von einer geplanten Urlaubsreise mit seinem Vater, während der er seine Großeltern kennenlernen soll, die in Südspanien ein Ferienhaus haben. Er verspricht hoch und heilig, dort täglich zu joggen und hat sich schon nach einem Fitnessstudio erkundigt und angemeldet. Weil er unendlich viel zu erzählen hat, verzichten wir aufs Jogging, kommandieren die Londoner in die Küche und lauschen Robins Monologen. Caroline will ihren Freund begleiten und Alexandra komplettiert die Gruppe. Ich bin froh, dass Alexandra dabei ist, so ist Caroline nicht allein und Robin muss kein schlechtes Gewissen haben, wenn er viel trainiert und keine Zeit für seine Freundin hat. Auch Caroline hat eine Überraschung für uns: Alexandra hat ihr einen Model-Job angeboten, deshalb ist Caroline jetzt viel unterwegs, sie verdient gutes Geld und lädt uns an einem Abend großzügig ins Landmanns nach Strande ein. Die Londoner, Ben und ich gehen danach zu Fuß nach Hause, kehren noch auf ein Bier bei unserem Italiener ein und reden über die Geburtstage, die im Sandhaus anstehen. Übermorgen hat nämlich Linda Geburtstag und fünf Tage später wird Ella 29 Jahre alt.

Ich habe noch gar keine Geschenke besorgt … weder für Linda noch für Ella. Was Linda angeht, ist es aber gar kein Problem. Ich brauche nur einen Gutschein aus ihrem Lieblingsklamottengeschäft kaufen, aber für Ella muss es etwas Besonderes sein. Auch die Londoner wollen eine Kleinigkeit kaufen, deshalb fahren wir am Tag vor Lindas Geburtstag nach Kiel und stürmen die Geschäfte. Ich kaufe für Linda den Gutschein und ein paar Süßigkeiten, aber für Ella fällt mir nichts ein. Die Jungs haben längst alles beisammen und wollen in einem Bistro auf mich warten, in dem wir zum Mittagessen verabredet sind, während ich durch die Straßen schlendere. Ich komme an dem kleinen Schmuckgeschäft vorbei, in dem ich unsere Eheringe gekauft habe, und noch bevor ich einen Befehl an meine Füße aussprechen kann, betreten sie den Laden. Ich habe Glück, die alte Dame sitzt wieder hinter der Kasse und ich bin einigermaßen beeindruckt, weil sie mich sofort erkennt.

„Wie schön, dass Sie mich mal besuchen", begrüßt sie mich lächelnd, dann sieht sie mich forschend an und fragt: „Was ist denn los mit Ihnen?"

„Das ist eine lange Geschichte."

„Ich habe Zeit", bietet sie an.

„Lassen wir es lieber, aber Sie können mir helfen. Ich suche ein ganz besonderes Geschenk."

„Für Ihre Frau?"

„Ja, wir haben ein paar Probleme im Moment, wissen Sie? Ich möchte etwas kaufen, was sie glücklich macht. Sie hat bald Geburtstag."

„Dann sind sie hier genau richtig."

„Das habe ich mir schon gedacht."

„Was wollen Sie denn mit dem Geschenk ausdrücken?"

„Ich will ihr sagen, dass sie Geduld mit uns haben muss und dass ich sie verstehe. Sie soll wissen, dass ich alles ertrage, wenn sie mir nur verspricht, dass irgendwann alles wieder in Ordnung ist. Ich will sie nicht verlieren, aber im Moment läuft es nicht sonderlich gut."

„Ist sie krank?"

„So kann man es sagen, ja. Sie ist depressiv, wissen Sie? Die Ärztin sagt, dass alles in Ordnung ist und die Krankheit normal verläuft. Sie hat uns versprochen, dass bald alles überstanden ist, aber manchmal habe ich da so meine Zweifel."

„Was wünschen Sie sich denn selbst?"

„Ich wünsche mir, dass ich aus diesem Albtraum aufwache und dass wir noch zusammen sind."

„Ich glaube, ich habe den perfekten Gravurspruch für Sie."

„Ja?"

„Zusammen: Du und ich!"

„Klingt perfekt."

„Dann suchen wir mal das passende Motiv."

„Ein Fragezeichen wäre gut."

„Ein Ring wäre noch besser. Wir könnten die Gravur außen aufbringen, damit sie jeder lesen kann oder im Inneren des Rings, was meinen Sie?"

„Ich weiß nicht. Bei meinem Glück suche ich wahrscheinlich genau das Falsche aus."

„Dann treffe ich die Entscheidung für Sie."

„Ja?"

„Ja. Außen! Wir nehmen einen schlichten Goldring, ohne Stein und ohne Verzierung. Ganz simpel, genau wie die Aussage … Zusammen: Du und ich!"

„Schaffen Sie das bis zum 29.?"

„Natürlich."

„Wann darf ich den Ring abholen?"

„Wissen Sie was? Ich bringe ihn bei Ihnen zu Hause vorbei."

„Im Ernst?"

„Ja, sehr gern."

„Danke. Ich muss jetzt aber los, ich bin mit Freunden verabredet."

Schnell schreibe ich die Adresse auf und schon stehe ich an der Tür.

„Wir sehen uns in Schilksee", ruft sie mir noch hinterher.

„Vielen Dank."

Erleichtert verlasse ich das Schmuckgeschäft und laufe ins Bistro, in dem die anderen schon warten. Wir bestellen, essen und fahren anschließend ins Sandhaus. Dort warten bereits unsere Trainer für die nächste Einheit. Wir überziehen heute ein wenig, was daran liegt, dass wir morgen Nachmittag frei haben. Linda hat nämlich zu einer Kaffeerunde geladen und die möchten wir nicht verpassen. Frauke, Ida und Linda backen nämlich schon den ganzen Tag Torte und morgen wollen wir mal so richtig schlemmen. Torte gibt es bereits zum Frühstück. Zum Glück waren wir schon joggen und zum Glück können wir uns den Großteil dieser Kalorien bereits am Vormittag an den Geräten wieder abtrainieren. Für den Nachmittag hat Linda großzügig Gäste eingeladen, sogar meine Hamburger Familie. Mimo und Benni-Two flitzen gleich mit Greta los und entern das Piratenschiff im Garten, während wir uns um den großen Küchentisch gruppieren. Ich sitze zwischen Mama und Hayden, der sich angeregt mit Johannes unterhält. Mama unterhält sich gar nicht, sie wirft mir nur scheue Blicke zu, aber als ich sie genervt frage, was für ein Problem sie denn schon wieder hat, drückt sie nur tröstend meinen Arm und sagt leise: „Ich mache mir Sorgen um dich, Schatz. Du siehst überhaupt nicht gut aus."

„Wir machen bald Urlaub, dann wird alles besser", beruhige ich sie und hoffe, dass ich recht behalte. Ich habe nämlich keine Lust, Farmor und Farfar mit in unseren Strudel zu reißen und ihnen unseren Aufenthalt damit zu versauen. Lindas Geburtstag ist jedenfalls mal eine nette Abwechslung im Sandhaus, es wird geredet, gegessen, gelacht und alles Unangenehme wird ausgeklammert. Am Abend im Bett küsst Ella mich sogar, aber dann wünscht sie mir gleich eine gute Nacht, dreht sich um und schläft. Allein … auf ihrer Seite … und ich auf meiner … ebenfalls allein.

Zwei Tage später wird Ellas Geburtstagsgeschenk geliefert. Ich bin in diesem Moment leider nicht im Haus, sondern mit Ben und den Jungs in der Halle, aber als wir unser Training beenden, sitzt meine liebe Lieferantin mit Ida in der Küche und trinkt Tee. Ich bedanke mich für die Lieferung und biete an, die Dame nach Hause zu fahren. Sie lehnt ab, weil sie noch jemanden besuchen möchte und verabschiedet sich auch bald.

Ellas Geburtstag beginnt mit einem Versprechen an mich selbst: Heute wird nicht gestritten! Meine unausgesprochene Message scheint sogar bei Ella angekommen zu sein, denn sie erwacht mit einem Lächeln und lässt sich von mir gratulieren. In diesem Moment schneit Mimo ins Zimmer, der seiner Mama ein Bild zum Geburtstag schenkt. Er hat uns als Familie gemalt. Natürlich sitzen wir in einem Piratenschiff, so zumindest erklärt unser Sohn sein Gemälde. Ella heftet sich das Bild sofort an ihren Kleiderschrank und lobt unseren Großen, der richtig strahlt, während Hanna jetzt unsere Aufmerksamkeit fordert. Ich kümmere mich um Hanna, während Ella mit Mimo ins Bad geht, dann tauschen wir die Plätze. Beim Frühstück bekommt Ella ihre Geschenke und als ich an der Reihe bin, mein Geschenk zu überreichen, wird mir kurzfristig mulmig. Was ist nämlich, wenn sie die Nachricht falsch versteht? Daran hätte ich wirklich früher denken müssen. Aber das Schicksal meint es gut mit mir, Ella freut sich über den Schmuck und über die Botschaft. Sie hat meinen Wunsch richtig interpretiert.

„Das Wichtigste ist das Ausrufezeichen am Ende, oder?", fragt sie leise.

„Ja, es ist keine Frage, Ella, sondern eine Tatsache."

„Ich liebe dich", seufzt sie, was Linda dazu bringt, laut in die Hände zu klatschen und zu rufen: „Ella ist wieder in der Spur!"

„Linda!", mahnt Ida, aber Ella lächelt nur nachsichtig und bewundert ihren neuen Schmuck, dann küsst sie mich und Linda macht ein Foto. Ella macht auch etwas! Ein Versprechen nämlich. Sie verspricht mir einen romantischen Abend zu zweit und ich hoffe zusätzlich noch auf eine romantische Nacht. Sollte die romantische Nacht ausfallen, wäre es allerdings halb so wild, denn vor ein paar Stunden noch hätte ich noch nicht einmal auf einen romantischen Abend zu hoffen gewagt, von einer Nacht ganz zu schweigen. Ich bin genügsam geworden, was Romantik angeht. Das ist tragisch, aber nicht zu ändern.

Der romantische Abend gipfelt allerdings tatsächlich in einer romantischen Nacht. Noch nicht einmal Hanna stört uns, sie schläft tatsächlich durch ... oder hören wir sie einfach nicht? Ich weiß es nicht, ich weiß nur, dass ich zum ersten Mal seit langer Zeit wieder vernünftig schlafe. Tief und fest und traumlos. Deshalb erwache ich am nächsten Morgen fit und ausgeruht und bin zu allen Taten bereit.

Die erste Tat lautet Hayden, Taylor und Jay zum Flughafen zu fahren. Wir haben nämlich jetzt einen Monat frei. Übermorgen fahren Ella, die Kinder und ich nach Schweden, Robin und Caroline reisen mit Michael und Alexandra nach Südspanien in die Ferienwohnung seiner Großeltern, Frauke verbringt ein paar Tage bei Freunden in Hamburg und Ben, Linda und Benni-Two fliegen nach Lanzarote. Nur Ida und Jonas bleiben hier und bewachen das Sandhaus und kümmern sich um die Gäste. Vor der Reise nach Schweden steht allerdings noch ein Besuch von Albin und Margot an, die gestern keine Zeit hatten, mit ihrer einzigen Tochter Geburtstag zu feiern. Mit der Zeit stellt sich allerdings heraus, dass ihr unverschiebbarer Termin gestern ein großes Glück für uns war … zumindest für mich. Mit ihrem Geschenk bringen sie mich nämlich an den Rand der Verzweiflung und ich hätte meinen Frust darüber gestern geäußert, was mir den romantischen Abend versaut hätte … von der romantischen Nacht ganz zu schweigen. Meine Schwiegereltern schenken Ella nämlich ein Ferienhaus auf Mallorca, was grundsätzlich eine geniale Idee ist, allerdings liegt das Ferienhaus in Port d'Andratx und von dort bis Alcudia, wo wir im Januar und Februar trainieren wollen, fährt man mindestens eine Stunde. Ich kriege sofort Bauchschmerzen und setze Teewasser auf, aber Linda merkt natürlich sofort, was mit mir los ist.

„Bauchschmerzen?", fragt sie fürsorglich.

„Hmmm."

„Aber warum denn, Chico?", wundert sich Ella.

„Ich dachte, das Haus liegt in Alcudia."

„Andratx ist viel vornehmer", verteidigt sich Albin.

„Aber es ist zu weit von Alcudia entfernt. Wir fahren mindestens eine Stunde bis ins Trainingszentrum. Hayden, Taylor, Jay, Jonas und Ben sind dort untergebracht. Wir wollen um sechs Uhr laufen, das heißt, ich muss spätestens um fünf Uhr losfahren. Von neun bis zwölf haben wir Training. Ich wäre also erst nach eins zurück und müsste um drei schon wieder in Alcudia sein, da lohnt sich die Fahrt überhaupt nicht. Wir haben bis fünf Uhr Training und ich könnte frühestens um sechs wieder in Andratx sein. Das ist doch verrückt!"

„Dann bleibst du einfach unter der Woche in Alcudia und kommst am Wochenende nach Andratx!", schlägt Ella vor.

„Aber wir haben das Trainingslager extra verlegt, damit wir zusammen sein können, erinnerst du dich? Wir wollten im November und in März trainieren, aber du hast auf den Januar und den Februar bestanden. Wir haben dir zuliebe alles über den Haufen geworfen und wofür?"

„Ich kann dieses Geschenk nicht zurückweisen!"

„Das sollst du ja auch nicht, aber wir können es doch auch vermieten und suchen uns eine kleine Wohnung in Alcudia. Das ginge doch, oder?"

„Nein, das ginge nicht. Ich möchte nicht, dass fremde Menschen in meinem Haus wohnen, und es macht doch überhaupt keinen Sinn, das eigene Haus zu vermieten, um sich selbst eine Wohnung zu nehmen."

„Dann müssen wir anders planen", sage ich deprimiert und werfe einen Blick zu Jonas, der meiner Meinung ist: „Es stimmt, Ella. Das Ganze ergibt keinen Sinn. Dann könnten wir genauso gut die ursprüngliche Planung beibehalten und im November und März in der Sonne trainieren. Das wäre für die Saison betrachtet sowieso viel logischer."

„Dann macht das doch!", motzt Ella. „Auf mich muss niemand Rücksicht nehmen."

Sie springt auf und will das Zimmer verlassen, aber Mimo ist ganz verstört und klammert sich an ihr Hosenbein. Wütend schubst sie unseren Sohn von sich. Das war ein Fehler, aber ich begehe sofort auch einen: „Okay, Leute. Sie hat es so gewollt. Wir verlegen unsere Trainingslager auf November und März. Informiert jemand die Londoner? Ich habe jetzt wirklich keine Lust mehr, mich von Ella ständig so schäbig abservieren zu lassen! Komm, Mimo, wir fahren ins Schwimmbad."

Ich brauche jetzt wirklich Abstand von Ella und ihrer miesen Laune und Mimo braucht jetzt dringend Trost. Er ist ganz verstört angesichts der Grobheit, mit der seine Mutter ihn weggestoßen hat. Ich ahne, wie er sich fühlt, und ich bin wirklich sauer auf Ella. Muss sie ihren Frust unbedingt an Mimo-Baby auslassen? Das ist wirklich nicht gerecht.

Normalerweise ist Mimo von einem Schwimmbadbesuch immer begeistert, aber heute ist er traurig. Ich schaffe es noch nicht einmal, ihn zu einem Wettschwimmen oder Wetttauchen aufzufordern. Er plätschert nur lustlos im Wasser und spielt noch nicht einmal mit den anderen Kindern. Auch ein Eis kann ihn nicht trösten und eine Portion Pommes auch nicht. Wir kehren also wie zwei Häufchen Elend aus dem Schwimmbad zurück. Mimo ist traurig und ich bin frustriert und außerdem nehme ich an, dass ich heute auf dem Sofa im Wohnzimmer schlafen darf. Das erkenne ich daran, dass mein Bettzeug vor der Schlafzimmertür liegt. Der Grund ist wahrscheinlich, dass meine Familie Ella inzwischen über unsere neue Terminplanung informiert hat.

Die Nacht verbringe ich also auf dem Sofa und den nächsten Tag mit dem Packen unserer Koffer. Ich kümmere mich um meine Gepäckstücke und um Mimos. Ella packt ihre Sachen und die unserer Tochter. Beinahe wünsche ich mir, dass Ella den Besuch in Schweden absagt und Mimo und ich allein fahren können, aber am Tage unserer Abreise sitzt sie schweigend neben mir im Auto. Mimo spürt unsere Spannung, das ist gar keine Frage, aber trotzdem ist er aufgeregt. Er freut sich nämlich diebisch darauf, endlich seine Verlobte zu treffen, mit deren Familie wir uns in Göteborg verabredet haben.

Wir reisen anscheinend zu einer ungünstigen Tageszeit, denn anders kann ich es mir nicht erklären, dass wir von Flensburg bis Kolding in Dänemark im Stau stehen. Als wir allerdings Richtung Osten abbiegen, wird der Verkehr deutlich ruhiger. In Kopenhagen machen wir Mittagspause und vertreten uns die Beine. Dann suchen wir einen Spielplatz, damit Mimo sich austoben kann, danach schläft er im Auto ein. Er verpasst beide Mautstellen, an denen ich mich abzocken lasse und die Überquerung nach Malmö, aber kurz vor Göteborg ist er wieder wach und plappert aufgeregt. Wir erreichen sehr spät am Abend das Haus meiner schwedischen Großeltern und fallen hungrig über den gedeckten Abendbrottisch her, dann legt sich Ella sofort mit Hanna ins Bett, während Mimo topfit ist, weil er den halben Tag geschlafen hat. Als er endlich müde wird, legt er sich ebenfalls in das große Bett, das eigentlich für Ella und mich reserviert ist. Für mich ist da jetzt kein Platz mehr, deshalb schlafe ich auf dem Gästesofa, das eigentlich für Mimo reserviert war. Das macht aber nichts, ich bin froh, nicht neben Ella schlafen zu müssen.

Als Mimo endlich schläft, habe ich die alleinige Aufmerksamkeit meiner Großeltern, die nicht eher Ruhe geben, bis ich alles erzählt habe.

Kapitel 10

Zusammen

Die ersten Tage in Schweden verlaufen angenehm entspannend. Das liegt vor allem an Far-mor, die lange, einsame Spaziergänge mit Ella unternimmt und in allen Belangen perfekt auf sie eingeht, während wir Nordgren-Männer uns wie echte Kerle amüsieren. Klein Hanna begleitet uns oft. Wir segeln im Kattegat und werden klitschnass dabei, angeln unser Abendessen an der Mole und natürlich darf ein Schwimmbadbesuch nicht fehlen. Mein Sohn ist eine Wasserratte, genau wie ich und Jonas ... und sein schwedischer Uropa, der von seinem Urenkel hart gefordert wird. Klein Hanna ist nicht ganz so gern im Wasser. Mimo profitiert von unseren getrennten Unternehmungen und genießt unser Zusammensein in vollen Zügen. Aber während die Kinder und ich tolle Tage verbringen, entfernen Ella und ich uns immer weiter voneinander. Nachdem Farmor und Ella alles besprochen haben, beansprucht meine Frau unsere Tochter für sich. Mein Sohn findet das super. Wenn er mich nicht mit Hanna teilen muss, ist er richtig gut drauf. Natür-lich mache ich mir deshalb Sorgen, dass er eifersüchtig sein könnte, aber Farfar nimmt mir die Angst: „Wenn du mit Mimo allein bist, geht ihr ganz anders miteinander um. Mimo ist ein Wildfang, Hanna mag es lieber ruhig. Wenn sie bei euch ist, könnt ihr nicht so ungestört toben, weil ihr auf sie Rücksicht nehmen müsst. Das allein ist der Grund, glaube mir." Ich bin sofort beruhigt und schiebe meine Sorgen beiseite. Im Moment geht mein Sohn nämlich für mich vor, denn die Situation zwischen Ella und mir überfordert ihn, das ist ganz deutlich. Er weicht mir nicht von der Seite und oft krabbelt er nachts zu mir auf das Sofa, auf dem ich hier schlafe, während Ella und Hanna sich das große Gästebett teilen. Am Ende der ersten Woche allerdings bittet Ella mich, den Abend mit ihr zu verbringen. Farmor findet die Idee super, hat in Windesei-le für uns einen Tisch bestellt und wir verlassen um halb sieben das Haus.

Das Restaurant ist edel, die Bedienung unaufdringlich und das Essen weltklasse, die Unterhal-tung leider gar nicht. Ella versucht nämlich immer wieder, ein Gespräch in Gang zu bringen, aber ich habe Angst, das Falsche zu sagen, deshalb antworte ich meistens nur einsilbig und vage. Als aber in einer Ecke eine Band anfängt, ein leises Lied zu spielen, nimmt Ella meine Hand. Wir sehen uns an, sie lächelt und zieht mich auf die Tanzfläche. Vorsichtig nehme ich sie in die Arme und warte ihre Reaktion ab. Wir tanzen, dann nimmt sie mein Gesicht in ihre Hände und küsst mich, aber als ich nicht reagiere, beendet sie ihren Kuss. Mit einem Ausdruck des Bedau-erns streichelt sie mein Gesicht und küsst mich wieder. Diesmal reagiere ich, ich kann einfach nicht anders. Wir gehen Hand in Hand zurück ins Haus meiner Großeltern und ich folge ihr ins Gästebad und später ins Bett. In dieser Nacht verführt Ella mich nach Strich und Faden und lässt mir keine Chance, dann revanchiere ich mich und als wir endlich einschlafen, träume ich von früher, von meinem Urlaub als Fünfzehnjähriger auf Mallorca. Genau so fühle ich mich nämlich im Moment. Unsicher und ratlos und gleichzeitig wie ein Abenteurer auf der Suche nach dem richtigen Weg.

Am nächsten Morgen sind alle überrascht, dass Ella und ich gemeinsam aus dem Schlafzimmer kommen, aber Farmor lächelt wissend und zwinkert uns spitzbübisch zu. Wir erwidern ihr Grinsen.

Ellas Kurswechsel kommt übrigens genau rechtzeitig, denn heute sind wir mit den Sjörgrens verabredet, die vorher keine Zeit für uns hatten. Heute aber sind wir vor dem Zoo verabredet und wollen nach dem Zoobesuch noch zu den Sjörgrens nach Hause fahren, um uns von Tilda bekochen zu lassen. Der Zoobesuch macht nicht nur Elin und Mimo einen riesengroßen Spaß, auch Ella freut sich über die Abwechslung. Und während sie mit den Kindern vorweg läuft, schiebe ich den Kinderwagen und unterhalte mich mit unseren schwedischen Freunden. Natürlich wollen sie wissen, warum Ella so aufgesetzt wirkt und warum ich so zerschossen aussehe. Ich erkläre kurz die Sachlage, lasse die heikelsten Momente aus und hoffe, dass sie das Ganze schnell vergessen oder zumindest Ella nicht auf die Situation ansprechen. Den Gefallen tun sie mir zum Glück.

In der Wohnung unserer Freunde bereiten wir ein Lager für Hanna, während Elin und Mimo im Wohnzimmer auf dem Fußboden spielen. Es ist unglaublich, dass Elin sogar ein Piratenschiff besitzt. Spätestens jetzt ist klar, dass sie die richtige Braut für meinen Großen ist. Das Abendessen ist nicht ganz perfekt. Als Vorspeise serviert Tilda zwar Smörrebröd mit Lachs, Rentierschinken und Elchsalami, die wir Nordgrens superlecker finden, aber das Hauptgericht ist ein Hackbraten mit Kapern, roter Bete und mindestens 25 Kilo Zwiebeln. Nicht nur Mimo stochert in seinem Essen, sondern auch ich. Ella sortiert nur die Kapern aus und spült das Ganze mit großen Schlucken Bier herunter. Elin wundert sich sowieso, dass Ella Alkohol trinkt, schließlich glaubt sie, dass Ella unsere Tochter stillt. Aber als meine Frau ihr erklärt, dass die Stillerei aus irgendwelchen Gründen nicht funktioniert hat, gehen die Frauen zu Sekt über. Zum Nachtisch darf der typische Blaubeerkuchen nicht fehlen, den wir auch schon oft bei Farmor probieren durften. Von diesem Kuchen bleibt nichts übrig.

Nach dem Essen spielen die Kinder weiter, Hanna schläft in meinem Arm und wir unterhalten uns über unsere weiteren Pläne. Unsere Freunde wollen im Sommer ihr Studium beenden und sie sind überrascht, als ich von meinen beiden Freisemestern erzähle. Ella berichtet von ihrer Arbeit im Sandhaus mit der Unterbringung der Gäste und ihrer Betreuung. Der Abend ist super und ich hoffe, dass ich die Nacht wieder in Ellas Bett verbringen darf. Ich habe Glück.

Die zweite Woche beginnt ganz angenehm. Wir treffen uns noch zweimal mit den Sjörgrens, laden sie nach Schilksee ein und verbringen auch viel Zeit mit Farmor und Farfar. Ich laufe jeden Morgen um sechs Uhr meine zehn Kilometer, wobei mich mein Opa mit dem Fahrrad begleitet. Auf dem Rückweg holen wir frische Brötchen und Lachs, dann frühstücken wir. Ella hat sich wirklich gut im Griff, wir führen vernünftige Gespräche und verbringen sogar einen ganzen Tag allein, aber am vorletzten Tag unseres Besuches ist sie aus irgendwelchen Gründen ziemlich mies drauf. Schon beim Aufstehen schnauzt sie mich an, weil meine Kleidung vom Vortag im Badezimmer auf dem Fußboden liegt. Davon nicht genug, kanzelt sie mich auch beim Frühstück ab, als ich ihr nicht schnell genug die Marmelade reiche. Das alles lasse ich stumm über mich ergehen, aber als sie Mimo anschreit, weil er aus Versehen seine Kakaotasse umstößt, reicht es mir. „Hör auf, Ella, das hat er nicht mit Absicht gemacht."

Ella ist gleich auf hundertachtzig: „Nur, weil du ihm alles durchgehen lässt, benimmt er sich manchmal wie ein Tier."

„Sei still, Ella!", drohe ich leise und ziehe Mimo auf meinen Schoß. „Alles ist gut", beruhige ich ihn. Farmor und Farfar sagen vor lauter Schreck erst mal gar nichts und Mimo weint.

„Ist gut, Mimo", tröste ich ihn.

„Mama ist böse", schnieft er.

„Nein, Mama ist nicht böse. Sie hat sich nur erschreckt, das ist alles."

„Nein, Mama ist böse. Sie schimpft immer mit dir, das mag ich nicht."

„Es ist alles gut, Mimo. Hab keine Angst."

„Sie soll weggehen!"

„Ich soll gehen, ja?", schreit Ella Mimo an. „Gut, dann gehe ich eben. Dann ziehe ich eben zu meinen Eltern oder gleich nach Mallorca. Wenn ihr mich nicht wollt, dann gehe ich eben … kein Problem."

„Er hat es nicht so gemeint, Ella, er ist ein Kind."

„Und du? Bist du auch ein Kind? Sag mir, was du willst! Soll ich gehen?"

„Nein", sage ich leise.

„Soll ich ausziehen?"

„Nein", wiederhole ich.

„Was soll ich tun?" Ich antworte nicht, was soll ich auch sagen? Es wäre sowieso das Falsche, aber Ella bohrt weiter: „Was soll ich tun, hm? Soll ich gehen? Soll ich bleiben? So schwer kann die Entscheidung doch nicht sein."

„Was willst du denn tun, Ella?", frage ich vorsichtig.

„Ich will meine Ruhe haben!"

„Die hast du doch, die letzten Tage waren doch gut."

„Aber heute ist gar nichts gut."

„Was ist heute denn anders?"

„Wir streiten uns.“

„Ich habe nicht …“

„Nein, du nicht“, ruft sie höhnisch. „Du streitest ja nicht. Du bist ja heilig und zu allen lieb und nett. Du streitest dich nicht, nein.“

„Beruhige dich, Ella“, mischt sich Farmor ein, aber Ella lacht nur höhnisch: „Warum? Könnt ihr die Wahrheit nicht vertragen? Euer Enkel ist ein Feigling. Er lässt alles mit sich machen, er lässt sich von allen herumschubsen und sitzt nur da und sagt kein Wort. Das ist so jämmerlich.“

„Sei still, Ella“, murmele ich.

„Und dann kontrollieren alle panisch seine Augenfarbe und sind ganz aufgeregt, wenn sie dunkel sind. Dann machen sich alle Sorgen, ob es ihm gut geht. Aber um mich macht sich niemand Sorgen, um mich nicht!“

„Hör auf, Ella.“

„Warum?“, kreischt sie. „Kannst du die Wahrheit nicht vertragen?“

„Sei endlich still!“, fordere ich sie auf, diesmal etwas lauter.

„Warum?“, wiederholt sie nur gehässig.

„Weil ich es nicht hören will!“

„Und warum nicht?“

„Weil ich es schon hundertmal gehört habe.“

„Ah, ja … von deiner heiligen Kerstin, ja?“

„Lass Kerstin aus dem Spiel.“

„Wieso? Sie hat dich doch genauso herumgeschubst wie alle anderen, diese Verrückte. Und dann hat sie sich feige umgebracht und du trauerst heute noch um sie.“

„Das stimmt nicht.“

„Sie war verrückt, hörst du? Sie hat euch alle verrückt gemacht.“

„Du bist schon genau so wie sie!“

„Was?“

„Du bist genau wie Kerstin!“

„Sag das nochmal!“, schreit Ella und baut sich vor mir auf. Das ist eine Kampfansage, die ich annehme. Wir stehen Auge in Auge gegenüber und ich wiederhole ganz deutlich: „Du bist schon genau wie Kerstin!“

Ella schnaubt vor Wut und schlägt mir mitten ins Gesicht und schreit: „Ich bin nicht verrückt, hörst du? Ich bin die einzige Normale hier!“

Die Wucht des Schlags überrascht mich, aber noch mehr überrascht es mich, dass sie überhaupt zugeschlagen hat. Ich bin allerdings nicht der Einzige, der überrascht ist. Farmor und Farfar schnappen empört nach Luft und Mimo ruft wütend: „Du bist blöd, Mama. Du bist blöd!“

Ich selbst sage gar nichts … ich kann gar nichts sagen, dafür bin ich viel zu geschockt. Ich sinke auf den Stuhl, auf dem ich eben noch gesessen habe und versuche krampfhaft, die Enttäuschung herunterzuschlucken … und den Schmerz. Nicht den körperlichen Schmerz, sondern die Enttäuschung, die Verletzung darüber, dass Ella sich überhaupt nicht mehr im Griff hat. Sie ist zu einer Gefahr geworden. Nicht für mich, aber für unsere Kinder. Ich werde es ganz bestimmt nicht zulassen, dass sie meine Kinder schlägt, so weit wird es nicht kommen!

Mimo ist immer noch dabei, seine Mutter mit den Fäusten zu traktieren und fürchterlich zu beschimpfen, aber Ella hört gar nicht zu, sie schluchzt unkontrolliert, während sich Farmor und Farfar langsam fangen. Farmor spricht als Erste: „Ich glaube es nicht, was ich da gerade gesehen habe."

„Mama hat Papa gehauen", hilft Mimo ihr auf die Sprünge. „Mama ist gemein! Mama ist böse!"

„Ist gut, Mimo", sage ich heiser. „Alles ist gut."

Mimo krabbelt auf meinen Schoß, pustet auf meine Wange und merkt, dass ich blute.

„Du blutest, Papa."

„Zeig mal", bittet Farmor und untersucht mein Gesicht. Ich betaste meine Wange, die heiß brennt und spüre eine warme Feuchtigkeit. Richtig, es ist Blut. Der kostbare Stein an Ellas Ehering muss mich geritzt haben. Farmor holt ein Desinfektionsmittel und ein Pflaster, womit sie mich verarztet. Ich kann ihr nicht in die Augen sehen und ich will auch nicht meine Augenfarbe kontrollieren lassen. Was soll das schließlich bringen? Wir wissen doch alle, dass ich im Moment nicht sonderlich glücklich bin.

Als Farmor mich verarztet hat, klettert Mimo wieder auf meinen Schoß und pustet mir ins Gesicht. „Alles ist gut, Papa", sagt er leise und mit diesen Worten erreicht er Ellas Herz.

„Es tut mir leid", schnieft sie. „Es tut mir leid, Domi. Ich wollte dies alles nicht sagen und ich wollte dich auch nicht schlagen."

„Ich kann nicht mehr, Ella."

„Es tut mir schrecklich leid."

„Es geht so nicht weiter."

„Du hast recht. Sobald wir wieder zu Hause sind, rede ich mit der Ärztin."

„Du bist gemein, Mama!"

„Ja, Mimo, ich bin gemein, du hast recht."

„Du bist böse."

„Ja, ich weiß."

„Ich mag dich nicht mehr."

„Ich weiß, Schatz, ich weiß."

„Ich bin traurig."

„Es tut mir leid, Mimo."

„Und Papa ist auch traurig."

„Ich weiß, es tut mir leid."

„Wenn wir wieder in Kiel sind, bringe ich Mimo für ein paar Tage nach Hamburg."

„Warum?"

„Weil er inzwischen genug mitbekommen hat. Das ist nicht leicht für ein Kind, Ella."

„Und dann?"

„Ich weiß nicht … ich weiß es nicht", antworte ich verzweifelt und raufe mir die Haare. Mein Kopf fängt jetzt langsam an zu schmerzen, ich frage Farmor nach einer Kopfschmerztablette und sie schickt mich aufs Sofa, bis das Mittel wirkt. Mimo legt sich zu mir, er tröstet mich und weint leise. Ella sagt kein Wort. Ich auch nicht. Es ist genug gesagt worden für heute und heute ist noch lange nicht vorbei.

Den ganzen Tag verbringen wir wie in Trance. Ella bewegt sich wie ein Schatten durch das Haus, Mimo und ich gehen ihr aus dem Weg und meine Großeltern versuchen angestrengt, etwas Ähnliches wie Normalität in den Tag zu bringen. Farmor bittet Mimo sogar, ihr beim Kochen zu helfen. Das ist nämlich Erwachsenenkram und an Erwachsenenkram hat er normalerweise einen riesengroßen Spaß, aber heute nicht. Lustlos hilft er seiner Uroma bei der Herstellung von Kartoffelklößen und Köttbullar mit Soße, die es zum Mittagessen geben soll, und ebenso lustlos stehe ich dabei und frage mich, wie ich heute überhaupt noch etwas essen soll. Mein Hals ist so zugeschnürt, dass ich heute ganz bestimmt nichts schlucken kann. Trotzdem schmeckt es und das gute Essen hebt gleich Mimos Laune, der danach noch mal ans Wasser will, um die Schiffe zu beobachten. An der Kiellinie fahren zwar auch jeden Tag große Schiffe vorbei, aber hier im Hafen von Göteborg sind ganz andere Kaliber am Start.

Völlig aufgeregt ist mein Sohn, als wir im Jachthafen ein Segelschiff mit einer Piratenflagge sehen und sofort ist seine Neugier geweckt. Er will den Schiffseigner fragen, ob er ein echter Pirat ist und zieht mich übermütig mit. Wir haben Glück, dass der Kapitän an Bord ist und einen großartigen Humor hat. Auf die Frage, wo denn sein Holzbein ist, antwortet er nämlich gelassen: „Das ist beim Tischler, ich hatte da so ein Loch, weißt du?"

Mimos Augen werden riesengroß, als ich übersetze. Ungläubig starrt er auf die Beine des Piraten, die doch eigentlich ganz normal aussehen. Das muss er natürlich wissen und die Antwort seines neuen Freundes verblüfft ihn noch mehr: „Das habe ich mir selbst gebaut. Sieht aus wie echt, oder? Aber so ein Holzbein ist natürlich viel besser. Nichts geht über ein vernünftig gebautes Holzbein."

Mein Sohn nickt ehrfürchtig angesichts dieses Basteltalents und ich sehe, wie es hinter seiner Stirn arbeitet. Dann fragt er: „Wenn dein Holzbein wieder heile ist, darf ich es dann sehen?"

„Na klar!", ruft der Pirat. Glücklich strahlend verabschiedet sich Mimo von seinem neuen besten Freund und plappert den ganzen Rückweg vor lauter Begeisterung über Holzbeine, Piratenflaggen und seine Freunde. Je näher wir aber dem Haus kommen, umso langsamer werden seine Schritte. Das merkt auch mein Opa, der seinen Urenkel mitleidig ansieht und leise zu mir sagt: „Siehst du, wie er zögert? Er hat Angst, dass es wieder Streit gibt."

„Die Situation ist wirklich verzwickt. Wenn wir wieder in Kiel sind, haben wir nur noch eine Woche, dann bin ich für einen ganzen Monat weg."

„Zum Glück gibt es noch andere Bewohner im Haus."

„Ja, aber seine Bezugsperson im Moment bin ich. Ich glaube nicht, dass er sich an Ella wenden möchte. Ich denke, ich bringe ihn zu Mama … obwohl … ideal wäre das auch nicht. Mama ist ja manchmal selbst nicht ganz … also … normal."

„Und Ellas Eltern?"

„Das sind Snobs. Ich kann mir nicht vorstellen, dass sie sich einen ganzen Monat mit Mimo beschäftigen können. Oder noch schlimmer … stell dir vor, ich komme nach einem Monat zurück und sie haben Mimo zu so einem langweiligen Musterkind umerzogen."

„Er könnte auch hierbleiben."

„Im Ernst?"

„Ja, klar. Er könnte einfach hierbleiben und wir bringen ihn im Dezember zu euch. Dann bleiben wir bis Weihnachten."

„Das wäre wirklich … das wäre super!"

„Wir müssen uns nur überlegen, was wir machen, wenn er Heimweh bekommt."

„Dann hole ich ihn ab oder ich schicke Ida."

„Deine Oma und ich würden uns freuen."

„Die Frage ist nur, was Ella dazu sagt."

„Lass mich mal machen."

Ich habe heftiges Herzklopfen, als mein Opa nach dem Abendessen das heikle Thema anspricht, aber dieser alte Mann manövriert sehr geschickt. Er formuliert das Ganze so, als käme ihm die Idee gerade in diesem Moment, als hätten wir überhaupt nicht drüber gesprochen und richtet seine Worte direkt an Mimo: „Wie sieht es aus, Pirat? Warum bleibst du nicht noch eine Weile hier?"

„Ja!", ruft Mimo aufgeregt.

„Aber ohne Mama und Papa, die müssen wieder arbeiten."

„Ohne Papa?", fragt mein Sohn unsicher.

„Ja, aber dafür sind wir doch hier, Farmor und ich. Und du kannst Elin besuchen und den Piraten im Jachthafen.“

„Ja!“, freut sich mein Sohn.

„Was haltet ihr davon?“, fragt Farfar.

„Ich weiß nicht“, antwortet Ella verunsichert. „Wie lange soll er denn bleiben?“

„Bis wir im Dezember nach Schilksee kommen.“

„So lange? Das geht nicht.“

„Warum nicht?“, fragt Mimo traurig.

„Das ist viel zu lange, Schatz.“

Ich nehme all meinen Mut zusammen und mache meinen Standpunkt klar: „Ich finde die Idee gut. Sieh es doch mal so, Ella, du hättest viel mehr Zeit für Hanna und für dich und Mimo tut der Abstand auch gut.“

„Weil ich so eine schlechte Mutter bin oder was?“, fragt sie verlegen.

„Nein, weil deine Beraterin gesagt hat, dass du Ruhe brauchst.“

„Ich kann das jetzt nicht entscheiden.“

„Dann überlegt es euch bis zur Abfahrt.“

„Er hat doch gar nicht genug Kleidung mit.“

„Wir haben hier auch Läden“, sagt Farmor lächelnd.

„Aber …“

„Überlegt es euch.“

„Vielleicht ist es gar keine schlechte Idee“, überlegt Ella und lässt sich durch mein Kopfnicken bestätigen.

„Ja!“, stimme ich zu. „Es wäre für uns alle das Beste.“

„Trotzdem sollten wir es uns gut überlegen.“

„Ja, das tun wir auch.“

Für mich ist die Entscheidung allerdings gefallen. Wenn es nach mir geht, bleibt Mimo hier und erholt sich von dem Chaos der letzten Tage und Wochen. Wenn wir Glück haben, hat Ellas Beraterin es bis dahin geschafft, aus ihr wieder die Mama und Ehefrau zu machen, die Mimo und ich schon so lange Zeit vermissen.

Der nächste Morgen beginnt mit einer Entscheidung und diese fällt zu Mimos Gunsten aus. Ich bin nämlich noch nicht einmal richtig wach, da sagt Ella schon: „Ich habe die ganze Nacht gegrübelt.“

„Wegen Mimo?“

„Ja, ich finde, er sollte hierbleiben.“

„Das finde ich auch.“

„Dein Opa hatte eine gute Idee."

„Das stimmt. Ich weiß gar nicht, wie er darauf gekommen ist."

„Ich schon."

„Ja?"

„Ja, klar. Er hat gemerkt, dass ich euch unglücklich mache. Du selbst bist ja bald aus der Schusslinie, aber Mimo wollte er auch noch aus meinem Strahlungsbereich befreien."

„Das klingt hart, Ella."

„Ist es ja auch."

„Du musst nicht denken, dass …"

„Schon gut, Domi, es ist wirklich besser so."

Ich bin erleichtert, dass Ella das Ganze so sieht, und noch erleichterter bin ich, als sie mir später am Vormittag erzählt, dass sie mit ihrer Therapeutin gesprochen hat.

„Ich habe einen Termin für Dienstag."

„Das ist super, ich komme mit."

„Nein, das schaffe ich schon allein."

„Sicher?"

„Klar."

Den restlichen Tag verbringen wir mit Kofferpacken und Einkaufen. Ida hat uns nämlich eine Wunschliste mitgegeben, die wir abarbeiten müssen. Ganz oben auf der Liste stehen Fiskbullar in Krabbensoße, die es hier in der Dose zu kaufen gibt. Ich habe das Zeugs einmal probieren müssen, danach war mir tagelang schlecht. Die Moltbeerenmarmelade allerdings finden Mimo und ich superlecker genauso wie die Blaubeersuppe und die Holunderblütenmarmelade. Natürlich müssen wir auch hunderte Kilo Lakritz kaufen, denn die, die es in Deutschland zu kaufen gibt, sind für Ida nur Pseudolakritz, die ihr nicht ins Haus kommt. Wir kaufen noch einen riesengroßen Rentierschinken und zwei Elchsalamis sowie in der Fischhandlung einen großen Lachs, den wir uns für den Transport einschweißen lassen. Jetzt haben wir alles beisammen.

Am Tag unserer Abreise, als die Lebensmittel und unsere Koffer bereits im Auto verstaut sind, verabschieden wir uns von Farmor, Farfar und von Mimo, der jetzt erst richtig merkt, dass wir ohne ihn nach Hause fahren. Er klammert sich an mein Bein und will mit ins Auto steigen, aber als ich ihm verspreche, dass ich ihn jeden Abend anrufe, ist er beruhigt und winkt uns fröhlich hinterher. An der Kurve am Ende der Straße werfe ich noch einen Blick in den Rückspiegel, dabei fällt mir meine bunte Gesichtshälfte auf, die inzwischen in allen Farben schillert. Ich habe jetzt schon Schweißausbrüche bei dem Gedanken, dass ich später meiner Familie erzählen muss, wie ich mir diesen Tuschkasten eingefangen habe.

Ich werfe einen Blick zu Ella, die mit den Tränen kämpft. Ich fühle mich genauso elend und sage leise: „Mein Gott, er fehlt mir jetzt schon."

„Wollen wir kurz anrufen und nachfragen, ob alles in Ordnung ist?"

„Wir sind erst eine Minute weg."

„Ja, aber wenn er jetzt weint, können wir nochmal umkehren."

Ella hat schon ihr Handy in der Hand und wählt die Nummer, nach einer Minute ist sie beruhigt und beendet das Gespräch.

„Mimo ist schon auf dem Weg zum Hafen. Er will kontrollieren, ob das Holzbein wieder heil ist."

Wir lächeln, ich gebe Gas und steuere auf die Autobahn zu. Hanna schläft fast augenblicklich ein. Kurz vor Mitternacht sind wir zu Hause. Im Haus ist alles dunkel, das ist gut. Ich weiß nämlich immer noch nicht, wie ich dieses Farbdurcheinander in meinem Gesicht erklären soll. Was ich außerdem nicht weiß, ist, in welchem Bett ich heute übernachten darf. Ella allerdings lotst mich ins Schlafzimmer und schläft in meinen Armen auf meiner Seite.

Der nächste Morgen beginnt mit einer peinlichen Gegenüberstellung. Auf der einen Seite stehen Ella, Hanna und ich und auf der anderen Seite die restlichen Sandhausbewohner, denen natürlich sofort auffällt, dass hier jemand fehlt. Ich bewundere Ella, die es mit wenigen Worten schafft, den Grund dafür zu erklären und alle Schuld auf sich zu nehmen. Mit ebenso klaren Worten beichtet sie, warum mein Gesicht verfärbt ist und dass sie gegen ihre Depression kämpfen wird, damit wir endlich wieder eine normale Familie sein können. Dann ist es auch schon fast Zeit für ihren Termin bei ihrer Therapeutin, zu dem sie allein fährt. Sie will anschließend noch eine wichtige Besorgung machen und den Tag in Kiel verbringen. Wir sollen nicht vor dem Abendessen mit ihrer Rückkehr rechnen. Natürlich muss ich mich jetzt, da sie außer Haus ist, mit Fragen durchlöchern lassen. Aber als endlich alles geklärt ist, Linda geweint hat und Ida mich damit tröstet, dass ich ja bald verreise und damit genügend Abstand habe und dass es Mimo in Schweden gut gehen wird, gehen wir zur Tagesordnung über. Für Ben und mich heißt das, eine leichte Trainingseinheit einzulegen. Endlich. Die Londoner sind noch bei ihrer Familie und Jonas hat einen Termin in Hamburg, deshalb sind wir allein, bis Robin und Timm irgendwann zu uns stoßen. Beim Abendessen berichtet Ella zuerst von ihrem Gespräch, das eine ungeahnte Wendung in unsere Situation gebracht hat. Ella macht nämlich eine Kur in einer Privatklinik auf Usedom und kehrt erst im Dezember nach Schilksee zurück. Sie hat Glück, dass kurzfristig ein Platz frei geworden ist und sie ihre Kur bereits am Wochenende beginnen kann. Linda will sie fahren und ein paar Tage bleiben, bis Ella sich eingewöhnt hat. Das ist aber nicht die eigentliche Überraschung des Tages, denn als wir am Abend im Bett liegen, hat Ella ein Geschenk für mich.

„Für ein Schmuckstück hat es in der Kürze der Zeit nicht gereicht, aber ich denke, dies hier geht auch." Sie überreicht mir ein gerahmtes Foto von uns beiden, dass sie in einer Schnelldruckerei hat bearbeiten lassen. Vor uns wurde ein Spruchband einkopiert, auf dem sie das Motto des Rings aufgegriffen hat, den ich ihr zum Geburtstag geschenkt habe. Gerührt lese ich vor: „Zusammen: Du und ich!" Sie lächelt und ich lächle zurück: „Danke, Ella."

„Du musst mir nicht danken, Domi. Es tut mir leid, was in Schweden passiert ist, und es tut mir leid, wie ich dich behandelt habe. Nach meiner Kur ist alles wie vorher, versprochen."

„Ich rufe dich jeden Abend an", verspreche ich, aber Ella widerspricht mir: „Nein. Bitte tu das nicht. Lass uns den Abstand aushalten, ja? Ich denke, das wäre besser, okay?"

„Aber du kommst doch zurück, oder?", frage ich schüchtern.

„Natürlich."

Auch diese Nacht schläft Ella auf meiner Seite des Bettes. Wir küssen uns sogar, aber dann will sie schlafen und ich habe ein paar Stunden Schlaf ebenfalls nötig.

Ein paar Tage später feiern wir Robins Geburtstag. Er wird zwanzig Jahre alt und von Michael und Alexandra mit Geschenken überhäuft. Alexandra schenkt ihm und Caroline eine teure Skireise, Michael lässt ein neues Auto anliefern. Außerdem schleppen beide noch Berge von Päckchen an und haben eine Party für das Wochenende organisiert. Das Sandhaus wird allerdings nicht großartig vertreten sein, denn Ben, Jonas und ich sind dann schon auf dem Weg nach Lissabon ins Trainingslager, während Ella und Linda nach Usedom reisen. Nur Ida, Frauke, Benni-Two und Johanna bleiben im Sandhaus. Ben macht seinem Sohn bei der Abreise noch klar, dass er jetzt der Herr im Hause ist und somit der alleinige Boss und der schlaue Zwerg nutzt diese Chance sofort und bestellt Schokoladeneis zu jeder Mahlzeit.

In Lissabon erwartet uns bestes Urlaubswetter. Wir landen mittags bei einer Temperatur von 20 Grad. Hier ist noch Sommer … na ja … sagen wir mal eher Frühling, aber die Sonne scheint, es ist keine Wolke am Himmel und der Wind geht nur mäßig. Unsere Unterkunft liegt direkt am Strand, an dem zahlreiche Netze gespannt sind. Wir befinden uns in einem Trainingszentrum und außer uns wollen sich hier zahlreiche Teams aus ganz Europa drillen lassen. Die Unterbringung ist günstig, das Essen gewöhnungsbedürftig, aber die Leute sind super drauf. Wir haben starke Trainingspartner, die unser Niveau haben. Nur wenige sind besser, aber viele sind deutlich schlechter als wir.

Jeden Abend telefoniere ich mit Mimo, der mir spannende Geschichten erzählt und scheinbar überhaupt kein Heimweh hat. Ich bin erleichtert, dass mir diese Sorge genommen wird, aber er fehlt mir schrecklich. Ich vermisse seine Nähe, sein Lachen und seine Unbekümmertheit, die er jetzt wieder zeigen darf. Der Aufenthalt in Schweden tut ihm wirklich gut. Und mir tut die Trennung von Ella gut. Ich denke kaum an sie … obwohl … das stimmt nicht! Ich denke oft an sie, aber ich versuche immer, den Gedanken an die Seite zu schieben und mich auf das Hier und Jetzt zu konzentrieren. Nach etwa einer Woche gelingt es mir gut und zu Beginn der dritten Woche denke ich gar nicht mehr an Ella. Ich denke nur noch an mein Training, an Punkte, Siege und Erfolge. An Sand, Bälle und Netze. Ich denke nur noch an die Deutschen Meisterschaften, bei denen ich im nächsten Jahr unbedingt ganz weit vorn landen will. Und ich denke an Mimo und Hanna.

Abends sitzen wir oft am Lagerfeuer und visionieren in die Zukunft, die für mich schon feststeht. Ich will wieder eine funktionierende Familie haben und Deutscher Meister werden. In dieser Reihenfolge bitte.

Die Wochen fliegen nur so an uns vorbei und bald ist der Tag unserer Rückreise gekommen. Aufgeregt sitze ich im Flugzeug und denke an zu Hause. In wenigen Stunden werde ich Ella treffen. Ich habe sie seit Wochen nicht gesehen und bin gespannt, ob sie wieder ganz die Alte ist. Wir lassen uns von Ida am Flughafen abholen, so zumindest ist es geplant, aber ich freue mich riesig, als ich durch die Glasscheibe am Terminal nicht nur Ida sehe, sondern auch Ella. Sie strahlt mir durch das dicke Glas entgegen und ich kann es kaum erwarten, durch die Kontrolle zu kommen. Ella stürzt sich sofort in meine Arme. Sie lacht und weint gleichzeitig und ich verstehe kein Wort. Unbeholfen streiche ich ihr über den Rücken, ihre Haare und ihr Gesicht, dann küsst sie mich und es gibt kein Halten mehr. Ich ziehe sie aus dem Gewimmel und hoffe, dass sich die anderen um meine Koffer kümmern, dann küsse ich Ella wieder, als gäbe es kein Morgen. Sie weint vor lauter Glück und klammert sich wie eine Ertrinkende an meiner Jacke fest.

„Alles ist gut, Ella", kann ich endlich sagen, da weint sie nur noch lauter, aber dann sieht sie mich an, sieht mir tief in die Augen und in diesem Moment verliebe ich mich neu in sie. Wir sagen die magischen Worte gleichzeitig, dann lachen wir, nehmen uns an den Händen und suchen die anderen, die nach uns Ausschau halten.

Weil Ella sich vor lauter Glück nicht auf den Beinen halten kann, steuern wir ein Bistro an und ordern für alle einen starken Kaffee und während wir trinken, überfährt Ella uns mit ihren Berichten über die Kur und die Gespräche, die sie geführt hat. Am Ende erzählt sie uns noch, dass sie wieder gesund ist und wir einen Neuanfang wagen können, dann fragt sie schüchtern: „Das willst du doch auch, oder?"

„Ja!", antworte ich vollkommen erledigt. Ich habe mit allem gerechnet, aber nicht damit, dass ich mich heute verlieben würde … in meine eigene Frau … und außerdem habe ich nicht damit gerechnet, dass auf einmal alles so einfach ist, so leicht und unbeschwert. Jetzt fehlen nur noch Mimo und Hanna und mein Glück wäre perfekt. Ella scheint meine Gedanken zu erraten. „Wann kommt denn Mimo nach Hause?"

„Heute in einer Woche" antworte ich. „Am zehnten Dezember."

„Ob er mich vermisst?", fragt sie schüchtern.

„Ganz bestimmt."

„Und du? Hast du mich vermisst?"

„Jede einzelne Sekunde."

„Das kann ich bestätigen", schwindelt Ben und grinst mich hinter Ellas Rücken an. „Du warst sein Lieblingsthema, Ella."

„Blödmann!", sage ich und stoße ihm in die Rippen. Ben simuliert einen heftigen Schmerz und bringt uns mit seiner Grimasse zum Lachen. Ebenfalls zum Lachen bringt uns Ida, als sie erzählt, wie sehr Benni-Two doch auf seine Herr-im-Haus-Rolle gepocht hat und dass es seit unserer Abreise tatsächlich jeden Mittag ein Schokoladeneis zum Nachtisch gab.

„Mir kommt das Zeug schon aus den Ohren wieder heraus", stöhnt sie.

„Benni-Two wahrscheinlich auch", lacht mein Kumpel, aber Ida schüttelt allen Ernstes den Kopf und grinst: „Nein, er besteht weiterhin darauf."

„Ich hätte nichts dagegen", lache ich und hole mir von meiner Frau noch einen Kuss ab, aber dann wollen wir los. Richtung Sandhaus, das für mich endlich wieder ein Zuhause ist.

Es ist Dezember, das Haus ist bereits adventlich geschmückt und ich staune darüber, dass Ella mir einen Adventskalender gebastelt hat. Da heute schon der dritte Dezember ist, darf ich bereits drei der großen Päckchen öffnen, finde im ersten einen Riegel Schokolade, im zweiten einen Apfel und im dritten einen Gutschein für eine romantische Nacht. Hey, da bin ich dabei! Aber erst mal will ich mit meiner Tochter schmusen und dann wollen wir Mimo anrufen. Ich übernehme den Anfang des Gesprächs und bereite ihn behutsam darauf vor, dass seine Mama ihn auch noch sprechen möchte. Zuerst zögert er, aber dann möchte er mit ihr reden. Ich lasse Ella während des Gesprächs allein und schleiche mich in das Zimmer meiner Tochter, die jetzt ihren Mittagsschlaf hält. Kurz darauf wird sie wach, ich nehme sie aus dem Bett, wickle sie und trage sie in die Küche zu den anderen. Ella telefoniert lange mit Mimo und wahrscheinlich spricht sie zwischendurch auch mit Farmor oder Farfar. Nach dem Telefonat ist sie jedenfalls beruhigt und berichtet uns von Mimos guter Stimmung. Dann nimmt sie mir Hanna ab und kuschelt mit ihr, während ich für uns alle Kaffee koche und Ida einen Kuchen anschneidet. Pünktlich zur Kaffeezeit tauchen auch Robin, Caroline und Timm auf, die ebenfalls eine Menge zu berichten haben. Am späten Abend, als Ella sich im Badezimmer zurechtmacht, zünde ich schon mal ein paar Kerzen im Schlafzimmer an, dann lösche ich das Licht, stelle eine Flasche Sekt bereit und zwei Gläser, dann verschwinde ich schnell im Gästebad und hole mir anschließend die Belohnung meiner Frau dafür ab, dass ich über viele Wochen lang so brav war, und bereit bin, es noch einmal mit ihr zu versuchen.

Eine ganze Woche später, als hier im Sandhaus schon wieder Routine eingekehrt ist, erwarten wir Mimo zurück. Jonas holt ihn und seine Eltern aus Hamburg ab, während wir mit Hayden und Taylor auf der Kraftrampe schwitzen. Jay nimmt uns heute ganz besonders hart ran. Vielleicht kommt es mir aber auch nur so vor, weil ich doch so ungeduldig auf meinen Sohn warte. Leider hat Jay kein Erbarmen. Ich hatte gehofft, er würde die Einheit heute für mich ausfallen lassen, aber er kennt kein Pardon. Deshalb kann ich Mimo nicht im Sandhaus empfangen, sondern hechele durch die Halle, aber nach der Einheit laufe ich direkt ins Haus. Ich sehe Mimo hinter dem Küchenfenster auf mich lauern und sobald er mich entdeckt, klettert er vom Stuhl und läuft mir entgegen. Er springt sofort in meine Arme und wirft mich zu Boden, bedeckt mein Gesicht mit tausend Küssen und klammert sich an mich fest. „Papa!", ruft er immer wieder laut und wälzt mit mir über den nassen Rasen. Wir sehen aus wie die Ferkel, als Jonas auf sich aufmerksam macht: „Du holst dir noch eine Erkältung. Raus aus den Klamotten, Sohn!"

Ich salutiere im Spaß vor meinem Dad, was meinen Sohn zum Kichern bringt, aber Jonas hat natürlich recht. Ich muss schnellstens duschen und mich umziehen, sonst werde ich noch krank und das muss ja nun wirklich nicht sein. Nach der Dusche lasse ich von Farmor und Farfar meine Augenfarbe kontrollieren, die inzwischen ihre Normalfärbung angenommen hat.

„Himmelblau", sagt Farmor nur lächelnd. „So ist es richtig."

„Ich freue mich, dass ihr hier seid."

„Und ich bin begeistert, wie schön ihr euer Haus geschmückt habt."

„Das war Ella fast ganz allein", sagt Ida und ruft uns ins Wohnzimmer. Es ist zwar erst zwölf Uhr mittags, aber sie hat einen Svagdricka vorbereitet. Zur Feier des Tages und wir haben heute eine Menge zu feiern ... eine ganze Menge!

Zuerst einmal ist allerdings Siesta angesagt. Mimo ist nämlich müde von der Reise, die zwar in zwei Etappen stattgefunden hat und von einer Übernachtung in Dänemark unterbrochen wurde, aber er war wohl so aufgeregt, dass er kaum geschlafen hat. Jetzt will er tatsächlich freiwillig ins Bett und zwar mit Mama und Papa. Die Betonung liegt hier auf dem Wort und ... oder auf Mama? Ich weiß nicht, jedenfalls besteht er darauf, dass wir uns zusammen mit ihm in unser Bett legen. Er selbst schläft schnell ein, während Ella und ich unseren Kleinen beim Schlafen betrachten und uns an den Händen halten. Das gefällt mir sehr gut und noch besser gefällt mir, dass sie mich dabei anlächelt.

Mimo und Hanna schlafen tief und fest und ebenso tief und fest fixiert Ella meinen Blick, dann wiederholt sie leise die Worte meiner Oma: „Himmelblau. So ist es richtig."

„Das hast du ganz allein in der Hand, Ella", sage ich ebenso leise, damit ich die Kinder nicht wecke.

„Ab sofort sorge ich dafür, dass es immer so bleibt, Chico. Ich weiß, ich habe es schon einmal versprochen, aber diesmal bleibt es dabei."

„Ich weiß."

„Ich hoffe, ich kann dieses Versprechen halten."

„Das wirst du."

„Ich muss dir allerdings noch etwas sagen."

„Ja?"

„Ja, ich habe lange darüber nachgedacht."

Mit einem mulmigen Gefühl setze ich mich aufrecht, während Ella offensichtlich nach den richtigen Worten sucht. Mir wird kalt und ich halte den Atem an, der dann vollends aussetzt, als sie schließlich sagt: „Ich verbringe den Winter mit den Kindern auf Mallorca."

„Nein, Ella!", bitte ich sie.

„Doch, Chico, das musst du mir zugestehen."

„Aber …"

„Es sind nur zwei Monate, Schatz. Der Januar und der Februar. Dann seid ihr wieder mitten im Training, du wirst es gar nicht merken, dass wir nicht da sind."

„Das ist Unsinn."

„Lass uns nicht darüber streiten, ja?"

„Ich bin damit nicht einverstanden."

„Dann schlag einen Kompromiss vor", sagt Ella sanft und streichelt mein Gesicht und ich zermartere mir das Gehirn. Wie soll so ein Kompromiss schon aussehen? Ich kann sie auf keinen Fall begleiten, nicht im Januar und auch nicht im Februar. Diese Monate haben wir ganz anders verplant und uns inzwischen auch zu einem Indoor-Turnier in Holland angemeldet, das im Januar stattfindet. Außerdem sehe ich gar nicht ein, dass ich schon wieder auf meine Familie verzichten soll. Ich habe Ella und Hanna doch gerade erst wiederbekommen, von Mimo ganz zu schweigen, aber Mimo ist ein gutes Stichwort. Ella wollte einen Kompromiss? Gut, ich habe einen. Mal sehen, wie sie damit klarkommt.

„Okay, ich schlage dir einen Kompromiss vor."

„Ja?"

„Mimo bleibt hier!"

„Aber …"

„Das ist mein Vorschlag: Mimo bleibt hier."

„Aber …"

„Mimo bleibt bei mir, da gibt es keine Diskussion!"

„Darüber muss ich nachdenken."

„Ja, tu das."

Soll sie doch nachdenken! Mir doch egal! Sie wird schon schnell genug merken, dass ihr alles Nachdenken nichts nützt. Mimo bleibt bei mir, ich werde da keinen Zentimeter nachgeben. Wenn sie unbedingt Abstand von mir haben möchte, soll sie meinetwegen nach Timbuktu reisen, aber mein Sohn bleibt bei mir, da lasse ich nicht mit mir diskutieren. Schließlich bin ich sein Vater und habe auch Rechte, oder? Als Ella das Gespräch wieder aufnimmt, ist sie von meiner Hartnäckigkeit überrascht, die ist sie von mir nicht gewöhnt, aber als wir das Problem am Abend mit den anderen diskutieren, hat Ben einen logischen Vorschlag: „Warum fragt ihr den Krümel nicht, was er von der ganzen Sache hält? Du kannst ihn schließlich nicht ohne seinen Willen auf diese Insel verschleppen."

„Stimmt", bestätigt Linda und fällt mir allen Ernstes in den Rücken: „Aber wenn er mit Ella fliegen will, darfst du ihm das auch nicht verbieten, Bruderherz."

„Vielen Dank für deine Unterstützung", motze ich meine Schwester an, die sofort erschrickt: „Ich wollte nicht …"

„Hast du aber!", bestätigt Ben. „Schweigen ist manchmal Gold, Linda."

„Tut mir leid."

Ich winke ab. Was soll das jetzt auch bringen? Fragen wir also Mimo, was er von dieser ganzen Sache hält. Ich mache mir allerdings keine großen Sorgen, denn schließlich ist er ein Pirat und Piraten sind echte Männer. Sie brauchen die raue See, starken Wind und ihr Schiff, das in Mimos Fall nun mal hier in Schilksee steht. Fest verankert mit dem Boden auf meinem Grundstück. Er hat während seines Aufenthalts in Schweden lange genug darauf verzichtet und ich bin sicher, dass sein Piratenschiff ein gutes Argument ist, den tristen Winter zu Hause zu verbringen. Um Mimos Entscheidung mache ich mir also keine Sorgen, dafür mache ich mir umso mehr Sorgen um Ellas Reaktion auf meine Forderung. Muss ich heute Nacht wieder auf dem Sofa schlafen?

Kapitel 11

Ein mieser Trick

Ich habe Glück und darf die Nacht in meinem Bett verbringen und die nächsten Nächte auch. Die Abende verbringen wir entgegen aller Absprachen in der Halle beim Training für die erste Bundesliga. Im Heimspiel gegen Berlin bekommt Ben einen Einsatz über die volle Spielzeit und ich darf das Team gegen die Mannschaft aus Friedrichshafen unterstützen. Und dann kommt Weihnachten mit großen Schritten auf uns zu. Unser erstes Weihnachten mit Hanna.

Timm verbringt die Feiertage bei seinen Eltern, Robin und Caroline verreisen mit Michael, sodass in diesem Jahr nur die Sandhausfamilie Traditionsweihnachten feiert. Den Baum sucht Benni-Two dieses Jahr aus. Es ist ein Riesenmonstrum, für das unsere Lichterketten nicht ausreichen, deshalb fährt Jonas noch mal in den Supermarkt und bringt zur Freude der Kinder Bratäpfel mit. Am Morgen des 24. Dezember schicken Ella und Linda uns mit unseren Söhnen und meiner Tochter aus dem Haus, wir besuchen den Weihnachtsmarkt, lassen die Kinder mit dem Karussell fahren und genehmigen uns einen Glühwein, Zuckerwatte, Bratwurst und zum Abschluss einen zweiten Glühwein. Um kurz vor drei kehren wir mit der besten Laune zurück und werden in die Küche verbannt. Es gibt Kaffee, Kakao und Kuchen, danach sollen wir uns schick machen und endlich gibt es Geschenke.

Den ersten Weihnachtstag verbringen wir bei Albin und Margot. Sie haben einige ihrer trockenen Freunde zum Mittagessen und einen weiteren Schwung Langweiler zum Abendessen eingeladen, aber Ella und ich benehmen uns mustergültig. Mimo leider nicht. Irgendwie schafft er es bei jeder Mahlzeit, entweder sich selbst oder mindestens die Tischdecke total einzusauen. Beim Mittagessen ist es die Bratensoße, beim Abendessen sein Apfelsaft. Nach dem Essen ist Mimo total müde, was vor allem daran liegt, dass er heute kaum Frischluft hatte und den ganzen Tag stillsitzen musste. Er schläft in meinen Armen auf dem Sofa ein, ich bringe ihn ins Bett und hätte große Lust, gleich hier im Zimmer zu bleiben, aber das kann ich Ella nicht antun.

Meine Schwiegereltern behandeln mich komisch. Fast kommt es mir so vor, als machten sie mir Ellas überstandene Depression zum Vorwurf. Margot deutet an, dass wir wohl zu früh geheiratet haben und dass Ella von dem Chaos im Sandhaus überfordert ist, und Albin setzt sogar noch einen drauf. Er behauptet wieder einmal, dass ich nicht der richtige Mann für seine Tochter bin. Schließlich soll sie irgendwann die Baufirma übernehmen und braucht jemanden an ihrer Seite, der fest mit anpacken kann und sich im Baugeschäft auskennt. Außerdem machen sie mich dafür verantwortlich, dass Mimo sich überhaupt nicht benehmen kann und dringend eine feste Hand bei seiner Erziehung braucht. Ich falle von einem Überraschungsanfall in den nächsten und wundere mich, dass ich mir nicht einfach meine Familie schnappe und nach Kiel zurückfahre. Trotzdem übernachten wir bei meinen Schwiegereltern und fahren nach dem Frühstück am zweiten Weihnachtstag zu Mama.

Bei Mama ist alles anders, in der Küche läuft laute Kindermusik, es gibt einen grellbunten Tannenbaum und Mama hat für Mimo und Greta ein kindgerechtes Essen gekocht: Fischstäbchen mit Kartoffelpüree und Erbsen. Für uns selbst gibt es eine Gans mit den leckersten Zutaten, dazu genug Wein, um eine Volleyballmannschaft komplett abzufüllen. Hanna bekommt natürlich Milch. Nach dem Mittagessen brauchen wir unbedingt Bewegung, stecken die Kinder in ihre Schneeanzüge, Hanna in den Kinderwagen und gehen mit ihnen auf den Spielplatz. Danach müssen sie unbedingt unter die Dusche, weil sie von Kopf bis Fuß dreckig sind. Wir stecken sie in bequeme Jogginganzüge, ziehen uns selbst auch legerer an und verbringen den Nachmittag mit einem Kinderfilm vor dem Fernseher und dem Kamin. Die Atmosphäre ist ganz anders als bei Margot und Albin, viel lockerer und deutlich lustiger. Das sieht selbst Ella so. Außerdem werde ich hier nicht blöd angemacht, im Gegenteil.

Zum Abendessen hat Mama etwas beim Chinesen bestellt, aber als die Ware geliefert wird, sind wir uns einig, dass wir noch pappsatt sind, deshalb stellen wir alles in den Ofen und einigen uns schnell, heute Nacht einfach hier zu schlafen, das Gelieferte morgen zu essen und heute Abend nur noch eine Kleinigkeit zu brauchen. Johannes und ich gehen irgendwann zu Bier über und die Frauen wechseln zum Mineralwasser. Die Kinder halten bis kurz vor Mitternacht durch, schlafen dafür am nächsten Morgen fast bis zehn Uhr und bescheren uns somit ein angenehm spätes Frühstück und ein sehr, sehr spätes Mittagessen. Erst um drei Uhr sind wir so weit, dass wir eigentlich fahren könnten, aber Mama überredet Ella zu einer Tasse Kaffee, Johannes bietet mir einen Whiskey an, den ich ablehne. Wir hängen um sechs Uhr immer noch in der Bude, aber dann spreche ich ein Machtwort, verfrachte die Familie ins Auto und transportiere uns alle zurück nach Schilksee.

Im Sandhaus findet gerade eine Party statt, Frauke hat Gäste aus Hamburg, die ordentlich Stimmung machen. Für Ben und mich ist das ungünstig, wir haben nämlich morgen ein anstrengendes Pensum vor uns, weil wir das Sandtraining wieder aufnehmen und abends in der Halle trainieren wollen.

Während wir durch den Sand toben, telefoniert Jonas und erzählt uns anschließend von einem Sondereinsatz fürs Wochenende: Die Volleyballmannschaft braucht uns für das Ligaspiel in Düren. Nach dem Spiel übernachten wir in einem kleinen Hotel am Stadtrand, joggen am frühen Morgen, duschen, frühstücken und treten danach die Heimreise an. Für den Abend ist eine kurze Einheit geplant, aber Jannis verzichtet auf Ben und mich. Dies war unser letztes Hallenspiel für diese Saison, ab nächster Woche geht es wieder ausschließlich in den Sand, während es für Farmor und Farfar wieder nach Hause geht.

Unsere Silvesterparty steigt dieses Jahr direkt auf dem Wasser. Wir haben uns Plätze auf einem riesigen Partyschiff gemietet und sind froh darüber, die Kinder bei einem Animationsteam beziehungsweise bei einem Babysitter abgeben zu dürfen. Viele Spieler aus unserem Hallenteam haben dort ebenfalls gebucht, außerdem sind Mama, Johannes und Greta dabei. Um sechs Uhr startet das Schiff in Richtung Norden. Die Kinder genießen ein Kindermenü und werden anschließend in einen Kinosaal gelockt, während wir unseren ersten Cocktail trinken und das Personal mit den letzten Vorbereitungen für das Silvestermenü beschäftigt ist. Die Damen tragen Abendkleider, wir selbst haben uns in Anzüge mit Krawatten und Manschettenknöpfen gezwängt. Ella und Linda waren noch beim Frisör, tragen Hochsteckfrisuren und teuren Schmuck. Das Essen ist jedenfalls eine Wucht und noch besser ist, dass unsere Kinder schnell Freundschaften schließen und uns den ganzen Abend nicht vermissen. Um zwei Uhr morgens legen wir wieder im Hafen an, steigen in den bestellten Taxi-Bus und bringen die Kleinen ins Bett. Wir ziehen unser Nachtzeug an, schlüpfen in unsere Bademäntel und nehmen noch einen Abschlusssekt im Wohnzimmer. Greta schläft bei Mimo, Mama und Johannes oben bei Ida und Jonas und Ella schläft in meinem Arm. Besser kann man kaum ins neue Jahr starten … na ja … zumindest nicht sehr viel besser.

Pennen heißt die Devise am nächsten Morgen, zum Glück sehen es die Zwerge ähnlich. Sie lassen uns lange schlafen und nur Hanna fordert unsere Aufmerksamkeit: einmal um fünf und einmal um sieben, dann erst wieder um zehn, aber da ist Mama längst wach und übernimmt unsere Kleine. Ella und ich zwingen uns um zwölf aus dem Bett und sind dabei noch die Ersten. Zum Mittagessen gibt es Marmeladentoast, zum Kaffee Nudelsuppe und am Abend eine nette Geschichte von Mama: „Maria und Klaus ziehen bald zu uns.“

„In eure Wohnung?“, fragt Linda überrascht.

„Nein, eine Etage über uns wird eine Wohnung frei. Johannes hat sie für sie gekauft.“

„Das ist klasse!“, freue ich mich. So kann ich meine Quasi-Großeltern viel öfter sehen.

„Aber es ist schade, dass wir beim Turnier in Hannover nicht bei ihnen wohnen können“, wirft Ben ein. Das sehe ich übrigens genauso, aber man kann schließlich nicht alles haben. Die Geschichte über den Umzug macht Jonas nachdenklich: „Ich hätte meine Eltern auch gern in der Nähe.“

„Die kriegst du niemals aus Göteborg raus“, sagt Ida. „Sie wollten ja damals auch nicht mit nach Kopenhagen und nach London schon gar nicht.“

„Hmmm, aber sie werden auch nicht jünger.“

„Stimmt. Farmor ist schon siebzig und Farfar ist bereits fünfundsiebzig“, überlege ich.

„Du machst schon wieder Pläne, Sohn, hm? Aber du hast hier doch gar nichts frei“, feixt Jonas. Ich gehe auf seinen scherzhaften Ton ein: „Ich werfe Ben und Linda raus!“

„Guter Witz, Bruderherz."

„Oder ihr zieht ins Piratenschiff."

„Haha!"

„Ich könnte auch …", beginnt Frauke, aber das kommt gar nicht in Frage.

„Auf gar keinen Fall!", wehre ich ab.

„Anbauen geht jedenfalls nicht mehr. Das Baufenster ist komplett ausgeschöpft."

Ebenfalls ausgeschöpft sind die nächsten Tage. Ben, die Londoner und ich bereiten uns auf ein Indoor-Turnier in Den Haag vor, für das wir als drittes deutsches Team gemeldet sind und bei dem wir durch die Qualifikation müssen. Am Mittwochmorgen fahren wir los, nachdem wir uns von den Sandhäuslern verabschiedet haben. Ella mault mir noch die Ohren zu, dass es heute an der Förde ganz besonders kalt und ungemütlich ist, aber Linda lockt sie mit einem Saunabesuch und einem Frauenfilmabend vor dem Kamin.

In Den Haag treffen wir auf die anderen deutschen Teams, nämlich Christian und Stefan sowie Daniel und Patrick, das zweite Nationalteam. Unsere Zimmer liegen nebeneinander, wir nehmen zusammen die Mahlzeiten ein und profitieren beim Training voneinander. Unser erstes Nationalteam trainiert gerade mit dem vierten Team in Brasilien, so dass für uns ein Startplatz frei geworden ist. Jonas ist in Schilksee geblieben, wir haben nur Jay dabei, der hier auch ein paar Landsleute trifft. Wir müssen als einziges deutsches Team durch die Qualifikation und starten dort glücklicherweise mit einem Freilos. Ohne auch nur einmal geschwitzt zu haben, stehen wir bereits in der zweiten Runde und besiegen dort ein norwegisches Team, das es uns allerdings ordentlich schwermacht. Mit diesem Sieg erreichen wir unser Minimalziel: den Einzug ins Hauptfeld. Mein nächstes Ziel ist das Handy, ich muss nämlich dringend Jonas informieren und natürlich Ella. Ella ist aber schon wieder mit Linda und den Kindern unterwegs und wimmelt mich ab, aber Jonas explodiert fast vor lauter Stolz: „Junge, ich freue mich riesig."

„Es war echt spannend und das Ergebnis extrem knapp."

„Die Norweger sind ein Spitzenteam, wenn ihr die geschlagen habt, ist noch viel mehr möglich."

„Ich bin gespannt, wie wir gesetzt sind. Vielleicht haben wir Glück und liegen nicht ganz hinten."

„Die Liste ist noch nicht raus, aber ich bin sicher, dass ihr nicht auf dem letzten Platz gesetzt seid."

„Wenn doch, spielen wir wahrscheinlich gegen die Niederländer."

„Klar, die Heimmannschaft, das wird nicht leicht, aber … wie gesagt … wer die Norweger schlägt, der hat es einfach drauf."

„Mal sehen. Ich melde mich, sobald die Liste raus ist, okay?

Die Setzliste erscheint allerdings erst spät am Abend und Jonas erfährt davon wohl eine Minute eher als ich, denn als ich gerade zum Handy greifen will, klingelt es schon.

„Ihr seid auf der vierzehn."

„Hm, habe ich auch gerade gelesen."

„Und? Schon gecheckt, wer eure Gegner sind?"

„Ja, blöder geht's wirklich nicht. Wir spielen gegen Daniel und Patrick."

„Das kann auch eine Chance sein."

„Leicht werden wir es ihnen jedenfalls nicht machen."

„Das ist mein Sohn!", lacht Jonas stolz und gibt mir noch den Tipp auf den Weg, einfach ruhig zu spielen und mein Können abzurufen. Ist ja auch so leicht!

Jetzt jedenfalls ist erst mal Pennen angesagt und zum Glück gelingt es auch. Ich schlafe wie ein Stein und fühle mich am nächsten Morgen unbesiegbar. Um neun beginnt unser Spiel auf dem Centrecourt und ist genau zehn Minuten später beendet. Daniel verletzt sich nämlich zur Mitte des ersten Satzes und kann das Spiel nicht beenden. Die medizinische Auszeit reicht nicht, um ihn wieder spielbereit zu bekommen, sodass wir als Sieger vom Platz gehen und eine Runde weiter sind. Jetzt können wir uns das Spiel von Christian und Stefan ansehen, die hier auf dem zehnten Platz gesetzt sind und die auf Nummer sieben einsortierten Polen in zwei Sätzen schlagen. Erst um sechs Uhr abends geht es für uns weiter, deshalb wandern wir zum Hotel, essen dort zu Mittag und telefonieren mit den Sandhausbewohnern. Danach sehen wir uns das Spiel der Londoner an, die sich von den Portugiesen in die Verliererrunde schicken lassen. Wir machen dasselbe mit den Türken, die uns im ersten Satz richtig Futter geben und deshalb im zweiten Satz ziemlich großspurig auftreten. Aber wir zeigen ihnen deutlich, dass Hochmut manchmal vor dem Fall kommt und lassen nicht mehr viele Gegenpunkte zu. Dieser Sieg ist eine Überraschung, denn die Türken waren deutlich vor uns gesetzt. Christian und Stefan verlieren zwischenzeitlich gegen die Schweizer und folgen Daniel und Patrick in den Verliererpool. Ben und ich sind jetzt das einzige deutsche Team, das noch in der Gewinnerrunde spielt, aber damit ist am Samstagmittag Schluss. Die Schweizer nämlich, die gestern Abend Christian und Stefan besiegt haben, machen uns richtig platt und sorgen dafür, dass wir im nächsten Spiel gegen das zweite niederländische Team antreten müssen. Wie inzwischen jeder weiß, haben wir mit Heimmannschaften so unsere Probleme, aber wir haben sowieso schon mehr erreicht, als wir zu hoffen gewagt haben. Wenn wir die Niederländer schlagen, sind wir im Halbfinale, ansonsten sind wir Fünfte und das ist ja nicht gerade ein Beinbruch. Christian und Stefan spielen in der Verliererrunde gerade gegen die Türken, die wir dort hingeschickt haben, und besiegen sie im Tie-Break. Wir feiern unsere Erfolge beim Abendessen, ruhen danach ein wenig aus, telefonieren noch einmal mit unseren Mitbewohnern und gehen anschließend zurück zu den Courts. Um halb acht beginnt unsere Schlacht gegen das zweite niederländische Team, die wir unbedingt gewinnen wollen. Wollen und Können liegt heute sogar ziemlich dicht beieinander, denn wir schenken unseren Gegnern nichts. Der erste Satz geht weit in die Verlängerung und fordert uns alles ab. Beide Teams reizen die Auszeiten und Satzpausen aus, unsere Gegner nehmen sogar eine medizinische Auszeit, während der wir selbst auf unseren Plätzen verschnaufen. Wir verschlingen jeder noch eine Banane, trinken Wasser und lassen uns im dritten Satz besiegen. Wir werden Fünfte, kassieren sechzig Punkte und vierhundertfünfzig Euro, schnaufen aus und sehen uns den Tie-Break zwischen Christian und Stefan und dem ersten polnischen Team an. Unsere Hamburger Freunde brauchen ebenfalls drei Sätze, aber sie geben am Ende als Sieger vom Platz und sind im Halbfinale. Die Halbfinalspiele werden allerdings erst morgen ausgespielt und die Schilkseebrigade beschließt, sich diese Spiele auf jeden Fall noch anzusehen. Ich rufe kurz im Sandhaus an, um Ella zu beichten, dass sie heute nicht mehr mit mir rechnen muss und wir uns erst morgen sehen. Sie reagiert ziemlich angefressen und beendet einfach das Gespräch. Für einen kurzen Moment meldet sich mein Bauch, aber dann laden Hayden und Taylor uns auf ein Bier ein und wir verschwinden in der nächsten Kneipe. Christian und Stefan klinken sich natürlich aus, für sie steht morgen Großartiges auf dem Spiel.

Im Halbfinale besiegen sie die Schweizer, aber im Endspiel unterliegen sie dem ersten niederländischen Team und das auch noch ziemlich deutlich. Trotzdem gelingt es uns, sie nach der Niederlage wieder aufzubauen.

Ich erleide auch eine Niederlage und niemand schafft es, mich danach wieder halbwegs aufzubauen. Als wir nämlich am späten Abend am Sandhaus eintreffen, muss ich feststellen, dass Ella verreist ist. Nach Mallorca! Mit den Kindern!

Fassungslos lese ich den Brief, den sie mir auf meinem Kopfkissen hinterlassen hat:

„Dominik,

wenn du aus dem Fenster siehst, siehst du nichts als grauen Nebel, Regen, Graupelschauer und Wind. Es ist nass, es ist kalt und es ist ungemütlich. Ich sehe nicht ein, warum ich hier frieren soll, wenn ich Besitzerin eines Ferienhauses in der Sonne bin. Die Temperaturen betragen heute in Palma zwanzig Grad plus, während ich bei minus acht Grad an der Förde langsam Depressionen kriege. Ich bin sicher, das willst du nicht, deshalb habe ich unsere Sachen gepackt und einen Hinflug gebucht. Ich weiß nicht, wann wir zurück sind, das hängt von verschiedenen Dingen ab. Mama sprach heute am Telefon von einer möglichen Wendung in meinem Leben, auf die ich ganz gespannt bin. Sie hat mich neugierig gemacht. Jetzt warte ich auf deinen Anruf, damit du mir die Hölle heiß machen kannst. Trotzdem bin ich sicher, dass du meinen Standpunkt verstehst. Vielleicht besuchst du uns sogar? Das würde mich und die Kinder freuen.

Ella“

Frustriert renne ich mit diesem Brief in die Küche, reiche ihn Jonas zum Lesen, der ihn an Ida weiterreicht. Ida liest vor und Linda ist sofort bei mir: „Armer Domi!"

„Was soll das eigentlich?", frage ich überfordert.

„Das hatte sie von Anfang an vor", erklärt Ida leise.

„Aber wir haben abgemacht, dass zumindest Mimo hierbleibt. Warum habt ihr sie nicht aufgehalten?"

„Wir waren gar nicht hier", verteidigt sich Jonas. „Wir waren in Kiel und als wir zurückkamen, waren sie schon verschwunden."

„Warum macht sie das?"

„Das solltest du sie wirklich selbst fragen."

Niedergeschlagen krame ich nach meinem Handy und lausche auf das Klingeln. Ella nimmt sofort ab, aber sie scheint ziemlich ruhig zu sein. Sie meldet sich provozierend gelassen: „Chico!"

„Hör auf damit, Ella, ich bin nicht dein Chico!"

„Aber …"

„Warum bist du nicht hier?"

„Das weißt du ganz genau!"

„Wir hatten eine Absprache!"

„Hatten wir?"

„Mimo sollte hierbleiben!"

„Das stimmt nicht ganz. Wir wollten ihn fragen, ob …"

„Ich kann mich nicht erinnern, dass ich ihn gefragt habe!"

„Ich habe ihn gefragt und er wollte mit."

„Das glaube ich nicht!"

„Dann frag ihn selber!"

Ella überreicht ihr Handy an meinen Sohn, der fröhlich ruft: „Papa, wann kommst du?"

„Gar nicht, Mimo, ich muss im Sandhaus bleiben."

„Aber wieso?"

„Ich muss trainieren, das weißt du doch."

„Aber Mama hat gesagt, dass du auch kommst."

„Dann hat Mama gelogen."

„Oh!", schnieft Mimo.

„Willst du nach Hause kommen?"

„Ja."

„Gib mir noch mal Mama, ja?"

„Ja."

„Ich habe dich lieb, Mimo."

„Ich habe dich auch lieb, Papa."

Ella meldet sich jetzt ziemlich zerknirscht: „Als ich ihn gefragt habe, hat er sich gefreut und war ganz aufgeregt."

„Was hast du ihm denn erzählt?", frage ich sauer.

„Ich habe gefragt, ob er Lust hat auf einen Urlaub."

„Und er dachte wahrscheinlich an Schweden."

„Das glaube ich nicht, ich habe von Sonne erzählt und vom Meer."

„Er ist noch nicht einmal drei, Ella! Was sollte er denn glauben?"

„Er hat sich jedenfalls gefreut!"

„Du hast ihn ausgetrickst, das ist so mies."

„Jetzt ist er jedenfalls hier und wenn du ihn sehen willst, musst du eben auch herkommen, aber du hast ja keine Zeit für uns!"

„Das ist unfair, Ella, das weißt du!"

„Ich weiß nur, dass dein Sport wichtiger ist als …"

„Das stimmt nicht."

„Und was willst du jetzt tun?"

„Ich hole die Kinder nach Hause."

„Oh … wann kommst du?"

„Morgen irgendwann, gib mir die Adresse."

„Ich schicke dir eine Nachricht."

„Bis morgen."

„Sei mir nicht böse!"

Frustriert beende ich das Gespräch und bin immer noch auf hundertachtzig. Ich soll ihr nicht böse sein? Was soll das denn? Sie entführt meine Kinder und ich soll es so hinnehmen? Weil ihr kalt ist? Weil wir in einer deutschen Schlechtwetterzone leben? Das ist ja wohl kein Grund, oder? Ich glaube eher, das Geschenk ihrer Eltern ist ihr inzwischen zu Kopf gestiegen, das Sandhaus ist ihr zu billig, Kiel nicht schick genug und ich bin nicht der Mann, der in ihre Kreise passt.

Erschrocken über diesen Gedanken muss ich mich erst mal setzen. Ich passe nicht in ihre Kreise, das stimmt sogar, oder? Schließlich ist sie eine Tochter aus reichem Hause, während ich allein mit meiner Mutter in einer winzigen Mietwohnung aufgewachsen bin. Ihre Eltern haben Freunde unter den reichsten Familien Hamburgs, während ich nur Sportler kenne, die sich durchkämpfen müssen und auf Sponsoren angewiesen sind. Das ist natürlich etwas völlig anderes, aber bisher hat es doch für Ella gereicht, warum macht sie jetzt dieses Theater und warum will sie mir die Kinder entfremden? Ich grüble immer noch panisch, während Linda schon einen Schritt weiter ist. Sie hat sich bereits auf der Homepage des Flughafens eingeloggt und sucht nach dem nächstmöglichen Flug für mich. Ich soll inzwischen ein paar Sachen packen und ein paar Tage in Andratx bleiben, schlägt Jonas vor. Er ist nämlich der Meinung, dass wir gemeinsam herausfinden sollen, was Mimo wirklich will. Ich soll ihn nicht drängen, soll aber darauf achten, dass Ella ihn nicht manipuliert oder zu etwas überredet, was er aufgrund seines Alters selbst nicht entscheiden kann. Während ich also einen kleinen Koffer packe, ruft Linda mir mögliche Flugzeiten zu. Ich entscheide mich für eine Verbindung am nächsten Morgen um acht Uhr ab Hamburg, so dass ich um sechs losfahren muss. Deshalb stehe ich um fünf Uhr auf, treffe niemanden im Haus an und mache mich auf den Weg nach Hamburg. Den Flug erreiche ich nur knapp, lande um halb elf in Palma und suche mir ein Taxi. Um elf Uhr stehe ich vor der angegebenen Adresse und vermute schon, hier falsch zu sein, aber dann lese ich das Klingelschild: Michels steht da. Nicht Nordgren, sondern Michels. Auch diese Enttäuschung muss ich schlucken, aber noch mehr stört es mich, dass auf mein Klingeln niemand öffnet und ich hier ziemlich blöd herumstehe. Auf dem Handy meldet Ella sich nicht, aber nachdem ich etwa eine Viertelstunde auf dem Fußweg campiert habe, taucht eine ältere Spanierin in einem rostigen Auto auf, die für Ellas Grundstückstor einen Schlüssel hat. Sie fragt mich, ob ich Dominik bin, und bittet mich ins Haus, das diese Bezeichnung nicht verdient hat. Das Haus ist nämlich eine Villa, das Grundstück riesengroß und der Pool, der auch noch beheizt ist, hat beinahe olympische Ausmaße. Wo bin ich hier? Und wo ist Ella? Irgendwie kann ich mich nicht vorstellen, dass Ella hier wohnt.

„Wo ist Ella?", frage ich deshalb meine Retterin.

„Desayuno con amigos."

Ich krame nach meinem Handy und stelle fest, dass Ella mit Freunden zum Frühstücken verabredet ist. Das ist ja wirklich die Krönung! Sie hätte sich doch denken können, dass ich hier bin. Verlegen frage ich nach der Adresse, lasse sie aufschreiben, reiche diesen Zettel dem bestellten Taxifahrer und lasse mich vor einem Szene-Café absetzen.

Das ist wirklich nicht der Ort, an dem ich gern frühstücke, und ich hätte niemals gedacht, dass Ella sich hier wohlfühlen würde. Am Eingang habe ich sogar ein Problem mit dem Wachdienst, weil ich erstens nicht angemeldet und zweitens nicht richtig gekleidet bin, aber zum Glück entdeckt Mimo mich, der fröhlich rufend auf mich zuläuft: „Papa! Da bist du!"

Er springt in meine Arme, krabbelt wieder auf den Boden und zieht mich an einen Tisch, an dem mindestens zwanzig Fremde sitzen. Mitten unter ihnen finde ich Ella, Johanna und zu allem Überfluss auch noch meine Schwiegereltern. Hektisch rücken jetzt alle zusammen und laden mich ein, mit ihnen zu essen, aber mir ist wirklich jeder Appetit vergangen. Verwirrt betrachte ich Ella, die übertrieben geschminkt ist aber nicht nur das. Sie trägt ein Business-Kostüm, das ich noch nie an ihr gesehen habe und sie ziemlich streng aussehen lässt. Johanna schläft in den Armen einer aufgedonnerten Lady, die auch noch raucht, und der Kerl neben Ella hat sein teures Hemd bis zum Bauchnabel aufgeknöpft. Sein Arm liegt auf der Rückenlehne von Ellas Stuhl und seine Hand auf Ellas Oberschenkel. Das gefällt mir überhaupt nicht.

Mein Sitzmöbel, das jetzt unauffällig zwischen Ella und diesem Gigolo platziert wird, unterbricht diese reizende Berührung, aber ich spüre, wie sie sich hinter meinem Rücken Blicke zuwerfen, dann räuspert sich Ella und sagt: „Schön, dass du uns gefunden hast."

„War nicht leicht", brumme ich.

„Entschuldige, ich hatte diese Verabredung gestern total vergessen."

„Was sind das für Leute, Ella?"

„Das sind unsere Nachbarn."

„Unsere Nachbarn leben in Schilksee", stelle ich richtig.

„Das sind unsere neuen Nachbarn. Als Mama erfahren hat, dass ich herkomme, hat sie diese Vereinbarung getroffen."

„Ist ja wirklich nett von deiner Mama", maule ich.

„Nun sei nicht beleidigt. Ich freue mich, dass du hier bist."

„Das sieht man."

„Wie lange bleibst du?"

„Bis wir Mimos und Hannas Koffer gepackt haben."

„Was soll das heißen?"

„Ich nehme sie wieder mit nach Hause."

„Das werden sie nicht wollen, zumindest Mimo nicht."

„Wieso nicht?"

„Weil ich die Sjörgrens eingeladen habe!"

„Das ist so ein mieser Trick, Ella!", rufe ich angefressen und bin wirklich kurz davor, mein Geschirr an die Wand zu werfen.

„Du kannst ja auch bleiben."

„Du verstehst überhaupt nichts."

„Wieso? Du kannst doch in Alcudia trainieren."

„Das ist eine Stunde von hier!"

„Na und?"

„Und die anderen sind in Schilksee."

„Wir haben genug Platz."

„Ich will es nicht, hörst du? Wir haben im März ein Trainingslager und diese Fahrtzeit nach Alcudia ist absolut indiskutabel."

„Wenn du dich nicht arrangieren willst …"

„Das hat mit Wollen nichts zu tun."

„Ich sage es ja, dein Sport …"

„Hör auf!"

Mimo und die anderen verfolgen unseren Schlagabtausch und ob ich will oder nicht, fängt der schmierige Typ rechts neben mir auch noch an, sich in unser Gespräch einzumischen: „Sie haben ein tolles Haus."

„Es gehört den Michels. Ich heiße Nordgren."

„Oh", sagt Ella. „Stört dich der Name an der Einfahrt?"

„Mich stört so ziemlich alles."

„Und Sie haben eine tolle Frau!"

„Das habe ich auch mal gedacht", sage ich leise und beende mein Frühstück, das so gar nicht nach meinem Geschmack ist. Der Kaffee schmeckt ziemlich übel, Kaviar habe ich noch nie gemocht und Lachs gehört meiner Meinung nach nach Nordeuropa. Den Prosecco rühre ich noch nicht einmal an. Ich mache meinen Tischnachbarn klar, dass ich diesen Haufen jetzt verlasse, und frage Mimo, ob er mitkommen möchte.

„Wohin?", fragt mein Sohn strahlend.

„Ins Haus. Wir packen eure Koffer und fliegen nach Hause."

„Ja!", ruft Mimo, aber Ella ist dagegen: „Das kommt überhaupt nicht in Frage. Mimo, die Sjörgrens kommen morgen."

„Oh!", sagt Mimo und fängt das Denken an. Das kenne ich gut, mir geht's nämlich genauso, aber Mimo ist auf meiner Seite: „Ich gehe mit Papa."

„Danke, Pirat", lobe ich ihn für seine logische Entscheidung, nehme der Goldlady meine Tochter ab und laufe mit meinen Kindern das kurze Stück zu Ellas Haus. Die Haushälterin bietet uns Getränke an und weil sie nett und in Plauderlaune ist, setze ich mich zu ihr in die Küche. Sie hat Kekse für Mimo und aufmunternde Worte für mich. Ich scheine ihr zu gefallen und vor allem scheine ich ihr leid zu tun, denn sie umsorgt mich wie eine Mama. Was Hanna angeht, redet sie mir aber ins Gewissen, meine Tochter hierzulassen. Ich denke lange darüber nach, muss aber einsehen, dass Ellas Haushälterin damit nicht falsch liegt. Dann hilft sie Mimo und mir beim Kofferpacken und während ich einen Flug für den Nachmittag buche, beschäftigt sie sich mit Hanna. Ich warte vergeblich darauf, Ella vor dem Abflug noch einmal zu sehen, aber sie taucht nicht auf und auf meine Kurzmitteilung reagiert sie überhaupt nicht. Es tut mir leid, dass Mimo sich jetzt nicht von ihr verabschieden kann, aber wir können nicht länger auf sie warten und fahren schließlich zum Flughafen. Meine Tochter vermisse ich schon jetzt.

„Bist du traurig, dass Mama hierbleibt?", frage ich Mimo vorsichtig, aber er lächelt nur und sagt: „Nein."

„Was machen wir, wenn wir wieder zu Hause sind?"

„Mit Benni-Two spielen."

„Gute Idee, Pirat."

Benni-Two ist jedenfalls bereit, als Mimo am Abend die Sandhaustreppe hochspringt. Sein Kumpel läuft ihm schon entgegen, während auf mich die neugierige Familie wartet. Die Fragen sind unausweichlich, Ida will natürlich wissen, ob Ella oder ich Druck auf Mimo ausgeübt haben und ich berichte von dem miesen Tick mit der Einladung der Sjörgrens. Ida schnappt empört nach Luft und Linda ruft sofort Ella an, die sich tatsächlich meldet. Das Gespräch scheint etwas eigenartig zu verlaufen, denn Linda erzählt, dass Ella geweint hat und überlegt, nach Hause zu kommen. Das wäre ja wirklich mal eine gute Idee, aber ich fürchte, dass sie es sich bald wieder anders überlegt. Hier regnet es nämlich jeden Tag Eiszapfen und die Männer tragen ihre Hemden nicht bis zum Bauchnabel aufgeknöpft.

Für eine Trainingseinheit fühle ich mich heute nicht fit genug und Jonas hat zum Glück ein Einsehen: „Du musst jetzt erst mal zur Ruhe kommen, Junge. Kümmere dich morgen um Mimo, okay? Es reicht, wenn du übermorgen wieder ins Training einsteigst."

„Danke."

Mimo ist allerdings so aufgeregt, dass er an Schlafen überhaupt nicht denken mag. Er kaspert den ganzen Abend herum, plaudert aufgeregt über die beiden Flüge und die Geschenke, die er von den Stewardessen bekommen hat, und von dem tollen Zimmer in seinem zweiten Zuhause. Außerdem will er seine Mama anrufen, um ihr eine gute Nacht zu wünschen. Das darf ich ihm natürlich nicht abschlagen, deshalb wähle ich für ihn und überreiche den Hörer. Ella allerdings scheint nicht erreichbar zu sein, deshalb stecke ich Mimo jetzt erst mal in die Badewanne und verspreche ihm, dass wir es nach dem Baden noch mal mit einem Anruf probieren. Aber Ella ist wieder nicht erreichbar und Mimo muss jetzt wirklich ins Bett. Er besteht auf einer Geschichte und einer Kuscheleinheit, mit beidem bin ich einverstanden. Der Tag war nämlich auch für mich sehr anstrengend, deshalb wundert es mich nicht, dass ich mit meinem Sohn zusammen einschlafe.

Ich wache erst um sechs am nächsten Morgen auf, laufe mit Ben, frühstücke mit den Kindern und verplane den Tag: Schwimmbad ist angesagt. Damit kann ich Mimo immer locken.

Als wir zurückkehren, haben wir Besuch, der hier sogar wohnt: Ella ist wieder da. Mimo freut sich über Mama, ich frage mich, was aus den Sjörgrens geworden ist, aber erst mal muss ich Ella trösten, die sich weinend in meine Arme stürzt. Dann erzählt sie mir etwas von Zwang von Seiten ihrer Eltern, die sie überredet haben, mit nach Andratx zu reisen, wo sie die richtigen Leute kennenlernen kann. Weil ich ja so ein Egoist bin, der nur an seinen Sport denkt, waren sie der Meinung, dass sie auch mal an sich selbst denken soll, schließlich sei sie ja krank und so weiter. Dieser Wortschwall überfährt mich komplett. Ich weiß gar nicht, was ich denken soll und bitte Ella, einfach der Reihe nach zu erzählen, was sie auch tut: „Als ich vom Frühstück zurückkam, von dem ich übrigens nichts wusste, war ich entsetzt, dass ihr nicht mehr da wart. Und in dem Moment ist mir klargeworden, was ich aufs Spiel gesetzt habe. Weißt du, seit meinem Geburtstag liegen meine Eltern mir damit in den Ohren, dass du zwar ein toller Kerl bist, aber doch nicht der richtige Mann für eine Michels. Zuerst haben wir uns heftig gestritten, aber ich war für sie plötzlich im Mittelpunkt, verstehst du? Das habe ich mir früher immer gewünscht, aber sie hatten nie Zeit für mich. Jetzt haben sie sich um mich gesorgt, mir dieses Haus geschenkt und mich mit anderen Leuten zusammengebracht, aber diese Leute sind einfach nur oberflächlich. Mama erwartet von mir, dass ich mich zurechtmache, dass ich teure Kleider trage und dass ich die Erziehung der Kinder an Erzieherinnen abgebe, stell dir vor! Ich habe mich gefreut, dass sie sich um mich kümmern, Mama ist mit mir Shoppen gefahren, das hat mir immer gefehlt. Wir waren bei der Kosmetik, beim Frisör. Wir haben alles gemacht, was Mütter mit ihren Töchtern machen, aber eigentlich hat es mir keinen Spaß gemacht. Ich habe mich gefreut, als ich dich im Restaurant gesehen habe, aber du warst so abwesend und das hat mich verletzt. Aber als ihr abgereist wart, hatte ich Angst, dass ich euch verloren habe, verstehst du?"

„Ich verstehe nur, dass du dich nicht an unsere Absprachen gehalten hast. Ich war wütend, weil du einfach weggeflogen bist, und ich war wütend, weil du Mimo und Hanna mitgenommen hast. Das hatten wir anders besprochen. Deine neuen Freunde fand ich auf Anhieb oberflächlich und dumm. Der Kerl neben dir hat dich schleimig angebaggert und du bist darauf eingegangen, das hat mich sehr verletzt, verstehst du? Und dann hast du diesen fiesen Trick mit dem Sjörgren-Besuch aus dem Ärmel gezogen. Zum Glück ist Mimo nicht darauf reingefallen. Wo sind sie eigentlich abgeblieben?"

„Ich habe abgesagt und sie hierher eingeladen. Sie buchen um und kommen, sobald ich grünes Licht gebe. Ich wollte erst mal fragen, ob du damit einverstanden bist."

„Lass uns ein paar Tage abwarten, okay?"

„Natürlich. Ich fasse es immer noch nicht, dass ich mich von meinen Eltern so habe einwickeln lassen."

„Das verstehe ich auch nicht. Es war doch alles okay zwischen uns und ich bin wirklich wütend, wenn ich daran denke, dass du mir seit Wochen Theater vorspielst."

„Das stimmt nicht!"

„Du hast eben gesagt, dass sie dich weichgekocht haben und das passiert nicht über Nacht."

„Ich weiß selbst nicht, warum ich nichts gemerkt habe."

„Ich schon!", sage ich leise.

„Ja?"

„Na klar!"

„Warum?"

„Es war ganz leicht für dich, sie haben dir das gegeben, was du immer wolltest und weil dich hier anscheinend nichts mehr hält, hast du alles glücklich angenommen."

„Das stimmt nicht."

„Was genau stimmt nicht?"

„Dass mich hier nichts mehr hält."

„Du hast doch aber gerade gesagt, dass dir dieser Glitzer, den deine Mutter dir geboten hat, immer gefehlt hat."

„Du hast nicht richtig zugehört", sagt Ella traurig.

„Ich habe es so verstanden, dass sie dir das geboten hat, was ich dir nicht bieten kann. Finanziell oder wie auch immer."

„Dann habe ich mich falsch ausgedrückt, tut mir leid."

„Du weißt, ich würde dir alles kaufen und alles schenken, aber bisher war ich der Meinung, dass es dir an nichts fehlt, von der Sonne einmal abgesehen. Es tut mir leid, dass ich alles falsch verstehe."

„Du bist der Einzige, der mich richtig versteht, kapier das doch. Ich bin diejenige, die den Fehler gemacht hat. Ich bin diejenige, die alles kaputt macht. Nimmst du mich zurück?"

„Das fragst du noch?", frage ich verlegen.

„Natürlich. Ich habe dir wehgetan. Ich habe dich geschlagen und ausgetrickst. Ich habe mich mies verhalten. Nimmst du mich zurück?"

„Ich liebe dich, Ella."

„Ich liebe dich auch! Ich verstehe nur nicht, warum du nicht um mich gekämpft hast."

„Was?"

„Ja, du hast dir die Kinder geschnappt und bist mit Mimo abgehauen."

„Was glaubst du, wie ich mich gefühlt habe? Ich dachte, ich werde erwartet, aber in diesem Palast war niemand. Dann lese ich den Namen an der Pforte und treffe dich in einem Restaurant, das du freiwillig nie betreten hättest. Neben dir sitzt jemand, der sich keine Knöpfe für sein Hemd leisten kann und seine schmierige Pranke liegt auf deinem Oberschenkel. Deine Mutter strahlt, als hätte sie dir gerade den perfekten Mann besorgt und …"

„Das war übrigens der Plan."

„Was?"

„Das war der Plan meiner Eltern. Sie wollten mir einen neuen Mann suchen."

„Aber … ich dachte …"

„Sie haben mich damit gelöchert, dass du die Hallensaison spielen sollst. Wahrscheinlich wollten sie mit einem Bundesligaprofi-Schwiegersohn angeben. Was weiß ich. Als ich ihnen erzählt habe, dass du dich auf die Sommersaison konzentrieren wolltest, haben sie es überhaupt nicht verstanden. Sie haben davon gesprochen, dass du langsam mal erwachsen werden sollst und sich tierisch darüber aufgeregt, dass du keinen Ehrgeiz hast. Das passt nicht zu uns, waren sie der Meinung und ich habe mich blenden lassen. Das Haus in Andratx haben sie gekauft, weil es dort viele reiche Junggesellen gibt. Sie wollten mich dort vorführen und sie haben es sogar geschafft. Stell dir vor, es gibt vier Angebote für mich."

„Ich weiß gar nicht …"

„Mach dir keine Sorgen, Chico. Als wir nämlich festgestellt haben, dass du weg warst und Papa das gleich feiern wollte und mich gefragt hat, wann ich denn die Scheidung einreiche, hat es bei mir Klick gemacht."

„Scheidung?"

„Ja, sie meinten, ich solle mich damit beeilen."

„Und du wärst bereit gewesen?"

„Hörst du mir nicht zu? Ich habe gesagt, dass sie mich damit total überfahren haben. Natürlich wäre ich dazu nicht bereit gewesen. Jedenfalls habe ich ihnen gesagt, dass ich dich liebe, dass wir zusammenbleiben. Ich verkaufe das Haus in Andratx und wir suchen uns zusammen eins in Alcudia, ja?"

„Da willst du doch gar nicht."

„Natürlich will ich es."

„Ich verstehe das alles nicht."

„Glaub mir, ich verstehe es auch nicht."

„Und was ist jetzt mit dir und deinen Eltern?"

„Ich weiß nicht. Funkstille würde ich mal sagen. Sie haben sich ja einiges geleistet, aber ich bin ihnen ja auch gut auf den Leim gegangen. Tut mir wirklich leid, Chico."

„Ja, mir auch", antworte ich müde. „Das ist wirklich heftig, was ich mir hier anhören muss."

„Ich kann mir vorstellen, wie du dich gefühlt hast."

„Mit Sicherheit nicht."

„Ich glaube …"

„Ich war zerrissen, Ella, ich habe einen Moment daran gedacht, uns aufzugeben und mich von dir zu trennen. Du wurdest Kerstin immer ähnlicher und ich wollte so was nicht noch mal erleben. Ich wollte lieber allein sein, als noch einmal so an die Wand gedrängt und manipuliert zu werden. Ich hätte auf dich verzichtet, Ella, aber nicht auf die Kinder. Wir hätten einen hässlichen Scheidungskrieg geführt und ich hätte nicht aufgegeben, hörst du? Alles wäre kaputt gewesen und wahrscheinlich hätte ich am Ende euch alle verloren."

„Dazu wird es nicht kommen."

„Ich weiß nicht, ob ich dir noch glauben kann."

„Das verstehe ich, aber …"

„Ich weiß nicht, ob ich dir noch vertrauen kann."

„Das kannst du."

„Es hat sich alles verändert."

„Das stimmt, aber wir schaffen es."

„Und wie lange soll es diesmal funktionieren?"

„Für immer, Chico."

„Bitte, sag nicht Chico zu mir, das gehört in eine andere Zeit."

„Okay", antwortet Ella traurig. „Ich verstehe dich."

„Das glaube ich nicht."

„Ich sorge dafür, dass du mir wieder vertraust. Versprochen. Aber ich verstehe auch, dass du jetzt Abstand brauchst. So würde es mir zumindest gehen. Also, ich lasse dir den Freiraum, den du brauchst und du lässt mir meinen. Wenn ich für ein paar Tage weg will, darfst du mich nicht halten."

„Aber du darfst Mimo nicht mitnehmen."

„Einverstanden."

„Und Hanna auch nicht!"

„Ich stille noch, Domi", widerspricht meine Frau.

„Okay. Aber du darfst dich nicht von anderen Männern betatschen lassen."

„Das habe ich sowieso nicht vor."

„Willst du denn wieder weg, Ella?"

„Ich bleibe ein paar Tage, aber ich brauche die Sonne, das weißt du. Vielleicht suche ich einen Käufer für das Haus und vielleicht finde ich ein schönes Haus in Alcudia. Das musst du dir dann allerdings ansehen und …"

„Ich kann während der Vorbereitung nicht ständig hin und her reisen."

„Ich weiß, aber …"

„Es ist dein Haus, meiner Meinung nach brauchen wir es nicht."

„Doch, ich brauche es. Wenn ihr eure Trainingslager absolviert, will ich nicht hier zu Hause festhängen."

„Andere Spieler haben ihre Frauen auch nicht dabei."

„Andere Spielerfrauen sind vielleicht auch nicht so vernarrt in ihre Männer."

Wir grinsen uns an, ich schüttele lachend den Kopf und sage: „Du bist verrückt, Ella, weißt du das?"

„Natürlich!", lacht sie zurück, küsst mich und verschwindet im Bad. Sie kehrt mit den Kindern zurück, wir legen eine Schmuseeinheit auf dem Sofa ein und ich für meinen Teil bin erleichtert, dass ich diesmal hartnäckig meinen Standpunkt verteidigt habe und dass es ausnahmsweise Ella war, die nachgeben musste. So ist es doch, oder? Sie verkauft diese protzige Hütte in Andratx, um in Alcudia ein hoffentlich schlichtes und zu uns passendes Haus zu finden. Über alles andere reden wir später, wenn ich dazu bereit bin. Mehr oder weniger.

Kapitel 12

Niemals gut genug

Wenn man den Monat Januar so im Nachhinein betrachtet, war er eher saumäßig mies als einfach nur mies, wobei mies noch ein ziemlich harmloses Wort ist für das, was wir so durchgemacht haben - und vorbei ist er ja auch noch nicht. Das Jahr ist ebenfalls noch lang und wenn es nur ansatzweise so weitergeht, wie es angefangen hat, möchte ich am liebsten elfeinhalb Monate schlafen, aber das geht nicht. Schließlich möchte ich ja dieses Jahr mit Ben endlich durchstarten und dafür muss man ausgeschlafen sein und vor allem muss man einen klaren Kopf haben. Aber das mit dem klaren Kopf ist im Moment nicht so einfach, dafür gibt es nämlich viel zu viel Stoff, der mein Hirn in Bewegung setzt.

Im Januar allerdings passiert im Sandhaus nichts Außergewöhnliches mehr, dafür haben wir hier eine große Party im Februar. Jonas und Jay hatten nämlich die Idee, ein Mini-Hallenturnier mit allen anwesenden Sportlern zu veranstalten, zu dem die Schilkseer Bürger eingeladen sind. So haben wir interessierte Zuschauer, denen sportlich Großartiges geboten wird. Am Ende gewinnen zwei richtig coole Jungs aus Leipzig, die erst achtzehn Jahre alt sind und die Ben und ich bestimmt geschlagen hätten. Aber Ella und Linda haben uns für den Getränkestand eingeteilt und Robin und Timm kümmern sich um die Schilkseer Jugendlichen, die es auch einmal mit unserem tollen Sport probieren möchten. Die Halle ist über das ganze Wochenende gut besucht, das Turnier ist spannend und es kommt eine schöne Stange Geld zusammen, die wir dem Jugendheim spenden. Frau Mock zeigt sogar so was Ähnliches wie ein Lächeln, als wir den dicken Scheck überreichen.

Ebenfalls gut besucht ist nach diesem Februarwochenende auch das Sandhaus. Ellas Eltern kommen nämlich unangemeldet vorbei. Ich habe sie seit diesem missglückten Tag in Andratx nicht mehr gesehen und bin immer noch stinksauer auf sie, weil sie Ella und mich auseinanderbringen wollten. Auch heute machen sie deutlich, dass sie ihre Absichten, Ella mit einem Traumtypen zu verkuppeln, noch nicht aufgegeben haben. Albin erzählt nämlich lang und breit von einem bekannten Bauunternehmer, der Ella als Schwiegertochter haben will. Eigentlich ist man sich sogar schon einig und sein Hinweis darauf, dass ich ihr schließlich außer Spaß nicht viel bieten kann, bringt mich zum Kochen. Ich muss mich auch gar nicht großartig überwinden, um diesen Idioten und seine dusselige Ehefrau aus meinem Haus zu werfen: „Es ist besser, wenn ihr jetzt geht!"

„Ich kann ja verstehen, dass du mit unserer Situation Probleme hast, aber …"

„Ich bin hier nicht derjenige, der ein Problem hat."

„Sieh es doch mal so: Wir sind vermögend, das kann man von dir ja nicht gerade behaupten. Raphaela ist unsere alleinige Erbin."

„Neben Christopher", wirft Linda gehässig ein, aber Albin lässt sich nicht beirren: „Raphaela ist unsere einzige Erbin und du bist für das Baugeschäft nicht geeignet. Wir kennen dich doch, du würdest alles verschenken."

„So ein Blödsinn!"

„Willst du etwa Bauunternehmer werden?"

„Nein, ich will, dass ihr hier verschwindet."

„Wir müssen in Ruhe darüber reden und …"

„Aber nicht hier und nicht mit uns. Sucht euch eine Parkuhr und quatscht die voll, ist mir egal. Aber hier im Sandhaus gibt es einen anderen Verhaltenskodex. Hier wird niemand blöd angemacht."

„Und der Boss schon gar nicht", kichert Linda, während Margot es noch einmal probiert: „Dominik, mal ehrlich, was kannst du unserer Tochter bieten? Du bist ein netter Junge, das stimmt und wir sind dir dankbar, dass du unsere Tochter nach Hause gebracht hast, aber du bist nicht der Richtige für sie. Sie hat sich jetzt ausgetobt und hat uns gezeigt, dass sie auch gut ohne uns leben kann, aber wir sind eine Familie und wir brauchen sie jetzt."

„Du müsstest dich mal reden hören, Mama", sagt Ella und rollt mit den Augen.

„Warum?"

„Ihr habt mich nie gebraucht."

„Aber jetzt brauchen wir dich."

„Dominik hat recht, wisst ihr?"

„Womit?"

„Es ist Zeit, dass ihr hier verschwindet."

„Aber Ella, auf Mallorca warst du ganz anders."

„Inwiefern?", frage ich überrascht und noch überraschter bin ich, als Ella puterrot wird. „Was war auf Mallorca, Ella?"

„Nichts, ihr geht jetzt besser!", sagt sie und schiebt ihre Eltern zur Tür.

„Hast du es ihm noch nicht erzählt?", fragt Albin boshaft.

„Sei still!"

„Was denn?", will ich jetzt endlich wissen, aber Ella wiederholt nur: „Nichts."

Nervös schließt sie die Tür hinter ihren Eltern und beginnt, an ihren Fingernägeln zu kauen. Das ist neu und es ist ein schlechtes Zeichen. Ich bin sicher, hier ist etwas im Busch. Leise frage ich sie: „Wolltest du die Baufirma übernehmen?"

„Nein."

„Wolltest du mit den Kindern nach Mallorca ziehen?"

„Nein."

„Wolltest du den Typen heiraten, den deine Eltern für dich ausgesucht haben?"

„Nein."

„Wolltest du dich von mir trennen?"

„Nein, Chico."

„Warst du mit einem anderen zusammen?" Ella schweigt und ich schweige auch. Um nichts in der Welt will ich nämlich ihre Antwort verpassen. Ich warte darauf, dass sie meine Frage verneint, dass sie entrüstet ist und mich vielleicht sogar anschreit. Das alles würde mir zeigen, dass ich mich geirrt habe, aber sie sagt nichts, deshalb frage ich niedergeschlagen nach: „Warst du mit einem anderen zusammen?"

„Ja", schnieft sie.

„Was?", frage ich geschockt.

„Ich war mit einem anderen zusammen."

„Aber ... warum?"

„Ich weiß es nicht, Chico."

„Sag nicht Chico zu mir!"

„Es war so leicht. Die Stimmung war locker, wir waren gut drauf. Meine Eltern haben diesen Typen auf mich angesetzt, seine Eltern sind steinreich, das weißt du ja inzwischen. Er hat mir geschmeichelt, mir Komplimente gemacht, hat sich super mit Mimo und Hanna verstanden. Er hat mir Geschenke gemacht und ... also ... zwischen uns war ja nicht alles in Ordnung und ..."

„Ich glaube es nicht, Ella", rufe ich verzweifelt. „Ich fasse es nicht."

„Es war nur einmal", verteidigt sie sich lahm.

„Ich hätte nie gedacht ..."

„Ich auch nicht."

„War es wenigstens schön?", frage ich sarkastisch, aber Ella weint nur: „Hör auf damit."

„Ich soll aufhören?" Ich habe mich ja wohl verhört, oder?

„Wenn du es wissen willst: Nein, es war nicht schön. Ich war betrunken und er war grob. Ich habe meinen Eltern am nächsten Tag davon erzählt, aber wahrscheinlich glauben sie trotzdem noch, dass er der perfekte Schwiegersohn für sie ist, das hast du ja eben gehört."

„Und was glaubst du?"

„Was ich glaube? Ich bin ja wohl hier, oder?"

„Weil er grob zu dir war?"

„Nein, weil ich zu dir gehöre. Zusammen: Du und ich! Weißt du noch?"

„Das habe ich auch mal gedacht."

„Es tut mir leid. Ich wünschte …"

„Ich fasse das alles nicht!"

„Es ist meine Schuld. Es ist alles meine Schuld."

„Geh einfach!"

„Aber …"

„Lass mich allein, okay?"

„Wo soll ich denn hin?"

„Was?"

„Wo soll ich denn schlafen?"

„Ich ziehe für ein paar Tage nach oben zu Jonas."

„Und dann?"

„Ich weiß nicht. In vier Tagen beginnt unser Trainingslager, dann bin ich für vier Wochen weg. Ist vielleicht nicht das Schlechteste, hm? Dann kannst du dir überlegen, was du willst und ich überlege mir, ob das Ganze hier noch einen Sinn hat."

„Du meinst …"

„Ich meine gar nichts. Lass mich einfach in Ruhe!"

Geknickt hole ich mein Bettzeug und richte mich im oberen Gästezimmer ein. Jonas staunt Bauklötze, aber Ida ist wirklich besorgt. „So schlimm?", fragt sie.

„Ich kann jetzt nicht darüber reden."

Wie soll ich es auch erklären? Ich finde ja selbst keine Worte für dieses Durcheinander.

Während der nächsten vier Tage gehen wir uns aus dem Weg, Ella und ich, und als wir endlich im Flieger Richtung Südspanien sitzen, atme ich erleichtert auf. Die letzten Tage waren wie ein Spießrutenlauf. Es war nicht leicht, Mimo zu beruhigen, und vor allem war es nicht leicht, Ella immer wieder zu begegnen. Unser Haus ist zwar riesig, aber während der letzten Tage kam es mir immer viel zu klein vor. Zu winzig. Zu eng. Alles war mir zu nah an Ella und ihrem Betrug. Und ebenfalls zu nah waren mir die Mitleidsbekundungen meiner Mitbewohner … und Amy. Amy nämlich hat irgendwie erfahren, dass Ella und ich uns so richtig gezofft haben. Eine Quelle wollte sie nicht nennen, aber angeblich hat man ihr erzählt, dass wir an Scheidung denken. So weit bin ich allerdings nicht, das habe ich ihr auch gleich gesagt. Ihre Reaktion kam mir allerdings komisch vor. Statt sich mit mir zu freuen, dass es noch eine Hoffnung gibt, wirkte sie eher niedergeschlagen und frustriert. Linda wusste sofort eine Antwort. Als ich ihr nämlich beim Abendessen, bei dem Ella mit den Kindern fehlte, erzählt habe, wie Amy reagiert hatte, wusste sie sofort den Grund: „Amy hat seit Jahren ein Auge auf dich geworfen."

„Quatsch!", wehre ich genervt ab.

„Jeder weiß es, Bruderherz."

„Das stimmt allerdings", mischt sich Jonas ein und Ida nickt. Bin ich hier im falschen Film oder was? Träume ich etwa? Das wäre wirklich gut, denn dann würde wahrscheinlich bald der Wecker klingeln und alles wäre wieder normal, die Sandhäusler müssten keine schrägen Vermutungen anstellen, Albin und Margot wären da, wo der Pfeffer wächst, und meine kleine Familie wäre heil und unbelastet, aber Linda ist mit ihrer Belehrung noch nicht fertig: „Kerstin wusste es."

„Im Ernst?", frage ich und werfe einen Blick zu Frauke, die es mir bestätigt: „Ja, Kerstin wusste es. Wir alle wussten es."

„Bin ich eigentlich nur blöd?", frage ich verwundert. Ich habe so viele Stunden mit ihr verbracht, beim Schwimmtraining, in der Physio, bei Auswärtsspielen, im Training, aber ich habe nichts gemerkt. Null. Niente. Allerdings kenne ich den Grund, denn erst war ich bis über beide Ohren in Kerstin verliebt, meine Welt war rosarot und ich hätte noch nicht einmal einen Meteoriteneinschlag bemerkt. Dann war Ella an meiner Seite und das Leben wurde noch viel, viel schöner und viel, viel bunter. Amy war die ganze Zeit in meiner Nähe und trotzdem habe ich sie nicht bemerkt. Ich habe Mitleid mit ihr, aber noch mehr Mitleid habe ich mit mir selbst.

Jetzt aber ist erst mal Training angesagt und Ruhe vor allen Frauen dieser Welt.

In Malaga ist Frühling, während es in Schilksee aus Eimern regnet. Das sind natürlich die besten Voraussetzungen für einen neuerlichen Depressionsschub bei Ella, aber um dem vorzubeugen, sind Ida und Linda einfach mit ihr nach Mallorca geflogen. Schließlich muss sie ihren Palast verkaufen und ob sie sich für das Geld eine neue Hütte in Alcudia zulegt, ist mir im Moment so ziemlich egal. Eigentlich ist mir alles egal, was auch nur ansatzweise mit Ella zu tun hat, außer unsere Kinder natürlich, die ich schrecklich vermisse. Mimo und ich telefonieren täglich miteinander, aber was will man mit einem Zweijährigen schon großartig besprechen? Natürlich sage ich ihm jedes Mal, dass ich ihn lieb habe und er mir fehlt und dass ich bald wieder zu Hause bin, aber er ist ganz cool, erzählt mir vom Kindergarten, von Hanna und von Benni-Two. Ich bin froh, dass er ein so fröhliches Kind ist.

Während der Trainingseinheiten komme ich kaum zum Grübeln, aber nachts denke ich tatsächlich darüber nach, ob es nicht besser ist, mich von Ella zu trennen. Wie soll ich ihr schließlich noch vertrauen? Was kann ich ihr denn noch glauben? Ich bin wirklich ratlos und von Ben ist keine Hilfe zu erwarten. Als ich ihn nämlich frage, was ich tun soll, antwortet er nur: „Ihr verzeihen, Mensch, ohne sie bist du nichts!"

Aber ist das wirklich so leicht? Und kann ich wirklich ohne Ella leben? Ich glaube, Ben hat recht, allerdings weiß ich nicht, wie weit Ella inzwischen mit ihren Gedanken gekommen ist. Hat sie sich vielleicht überlegt, auf Mallorca zu bleiben und dort ein neues Leben zu beginnen? Ohne mich? Dieser Gedanke schmerzt und noch mehr schmerzt der Gedanke, dass ich sie vielleicht schon verloren habe. Während des ganzen Rückflugs nach Hamburg und der Autofahrt ins Sandhaus mache ich mir Gedanken darüber, wie Ella mich empfängt. Ida jedenfalls, die uns mit unserer großen Kutsche in Hamburg abholt, erzählt von dem Superpreis, für den Ella ihr Haus in Andratx an den Mann gebracht hat und von dem Schnäppchen, für das sie ein wohl traumhaftes Häuschen mit einem herrlichen Garten und einem sensationellen Blick auf das Meer hingeblättert hat. Außerdem überlegt meine Frau wohl, was sie mit dem Gewinn anstellen soll, und laut Ida hat sie dafür eine geniale Idee, die sie allerdings mit uns besprechen will. Da bin ich ja mal gespannt.

Noch gespannter aber bin ich auf ihre Begrüßung, die ich mir eher peinlich vorgestellt habe und die alles andere als peinlich wird. Noch bevor ich nämlich aus dem Auto steige, liegt meine Frau schon in meinen Armen, küsst mich heiß und innig, weint und präsentiert mir ein neues Tattoo. Unter meinem Namenszug hat sie sich nämlich unser Motto eintätowieren lassen ... Zusammen: Du und ich!

„Ich will keinen anderen Mann", schnieft sie. „Und ich will keine protzige Hütte! Und ich will nicht, dass du Bauunternehmer wirst. Ich will, dass du im Sand spielst und Deutscher Meister wirst, und wenn du Deutscher Meister bist, dann will ich, dass du dir neue Ziele steckst. Den Gewinn aus dem Hausverkauf habe ich meinen Eltern überwiesen, damit wir ihnen nichts mehr schuldig sind. Das Sandhaus gehört jetzt wieder dir, Dominik. Und Ben natürlich. Wir fangen ohne Schulden bei meinen Eltern ganz von vorn an."

„Ach, Ella", seufze ich. „Das ist nur möglich, wenn alles funktioniert."

„Das wird es, versprochen."

„Aber dieses ständige Auf und Ab, diese ständigen Reibereien und Störungen, das alles macht mich fertig."

„Ich weiß, aber ab sofort halte ich dir wieder den Rücken frei. Du wirst schon sehen, alles wird gut."

„Und wenn nicht?"

„Nun hör auf zu zweifeln, Schatz. Alles wird gut, ich verspreche es."

„Und was ist mit deinen Eltern?"

„Die habe ich in die Wüste geschickt."

„Aber ..."

„Kein Aber. Wie gesagt: Alles ist gut."

„Du wirst sie vermissen."

„Nein, ich glaube nicht. Und wenn, dann werde ich mich darum kümmern, vorher jedenfalls nicht."

„Da bleibt nur noch eine Sache."

„Ja?"

„Du hast mich betrogen."

„Kannst du mir verzeihen?"

„Ich weiß nicht … irgendwann … vielleicht."

„Und kannst du es irgendwann vergessen?"

„Vergessen? Nein, bestimmt nicht."

„Das habe ich verdient."

„Lass uns ins Haus gehen. Wo sind denn die Kinder?"

„In ihren Zimmern."

Ich sehe erst nach meiner Tochter, die allerdings schläft. Dann suche ich meinen Sohn in seinem Kinderzimmer auf und balge mit ihm auf dem Fußboden. Natürlich hat er keine Chance gegen mich, aber ich bin sicher, dass es nicht für immer so sein wird. Als er mir auf den Rücken klettert, sich festklammert und lauthals seinen Sieg verkündet, steht Jonas an der Tür und sieht uns lächelnd zu. „Spiel mit, Opa!", fordert Mimo ihn auf. „Du und ich gegen Papa."

„Lass mal, dein Papa verhaut mich", lehnt Jonas grinsend ab.

„Papa haut nicht", schimpft Mimo entrüstet und baut sich vor meinem Vater auf, der ihm grinsend über den Kopf streicht und sagt: „Ich weiß, Mimo. Oma Ida hat übrigens ein Eis für dich. In der Küche."

Jonas hat kaum ausgesprochen, da flitzt mein kleiner Wirbelwind auch schon los, dafür habe ich jetzt meinen Dad am Hacken: „Du hast mit Ella gesprochen?"

„Hmmm."

„Und?"

„Was und?"

„Alles gut?"

„Hmmm."

„Wirklich?"

„Beinahe."

„Beinahe?"

„Ist hier ein Echo?", frage ich lahm, aber Jonas grinst nur: „Erzähl."

„Ich habe sie vermisst."

„Ist mir aufgefallen."

„Und sie mich."

„Logisch. Du bist ja auch ihr Traummann."

„Traummänner betrügt man nicht."

„Das stimmt allerdings."

„Ich kann ihr einfach nichts mehr glauben."

„Das weiß sie bestimmt."

„Und vergessen kann ich es auch nicht."

„Das verlangt auch niemand von dir."

„Sie wird es mich aber immer wieder fragen."

„Dann wirst du es ihr eben immer wieder sagen."

„Hmmm."

„Komm mit, in der Küche gibt es Eis."

Das ist wirklich eine gute Idee. Ich hoffe, sie haben noch Schokoladeneis für mich übrig.

In der Küche planen Ben und Linda gerade die nächsten Wochen und bleiben bei Benni-Twos Geburtstag hängen. Am 16. April, also in knapp zwei Wochen, wird er drei Jahre alt und kommt in den richtigen Kindergarten. Ich bin gespannt, was Mimo dazu sagen wird, dass sein Kumpel den Vormittag an einem anderen Ort verbringt, aber mein Sohn wird ihm im Juni folgen, das ist ja auch bald. Direkt nach Benni-Twos Geburtstag reisen wir nach Brasilien. Dort wollen wir uns für die Qualifikation zum Turnier der World-Tour bewerben. Als Plan klingt das zumindest schon mal ganz gut. Dass Bennilein sich allerdings am 1. April eine leichte Wadenzerrung zuzieht, passt uns überhaupt nicht in den Kram. Allein kann ich jedenfalls in Brasilien nichts gewinnen und eine Woche später in Polen auch nicht, deshalb ist für mich Schilkseetraining und für Ben Schonung und Kühlung angesagt. Ein Ultraschall und ein anschließendes MRT bestätigen zum Glück die erste Diagnose unseres Arztes. Es handelt sich wirklich nur um eine leichte Zerrung, die mit einer sorgfältigen Therapie in vier bis sechs Wochen ausgeheilt sein sollte. Unsere Saisonplanung ist damit zwar erst mal über den Haufen geworfen worden, aber Jonas ist schon wild am Telefonieren und meldet mich mit Robin in Hannover an. Ben läuft hier ein paar Tage lang mit Unterarmgehhilfen durch die Wohnung, aber die meiste Zeit liegt er sowieso träge auf dem Sofa, kühlt sein Bein, lagert es hoch und lässt sich von Benni-Two und Mimo, die den Krankendienst übernommen haben, wie ein König bedienen. Die Jungs haben Spaß an ihrer neuen Aufgabe und überschlagen sich darin, Bens Wünsche so schnell wie möglich zu erfüllen. Nachts hat mein Kumpel große Schmerzen. Er schluckt entzündungshemmende Medikamente und lässt sich täglich von Amy mit abschwellenden Salben behandeln. Dass dieser medizinische Eingriff aus mir unbekannten Gründen unbedingt im Sandhaus durchgeführt werden muss, sorgt dafür, dass ich Amy täglich sehe. Auch die Physiotherapie, die am Tage vor Benni-Twos Geburtstag beginnt, findet im Sandhaus statt. Aus irgendeinem Grund bittet Amy mich, dabei zu sein. Sie unterstützt Ben dabei, seinen beschädigten Muskel im Wechsel anzuspannen und zu entspannen. Das passiert im Sitzen und meine Aufgabe ist es, dafür zu sorgen, dass Ben nicht von der Behandlungsliege fällt. Ich weiß zwar nicht, ob es üblich ist, dass der Patient einen

Aufpasser dabeihat, aber Amys Anwesenheitsbefehl ist für mich wohl zwingend. Eigentlich bräuchte ich nämlich selbst einen Aufpasser, denn seit ich weiß, dass unsere Physiotherapeutin in mich verliebt ist, sehe ich sie mit anderen Augen ... mit ganz anderen Augen. Die Einheiten sind für mich jedenfalls sehr aufwühlend. Ich versuche, sie möglichst nicht anzusehen und schon gar nicht zu berühren, rede nur einsilbig und bin froh, wenn die Stunden vorbei sind. Aber jetzt schlägt sie allen Ernstes vor, Ben bei unserer Donnerstagabendschwimmeinheit zu vertreten. Mir verschlägt es sofort die Sprache, aber Amy fängt sofort an zu rechnen: „Wenn du allein schwimmst, fehlt dir der Wettkampf, du bist langsamer. Sekunde um Sekunde. Wenn du gegen mich schwimmst, hast du einen Gegner, verstehst du?" Ich rechne jetzt auch. Mit dem Schlimmsten nämlich.

Während Ben seine Wade nach der anstrengenden Einheit kühlt, folgt Amy mir in die Küche, um mit Ida einen Tee zu trinken. Ida serviert bereits und beäugt uns wachsam. Sie hebt eine Augenbraue, ich zucke die Schultern und verkrümele mich mit meiner Tasse zu meinem Kumpel, der ziemlich genervt ist: „Ab morgen steht Aquajogging auf dem Plan."

„Rentnersport", lache ich.

„Eben. Ich frage mich, warum sie mich nicht aufs Laufband lässt oder zumindest aufs Ergometer."

„Sie wird ihre Gründe haben."

„Und was ist mit dir und Amy?"

„Nichts!"

„Sicher. Die Luft knistert immer noch."

„Das kommt von den Drogen, die du im Moment nimmst."

„Blabla."

„Sag ich doch. Drogen."

„Hast du dir mal überlegt, es mit Amy zu probieren?"

„Hast du eine Macke?", frage ich lauter als nötig, um sofort zu flüstern: „Bist du verrückt? Wenn Ella das hört!"

„Ella schläft immer noch allein und du wohnst immer noch bei deinen Eltern."

„Das bleibt aber nicht so."

„Ja ja."

„Halt die Klappe", antworte ich genervt und verziehe mich wieder in die Küche, was ein großer Fehler ist. Neben Amy sitzt dort jetzt nämlich auch Ella und beide sehen mich erwartungsvoll an. Ich bin sofort mit dieser Situation überfordert und will schon den Rückzug antreten, aber dann macht Amy sich auf den Heimweg und Ella sich an mich ran: „Dominik?"

„Hmmmm."

„Wir müssen reden."

„Tun wir doch gerade."

„Ich meine richtig. Wir gehen heute essen, was hältst du davon?"

„Hmmm. Meinetwegen."

„Um acht?"

„Klar."

„Machst du dich schick?"

„Ach, Ella!", stöhne ich. Ich hasse es, mich schick zu machen, aber Ella gibt sofort nach: „Okay, dann gehen wir zum Italiener."

„Klingt schon besser."

„Ich bestelle einen Tisch."

„Okay."

Obwohl ich überhaupt keine Lust habe, mit Ella auszugehen, ist unser Abend wirklich nett. Sie entschuldigt sich noch hundertmal für ihren Ausrutscher und ich erzähle ihr noch hundertmal, dass ich ihr zwar irgendwann verzeihen kann, aber vergessen kann ich es nicht. Weil wir inzwischen allerdings eineinhalb Flaschen Rotwein getrunken haben, finden wir das Ganze grenzwertig lustig und am Ende taumeln wir lachend aus dem Restaurant, gelangen auf Umwegen ins Sandhaus, fallen in unser Bett und gleich übereinander her.

Am nächsten Morgen habe ich Kopfschmerzen.

Die Kopfschmerzen wären eigentlich ein guter Grund, das Schwimmtraining abzusagen, aber Ella pflegt mich den ganzen Tag und scheucht mich am Abend in die Halle. Dass Amy im Badeanzug umwerfend aussieht, muss ich wohl nicht erwähnen, oder? Was ich allerdings unbedingt erwähnen muss, ist, dass sie mich ordentlich rannimmt. Sie legt ein Wahnsinnstempo vor und ruft übermütig: „Du kriegst mich nicht!"

„Die Wette gilt!"

Ich gebe ordentlich Gas, habe sie schnell eingeholt und ziehe sie an den Füßen nach unten. Wir kabbeln im Wasser, spielen wie die kleinen Kinder, aber dann zerstört sie die Szene und macht einen Fehler … sie gesteht mir ihre Liebe … und ich mache gleich danach einen noch viel größeren Fehler. Ich küsse sie. Ich Idiot. Und das Schlimmste ist: Es gefällt mir.

Kapitel 13

Familienrituale

Natürlich gibt es jetzt nur eine Konsequenz: Ich muss weg von hier! Ich muss nach Hause und zwar so schnell wie möglich. Nicht, weil ich mich überrumpelt fühle oder so. Nein, es ist eher, weil es mir Angst macht, wie sehr mir Amys Nähe auf einmal gefällt und wie schnell mein Herz plötzlich schlägt. Außerdem erschreckt mich die Idee daran, dass ich es Ella jetzt heimzahlen könnte und die Gelegenheit wahrscheinlich nie wieder so günstig ist wie jetzt. Das ist natürlich ein mieser Gedanke, ich habe sofort ein sauschlechtes Gewissen und zwar nicht nur Ella gegenüber, sondern auch gegenüber Amy, der man ansieht, dass ihr mein Zögern auffällt. Deshalb muss ich hier so schnell wie möglich die Biege machen, aber … wie sage ich es ihr?

„Amy, ich …"

„Hmmm", seufzt sie und klettet sich wieder an mich.

„Ich muss los."

„Feigling", flüstert sie mir ins Ohr, an dem sie anschließend auch noch verführerisch knabbert. Ich kriege sofort eine Gänsehaut, dabei ist es hier überhaupt nicht kalt. Im Gegenteil. Ich schätze, die Heizung läuft auf 175 Grad. Mindestens.

„Ich bin kein Feigling, ich …"

„Du willst nach Hause", schmollt sie, aber als Frau ist sie natürlich multitaskingfähig. Sie kann schmollen und küssen gleichzeitig und das tut sie auch.

„Ja, ich …"

„Feigling", wiederholt sie und lässt sich von mir an die Seite schieben.

„Okay, du hast recht. Ich bin feige, aber du weißt auch, dass ich nicht allein bin."

„Ihr habt seit Monaten Stress."

„Das stimmt so nicht."

„Jeder weiß es."

„Es stimmt aber nicht."

„Willst du wirklich gehen?"

„Ich muss, Amy."

„Dann bis morgen?"

„Bis morgen? Wieso?"

„Ich habe einen Patienten in deinem Haus."

„Ist es nicht besser, Ben kommt zu dir ins Zentrum?"

„Nein, ist es nicht."

„Wieso machst du ausgerechnet bei ihm Hausbesuche?"

„Weil mir das Haus so gut gefällt ... und die Bewohner."

„Das muss aufhören, Amy."

„Schade", seufzt sie mit zitternder Stimme, gibt mir noch einen Kuss und schwimmt davon. Von mir weg. Zum Glück, oder? Ich jedenfalls sehe zu, dass ich jetzt Land gewinne. Verdammt noch eins, was habe ich mir eigentlich dabei gedacht? Zugegeben, sie sah heute ganz besonders süß aus und es hat mich unendlich gereizt, sie zu küssen ... und mehr noch, aber ich bin nicht frei, das weiß sie doch und ich weiß es ja wohl am besten, oder? Als ich aber endlich unter der Dusche stehe, klopft mein Herz wie verrückt, das Blut rast durch meine Adern und noch mehr rast es, als Amy den Duschraum betritt. Wir sind allein. Zu so später Stunde ist außer dem Hausmeister normalerweise niemand mehr hier und ich wünschte, ich wäre längst gegangen. Jetzt ist es zu spät, Amy hat mich erwischt, aber bevor sie hier auf eine noch schlechtere Idee kommt als die, einfach so den Herrenbereich zu betreten, habe ich mich schon in mein Handtuch gewickelt und ihr klargemacht, dass sie hier nichts zu suchen hat: „Geh, Amy!"

Gut, das hätte ich vielleicht ein wenig nachdrücklicher vorbringen sollen, denn sie reagiert erst mal gar nicht und starrt nur auf mein Handtuch. „Amy, bitte geh jetzt", wiederhole ich, aber ich habe mich wohl entweder versprochen und genau das Gegenteil gesagt, oder sie hat meinen Wunsch einfach ignoriert. Nach Gehen sieht das, was sie jetzt nämlich macht, nicht gerade aus. Sie kommt auf direktem Weg auf mich zu und greift nach dem Handtuch.

„Hör auf, Amy", schreie ich sie an, dabei wünsche ich mir genau das Gegenteil.

„Entschuldige", sagt sie plötzlich leise. „Ich bin verrückt. Es tut mir wirklich leid."

Sie verlässt den Duschraum und ich kann endlich wieder atmen. Und duschen. Kalt versteht sich. Eiskalt.

Eiskalt ist es auch zu Hause. Ich bin nämlich ziemlich spät dran und die Sandhäusler stecken schon mitten in der Dekorationsphase für Benni-Twos Geburtstag. Der Krümel wird morgen drei Jahre alt und ich habe versprochen, beim Aufpusten der Luftballons zu helfen. Die Begrüßung ist jedenfalls frostig und der Hauptfrostsender ist Ella: „Wo warst du?"

„Äh ... im Schwimmbad."

„Mit wem?"

„Was?"

„Hast du Bohnen in den Ohren? Mit wem?"

„Mit Amy."

„So lange?"

„Hmmmm."

„Was habt ihr gemacht?"

„Äh ... wir sind geschwommen."

„Das glaubst du doch wohl selbst nicht."

„Was soll denn das jetzt?", frage ich sauer und Ella lenkt sofort ein: „Entschuldigung."

„Hör auf damit, ja?", schiebe ich vorsorglich hinterher.

„Entschuldige."

Ich versuche, das Thema zu wechseln: „Habt ihr noch was für mich zu tun?"

„Ja, du darfst die restlichen Luftballons aufpusten", sagt Ben und schiebt mir die Tüte rüber. Ich bin froh, dass ich beschäftigt bin, und überlege mir fieberhaft, ob ich Ella meinen Beinahe-Seitensprung beichten soll oder nicht. Ich habe mich gerade dazu entschlossen, ihr nachher im Schlafzimmer die Wahrheit zu sagen, als sie sich an mich schmiegt, sich noch einmal entschuldigt und mir den Nacken krault. Das ist meine Lieblingspassivbeschäftigung und die will ich unbedingt genießen. Beichten kann ich später immer noch. Der richtige Zeitpunkt dafür kommt bestimmt schneller als unbedingt nötig.

Ella ist müde, die Luftballons sind aufgepustet und hier gibt es nichts weiter für mich zu tun. Außerdem ist es spät. Ich will morgen um sechs Uhr joggen und anschließend Torte futtern. So ist es geplant.

Zum Glück ist Ella auch nicht mehr in Plauderlaune, als ich schließlich das Schlafzimmer betrete. Sie ist kurz vor dem Einschlafen, was mir natürlich recht ist.

Am nächsten Morgen platzt hier die Bombe. Nein, es ist nicht Ella, die explodiert, weil ich ihr Amys Anhänglichkeit von gestern gebeichtet habe, sondern der Geschenkestapel in der Küche. Benni-Two wirft sich nämlich mitten drauf und verteilt die Geschenke wild kreischend in alle Richtungen. Ich komme gerade von unserer Laufrunde zurück und kann gerade so den Kopf einziehen, bevor mir ein Päckchen an die Birne knallt. Ich werfe das Geschenk zurück und Benni-Two öffnet es. Mimo hilft ihm, so gut er kann, während Ida und ich das Geschenkpapier einsammeln und Linda die Kerzen auf der Torte anzündet. Wir singen … schräg und schief wie immer, dann lachen wir … ebenfalls wie immer und verputzen die Torte, während die Kinder immer noch auspacken.

Der Frühsport ist für mich gestrichen, die Begegnung mit Amy leider nicht. Sie taucht heute in Leggings auf mit einem knappen Shirt. Selbst Ben und Jonas fallen beinahe die Augen aus dem Kopf, während ihre eigenen ausschließlich auf mich gerichtet sind. Scharfes Geschütz nennt man so was. Sehr scharfes Geschütz. Das ist mies und hinterhältig und diese kleine Verführerin weiß genau, dass alle männlichen Augenpaare – außer Mimos und Benni-Twos – auf sie gerichtet sind. Für meinen Fall heißt das: Schnell abhauen, aber wohin? Klar! In die Halle. Ich kann auch allein an den Geräten schwitzen, dafür brauche ich Jonas nicht. Allerdings habe ich Ella am Hacken, die mich neugierig fragt: „Was ist denn mit dir los? Ihr habt doch heute frei."

„Ich habe zwei Stücke Torte gegessen!"

„Na und? Davon wirst du schon nicht gleich platzen. Also, was ist los?"

Ich seufze tief, aber eigentlich habe ich gar keine andere Wahl, oder? Schließlich frisst mich mein schlechtes Gewissen beinahe auf, deshalb bin ich fast erleichtert, als ich Ella endlich meine Sünde gestehe: „Ich habe Amy gestern geküsst."

„Oh", antwortet meine Frau nur leise und betrachtet den Boden.

„Ich wollte es nicht und …"

„Ich verstehe dich."

„Was?"

„Du wolltest dich rächen, stimmt's?"

„Nein, so war es nicht."

„Sondern?"

„Ich weiß nicht, es war so einfach, verstehst du? Sie hat es mir so leicht gemacht."

„Hmmmm, hat es dir gefallen?"

„Ja", gebe ich zu. „Aber es kommt nicht wieder vor."

„Wie kannst du dir so sicher sein?", zweifelt Ella.

„Ich will dich nicht verlieren. Du hast recht, vielleicht war es eine Art Rache. Ich fand es auch schön, aber mehr ist da nicht. Ich schwöre es."

„Ich glaube dir."

„Wirklich?"

„Ja, aber diese Schlampe kann jetzt was erleben!"

Ella ist auf einmal fuchsteufelswild und läuft ins Sandhaus. Ich habe arge Probleme, ihr zu folgen, und hole sie leider nicht mehr rechtzeitig ein. Mit ihrer Faust habe ich ja schon Bekanntschaft gemacht und jetzt ist Amy an der Reihe. Leider trifft Ella Amys Nase und das Geräusch ist nicht angenehm. Es klingt nach einem Bruch und Amy wird noch lange Zeit an diesen Moment denken, da gehe ich jede Wette ein. Und jeder, der Amy in den nächsten Tagen mit dem Nasenpflaster sieht, wird auch an diesen Moment denken und wissen, wer Amy die Nase gebrochen hat, und außerdem wird jeder wissen, dass ich der Grund dafür war. Mein Gott, ist das peinlich!

Mimo und Benni-Two jedenfalls sind fasziniert von der Menge Blut, die Amy verliert und mit der sie leider mein weißes Ledersofa ruiniert. Sie lungern aufgeregt auf dem Fußboden vor dem Sofa und kommentieren unsere Herumhantiererereien mit den Handtüchern und Kühlakkus. Außerdem bitten sie Ida um ein Gefäß, damit sich viele Blut auffangen können. Sie wollen es mit ins Piratenschiff nehmen, damit sie bei einem eventuellen zukünftigen Kampf gegen eine Meute wilder Piraten echtes Blut zur Verfügung haben. Diese kleinen Monster!

„Stirbt Amy jetzt?", fragt Mimo schließlich mit großen Augen.

„Auf dem Sofa?", kreischt Benni-Two. Die Vorstellung findet er wohl extrem faszinierend.

„Sie muss ins Krankenhaus", ruft Ida hektisch dazwischen.

„Domi kann mich fahren", nuschelt Amy.

„Auf gar keinen Fall", herrscht Ella sie an und Jonas rettet die Situation: „Ich fahre dich, Amy. Komm mit."

Die Situation im Sandhaus entspannt sich aber nur für den Bruchteil einer Sekunde, bevor Ida über Ella herfällt: „Was ist denn in dich gefahren?"

„Diese miese Schlange hat sich an Dominik rangemacht."

„Ist das wahr?", fragt Ida verblüfft.

„Hmmm."

„Und?", fragt Linda neugierig.

„Nichts, es ist nichts passiert."

„Ihr habt euch geküsst!", kreischt meine Frau.

„Im Ernst?" Ben sieht aus, als hätte man ihm gerade ein Geschenk gemacht. Er zeigt mir den erhobenen Daumen und fängt sich von Ella einen Laserblick ein. Sofort verstummt er.

„Domi! Wirklich", tadelt Ida und schüttelt mit dem Kopf. „Gerade von dir hätte ich das am allerwenigsten erwartet."

„Manchmal passieren so Sachen …", beginne ich, aber Ella fährt mir gleich über den Mund: „Ich will nichts davon hören, verstanden? Von niemandem."

Dann packt sie mich am Kragen meines T-Shirts und zieht mich in die Küche, wo wir theoretisch ungestört streiten könnten, aber wir streiten nicht. Ella verzeiht mir nämlich überraschenderweise, nachdem sie mir ein Versprechen abgezwungen hat: „Das kommt nie wieder vor, Kleiner!"

„Versprochen", murmele ich wie ein Kind vor dem Schuldirektor und bin erleichtert, dass ich noch lebe, und ebenso erleichtert bin ich, dass Ella noch mit mir redet. Ich helfe ihr dabei, das Blut vom Sofa zu entfernen und die Handtücher zu entsorgen, dann weiß ich nichts weiter mit mir anzufangen, deshalb schnappe ich mir die kleinen Jungs und scheuche sie ins Piratenschiff. Allerdings unterhalten sie sich immer noch aufgeregt über Amys Beinaheverblutung und theatralisches Ableben auf unserem Sofa sowie über Ellas Schlagkraft. Ich mache mir ein wenig Sorgen darüber, dass Mimo seine Mama für eine Schlägerbraut halten könnte, deshalb nehme ich mir vor, bald einmal von Mann zu Mann mit ihm zu reden, aber nicht jetzt.

Die große Tortenschlacht findet am Nachmittag statt. Benni-Two hat ein paar seiner Kindergartenfreunde eingeladen, die er heute zum letzten Mal sieht. Ab morgen nämlich geht er in eine andere Gruppe und verbringt die Vormittage getrennt von seinem besten Kumpel Mimo. Ich bin gespannt, wie die Krümel diese neue Wendung verarbeiten, aber ich bin ganz zuversichtlich. Sie sind ja schließlich keine Babys mehr, oder?

Der Tag endet so, wie er angefangen hat: Eine Bombe platzt, aber diesmal ist es Mimo, der sich auf unser Bett wirft, als wir gerade kurz vor dem Einschlafen sind. In seinem Kleiderschrank wohnt mal wieder ein Piratenjäger und unser Bett ist der einzig sichere Platz im Haus. Gute Nacht, Sandhauswelt!

Nach diesen ganzen Aufregungen steht jetzt endlich mal wieder Sport auf dem Programm. Eigentlich sind Ben und ich für das Turnier in Brasilien angemeldet, aber weil mein Kumpel immer noch an seiner Zerrung laboriert, spiele ich mit Robin das Turnier in Hannover. Leider können wir nicht bei Maria und Klaus wohnen, denn sie sind inzwischen nach Hamburg gezogen. Das macht aber nichts. Wir wohnen jetzt mit den anderen im Spielerhotel und hören teils gute und teils schlechte Nachrichten. Die gute Nachricht ist, dass wir auf Platz vier gesetzt sind, die schlechten Nachrichten sind, dass Daniels Verletzung, die er sich bei unserem Spiel in Den Haag zugezogen hat, immer noch nicht abgeheilt ist und dass sein Partner Patrick einen neuen Verteidiger sucht. Er hat sich mich dafür ausgesucht und versucht hartnäckig, mich von dieser Verbindung zu überzeugen, aber ich lehne ab. Mein Partner heißt Ben, so wird es immer bleiben. Patrick spielt in Hannover mit einem Nachwuchstalent aus Leipzig und ist auf Platz zwei gesetzt.

Michael und Alexandra begleiten uns und für den Nachmittag hat sich Mama angesagt. Sie hat sich ein Zimmer in unserem Hotel gebucht und bringt Greta mit. Johannes ist leider verhindert, wie meistens, dafür ist Jonas dabei. Wir starten um elf ins Turnier und lassen uns von einem Team vermöbeln, das dreizehn Plätze hinter uns gesetzt ist. Das liegt nicht an mir, allerdings auch nicht an Robin. Woran es genau liegt, kann ich gar nicht sagen und das ist auch der Grund, warum ich anschließend bei Jonas in arge Erklärungsnot komme. Deshalb ist es besser, ihm jetzt aus dem Weg zu gehen, was in Hannover aber ganz einfach ist. Ich behaupte nämlich, ein Geschenk für Ella kaufen zu müssen, und nehme Robin als Berater mit. Wir landen in einem kleinen Schmuckgeschäft, aber hier finde ich nicht das Richtige. Nebenan ist allerdings eine Boutique und im Schaufenster sehe ich ein Shirt in Ellas Lieblingsfarbe: rot. Ich kaufe es und dazu kaufe ich noch ein Babyshirt in der gleichen Farbe, jetzt können Ella und Johanna im Partnerlook gehen … oder krabbeln.

In der Verliererrunde treffen wir auf alte Bekannte. Jan und Pascal, die wir aus unserer Jugend kennen und die wir immer schon mal nach Schilksee einladen wollten. Sie standen vor ein paar Jahren vor einer ähnlichen Karriere wie Ben und ich, wurden allerdings immer wieder durch Verletzungen und das Studium ausgebremst und spielen jetzt nur noch Turniere auf Landesebene in Niedersachsen. Heute müssen wir sie leider besiegen, was mir fast leidtut, denn mit ihrer Niederlage ist das Turnier für sie auf Platz dreizehn beendet. Sie laden uns trotzdem für den

Abend auf ein Bier ein und wir sagen zu. Zwei Stunden später wird es für uns richtig eng. Wir verlieren den ersten Satz gegen zwei Jungs aus Westfalen ziemlich peinlich, gewinnen den zweiten nur mit großer Mühe und müssen im Tie-Break weit in die Verlängerung gehen, aber uns gelingen die letzten beiden Punkte und wir sind weiter.

Weil ich keine Lust habe, mir jetzt wieder einen Rüffel von meinem Vater abzuholen, steuere ich gleich auf Mama zu, die soeben mit Greta eingetroffen ist. Für Mama zählt nämlich nur, dass ich gewonnen habe und dass sie diesen Sieg mitbekommen hat, ansonsten ist ihr alles so ziemlich egal, nur nicht Jonas' Laune. Sie staucht ihn ordentlich zusammen, weil er an mir herummäkelt und schafft es sogar, meinem Vater den Wind aus den Segeln zu nehmen. Jetzt sitzen wir einträchtig auf der Tribüne und sehen uns Patricks Spiel an. Ich erzähle Mama gerade, dass Patrick mit einem Interimspartner spielt, weil sich Daniel im Januar im Spiel gegen uns so schwer verletzt hat, dass er wohl für die ganze Saison ausfällt, als auch Patrick plötzlich eine medizinische Auszeit nehmen muss. Entsetzt halten wir den Atem an und sind fünf Minuten später erleichtert, als Patrick mit einem Tape weiterspielen kann. Es scheint alles in Ordnung zu sein und das Team ist weiter in der Gewinnerrunde.

In der Verliererrunde treffen wir jetzt auf das Team, das auf den letzten Platz gesetzt ist und gegen uns keine nennenswerte Chance hat. Das ist schade, denn die Jungs sind wirklich cool. Die Niederlage nehmen sie uns nicht übel und mit ihrem siebten Platz sind sie mehr als zufrieden. Um acht Uhr abends haben wir unser letztes Spiel für heute. Mama ist schon mit Greta im Hotel, deshalb kann sie Jonas nicht aufhalten, der schon wieder enormen Druck auf mich ausübt: „Gewinnen, klar?"

Ich antworte nicht, sondern rolle nur genervt die Augen. Als ob ich freiwillig verliere! So ein Quatsch! Aber bevor mein Vater mir noch das Fell über die Ohren zieht, schlagen wir lieber unsere Gegner zu sechzehn und zu neunzehn. Auftrag erledigt. Wir haben jetzt Feierabend, treffen uns mit Jan und Pascal auf das ausgehandelte Bier und sind um elf im Bett.

Die Halbfinalspiele beginnen am Sonntag um zehn Uhr. Christian und Stefan schlagen die Lokalmatadore und sind im Endspiel, ebenso wie Robin und ich. Wir besiegen nämlich Patrick und seinen Partner, was allerdings weniger an unserer eigenen Stärke, sondern eher an Patricks Verletzung liegt, die so schlimm ist, dass er das Spiel um Platz drei nach wenigen Minuten abbricht. Vom Moderator erfahren wir bald darauf, dass er inzwischen im Krankenhaus ist, es von dort aber noch keine Nachrichten gibt. Mir ist schon etwas unbehaglich bei dem Gedanken, dass sowohl Daniel als auch Patrick in einem Spiel gegen uns verletzt wurden, und ich hoffe, dass Patricks Verletzung nicht so heftig ist wie Daniels.

Diese Gedanken muss ich jetzt aber an die Seite schieben, denn das Endspiel steht an. Wir treffen auf dem Centrecourt auf Stefan und Christian, die in diesem ganzen Turnier noch keinen einzigen Satz abgeben mussten, während wir selbst mit mehr Glück als Verstand ins Endspiel gerutscht sind. Deshalb müssen wir jetzt alles aufbieten, was wir können. Wir wollen dem Publikum nämlich beweisen, dass wir es voll draufhaben und nicht nur zufällig im Endspiel stehen.

Meine Konzentration fokussiert sich ausschließlich auf dieses Spiel, auf Robin, das Netz, das Spielfeld und den Ball ... und den Schiedsrichter, der jetzt anpfeift. Ich habe Aufschlag und lege alle meine Kraft in diesen ersten Ballkontakt. Das Publikum jubelt über mein Ass und kurze Zeit später über mein zweites, dann geht das Spiel richtig los. Wir schenken uns nichts, was auch daran liegt, dass wir uns ziemlich gut kennen. Robin, mein kleiner Kumpel, ist auch nicht die Bohne davon beeindruckt, dass wir hier gegen das dritte Nationalteam spielen, obwohl es im Moment ja eigentlich das zweite Nationalteam ist, denn Nummer zwei hat sich gerade aufgelöst. Der Zwerg bringt die Jungs auf der anderen Seite mit seinem Blockspiel beinahe um den Verstand und ist rotzfrech genug, ihnen ein paar Bälle ins Spielfeld zu zirkeln, die beide nicht erreichen können. Punkte machen wir jedenfalls mehr als die anderen und deshalb gewinnen wir den ersten Satz. Im zweiten Satz wendet sich das Blatt anfangs gewaltig, aber dann holen wir auf, erzielen den Gleichstand und ziehen davon. Dann müssen wir leider unnötig mit dem Schiedsrichter diskutieren, der Dinge sieht, die nicht stattgefunden haben. Eine Netzberührung zum Beispiel oder ein Ball in unserem Feld, der eindeutig im Aus war. Wir lassen uns dadurch stark verunsichern und die logische Konsequenz ist der Satzverlust. Im Tie-Break geht's aber von vorn los. Ich habe Aufschlag und will wieder ein Ass schlagen, aber der Ball geht ins Netz. Verdammt! Das Publikum stöhnt, aber ich stöhne lauter. Robin stöhnt auch. Er ist mit seiner Luft nämlich kurz vor dem Ende, deshalb nehme ich jetzt die Auszeit, damit er verschnaufen kann. Die Pause reicht leider nicht, unsere Hamburger Kollegen machen aus uns Hackfleisch und verweisen uns auf den zweiten Platz, was für uns allerdings ein Top-Ergebnis ist. Wir feiern jedenfalls ausgelassen und Jonas hat sich inzwischen auch wieder eingekriegt. Jetzt ist er wieder ganz Vater, wirft mich übermütig über seine Schultern und stolpert dabei über seine eigenen Füße. Wir landen zusammen im Sand, balgen uns ein wenig und hören uns die Kommentare der Mitspieler an. Dann helfe ich meinem Vater – dem alten Mann – auf die Beine. Wir klopfen uns den Sand ab und lassen uns von den anderen gratulieren.

Jonas ist stolz wie Oskar, als er mich auf dem Treppchen sieht. Er schießt ein Foto für unsere Homepage und lädt uns danach großzügig zum Essen ein. Außerdem verspricht er, mein Auto nach Hause zu bringen, so dass ich auf der Rückbank schon mal ein wenig pennen kann, ist nicht das Schlechteste.

Pennen ist auch das, was alle anderen Sandhäusler schon machen, als wir endlich in Schilksee eintreffen. Mimo liegt wieder in meinem Bett, aber ich schiebe ihn einfach zu Ella rüber und verteidige meine Bettseite, indem ich mich einfach richtig breit mache. Schließlich bin ich ein Held, ein echter Beachvolleyballer und echte Beachvolleyballer teilen ihre Betten nicht mit kleinen Kindern. Sie schlafen entweder allein oder mit ihren heißen Bräuten. Meine schläft allerdings und das werde ich jetzt auch tun.

Am Montag taucht Amy mit gebrochener Nase und einer eindeutigen Ansage auf: „Deine Frau ist gemeingefährlich. Ich könnte sie anzeigen."

„Wirst du aber nicht."

„Ach ja? Und warum nicht?"

„Weil ich dich darum bitte."

„Und wieso sollte mich das interessieren?"

„Ich dachte, ich bin dir nicht ganz unwichtig."

„Wieso konntest du nicht einfach deine Klappe halten? Wieso musstest du ihr alles erzählen."

„Das ist in einer gut funktionierenden Ehe so."

„Eure Ehe ist nicht gut und sie funktioniert auch nicht!"

„Das kannst du beurteilen, ja?"

„Natürlich, das kann jeder beurteilen."

„Dein Patient wartet", sage ich, schiebe sie ins Wohnzimmer, in dem Ben schon wartet, und sehe zu, dass ich Ella aus dem Haus locken kann, solange Amy da ist: „Hey, hast du Lust, mir beim Schwitzen zuzusehen?"

„Aber immer doch, Kleiner."

„Dann komm mit in die Halle. Ben simuliert noch, ich habe keinen Partner."

„Und da soll ich helfen?"

„Du darfst mir Bälle zuwerfen und mich durch den Sand jagen."

„Klingt wie mein geheimster Wunsch."

„Siehste!"

„Pffff!"

„Also, zieh dir was Schnuckeliges an, ich will schließlich auch was davon haben."

„Bikini?", grinst Ella und boxt mich.

„Zum Beispiel", grinse ich zurück.

In Windeseile ist Ella umgezogen, positioniert sich am Ballkorb und wirft mir die Bälle entgegen. Wie ein Mädchen. So macht das keinen Spaß.

„Kannst du stärker werfen?"

„Nein, kann ich nicht."

„Dann komm etwas näher."

Ella macht ein paar Meter auf mich zu und steht jetzt kurz hinter dem Netz, in dem die meisten ihrer Bälle landen. So funktioniert das nicht. Wieso ist Jonas eigentlich nicht da? Ach ja, der hat ja so eine Veranstaltung in Rendsburg und kommt erst am Abend zurück. Robin und Timm sind in der Uni und Ben auf seinem Krankenlager … mit Amy. Stopp! Kopfkino aus. Ich will jetzt nicht an Amy denken, sondern an Ella, deshalb mache ich ihr auch gleich ein Kompliment: „Ella, beim nächsten Turnier ziehst du dir diesen Bikini an und stellst dich an die Seitenauslinie, dann sind unsere Gegner abgelenkt und wir machen ordentlich Punkte."

„Du bist dann aber auch abgelenkt", feixt sie.

„Ja, wahrscheinlich und der Schiedsrichter erst."

Das mit dem Ball über das Netz funktioniert leider überhaupt nicht, deshalb ändere ich die Strategie: „Ella, komm mal her."

„Kuscheln?"

„Erst die Arbeit, dann das Vergnügen."

„Arbeit, ja? Bisher schwitzt du ja noch nicht einmal."

„Weil du mir Mädchenbälle zuwirfst."

„Ha!"

Meine neue Anordnung funktioniert besser, das Problem aber ist, dass ich die Bälle über das Netz schlagen muss und wir nur 30 Stück haben und weil Ella nicht auf der anderen Seite steht, kann sie sie nicht fangen. Deshalb müssen wir sie immer wieder mühsam einsammeln. Das macht auch keinen Spaß. Spaß macht allerdings das, was Ella mir jetzt vorschlägt: „Das macht so keinen Sinn, oder?"

„Nein", gebe ich zu.

„Dann lass uns was anderes machen."

„Ja?"

„Hmmm. Du willst dich doch unbedingt bewegen, ja?"

„Immer, weißt du doch."

„Dann gibt es zwei Alternativen."

„Nämlich?"

„Joggen oder Schwimmen."

„Schwimmen. Gelaufen bin ich heute schon."

„Dann komm mit, Flipper. Ich stoppe deine Zeiten."

Natürlich muss ich erst duschen, aber dann fahren wir ins Schwimmbad und Ella treibt mich ordentlich an. Ich will ihr unbedingt imponieren und deshalb schwimme ich so schnell ich kann. Auf einem Brett, das wir immer beim Bademeister hinterlegen und auf dem noch die Zeiten vom letzten Mal notiert sind, hält sie meine heutigen Zeiten fest und lobt mich anschließend für mein enormes Tempo. Während ich noch wie ein Tuberkulosekranker über der Bande hänge und keuche, was das Zeug hält, krault sie meine nassen Haare und wartet, bis ich wieder ordentlich Luft bekomme. Dann zieht sie mich aus dem Wasser und schickt mich unter die Dusche. Dusche Nummer zwei für heute. Am Abend, wenn ich mit Timm und Robin trainiert habe, steht noch eine an.

Ella und ich kehren rechtzeitig zum Mittagessen zurück und während ich danach eine Runde auf dem Sofa döse und mit Ben quatsche, fassen Linda und Ella einen Plan. Sie sind der Meinung, dass hier zu viel Trubel herrscht und Mimo und Benni-Two ein richtiges Familienleben fehlt, deshalb beschließen sie eine neue Tradition. Solange Ben und ich die Uni auf Eis gelegt haben, findet hier einmal pro Wochenende ein Familienfrühstück statt. An diesem Frühstück, das oben bei Linda zelebriert wird, sollen nur genau sieben Leute teilnehmen dürfen: Die kleine Wolf-Familie und die kleine Nordgren-Familie, sprich: Linda, Ben und Benni-Two und Ella, Mimo, Klein Hanna und ich. Die Idee ist grundsätzlich gut, aber unsere Hübschen haben dabei eine Kleinigkeit vergessen. Wir spielen nämlich am Wochenende Turniere und sind morgens gar nicht da. Aus irgendeinem Grund haben sie das gar nicht bedacht, aber sie sehen sich nur kurz an, zucken die Schultern und verschieben den Frühstückstag kurzerhand auf Montag, im Zweifel auch auf Dienstag, das heißt, Benni-Two und Mimo-Baby haben in Zukunft eine verkürzte Kindergartenwoche, denn wie ich unsere Mädels kenne, lassen sie uns nicht vor zehn Uhr vom Tisch aufstehen und dann ist es für den Kindergarten schon zu spät.

Natürlich passt es sich prima, dass morgen Dienstag ist und wir diese neue Familienidylle gleich mal ausprobieren können. Deshalb sitzen Ben und ich nach unserer Joggingrunde mit unseren glücklichen Familien bei Linda am Frühstückstisch und genießen Sachen, die sonst nur am Weihnachtsmorgen auf dem Tisch stehen. Während unsere Frauen aber das Frühstück genießen, langweilen sich die Kinder ganz schnell. Sie wollen malen und weil Linda nicht schnell genug Papier und Stifte an den Tisch bringt, benutzt Benni-Two einfach die Wand und beschmiert sie mit Marmelade. Ben und ich schütten uns aus vor Lachen, aber Linda schimpft. Benni-Two lässt sich aber nicht lange ausmeckern, er hält Linda einen Finger mit Marmelade hin und sagt: „Probier‘ mal, Mama.“ Dabei sieht er aus wie jemand, der denkt: Vielleicht holt dich das wieder runter.

„Du bist ein Schmierfink“, schimpft meine kleine Schwester, während Ben und ich immer noch lachen. Das findet Mimo natürlich klasse. Wenn jemand lacht, lacht unser Krümel immer mit. Und Benni-Two lacht auch, während Ben Linda auf die Palme bringt: „Du bist ja ganz schön autoritär.“

„Was?“

„Kennst du das Wort nicht? Soll ich für dich im Wörterbuch nachschlagen?“

„Du bist so witzig", mault sie und schlägt Benni-Two leicht auf die Finger, weil er seine schon wieder ins Marmeladenglas getaucht hat. Der Kleine weint jetzt natürlich und Mimo will ihn trösten. Das ist so süß, dass Ben und ich schon wieder lachen müssen, und Linda wird jetzt wirklich wütend. Da hält auch Mimo meiner kleinen Schwester den Finger hin, den er ebenfalls mit Marmelade beschmiert hat. Und auch er sieht so aus, als wolle er Linda einen Beruhigungstipp geben wollen. Jetzt gibt es wirklich kein Halten mehr, selbst Ella stimmt in unser Lachen ein und wenig später auch Linda. Die Stimmung ist jetzt jedenfalls super, wenn unsere Frühstücksrunden in Zukunft immer so lustig werden, können wir das von mir aus jeden Tag machen.

Wir wischen uns gerade alle die Lachtränen aus den Augen, als Ben fragt: „Das Brot ist lecker. Ist das von heute?"

„Nein", antworte ich lachend. „Das ist von morgen, das von heute gab's gestern."

Wieder kringeln wir uns alle fast auf dem Boden vor Lachen, aber dann ist es auch Zeit, das Frühstück zu beenden. Wir haben schließlich in zwei Stunden Training und das funktioniert nicht mit vollem Bauch.

Was dafür bestens funktioniert, ist Bens Wade. Die liebe Amy hat ihm nämlich bei der letzten Physio grünes Licht gegeben, es langsam wieder angehen zu lassen, deshalb habe ich endlich wieder meinen Kumpel dabei. Dass Amy aber auf der Rampe steht, um Ben zu kontrollieren, ist ein fader Beigeschmack, dass sie mich aber keines Blickes würdigt, ist eher angenehm. Das Training läuft jedenfalls den Umständen entsprechend gut, aber Ben ist noch nicht fit genug, das Turnier am Wochenende in Polen zu spielen, und deshalb sage ich spontan zu, als Stefan anruft, der einen Partner braucht. Zwischen Stefan und Christian herrscht immer noch eine Bombenstimmung, mit anderen Worten: Sie haben sich so richtig gezofft. Warum, das weiß ich nicht, Stefan sagt es auch nicht, obwohl ich mehrfach frage. Die Antwort ist immer gleich: „Chris ist ein Idiot!"

Christian selbst spielt in Polen mit Patrick, dessen Verletzung nur auf dem ersten Blick schlimm war. Das Krankenhaus durfte er sofort nach den Untersuchungen, die nichts ergeben haben, verlassen. Er hat sich zwei Tage geschont und den Rest der Woche bereits mit Christian trainiert. Es sind vier deutsche Teams gemeldet, darunter das erste Nationalteam, nämlich Niels und Timo, sowie die vierte Mannschaft, bestehend aus Marvin und Thomas. Weil Daniel und Patrick sowie Christian und Stefan als Mannschaft aber ausfallen und wir die Teams anders zusammenstellen, starten die Teams Nummer eins und vier im Hauptfeld, während wir untereinander den Startplatz für die Qualifikation ausspielen müssen. Da ist natürlich Feuer im Spiel, denn mit Christian und Stefan stehen sich zwei Spieler gegenüber, die sich heute nicht wie Profis verhalten. Sie klatschen sich noch nicht einmal ab und während des Einspielens muffeln sie sich die ganze Zeit an. Für Patrick und mich ist das ziemlich übel, aber wir arrangieren uns ganz gut.

Kurz vor dem Spiel reicht es mir und ich nehme mir das Recht heraus, Stefan mal so richtig zusammenzufalten: „Hör zu, ja? Ich habe keine Lust auf dieses Theater. Ich bin hier, weil du mich angerufen hast. Für mich ist das hier alles neu, okay? Ich will hier nicht verlieren, nur weil ihr beide Stress miteinander habt, verstanden? Für mich ist das die Chance. Wenn wir hier Punkte holen, profitiert auch Ben davon und das ist das Allerwichtigste, hörst du?"

„Ist ja gut."

„Gar nichts ist gut, okay?"

„Ja, okay, jetzt mach dich mal locker!"

„Ich bin locker!"

„Es geht los."

Das kann man wohl laut sagen. Es geht nämlich gleich richtig los. Die beiden Trotzköpfe beschimpfen sich nämlich die ganze Zeit und der Schiedsrichter hat seine große Mühe, sie zu bändigen. Patrick und ich unterstützen ihn dabei, so gut es geht, aber ich werde wirklich langsam wütend. Mit Wut im Bauch konnte ich allerdings auf dem Feld immer schon gut umgehen und heute gehe ich nicht nur besonders gut damit um, ich wachse regelrecht über mich hinaus. Ich will nämlich Punkte holen, für Ben und mich, und mache den letzten Punkt mit einem spektakulären Ass. Stefan und ich ziehen in die Qualifikation ein, die am Freitag ausgespielt wird. Wir gehen dem Verliererteam aus dem Weg und verziehen uns ins Hotel. Beim Abendessen treffen wir allerdings aufeinander und sitzen ausgerechnet am selben Tisch. Stefan sitzt Christian gegenüber und schon wieder streiten sie sich. Ich werde langsam sauer, schiebe meinen Stuhl zurück, stehe auf und sage leise: „Wenn Martin euch hören würde!"

Den Rest lasse ich aus, aber sie sind auf einmal sehr betroffen und werden still. Christian fasst sich als Erster: „Setz dich wieder, Domi."

„Warum? Damit ich mir weiter anhören kann, wie ihr euch streitet? Dazu habe ich wirklich keine Lust! Was ist eigentlich los mit euch? Ihr seid ein Team. Ihr gewinnt zusammen, ihr verliert zusammen. So zumindest hat Martin es uns beigebracht, erinnert ihr euch? Wenn ihr euch schon außerhalb des Spielfelds aufführt wie spätpubertierende Teenager, ist es schlimm genug. Aber auf dem Feld haben diese albernen Diskussionen nichts zu suchen, okay? So haben wir es nicht gelernt! Martin würde …"

„Ist gut, Domi", sagt Patrick, der Martin gar nicht kannte, aber er spürt wohl die Verlegenheit bei Christian und Stefan und die Wut auf meiner Seite. Ziemlich angefressen setze ich mich wieder und stelle fest, dass ich mit meiner Ansage doch einiges erreicht habe. Christian und Stefan reden nämlich wieder miteinander. Vernünftig. Wie Erwachsene. Oder so. Zumindest geben sie sich große Mühe.

Wir beenden den Abend früh, denn am Freitag haben wir schwere Spiele vor uns. Wir wollen ins Hauptfeld und müssen dafür drei Spiele gewinnen. Das wird schwer, keine Frage, aber ich bin bis in die Haarspitzen motiviert und mache Stefan ordentlich Dampf: „Verlieren gilt heute nicht, capiche?"

„Habe ich nicht vor. Wir gehören ins Hauptfeld, Mann!"

„Da wärst du auch, wenn du dich nicht mit deinem Kumpel gezofft hättest."

„Aber du nicht, du Idiot, also, auf geht's!"

Man gruppiert uns in der Qualifikation auf Rang 22 ein, das ist wirklich nicht schlecht, wenn man davon ausgeht, dass hier fünfzig Mannschaften gemeldet sind. Diese hohe Platzierung verdanken wir Stefans Punkten der letzten Saison, seinem Deutschen Meistertitel und der Tatsache, dass ich und Ben auch einiges geleistet haben im letzten Jahr. Zusammen haben wir genug Punkte, um hier ganz nett gesetzt zu sein. Das erste Spiel für uns beginnt um elf und ist eine halbe Stunde später mit unserem mehr als deutlichen Sieg beendet. Wir hatten keine große Mühe mit den Tschechen, die auf dem letzten Platz gesetzt sind. Im Spiel gegen die Australier allerdings läuft es für uns nicht so rund. Wir gewinnen zwar den ersten Satz, aber im zweiten brechen wir total ein und leisten uns einige dumme Fehler. Stefan sucht die Schuld natürlich bei mir, aber er steht genauso neben sich und deshalb brodelt es ganz schön in mir. Ich halte mich aber bedeckt und bringe den Satz zu einem leider schlechten Ende. Der Tie-Break soll die Entscheidung bringen. Ich habe Aufschlag und bringe uns gleich in Führung, beim Wechsel stehen wir sehr gut da.

Nach dem knappen Sieg holen wir uns die Glückwünsche der Australier ab und ich mir die Entschuldigung von Stefan: „Sorry, Domi."

„Schon gut", antworte ich genervt.

„Ich will Christian nur zeigen, was er verpasst."

„Ja ja."

Im dritten Spiel gegen ein Nachwuchsteam aus Brasilien haben wir wieder leichtes Spiel. Sie sind zwar aus irgendwelchen Gründen auf Rang sechs gesetzt, haben uns aber nichts zu bieten. Zumindest machen sie es ziemlich unspektakulär und schenken uns beinahe den Sieg und somit den Einzug ins Hauptfeld. Jawollo!

Meine Beine bewegen sich zuerst zu den Brasilianern, dann zu Stefan und anschließend zu meinem Handy. Jonas muss informiert werden. Und Ben. Und Linda und alle Sandhausbewohner. Meine Nachricht ist deutlich: „Hauptfeld! Yeah!"

Jonas antwortet sofort: „Ich tanke den Wagen auf und stehe morgen spätestens beim Aufschlag an der Bande!"

„Bring Unterstützung mit!"

„Amy?"

„Blödmann!"

Jetzt muss Ella informiert werden, aber natürlich ist das Sandhaus schon längst im Bilde, denn als Ella sich am Handy meldet, ist im Hintergrund eine Party im Gange. Jedenfalls hört es sich so an! „Superman!", meldet sich meine Frau und lacht mir laut ins Ohr.

„Pack deine Koffer und vergiss die Krümel nicht. Ich brauche euch hier."

„Und wo sollen wir schlafen?"

„Hey, wir scheiden morgen aus. Das ist ziemlich sicher. Wir fahren nach unserer zweiten Niederlage zurück und übernachten zu Hause."

„Und wofür brauche ich dann einen Koffer?"

„Für den Fall, dass es richtig gut läuft."

„Soll ich meinen Bikini einpacken?"

„Unbedingt!"

Zweiunddreißig Teams schaffen es ins Hauptfeld, das wir als Dreißigste erreichen. Keine Frage, dass wir deshalb im ersten Spiel gegen ein hoch gesetztes Team antreten müssen. Die drittgesetzten Spanier haben allerdings ihre Mühe mit uns, denn wir haben lautstarke Unterstützung. Ben und Linda sind da, Ella und Jonas ebenfalls. Von Amy ist zum Glück weit und breit nichts zu sehen. Ebenfalls nicht zu sehen ist ein großer Unterschied zwischen unserer Leistung und der der Spanier, zumindest nicht im ersten Satz, den wir in der Verlängerung verlieren. Der zweite Satz knackt uns aber, wir verlieren das Spiel und sind natürlich im Loserpool. Ich hatte mit nichts anderem gerechnet.

Es ist vier Uhr, als wir zu unserem zweiten Spiel antreten, und es ist vier Uhr fünfzehn, als wir immer noch auf unsere Gegner warten, die sich jetzt von ihrem Trainer entschuldigen lassen. Es hat einen Unfall im Treppenhaus des Hotels gegeben, einer der Spieler ist nicht einsatzbereit und wir somit kampflos in der nächsten Runde. Für heute ist Feierabend, kurz geduscht und dann unverdiente Glückwünsche abgeholt und schon geht's in die Stadt. Unterkunftssuche ist angesagt, meine Familie hat nämlich keinen Schlafplatz.

Wir finden ein paar winzige Zimmer zu einem unverschämten Preis und ein nettes Restaurant für das Abendessen.

Um elf Uhr geht es am Sonntag für uns weiter und ein Sieg ist wirklich möglich. Wir spielen nämlich gegen die Russen, die nur einen Platz vor uns gesetzt sind. Wenn wir jetzt gewinnen, sind wir mindestens Dreizehnte, das ist unser Nahziel. Ziele sind da, um erreicht zu werden, und Nahziele sind dazu da, übertroffen zu werden. So auch heute. Wir besiegen Igor und Pavel, die wir schon von den Jugendweltmeisterschaften kennen und können unser Glück kaum fassen. Natürlich haben wir jetzt Blut geleckt und sind uns sofort einig, dass ein dreizehnter Platz zwar sensationell wäre, ein neunter aber noch deutlich cooler. Um dies zu erreichen, müssen wir allerdings die Letten schlagen, die eine riesige Fangemeinde mitgebracht haben. Die Sandhauspower ist allerdings auch nicht ohne und bietet dem Publikum eine richtige Choreographie. Mit dieser Unterstützung locken wir die Letten in den Tie-Break, den wir am Ende noch gewinnen. Was geht denn hier ab? Bin ich im Kino oder was? Ist das hier eine Wunschveranstaltung? Kann mich bitte mal jemand kneifen? Es ist unglaublich! Wir sind noch im Rennen, oder träume ich etwa?

Im nächsten Spiel ist allerdings Schluss mit lustig, wir verlieren gegen die US-Amerikaner, die nicht umsonst auf Rang zwei gesetzt sind, und das auch noch ziemlich deutlich. Als Siebte scheiden wir aus, freuen uns über Punkte und Prämie und drücken Niels und Timo die Daumen, die noch im Rennen sind. Erst um acht Uhr am Abend findet das Endspiel statt, das Niels und Timo gegen die an Nummer eins gesetzten Brasilianer verlieren, aber wir feiern trotzdem ein wenig und fahren gegen Mitternacht nach Hause.

Das gemeinsame Frühstück bei Linda fällt aus, weil wir ziemlich lange in den Betten liegen. Zum Glück kümmert sich Frauke um die Krümel, bringt sie in den Kindergarten und kocht ihnen das Mittagessen, zu dem wir auch endlich bereit sind. Das Frühstück verschieben wir auf Dienstag und haben wieder genauso viel Spaß wie in der vorigen Woche.

Unter der Woche trainieren wir sehr gut. Ben ist wieder voll am Start und kann mit mir am Wochenende am Auftaktturnier der Holsteintour teilnehmen. Wir sind hinter Christian und Stefan, die sich anscheinend wieder zusammengerauft haben, auf Rang zwei gesetzt. Die anderen Nationalteams tummeln sich in China, in Shanghai. Mit anderen Worten: Dieses Wochenende ist alles möglich. Alles. Auch ein Sieg.

Wir starten jedenfalls mit einem Freilos ins Turnier und haben deshalb die Möglichkeit, Robin und Timm bei ihrem Auftaktspiel zu unterstützen. Robins Eltern sind natürlich da, aber dieses Wochenende haben es auch Timms Eltern geschafft, dabei zu sein. Sie übernachten im Sandhaus bei Jonas und Ida und haben schon Freundschaften geschlossen. Mit Ida Freundschaft zu schließen, ist allerdings leicht. Das schafft jeder.

Um Viertel nach sieben starten wir am Freitagabend endlich selbst ins Turnier. Unsere Gegner sind überaus motiviert und vor allem ziemlich vorlaut. Schon vor Beginn des Spiels machen sie uns klar, dass sie besser sind. Mag sein, dass sie grundsätzlich wirklich besser sind als wir, aber heute können sie es nicht zeigen. Wir schlagen sie in zwei Sätzen und sind eine Runde weiter. Wäre schön, wenn Robin und Timm das von sich auch behaupten können, die nach ihrer Niederlage im Verliererpool landen und es dort mit Thore und Marten zu tun bekommen. Mit diesen Jungs haben unsere Schnuckis den ganzen Winter über trainiert. Meistens gingen die Sandhausbewohner als Sieger vom Platz, genau wie heute. Thore und Marten scheiden als Siebzehnte aus.

Das ist bitter, noch bitterer wäre es allerdings, hätten sie mit Robin und Timm die Plätze getauscht. Pause ist jetzt für alle. Feierabend. Morgen geht es weiter.

Wir selbst sind noch in der Gewinnerrunde und dass wir genau dort hingehören, zeigen wir eindrucksvoll beim nächsten Spiel. Wir schlagen das aktuelle zweite U23-Nationalteam in zwei kurzen Sätzen und beenden unser Spiel rechtzeitig zum Aufschlag der nächsten Partie von Robin und Timm. Im Loserpool hat man deutlich mehr Spiele zu bestreiten und deshalb stehen die Jungs sowohl um eins als auch um drei auf dem Feld. Das Spiel um eins kann man mit einem Satz erklären: Team B hat heute Erfahrung gesammelt und ist beim nächsten Spiel schon auf dem Weg nach Hause, während Robin und Timm ihre Konkurrenten im U23-Nationalteam auseinandernehmen. Wir selbst haben jetzt weniger Glück und verlieren gegen Manuel und Roman, ein Top-Team aus Brandenburg, das hier auf Rang drei gesetzt ist. Unsere Niederlage schickt uns in den Verliererpool. Das Wetter ist aber in jeder Runde gleich: Ob Gewinner oder Verlierer, wir müssen jetzt alle mit einem heftigen Regenschauer klarkommen, der uns ordentlich durchnässt. Schilksee-Wetter, das ist unser Ding. Im letzten Spiel des Tages hilft uns aber nicht nur der Regen und das uns bekannte Wetter, sondern auch unser Können, unser Trainingsfleiß und vor allem unser Ehrgeiz. Obwohl wir kaum etwas sehen, kämpfen wir um jeden Ball, spielen die Angriffe instinktiv und pflügen blind durch den Sand. Unsere Gegner sind weniger motiviert, fordern eine Spielunterbrechung und stoßen damit beim Schiedsgericht auf taube Ohren. Es ist immerhin schon spät und die Show must schließlich go on, oder? Die Mosereien unserer Gegner nützen ihnen deshalb auch nichts, aber sie sind so angefressen, dass wir am Ende leichtes Spiel haben. Sieg Sandhaus. Yeah!

Auch Robin und Timm gewinnen ihr Spiel und landen mit uns im Halbfinale.

Wir suchen gemeinsam die Duschräume auf und treffen auf dem Weg dahin auf Jonathan, Robins ehemaligem Teampartner, der sich durch seine eigene Schusseligkeit zum Zuschauer degradiert hat. Noch immer hat er Schmerzen im Knie, so erzählt er uns nach dem Duschen bei einem Bier, auf das ich ihn einlade. Ich fordere ihn auf, sich demnächst mal im Sandhaus sehen zu lassen, schließlich waren wir alle Freunde und haben uns lange nicht gesehen.

Unser nächster Landeplatz ist der Sandhausgarten. Ida und Frauke haben den Grill vorbereitet und es steigt eine kleine Fete. Timms Eltern sind da, ebenso Robins. Mimo und Benni-Two haben jetzt ein neues Publikum und wir erfreuen uns an ihren Späßen. Mein Sohn ist ganz vernarrt in Timms Mutter, klettert einfach auf ihren Schoß und bleibt da den ganzen Abend. Benni-Two hält es da eher mit Amy, die auch zu Gast ist. Ich versuche den ganzen Abend herauszufinden, wer sie eigentlich eingeladen hat. Ich selbst war es jedenfalls nicht. Zum Glück geht sie mir aber zunächst aus dem Weg.

Ebenfalls zu unseren Gästen gehört Caroline, Robins Freundin. Wir wundern uns wirklich, wie sehr sie während der letzten Wochen aus sich herausgekommen ist. Seit sie bei Alexandra modelt, ist sie kaum noch die Alte. Caroline trägt ein gewagtes Minikleid mit hochhackigen Schuhen und ordentlich Schmuck. Außerdem war sie beim Frisör, wenn ich das jetzt richtig sehe. Ich bin bei so was allerdings eine Niete und kann ihren Frisörbesuch nur ahnen. Was ich ebenfalls nur ahnen kann, ist Ellas Laune. Natürlich ist sie nicht begeistert davon, dass Amy hier aufgetaucht ist, und ganz bestimmt findet sie es auch nicht lustig, dass unsere Physiotherapeutin mir regelrecht am Hacken klebt. Als sie sich aber an mich kuschelt, ist Ella zur Stelle und zeigt ihr, wo der Ausgang ist.

Was ist eigentlich mit Amy los? Fast scheint es so, als sei sie wild auf eine neue Auseinandersetzung mit Ella. Ich selbst habe allerdings überhaupt keine Lust, mich jetzt mit Ella auseinanderzusetzen, zumindest nicht, wenn das Thema Amy heißt. Deshalb mache ich meiner Frau auch gleich klar, dass Amy sich von allein eingeladen hat und ich mit ihrem Besuch nichts zu tun habe.

„Weiß ich doch, Kleiner. Beruhige dich."

„Ich will nur nicht, dass du wieder auf eine schräge Idee kommst", verteidige ich mich.

„Alles ist gut, Domi."

Ebenfalls gut ist unser Start am nächsten Tag. Wir spielen nämlich gegen Christian und Stefan. Für alle, die bisher nicht richtig aufgepasst haben: Die Jungs stellen zur Zeit das dritte Nationalteam dar und haben somit den Platz inne, den Ben und ich eher heute als morgen haben wollen. Dass wir ihnen ziemlich nah auf der Spur sind, zeigt sich bei unserem Zittersieg, bei dem wir in jedem Satz weit in die Verlängerung gehen und der uns alles abfordert. Alles!

Stefan ist einigermaßen geschockt. Er steht da so, als ob der Bus gerade weg ist. Weg ist für ihn allerdings auch der Einzug ins Endspiel, das wir jetzt erreicht haben. Vor dem Endspiel haben aber erst mal Robin und Timm die Möglichkeit, heute Großartiges zu leisten. Ihre Gegner im Spiel um Platz drei sind Christian und Stefan, die natürlich gewinnen. Gegen ein Nationalteam haben unsere Kleinen einfach noch keine Chance, aber ihre Zeit wird kommen. Sie sind jetzt jedenfalls schon so weit, wie wir es in ihrem Alter waren. Wer weiß, vielleicht sind sie sogar einen kleinen Tick besser.

Wir selbst bestreiten das Endspiel gegen Manuel und Roman, die wir in der Gewinnerrunde schon besiegen konnten. Auch jetzt sieht es so aus, als könnten wir sie locker schlagen, aber dann meldet sich Bens Wade mit aller Stärke zurück. Er hat Krämpfe, die er tatsächlich glaubt, vor mir verheimlichen zu können. Obwohl er nichts davon hören will, fordere ich ihn auf, das Spiel verloren zu geben. Er bockt wie ein kleines Kind, aber ich lasse da nicht mit mir diskutieren und verlasse einfach den Platz. Ohne mich kann er jedenfalls nicht spielen, Manuel und

Roman siegen in einem Spiel, das sie unter normalen Umständen verloren hätten und gewinnen dieses Turnier. Aber ich bin nicht enttäuscht, sondern nur besorgt. Was ist mit Ben? Was ist mit seiner Wade?

Natürlich ist Amy sofort bei ihm und der Doc ebenfalls. Sie untersuchen Ben gemeinsam, fügen ihm durch die Gegendehnung noch mehr Schmerzen zu, ordnen eine Kochsalzinfusion an und drängen ihm ein Elektrolytgetränk auf. Dann helfen sie ihm beim Aufstehen, schleppen ihn in den Sanibereich und versorgen ihn weiter. Ben bekommt jetzt eine Massage und eine Wechselschdusche mit heißem und kaltem Wasser. Dann geht's für uns ab ins Sandhaus, nachdem uns Amy noch einen Patientenbesuch für den nächsten Morgen angekündigt hat. Muss das sein? Linda macht ihr allerdings gleich klar, dass am Montagmorgen ein ausgiebiges Familienfrühstück ansteht und Amy dazu nicht eingeladen ist. Falls sie Ben sehen will, muss sie ihn für den späten Vormittag ins Zentrum bestellen, was sie nach einem kurzen Zögern auch tut.

Die Nachuntersuchung am Montag sind zum Glück ohne Befund, einem Start bei der Deutschen Tour, die am nächsten Wochenende in Münster beginnt, steht also nichts im Wege.

Kapitel 14

Auf Punktejagd

Münster ist unser nächstes Ziel, das erste Turnier der Deutschen Beach-Serie und für uns eine günstige Gelegenheit, ein paar Punkte mit nach Hause zu nehmen. Die Chancen stehen gut, sämtliche Nationalteams sind in Peking, selbst die zerstrittenen. Uns kann das recht sein und ebenfalls recht ist unser Setzlistenplatz: die Zwei.

Weil wir nicht durch die Qualifikation müssen, reisen wir erst am Freitagabend an und beziehen unsere Zimmer im Spielerhotel. Die Qualifikation ist gerade beendet, die Spieler kehren nach und nach ins Hotel zurück, wir unterhalten uns kurz mit einigen Leuten und machen uns dann in Laufkleidung auf zum Gelände, um es uns einmal anzusehen. Sieht nett aus, was die Münsteraner hier aufgebaut haben, nur schade, dass kein Strand in der Nähe ist.

Nach einer kurzen Regendusche treffen wir uns noch mit ein paar anderen Jungs und Mädels im Spielerbereich des Hotels und halten einen kurzen Schnack mit Trixie und ihrer Ersatzpartnerin. Jessica ist natürlich nicht hier, sie bereitet sich nämlich auf ihre Hochzeit mit Florian vor, die wir am nächsten Wochenende feiern. Ella, Linda und Ida wollen dieses Wochenende nutzen, um sich in Hamburg Kleider zu kaufen. Seit Wochen machen sie die Geschäfte unsicher, aber bisher haben sie nicht das Richtige gefunden. Jetzt wird es höchste Eisenbahn, denn sie haben nur noch eine Woche Zeit. Ich vermute mal, unsere drei Sandhaushübschen werden alle anderen Hochzeitsgäste ausstechen ... mit Ausnahme der Braut versteht sich.

Tobi und Max, die die Qualifikation gestern gewonnen haben, wohnen im Zimmer neben uns. Wir treffen sie am Samstagmorgen auf dem Weg ins Foyer, vor dem unser Transportvan auf uns wartet. Wir quetschen uns in einen dieser Minibusse und versuchen, so eine Art Gespräch in Gang zu bringen, aber Maximilian, der Gute, ist mal wieder ziemlich einsilbig. Es stört ihn ungemein, dass er so viele Plätze schlechter gesetzt ist als Ben und ich. Tobi und Max starten nämlich von Platz zehn aus, aber wenn man Maxilein so reden hört, müssten sie deutlich vor uns gesetzt sein, also auf Rang eins. Das ist natürlich total lächerlich, denn dort stehen Niclas und Jonas, die amtierenden Studentenweltmeister, die auch gleich eindrucksvoll ihr erstes Spiel gewinnen. Wir machen es ihnen nach, was ziemlich einfach ist bei einem so hohen Setzlistenplatz. Unser zweites Spiel präsentiert uns einen Gegner, der uns halb und halb angenehm ist: Tobias – unser Freund – und Maximilian – der Blödmann – stehen uns gegenüber.

Max kloppt während der ganzen Aufwärmphase blöde Sprüche und während des Spiels regelmäßig den Ball ins Netz oder ins Aus. Beides beschert uns reichlich Punkte und Max einen Rüffel von Tobias. Ich frage mich wirklich, warum Tobi immer noch mit Max spielt. Er könnte deutlich erfolgreicher sein mit dem richtigen Partner an seiner Seite. Mir soll es aber egal sein, wir sind eine Runde weiter und schicken das Großmaul in die Verliererrunde. Leider muss Tobi mit ihm gehen. Wir selbst haben jetzt erst mal vier Stunden Zeit und spielen am Abend gegen die Lokalmatadore. Diesmal haben wir allerdings keine Schwierigkeiten mit dem Publikum, das natürlich seine eigene Mannschaft laut unterstützt. Wir schlagen die Jungs und genehmigen uns zur Belohnung einen Rieseneisbecher. Die Playersparty lassen wir aus, denn am nächsten Morgen wartet ein enormer Brocken auf uns. Niclas und Jonas, die amtierenden Studentenweltmeister und wahre Riesen stehen uns auf dem Spielfeld gegenüber. Niclas ist ein Modellathlet mit lupenreiner Technik, einer Wahnsinnsausdauer und dazu noch einem einwandfreien Charakter. Jonas steht ihm in nichts nach, aber als Blockspieler hat er noch den Vorteil, dass er bis zum Mond springen kann. Wenn es starke Konkurrenz um einen Platz im Herrennationalteam gibt, dann sind das diese Jungs, die uns jetzt im Halbfinalspiel gegenüberstehen.

Sie zeigen uns auch gleich, dass sie gut sind. Allerdings sind sie nicht besser als wir, zumindest nicht viel besser. Im ersten Satz wechselt die Führung zwar ständig, aber kein Team kann sich um mehr als zwei Punkte absetzen – bis zum Stand von siebenundzwanzig zu siebenundzwanzig, dann spiele ich ein Ass und Ben zeigt seine Stärke im Block. Zwei Punkte zum Satzgewinn. Zusammen sind wir eben unschlagbar. Der zweite Satz geht sogar noch weiter in die Verlängerung und der Moderator macht schon seine Späße, dass das Publikum doch mal eben Getränkenachschub holen soll. Hier würde niemand etwas verpassen, wir würden in einer Stunde immer noch spielen. So kommt es mir allerdings auch vor. Meine Kehle ist inzwischen staubtrocken, die Auszeiten auf beiden Seiten längst genommen, aber keinem Team gelingt dieser wichtige Doppelpunkt.

Ben fasst sich immer wieder an die Wade, was mir natürlich Sorgen macht.

„Hast du Krämpfe?", frage ich.

„Geht schon."

„Wirklich?"

„Klar."

„Wir nehmen die Auszeit."

„Hatten wir schon, du Scherzkeks."

„Ich meine die medizinische."

„Blödsinn, ich blamiere mich doch nicht, weil ich einen kleinen Krampf habe."

„Hör zu …"

„Weiter geht's!"

Es geht wirklich weiter. Punkt um Punkt. Mal liegen wir vorn, mal die anderen, aber am Ende haben wir mehr Kräfte und ein halbes Prozent mehr Ehrgeiz oder Durchsetzungswillen, wer weiß das schon? Jedenfalls gehen wir als Sieger vom Platz und Ben torkelt ins Sani-Zelt.

Zum Glück bringen die Sanitäter meinen Kumpel mit Kochsalzlösung und Elektrolytgetränken schnell wieder auf die Beine, sodass wir zum Endspiel antreten können. Vorher holen wir uns am Handy aber noch die Glückwünsche aus dem Sandhaus ab.

Auf meine Frage, was für ein Kleid Ella denn gefunden hat, antwortet sie lachend: „Ich gehe mit Linda und Ida im Partnerlook, wir haben nur andere Farben."

„Welche denn?"

„Meins ist rot, Lindas hellblau und Idas dunkelblau. Idas Kleid ist aber noch deutlich länger."

„Deutlich?"

„Ja, es geht bis übers Knie."

„Oh, und deins?"

„Ist kürzer."

„Äh … wie kurz?"

„Deutlich kürzer."

„Du machst mich fertig, Engel."

„Freut mich sehr."

„Dass du mich fertigmachst?"

„Hmmmm, ja, und dass du mich Engel genannt hast."

Grinsend lege ich auf, suche meinen Kumpel und kläre ihn über einen Notstand auf: „Die Kleider der Mädels gehen nur bis zum Bauchnabel, wenn ich das richtig verstanden habe."

„Aha?"

„Ja, Idas geht bis übers Knie."

„Oberhalb des Knies oder unterhalb?"

„Das weiß ich nicht."

„Ist ja auch egal."

„Eben, wir sollen übrigens gewinnen."

„War ja klar."

Klar ist aber zumindest zu Beginn des Satzes gar nichts. Unsere Gegner lassen bei uns nämlich kaum Punkte zu und das ist wirklich seltsam. Uns gelingt so gut wie gar nichts, wir geben den Satz zu vierzehn ab und sind wirklich ratlos. Das Problem ist nämlich, dass wir beide saudumme Fehler machen, Ben und ich. Allein vier Aufschläge gehen mir ins Netz, das ist mir noch nie passiert, aber Ben bringt keinen einzigen Block rüber. Ist es die Aufregung? Natürlich, es muss so sein, denn wir haben doch sonst überhaupt keinen Grund, uns so schlecht zu präsentieren. Im nächsten Satz wendet sich das Blatt aber gewaltig. Die Typen auf der anderen Seite fühlen sich nämlich schon als Sieger und lassen sich vom Publikum feiern. Sie machen Scherze, die auf unsere Kosten gehen sollen, und stacheln uns damit so richtig an. Auf einmal funktioniert wirklich alles und am Ende stehen wir einfach besser da. Im Tie-Break aber liefern wir uns einen heißen Kampf, hechten jedem Ball hinterher und sorgen für helle Begeisterung auf den Tribünen. Die Zuschauer starten eine Welle nach der anderen, klatschen rhythmisch und schreien sich heiser. Diese Stimmlage haben wir auf dem Feld schon längst erreicht, ich kriege kaum noch einen Ton heraus, muss mir ständig den Schweiß aus den Augen wischen und könnte gut und gern eine Badewanne voll Wasser gebrauchen.

Die letzten Punkte sind ziemlich spannend, die Ballwechsel lang und Ben und ich haben einfach mehr Glück. Wir gewinnen in unserem dritten Jahr unser erstes Turnier der Deutschen Serie, aber feiern können wir noch nicht. Wir jubeln einmal auf, fallen uns in die Arme und anschließend direkt in den Sand. Da bleiben wir erst mal liegen.

Als wir endlich wieder atmen und auf unseren eigenen Beinen stehen können, sehen wir aus wie mit Sand panierte Schnitzel, aber das ist egal, unsere Gegner sehen uns zumindest ziemlich ähnlich. Wir lassen uns gratulieren, stürmen zu unseren Handys und rufen im Sandhaus an, wo schon gefeiert wird.

Jonas will, dass wir heute noch in Münster übernachten, das hätten wir uns redlich verdient. Wir sollen morgen ausschlafen, auf keinen Fall joggen und nach einem Königsfrühstück Richtung Heimat aufbrechen. Das ist eine gute Idee, könnte von mir sein.

Wir fahren tatsächlich erst am Montagmittag zurück, lassen uns im Sandhaus nochmal feiern und genehmigen uns einen freien Abend. Das Dienstagfrühstück wird lustig wie immer und ebenfalls lustig wird die Hochzeit von Jessica und Florian. Sie feiern in Köln in einer kleinen Kirche mit etwa hundert Gästen. Mimo und Benni-Two streuen Blumen, oder eher gesagt: Sie bombardieren ihre Umgebung mit Piratengeschossen. So zumindest nennen sie es. Die Körbchen sind nach fünf Metern leer, aber das macht nichts, die Kleinen sammeln ihr Kanonenfutter einfach wieder ein und beginnen jubelnd von vorn. Unsere Kleinen nehmen ihre Rolle trotzdem ernst, sitzen brav in der ersten Reihe neben Jessicas Eltern und lauschen andächtig. Hanna haben wir bei Frauke im Sandhaus gelassen. Frauke war zwar auch eingeladen, aber sie hat sich gleich freiwillig gemeldet, in Schilksee zu bleiben, schließlich muss sich ja jemand um die Gäste kümmern. Auch Robin und Timm sind nicht dabei.

Die Feierei selbst steigt in einer kleinen Burg außerhalb der Stadt, in der viele der Hochzeitsgäste übernachten – wir zum Beispiel. Die Krümel finden es natürlich faszinierend, in einem solch alten Gemäuer zu übernachten, und legen sich gleich nach dem Mittagessen auf die Lauer, um ein paar Geister aufzuspüren und ihnen das vernünftige Spuken beizubringen. Sie finden es schade, dass sie keine sehen, aber wir können einen der Kellner überreden, sich in einer Servierpause eine große Tischdecke überzuwerfen und ein wenig herumzugeistern. Das aufgeregte Gekreische unserer Jungs ist göttlich und sie sind zufrieden, einen richtigen Geist gesehen zu haben. Danach haben sie natürlich Blut geleckt und legen sich weiter auf die Lauer. Ständig müssen wir sie suchen und sind froh, dass wir sie am Abend an die engagierte Nanny abgeben können. Jetzt ist Tanzen angesagt, was in Bens und meiner Situation ziemlich heikel ist. Die Kleider unserer Süßen sind nämlich wirklich extrem kurz, deshalb dürfen wir keine zu schnellen Bewegungen machen, damit die Säume nicht unnötig hochfliegen.

Jessica und Florian haben leider nur wenig Zeit für uns, aber als der Großteil der Gäste um drei Uhr morgens gegangen ist, setzen sie sich zu uns, danken für die Geschenke, die kurze Rede, die Ben und ich gemeinsam gehalten haben, und versprechen einen Besuch in Schilksee. Florian nimmt an den Rennen der Kieler Woche teil und Jessica will ihn begleiten, sie haben schon ein Hotelzimmer gebucht. Da die Kieler Woche sich mit meinem Geburtstag kreuzt, habe ich zwei Gäste mehr auf meiner Liste.

Ganz oben auf meiner Wunschliste steht jetzt aber erst mal ein gutes Abschneiden bei der Deutschen Tour auf Norderney. Robin und Timm spielen in Laboe bei der Holsteintour und sind dort an eins gesetzt. Weil auf Norderney aber alle drei noch vorhandenen Nationalteams antreten sowie zwei Mannschaften, die unser Niveau haben, aber in Münster nicht am Start waren, finden wir uns auf der Sechs wieder. Im Spielerzelt treffen wir auf Stefan und Christian, die eine schräge Neuigkeit für uns haben: Sie wollen sich nach diesem Turnier trennen und sind auf der Suche nach Ersatz. Sie sind dumm genug zu glauben, dass Ben und ich ihnen zur Verfügung stehen, aber wir zeigen ihnen nur einen Vogel und lachen sie aus. Domi ohne Ben funktioniert nämlich auf die Dauer nicht. Andersherum ist es allerdings genauso.

Die Anfrage hat uns trotzdem stolz gemacht, denn wenn zwei so sensationell gute Spieler uns als Teampartner haben wollen, können wir gar nicht so schlecht sein. Diese Gedanken motivieren uns so stark, dass wir das erste Spiel in neunundzwanzig Minuten gewinnen.

Unsere nächsten Gegner werden es uns nicht so leicht machen, denn wir spielen gegen Marvin und Thomas, die bis vor Kurzem noch das vierte Nationalteam darstellten. Weil Daniel und Patrick immer noch nicht wieder ins Turniergeschehen eingetreten sind und Christian und Stefan sich trennen, werden sie wahrscheinlich bald das zweite Team sein, aber wo stehen wir? Das wird sich gleich zeigen.

Wir bereiten uns ruhig auf das Spiel vor und wollen dem Publikum zeigen, dass wir auf Augenhöhe agieren können, aber leider ist dem überhaupt nicht so. Marvin und Thomas erwischen nämlich den perfekten Tag und schlagen uns lässig. Das Spiel ist sogar noch eine Minute kürzer als unser erstes Match an diesem Tag.

Noch schlechter als wir schlagen sich allerdings Christian und Stefan, die nicht nur ihr erstes Spiel verloren haben, sondern sich auch ihren zweiten Gegnern geschlagen geben müssen. Sie scheiden aus und geben direkt nach dem Spiel offiziell ihre Trennung bekannt. Natürlich geht jetzt ein Raunen durch das Publikum und auch einige der anderen Spieler, für die diese Neuigkeit eine echte Überraschung ist, schauen kurzzeitig ziemlich dumm aus der Wäsche.

Für das nächste Spiel nehmen wir uns einen handfesten Sieg vor, was uns auch gelingt. Auch für die anschließende Begegnung rechnen wir mit einem Erfolg und versauen es uns beinahe selbst. Das liegt aber an Christian und Stefan, die einfach keine Ruhe geben und uns immer weiter nerven. Wir gewinnen dieses Spiel erst im dritten Satz und sind heilfroh, dass Jonas uns nicht gesehen hat. Um dieser Hektik jetzt ein Ende zu machen, schnappen wir uns unsere ehemaligen Hamburger Teampartner und machen ihnen ein für alle Mal klar, dass sie sich anderswo nach neuen Partnern umsehen müssen.

Während wir in der nächsten Runde zwei nette Jungs auf den siebten Platz verweisen, kickt unser Konkurrenzteam Nummer eins das Konkurrenzteam Nummer zwei aus dem Rennen, das heißt, wir haben schon eine Mannschaft hinter uns gelassen, die vor uns gesetzt war. Das macht Mut und im Spiel um den Einzug ins Halbfinale können wir so richtig zeigen, wo wir hingehören. Wir schlagen das Team, das einen Platz besser gesetzt ist als wir selbst, zu siebzehn und zu sechzehn, jubeln lauter, als Jonas meckern kann und geben einen Bericht nach Schilksee durch.

Im Halbfinale am Sonntagmorgen treffen wir wieder auf Marvin und Thomas, die uns gestern in die Verliererrunde geschickt haben. Sie hatten den perfekten Tag, aber Ben und ich sind ausgeschlafen und wollen es ihnen heute mal so richtig zeigen. Leider sind sie noch einen Ticken wacher als wir, ziehen uns erneut das Fell über die Ohren und schicken uns ins kleine Finale, wo wir auf Niels und Tim treffen.

Klar, wer gegen Nationalteam Nummer drei verliert, hat gegen die Nummer eins so gut wie keine Chance, aber wir haben nicht vor, uns schon vor dem Spiel mit dem vierten Platz zufriedenzugeben. Wir wollen mindestens einen Satz gewinnen und das schaffen wir auch. Es ist der zweite Satz, den wir für uns entscheiden, aber weil Satz eins und Satz drei verloren gehen, werden wir Vierte. Für uns ist das ein toller Erfolg, wir haben unsere direkten Konkurrenten hinter uns gelassen und es mit zwei Nationalteams aufgenommen. Zwar haben wir diese Spiele verloren, aber wir haben ordentlich Erfahrung gesammelt und uns richtig gut verkauft. An dieses Wochenende können wir anknüpfen.

In der Woche darauf soll es für uns eigentlich nach Frankfurt gehen, aber es steht ebenfalls ein Turnier der Holsteintour an, das hier direkt vor der Haustür stattfindet. Der Veranstalter löchert uns schon seit Wochen, daran teilzunehmen, aber weil unser Hauptaugenmerk in diesem Jahr auf Timmendorf liegt, haben wir abgesagt. Jetzt haben wir allerdings zwei sensationelle Platzierungen auf der Deutschen Tour gesammelt, sodass wir uns dieses Turnier am Schilksee-Strand einfach gönnen.

Die Freude ist riesig. Nicht nur beim Veranstalter, der uns sofort auf Rang eins setzt, sondern auch bei Mimo, der am Donnerstag vor dem Turnier nämlich Geburtstag hat und schon damit rechnen musste, dass sein Papa direkt nach dem Kaffeetrinken abreisen soll. Das ist jetzt aber geschenkt, wir bleiben in Schilksee und feiern am Donnerstag Mimos Geburtstag. Er wird drei.

Mimo hat die Einladungsliste zu seinem Geburtstag neulich ganz frech aufgestockt und Timms Eltern samt kleiner Schwester Lilli eingeladen, die am Wochenende sowieso angereist wären, um Timm beim Schilkseeturnier zu unterstützen. Dafür dürfen wir auf meine Schwiegereltern verzichten, der Tausch ist perfekt. Zwar lassen es sich Margot und Albin nicht nehmen, hier wieder ein völlig übertriebenes Geschenk abzuliefern, aber immerhin treten sie uns nicht unter die Augen, diese fiesen, hinterhältigen Schwiegersohnselbstaussuchenwollende! Mimo kann mit dem kleinen Büchlein, in dem Zahlen stehen, überhaupt nichts anfangen, aber wir erklären ihm, dass es sich um ein Sparbuch handelt und dass das Geld, das dort bereits eingezahlt ist, locker reicht, um eine kleine Pirateninsel zu kaufen. Das ist natürlich übertrieben. Als wir unserem Sohn aber erklären, dass er das Geld erst bekommt, wenn er erwachsen ist, zieht er sich schmollend zurück.

Wir hätten wirklich darauf kommen können, dass wir Mimo mit der Pirateninsel zum Denken angestachelt haben. Deshalb sollte es uns auch nicht wundern, dass wir Benni-Two, Lilli und Oberpirat Mimo am Nachmittag dabei erwischen, wie sie eimerweise Sand aus der kleinen Halle ins Schwimmbecken kippen, um sich dort eine eigene Pirateninsel zu bauen, die sie entern können. Lässt man diese Bande mal zwei Minuten aus den Augen … unglaublich.

Jetzt ist das Wasser im Schwimmbecken natürlich unbrauchbar, wir müssen es leeren, neu füllen und darauf warten, bis es warm genug ist, um darin zu planschen. Heute wird allerdings nichts mehr daraus, aber morgen, wenn die Kinder aus dem Kindergarten kommen, steigt hier eine große Piratenschurkeninselenterei.

Es war Ellas Idee, so mit den Kindern aus der Kindergartengruppe Abschied zu feiern, denn ab Montag geht Mimo endlich in den richtigen Kindergarten, den Benni-Two bereits seit seinem Geburtstag im April besucht.

Während Ben und ich also mit Robin und Timm, Thore und Marten in der kleinen Halle trainieren, bevölkern fünfzehn Zwerge meinen Garten und schießen Schaumstoffbälle hin und her. Immer wieder springt einer dieser Bälle mit vollem Karacho an die Scheibe und wir zucken jedes Mal zusammen.

Als die ersten Kinder von ihren Mamas abgeholt werden, beenden wir unsere Einheit und laden Thore und Marten zum Mittageessen ein. Am Abend reisen bereits Mama, Johannes und Greta an, die bis Sonntag hierbleiben und sich im Haus einquartieren. Es ist ordentlich voll im Sandhaus, so liebe ich es, aber mit Mama auf engstem Raum zu hausen, birgt eine Menge Diskussionspotential, wozu ich überhaupt keine Lust habe. Im Moment ist sie allerdings noch ganz gut auszuhalten und auch Greta nervt deutlich weniger als sonst.

Wir Jungs gehen noch mit Johannes in die Sauna, führen dort coole Männergespräche und planen unsere Platzierungen für das Wochenende. Ben und ich wollen unbedingt gewinnen, ist ja klar. Wir tippen auf das Endspiel gegen Thore und Marten, alternativ gegen Tom und Julian oder Robin und Timm, aber erst mal müssen wir Johannes dazu bringen, uns nach Hause gehen zu lassen. Er besteht nämlich auf eine Runde Bier bei unserem Lieblingsitaliener, aber dafür ist es viel zu spät. Johannes schmollt ein wenig, fordert uns das Versprechen ab, dann wenigstens morgen Abend mit ihm einen zu kippen, und gibt erst nach, als wir zugesagt haben. So eine Nervensäge aber auch.

Der Samstag beginnt für Ben und mich mit einem Sieg auf dem Centrecourt und endet sechs Stunden später an selber Stelle … allerdings mit einer Niederlage. Tom und Julian schlagen uns doch tatsächlich in drei Sätzen! Verloren ist allerdings noch gar nichts, wir haben morgen noch eine Chance, es sei denn, Johannes füllt uns heute ordentlich ab.

Während unserer Absturzeinheit mit meinem Stiefpapi ziehen uns Robin und Timm damit auf, dass sie selbst – im Gegensatz zu uns Luschen – noch in der Gewinnerrunde sind und ihrer Meinung nach sowieso viel größere Chancen auf das Endspiel haben als wir. Jonas allerdings ist der Meinung, wir würden morgen überhaupt nicht spielen, wenn wir nicht endlich mal die Getränke wechseln. Ich glaube, das ist eine gute Idee, vertausche Bier gegen Wasser und proste Johannes zu.

Um Viertel vor zehn sind wir am Sonntag am Start und brauchen nur knapp fünfundzwanzig Minuten, um unsere Gegner auf den Heimweg zu schicken. Unsere Herausforderer im Halbfinale sind meine vorlauten Untermieter, denen wir jetzt mal so richtig das Maul stopfen. Nach ihrer Niederlage sind sie jedenfalls ganz schön geknickt, dafür gewinnen sie im Spiel um Platz drei gegen Tom und Julian und stehen immerhin auf dem Podest.

Vor dem Endspiel ist jetzt erst mal Zuschauerbelustigung angesagt. Der Sponsor verteilt ordentlich Preise und der DJ beschallt uns mit lauter Musik. Dann geht's rund in Schilksee. Wir bestreiten das Endspiel gegen ein Jugendauswahlteam aus Berlin, das hier niemand so richtig auf dem Zettel hatte. Wir selbst haben noch nie gegen diese Jungs gespielt und brauchen einen Moment, um uns auf sie einzustellen. Sie sind auf jeden Fall gut, aber nicht gut genug für uns. Schließlich wollen wir den Zuschauern einen Heimsieg schenken und wichtige Punkte für die Deutschlandtour sammeln. Am Ende nehmen wir den Pokal mit nach Hause und einen netten Scheck. Die Berliner Jungs laden wir auf ein Trainingslager ein und tauschen Handynummern aus.

Während wir den Sonntag im Garten ausklingen lassen, plant Mama schon das nächste Wochenende. Das Hamburg-Turnier steht nämlich an und es ist klar, dass wir bei ihr wohnen müssen – zumindest Ella, Mimo, Hanna und ich. Die Kleinen spielen in Dahme, die ganz Großen in Moskau, aber unsere Konkurrenz hält sich trotzdem nicht in Grenzen. Ben und ich finden uns auf dem dritten Setzlistenplatz wieder und haben vor, diese Platzierung auch mindestens zu erreichen. Auf jeden Fall wollen wir unbedingt vor Max landen, der mit Tobi vom zehnten Platz aus startet. Unser erstes Spiel findet am Samstagmorgen weitab des Centrecourts und in Abwesenheit von Mama statt. Mama muss sich nämlich ums Prinzesschen kümmern und Johannes, auf den meine Mutter diese undankbare Aufgabe abschieben wollte, hat sich einfach geweigert. Schließlich hat er sich dieses Wochenende freigenommen, um mich in Action zu sehen, und nicht, um sich von seiner verwöhnten Tochter herumkommandieren zu lassen. Richtig so!

Nach unserem Sieg treffen wir auf Frau Moeller, unsere ehemalige Klassenlehrerin, die morgen an dieser Stelle mit einigen unserer Klassenkameraden verabredet ist. Unterstützung können wir gut gebrauchen, wir wollen hier nämlich richtig was reißen.

Es ist schon halb zwei, als es für uns weitergeht, und bereits sieben Uhr abends, als wir uns eine schmerzhafte Niederlage einfangen. Das Schmerzhafteste an dieser Niederlage ist, dass wir gegen die an Nummer eins gesetzte Mannschaft verlieren – die Heimmannschaft. Ich frage mich, ob wir die Heimmannschaftskrankheit irgendwann mal in den Griff bekommen und fürchte, das wird niemals passieren. Da dies aber unsere erste Niederlage in diesem Turnier war, ist noch nichts verloren, wir sind noch weiter im Rennen und haben noch gute Chancen. Ebenfalls noch im Rennen sind Tobi und Max, die zwar gleich ihr erstes Spiel am Morgen verloren hatten, aber von da an konsequent im Loserpool gepunktet haben.

Auf dem Weg in die Umkleide treffen wir wieder Frau Moeller, die wir zum Abendessen bei Mama einladen. Sie nimmt diese Einladung dankbar an und unterhält uns den ganzen Abend darüber, wie sie unsere Karriere im Internet verfolgt und regelmäßig am Ticker mit uns leidet. Stunden später verabschieden wir uns gähnend in unsere Federn und stehen am Sonntag voller Tatendrang auf.

Es geht nicht allzu früh für uns weiter. Wir sind um elf an der Reihe, beginnen um zehn Uhr mit Aufwärmen und Einspielen und können so noch die letzten Punkte von Tobi und Max miterleben, die mit ihrem Sieg ins Halbfinale einziehen. Max lässt natürlich gleich den großen Könner heraushängen und fordert uns auf, es ihm einfach nachzumachen. So schwierig sei das Siegen heute nicht. Blablabla. Tobi rollt hinter seinem Rücken nur die Augen und grinst mich blöde an. Ich grinse zurück und schicke Ben zur Seitenwahl. Auch wir gewinnen dieses Spiel, aber nicht so deutlich wie Tobi und Max, was den Blödmann schon wieder dazu verleitet, dämliche Sprüche zu kloppen. Leider sind wir im Halbfinale keine Gegner, sonst würde ich ihm gleich mal sportlich das Maul stopfen, aber das Prozedere will es anders. Maxilein spielt gegen das Heim-team, das uns in die Verliererrunde geschickt hat, während wir es mit Lennart und Bennet zu tun haben, die wir aus Hannover kennen.

Sowohl Großmaul-Max, als auch Großmaulstopfer-Domi verlieren allerdings das Spiel und treffen im Spiel um Platz drei aufeinander. Bis dahin haben wir zwei Stunden Zeit, deshalb suchen wir Frau Moeller.

Um zwei ist Anpfiff für unser Spiel um Platz drei, und weil ich überhaupt keinen Bock habe, Max als Sieger dieses Spiels zu gratulieren, lege ich gleich richtig los. Ass Domi, Ass Domi, Block Bennilein. Drei zu null. Jawollo!

Max könnte richtig gut spielen, wenn er es nicht so drauf anlegen würde, uns schlecht ausse-hen zu lassen. Im Moment ist er nämlich derjenige, in dessen Haut ich nicht stecken möchte, denn schon wieder lässt er einen Aufschlag von mir durch. Die Konsequenz ist logisch: Tobi nimmt die Auszeit und kanzelt seinen Mitspieler so richtig ab. Danach läuft es gut für Tobi und Max und noch besser für Ben und mich. Wir werden Dritte.

Weil wir sowieso die Siegerehrung abwarten müssen, sehen wir uns noch das Endspiel an, das Lennart und Bennet völlig überraschend gewinnen. Ben und ich machen die Jungs auf dem Podium erst mal richtig nass. Unsere Sektflaschen sind hinterher leer, aber wir mögen das Zeugs sowieso nicht.

Nachdem wir unsere Schecks eingesteckt haben, drücken wir die Präsente, für die wir keine Verwendung haben, ein paar Kindern in die Hand, dann verabschieden wir uns von Frau Moeller und fahren mit Mama und Maria nach Hause. Klaus, Johannes und Greta sind schon vorausge-fahren, um den Grill anzuzünden.

Kulinarisch erwartet uns heute etwas Großartiges, Johannes hat nämlich Steaks versprochen, in deren Zubereitungen er ein großer Meister ist, außerdem steht ein kleines Bierfass in der Kühlung, Ben und ich haben Durst und Hunger sowieso. Einer Siegesparty steht also nichts im Wege, noch nicht einmal Greta, die am Anfang zwar ein paar Zicken macht, sich von mir aber mit ernsten Augen Benimmregel Nummer eins eintrichtern lässt: „Greta, hast du heute Geburts-tag?"

„Nein."

„Hast du heute den dritten Platz beim Beachvolleyball gemacht?"

„Nein."

„Hast du heute irgendetwas getan, wofür du eine Belohnung erwarten kannst?"

„Nein."

„Dann hör auf zu jammern, setz dich an deinen Platz und geh uns nicht weiter auf die Nerven. Du bist heute ausnahmsweise mal nicht der Mittelpunkt, verstanden?"

„Ja!", antwortet sie schüchtern, setzt sich neben Mama und isst brav ihren Salat.

Während Mama jetzt dumm wie ein Schaf aus der Wäsche glotzt, übertrifft Johannes meine kleine Ansprache noch: „Siehst du, Angelika, so wird es gemacht."

Nach dem Essen wird es Greta allerdings langweilig, sie fordert Mama im Befehlston auf, ihr vorzulesen, was meine Mutter sofort in Aktion versetzt. Aber noch bevor sie am Bücherregal steht, grinst Ben: „Mach's noch einmal, Domi."

Ich lege sofort los: „Ist dir langweilig, Greta?"

„Ja."

„Und warum?"

„Weiß ich nicht."

„Hast du kein Spielzeug?"

„Doch."

„Und warum spielst du dann nicht?"

„Das ist langweilig."

„Dann kannst du ja alles verschenken."

„Will ich aber nicht."

„Und wir wollen nicht, dass Mama jetzt vorliest. Also, geh in dein Zimmer, hol eine Puppe oder was weiß ich und dann spiel einfach damit und lass uns in Ruhe, okay?"

„Okay", schmollt sie, schmeißt die Terrassentür zu und kehrt tatsächlich nach ein paar Minuten mit einer Puppe zurück.

Mimo und Benni-Two lachen sich scheckig, weil die Puppe einen Motorroller fährt und hochhackige Schuhe trägt, obwohl sie doch noch ein Baby ist. Greta ist jetzt natürlich beleidigt, pfeffert ihre Puppe in die Büsche und stampft mit ihren Füßen auf. Mama stöhnt, Johannes und ich lehnen uns interessiert vor und warten ab, was jetzt passiert, und lachen, als Benni-Two und Mimo Interesse an der Puppe zeigen. Erst mal wollen sie ihr die albernen Klamotten ausziehen und eine Piratenbraut aus ihr machen. Benni-Two faltet eine Serviette, die sie als Augenklappe benutzen wollen, dann leiht er sich Mamas Halstuch, das das Piratenkopftuch der Puppe sein darf. Als die Sandhauszwerge mit ihrem Umstyling zufrieden sind, gibt Benni-Two ihr einen Namen. „Das ist Schneckchen!", posaunt er raus.

„Komischer Name", wundert sich Mimo.

„Das hat Papa gestern zu Mama gesagt", erklärt sein kleiner Kumpel ernsthaft und bringt uns damit zum Lachen. Ben wird rot, Linda auch, aber wir anderen kringeln uns fast auf dem Boden, worüber Mimo und Benni-Two sich wirklich wundern.

„Wieso lachst du?", fragt mein Sohn.

„Das ist so lustig", japse ich.

„Was denn?"

„Linda heißt ab sofort Schneckchen", pruste ich.

„Ja!", freuen sich die Kleinen darüber, dass sie meiner kleinen Schwester zu einem neuen Spitznamen verholfen haben und erwarten tatsächlich ein Dankeschön von Linda, aber sie mosert Ben und mich nur an: „Das wagt ihr nicht."

Linda ist wirklich gereizt, Bens Birne immer noch dunkelrot und Greta hat erkannt, wie sie Linda ärgern kann: „Linda-Schneckchen."

„Halt die Klappe!", schnauzt meine kleine Schwester meine ganz, ganz kleine Schwester an, bringt sie damit zum Heulen, Mama zum Stöhnen und mich auf eine gute Idee: „Ich gehe jetzt ins Bett, Leute."

Der Abend ist beendet.

Ein richtiges Frühstück gibt's am nächsten Tag nicht, weil Mama mit Greta kämpft, Johannes bereits im Dienst ist und ich keinen Bock habe, Brötchen zu holen. Deshalb versorgen wir uns mit Kaffee, den restlichen Baguettes von gestern und allem, was wir im Kühlschrank finden. Dann fahren wir nach Hause und finden dort eine Nachricht des Verbands vor: Am nächsten Wochenende findet in Umag, in Kroatien, ein internationales Turnier statt, für das sich noch nicht genügend internationale Teams gemeldet haben. Der Zeitpunkt ist allerdings ungünstig, denn die großen Meister spielen ein Turnier der Welttour in Rom und der Veranstalter, der das Turnier nicht verlegen will, will uns deshalb eine Chance geben. Ebenfalls auf dem Zettel stehen Lennart und Bennet mit Jan und Pascal aus Hannover und Hayden und Taylor!

Das allein ist schon genial, aber die zweite Nachricht, die uns kurz nach unserer Ankunft telefonisch erreicht, ist noch tausendmal besser: Der Verband sucht für die internationalen Turniere ein weiteres Team für den erweiterten Nationalspielerkreis. Christian und Stefan sind nämlich immer noch zerstritten und weiterhin auf der Suche nach festen Ersatzspielern. Sie sind zwar gerade mit den anderen Spielern in Rom und haben dort mit Jan und Niclas, den Studentenweltmeistern, die Partner getauscht, aber Jan und Niclas haben nur auf Drängen des Verbands nachgegeben und wollen viel lieber weiterhin ein Team bilden, genau wie Ben und ich. Wenn Christian und Stefan nicht innerhalb kürzester Zeit adäquate Partner finden, verlieren sie den Nationalspielerstatus, Daniel und Patrick, das ehemalige zweite Team hat inzwischen wegen der in beiden zufälligerweise gegen uns ausgetragenen Spiele zugezogenen langwierigen Verletzungen die Segel gestrichen. Beide sind noch immer nicht im Training. Marvin und Thomas steigen deshalb vom vierten Team zum zweiten Team auf und dahinter ist noch Platz.

Aber wer wird diesen Platz einnehmen? Ben und ich? Oder doch eher Lennart und Bennet, die zwar noch nicht so viele Turniere und Titel gewonnen haben wie wir, die aber auch nicht ständig diese Sandhausprobleme anschleppen und dadurch leichter zu handhaben sind. Oder stehlen uns am Ende Jan und Pascal die Show? Das alles wird sich am kommenden Wochenende klären; beim Turnier in Umag. Wenn wir dort besser punkten als unsere Konkurrenten, dürfen wir uns Nationalspieler nennen.

Es dauert einen Moment, bis ich das alles verarbeite und Ben sieht auch so aus, als würde er gerade nicht wissen, was hier passiert, aber dann grinsen wir beide, springen auf, brüllen unsere ganze Freude heraus und rufen beide gleichzeitig: „Yeeeeeeaaaaahhhhhhhh!"

Jonas rollt nur die Augen, grunzt sich etwas in seinen nicht vorhandenen Bart und lässt uns schließlich gewähren. Man wird ja schließlich nicht jeden Tag Beinaheschonnationalspieler, oder? Als wir uns allerdings alle ein wenig beruhigt haben, macht er uns klar, worauf es am kommenden Wochenende für uns ankommt: Wir müssen härter trainieren als jemals zuvor, er duldet keine Abwechslung, erwartet von unseren Frauen und Kindern vollkommene Rückendeckung und die Bereitschaft, brav zu Hause zu bleiben. Ben, er und ich sollen allein nach Umag reisen, damit wir auf keinen Fall abgelenkt werden, aber damit kann ich wirklich leben, denn eins ist ja wohl klar: Es gibt meiner Meinung nämlich ein Team, dass es mehr als alle anderen auf der Welt verdient hat, endlich mal zeigen zu können, was in ihm steckt: Ben und ich!

So leid es uns auch für Christian und Stefan tut, wir werden ihren Platz einnehmen, wir werden Lennart und Bennet hinter uns lassen und auch Jan und Pascal besiegen. Wir werden ordentlich Punkte sammeln, sodass wir bei den nächsten deutschen Turnieren hoch gesetzt sind, um dort noch mehr Punkte zu sammeln. Und dann machen wir unseren Traum wahr: Wir erobern die Welt! Für die Sandhäusler, für die Schilkseer, für uns selbst, für Jessica und Laura … und für Martin!

FORTSETZUNG FOLGT!

STRANDPIRATEN

Tja, ob ihr es glaubt oder nicht, ganz oben sind die Strandjungs aus dem Sandhaus immer noch nicht angekommen. Dass noch mehr geht, beweisen sie gleich zu Anfang von Band acht. Ratet doch einfach, welchen Karriereschritt sie diesmal in Angriff nehmen? Und ratet bitte weiter, wie schnell es diesmal ausnahmsweise geht, diesen Schritt auch tatsächlich zu erreichen. Passt auf, dass euch nicht schwindelig wird. Ich sage nur eins: Die Welt ruft!

Leider nörgelt Ella schon wieder pausenlos wegen des Wetters, deshalb plant Domi für die Hallensaison, es mal im Ausland zu probieren. Spanien liegt da ja ganz nahe.

Eigentlich läuft in Domis Leben gerade alles sensationell glatt; diesmal ist es Ben, der eine heftige Katastrophe überstehen muss. Auch sonst gibt es wieder die üblichen Turbulenzen: Robin hat eine neue Freundin, die außer ihm niemand so richtig mag. Deshalb zieht er aus und im Sandhaus ist ein großes Zimmer frei. Wer dort wohl einzieht? Für Domi ist das ganz schnell klar.

Zu Weihnachten werden wieder große Geschenke ausgetauscht. Domi erfüllt Ben einen Herzenswunsch und Farmor beschert Domi den größten Kindheitsweihnachtstraum. Damit das Ganze nicht zu rührselig wird, gibt es noch einen weiteren Auszug aus dem Sandhaus, der Domi überhaupt nicht passt, aber dann erfährt er den Grund dafür – der Auszug ist nur eine logische Konsequenz eines großen Glücksfalls.

Eigentlich könnte jetzt alles JUHU sein, aber nach einer Versöhnung mit Mama gibt es einen heftigen Streit mit Johannes, der kann vielleicht nerven!

Ben knabbert immer noch an seinen Problemen, deshalb ist klar: In Timmendorf muss eine gute Platzierung her. Der dort erreichte Podestplatz ist aber noch nicht einmal die tollste Überraschung bei den Deutschen Meisterschaften.

DaNkE, dAnKe, DANKEEEEEE!

Habe ich schon DANKE gesagt? Danken kann ich euch jedenfalls nie genug. Und weil ihr für mich, die Strandjungs und das Sandhaus gleich wichtig seid, hier meine DankeDankeDanke-Besties in alphabetischer Reihenfolge und riesengroß, weil ihr für mich eben riesengroß seid:

Daniel R. Schmidt <3

Dirk Heitmann <3

Frauke Schellenberg <3

Markus Schnitzler <3

Martina Müller <3

Nadine Gärtner <3

Peter Gerloff <3

Simone Müller <3

Stephie Albus <3

Thor Dirk Duisenberg <3

Also: DaNkE, dAnKe, DANKEEEEEE! Bitte bleibt so motiviert!

Besucht mich doch mal auf Facebook

➔ Tanja Korf (die mit dem Schiff als Foto)
➔ Beachvolleyball – Buchserie von Tanja Korf